安息日.2

月下桑 著

"他注与他拥逢于乐园了"

月下桑

广东旅游出版社

中国·广州

图书在版编目（CIP）数据

安息日.2 / 月下桑著. — 广州：广东旅游出版社，2024.8
ISBN 978-7-5570-2710-0

Ⅰ.①安… Ⅱ.①月… Ⅲ.①幻想小说－中国－当代 Ⅳ.①I247.5

中国版本图书馆CIP数据核字(2022)第051396号

安息日.2
ANXI RI.2

著　　者	月下桑
出 版 人	刘志松
责任编辑	梅哲坤
责任技编	冼志良
责任校对	李瑞苑

广东旅游出版社出版发行

地　　址	广东省广州市荔湾区沙面北街 71号首、二层
邮　　编	510130
电　　话	020-87347732（总编室）020-87348887（销售热线）
投稿邮箱	2026542779@qq.com
印　　刷	嘉业印刷（天津）有限公司印刷 （地址：天津市静海经济开发区北区银海道48号）
开　　本	710毫米×1000毫米 1/16
印　　张	20.5
字　　数	470千字
版　　次	2024年8月第1版
印　　次	2024年8月第1次印刷
定　　价	88.80元（全2册）

本书若有倒装、缺页影响阅读，请与承印厂联系调换。
联系电话010-57735449

目 录
Contents

第一章
只剩三个月寿命的城市 001

第二章
一家三口 023

第三章
大个子 047

第四章
紫色的花朵 071

第五章
解约 095

第六章
安息日 119

第七章
星城 143

第八章
王大爷一家 167

第九章
佩泽 191

第十章
呢喃草 215

第十一章
吉吉的房间 237

第十二章
台灯与蜡烛 257

第十三章
普尔达 283

第一章

只剩三个月寿命的城市

"结果还是没有和鄂尼城DJ接上头。"大黄已经行驶到岔路口了,荣贵有点依依不舍地向后望了望,随后正过身子,"不过,能遇见第二次就能遇到第三次,以后总有见面的机会。"

"而且,也不一定非要见面嘛!"

对于缘分,荣贵有一套自己的定义。

相逢就是有缘,但是通过电波和其他方式间接进行的往来也很美好。

没有看他,小梅坐在驾驶席上,认真地做着手中的活儿。

前往西西罗城的地图已经全部输入大黄的导航系统,接下来大黄只要自动驾驶就好,两个小机器人只是习惯性地坐在视野最开阔的驾驶席位置,一边看风景,一边工作。

当然,看风景是针对荣贵来说的,对于小梅来说,那叫"看路况"。

小梅正在缝制一个背包,经过上一次的事故,小梅决定再为两人制作一台外部便携能源补给器。

用荣贵的话说,就是充电宝啦!

小梅本来是打算把"外部便携能源补给器"直接加在两个人的机械身体背后的,然而话一出口,就被荣贵强烈反对。

"像个乌龟壳""睡觉都不能平躺啦"——总之就是嫌难看。

于是,小梅决定为这台外部便携能源补给器做一个背包,每天背着它总行了吧?

这个决定荣贵没有反对,小梅负责做背包,荣贵则负责上面的装饰。

由于荣贵的手工活儿都是和矮人妹子学的,矮人妹子最喜欢的饰品就是各种手工织花外加手工编织的蘑菇,这么一来,荣贵最终编织出来的饰品就是各种小花以及小蘑菇。

与此同时,小梅负责的背包制作完成,他赶紧将背包拿过来做最后的加工,最终,两个背包一个嵌满了小花,一个嵌满了蘑菇。

荣贵很友爱地请小梅先选。

小梅选择了小花款。

于是,除了"情侣衫",两个小机器人又背上了"情侣双肩包"。

荣贵很满意,小梅很淡定。

当他们做这一切的时候,周围仍然一片黑暗。

对于光源稀缺的地下城来说,黑暗是常态,一开始荣贵还会觉得不习惯,到了现在,他已经很习惯在黑暗中做事。

反正小梅就坐在他旁边,这让他感觉很安全。

而小梅……荣贵转头偷偷看了看小梅:虽然小梅从一开始就表现得对黑暗很习惯,

第一章
只剩三个月寿命的城市

不过，荣贵总觉得现在的小梅看起来才是真的习惯黑暗。

说不好是怎么看出来的，可是荣贵心里有这种感觉。

前往西西罗城的车很少，不过也不是一辆都没有。虽然路上没有路灯，大家也习惯不开车灯，不过车上似乎有什么特殊装备可以侦查附近的车辆，所以并没有乌龙撞车事件发生。

所有去往西西罗城的车都很急，车速很快，荣贵想到了救护车。

就差没有响着那种特殊的鸣笛声。

这种情况下，荣贵和小梅的车速就很寻常。他们每天休息两次，一次是在路边，纯休息；一次则是在休息站，和荣贵以前时代的高速公路服务器有点像。达到一定距离，就会设立休息站，可以供人们睡觉、吃饭外加充电。

对于荣贵和小梅来说，前两项他们其实并不太需要，最后一项却是必需的。

而且他们现在也不缺积分。

一开始荣贵还想着他们只要让大黄充电就好了，两个人可以在大黄上充电加休息，不过小梅一句"预算充足"，荣贵就高高兴兴地带着小梅去住店。

对于荣贵来说，能够一路"睡"过路边所有的旅店，也是很好的旅行经历！

他还煞有介事地写日记，评价每一家旅店提供的房间大小、价位、枕头的柔软程度、床单换洗频率等等等等，但凡能想到的，荣贵都记录了下来。

他把这些都写在磁盘上，委托小梅存起来。

担心自己脑容量不够——瞧，多现成的理由！

简直无法反驳。

小梅一脸黑线地帮他把日记存了起来。

品鉴过的旅店达到24家后，车上沉默已久的小黑终于出声了："提示：您已进入西西罗城领域。"

"哦哦哦！"荣贵立刻把脑袋探出车窗。

他想让小梅将车子停下——刚好走到分界线，赶紧拍个照留个念呗！

谁知，不等他说，车子立刻停下。

"小梅你太上道了！"荣贵立刻表扬道，不对！开车的是大黄，那他应该表扬的难道应该是大黄？

打了鸡血一样，荣贵兴冲冲解开安全带，然后准备下车。

车门顺利打开。

荣贵跳下了车，等到他终于看到了眼前的景象时……他立刻连蹦带跳回大黄上。

"天哪！"惊魂未定，荣贵紧紧抱住了小梅的左胳膊，"小、小梅，外面居然、居然是……一片坟墓啊！"

小梅面无表情地看着前方，半响，慢条斯理地解开安全带，打开车门，也跳了下去。

原本应该是轻盈落地的，可惜荣贵死活不肯放开他，没办法，小梅只能带着荣贵的重量一起跳下去。

在地面上重重落下两个脚印，小梅稳稳着地。

卸下左手腕，不知道小梅按了什么，一道刺眼的白光忽然从小梅的左手腕射出，成像

方式转换完毕,适应了强光之后,荣贵这才发现小梅的左手腕里竟然隐藏了一支大功率手电筒!

"这个功能我怎么没有?"身体明明还颤抖地扒在小梅身上,荣贵的嘴巴却已经在利索地和小梅说话。

"这是他们送过来的手臂自带的功能。"小梅解释。

"难怪……"荣贵嘀咕了一句。

大概是小梅在他身边的缘故,也可能是因为和小梅刚刚对话,荣贵终于不那么害怕了。

"吧嗒"一声,他从小梅身上跳了下来,却仍然紧紧拉着小梅的手,小心翼翼地在手电筒光的照射下观察着四周。

他刚刚看到的场景并没有错,这里确实是一片坟墓。

密密麻麻,坟墓竟然将前方的道路全都挡住了!

难怪大黄忽然停车。

这里根本没有路可走!

"这……到底是怎么回事啊?"拉着小梅的手,荣贵忍不住叫出声。

小梅没有回答他。

用手电筒的光从一个又一个坟墓上照过去,还能看到一块块墓碑,墓碑上有名字,应当是死者之名。

这可不是和荣贵有一样爱好的人留下的,看起来,是实打实的坟墓。

数不清的坟墓,将通往西西罗城的道路封锁,看上去,就像一种强烈的阻拦,仿佛只要进去,就会发生什么不好的事情……

"这些不会是在西西罗城被治死的人的坟墓吧?"想到医生,荣贵立刻想到了医患纠纷,想到了医闹,进一步发散之后,他得出了一个看起来非常有可能的结论。

也不是不可能——心中这样想着,小梅没有说话,只是又往墓地走了几步。

从远处看,这些坟墓非常紧密,走近之后才发现坟墓之间还是有些距离的,然而,即使是这样,仍然不是能够开车驶入的样子。

大黄导航屏幕上的箭头,却是直直指向坟墓之后的。

荣贵也发现这个问题了:"这里没法开车吧?外面有停车场吗?有人可以看管大黄吗?如果没有……我们也不能把大黄扔在这里啊!"

"难不成我们在地上挖个坑,把大黄埋进去?啊——我明白了,地上这些坟墓不会都是给车子的吧?这里其实是个停车场,墓碑上写的都是车主的名字?"

荣贵思维发散得更加厉害。

这其实也不是全然不可能——忍不住顺着荣贵的思路想了一下,小梅抿住嘴,好险没有将这句话说出口。

关掉手电筒,小梅走回大黄身边。

小梅先是钻回大黄上鼓捣了一阵,然后利落地下来关好车门,还从上面拿下来好多东西递给荣贵。

满脸问号的荣贵接过东西一看,发现他拿下来的都是自己平时作为装饰挂在车上的

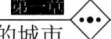

只剩三个月寿命的城市

一些小玩意儿。

抱着东西,荣贵跟在小梅身后走着。

他看到小梅紧接着打开了大黄的屁股,然后钻进了后车厢。后车厢足够宽敞,荣贵这次能够看清小梅到底在里面干啥:小梅只是进去重新整理了一下后车厢的行李,把它们重新加固了一下。

大黄的后车厢车壁上有很多固定带,由于路况一直不错,大黄开车也稳,荣贵一直没用过它们,他也一直没想过小梅为什么在那里留那么多固定带,在他想来,那不过是小梅一贯谨慎细致所致。

而如今,他却看到小梅用固定带将车内所有东西都固定住。

荣贵愣了愣。

在他发呆的工夫,小梅已经完成了后车厢的行李整理,从里面爬出来。

关好车门,小梅还在大黄的后车厢锁上做了加固。

然后——

荣贵看到小梅退到自己身边。在小梅面无表情的注视下,荣贵满脸的问号中,大黄居然……站起来了!

两个后车轮向后移动,一直移到后车厢的位置,撑住地面;与此同时,底盘忽然掀开,一个带滚轮的支架从里面缓慢滑出,支撑着大黄的上半身。在荣贵的目瞪口呆中,大黄完全站立!

大黄,顶天立地!

那一刻,荣贵的脑中只有这个想法。

"好了,继续往前走吧。"小梅平静的声音在他耳边响起,随即,是小机器人特有的轻微脚步声。

小梅转身向坟墓走去。

在他迈出脚步没多久,荣贵惊讶地发现大黄也动了,两个粗大的后轮像腿一般转动着,大黄跟在小梅身后!

轮子够高,可以越过一个个坟墓,大黄就像一个巨大的机器人,稳稳前行。

这也行?

这可太厉害了!

两只眼睛中满是惊叹,荣贵赶紧追上了小梅和大黄的脚步。

周围到处都是坟墓,两个娇小的机器人和一个高大的机器人小心翼翼地行走在墓地。

唯一的光亮来自最中间的小机器人手里的蘑菇灯。

那蘑菇幽幽地散发出荧绿之光,平时还觉得没什么,如今配上这片墓地背景……

还真有点瘆人。

不过,这幅情景配上声音就完全不是那种感觉了——

"小梅小梅!你是什么时候给大黄设计这个功能的啊?我怎么都不知道!"小心翼翼举着一朵小蘑菇,荣贵巴巴儿地问着前面的小梅。

即使已经用了这么长时间的机械身躯,荣贵还是习惯借着光视物,他也不算怕黑,但

他认为天黑就要点灯。

而他现在唯一能点的灯就是蘑菇。

"在改装大黄的时候,你就坐在我身边。"小梅慢条斯理地回答道。

荣贵虽然坐在旁边,可是小梅到底做了什么,他完全不清楚啊!答案给他抄,他都不会抄——说的就是他这种人啊!

"那……小梅小梅!你为什么要设计这个功能?是想把大黄也改造成机器人吗?"荣贵很快问出了第二个问题。

"因为偶尔在电视上看到部分区域有新交规:严禁四轮车通行。"侧身避开一座墓碑,小梅平静道。

所以……让大黄站起来,变成两轮车吗?

这样的大黄……算是两轮车吗?

荣贵想着,回头看了一眼大黄:做工虽然精巧,可是小梅毕竟不是个会在外观上下多大功夫的人,大黄的两个前轮还明晃晃地挂在外面呢!只是站立行走就被当成两轮车,有这么简单吗?

荣贵深深怀疑小梅解决这个问题的方法能否被承认。

"你是在什么地方看到这条新交规的哦?"不愧是小梅,看电视都会看新交规,不像他,只会看《宝斧奇缘》这样的连续剧。

说到这部剧,他总觉得很可惜,他离开的时候,这部剧的男主角矮人正准备出城呢!离大结局还早得很,他注定是没法看完结局再走了。

小梅停顿了一下,半晌慢吞吞道:"《宝斧奇缘》……里看到的。"

脑中迅速地将《宝斧奇缘》的剧情过了一遍,荣贵坚定地摇头:"小梅,我也看《宝斧奇缘》,里面每句台词我都背下来啦!哪里有提过这条新交规?"

"第一百三十六集提到的,男主角说要前往普尔顿的时候,其他的要他准备两轮交通工具,因为那里的新交规是这么规定的。"小梅停顿了片刻,"我查过,那里真的有这条交规。"

"编剧并没捏造虚假交规,而是将真的交规变动写入了剧中,我认为这样很好。"末了,小梅还认真道。

这种时候仍然如此认真的小梅……看起来好可爱怎么办?

单手按住嘴,荣贵偷偷乐了。

然后他发现的大事又很快让他松开了手:"第一百三十六集?我们离开的时候不是才播到第一百三十五集吗?你从哪里看到的第一百三十六集?"

"我们离开以后,玛丽通过邮件发送的,就发在我们两个的邮箱里。"大概是赶在他们离开叶德罕区域之前刚好发送成功,否则,等到他们离开叶德罕城,就再也无法收到叶德罕城发送的信息了。

"啊!怎么不早说啊!我也要看啊啊啊!"大叫着,荣贵立刻端着蘑菇跳到小梅身边,与他并肩而行。

而在两人身后,大黄仍然沉默着,两个巨大的后轮匀速转动着,越过一个又一个坟墓。

时间，就在荣贵和小梅时有时无的对话中一分一秒过去了，他们也终于走出了庞大的墓地，来到了一片……

"树林？"看着出现在两人面前的情景，荣贵惊呆了。

他从这个陌生的时代醒来有多长时间，就有多长时间没有见过真的绿树了。

然而此时此刻他们眼前却是实打实的一片茂密森林，有树干！有大大的绿色叶子！还有枝条藤蔓！

这些植物长得好极了，荣贵甚至可以在它们肥大宽厚的叶子上看到正往下滴的水珠！

它们密密麻麻地生长着，几乎连成了片。

就像防着什么东西闯进去似的——不知道为什么，看到这片密林后，荣贵脑中浮现的第一个想法却是这个。

可是，还能有什么东西闯进去呢？不就是他们这些急于进城的外地人吗？

荣贵抓了抓头。

等到他再次环顾四周的时候，才发现自己和小梅并不是唯一被拦住的人，还有另外两拨人被拦在了密林外。

那两拨人看起来都很急，其中一拨人多些，居中的汉子背着一名盖着斗篷的人，形容狼狈，看样子是一路越过坟墓跑来的。

另一拨只有两个人，人数虽少，可比另一拨人醒目，原因无他，这两个人竟是抬着一辆车进来的！

看样子，他们这边的病号八成是在车上。

见状荣贵再次庆幸小梅的事先安排，如果不是小梅提前改装过大黄，他们现在估计要么得把大黄埋在地底，要么就得像他们一样抬着大黄。大黄那么重，他和小梅这小胳膊小腿，到底搬不搬得动还难说呢！

还好他们家大黄能站，还能自己走！

就在荣贵回头得意打量大黄的工夫，第一拨人已经急吼吼地背着病人往密林深处跑去，而第二拨人眼瞅着没法继续扛着车前进，遂打开车厢，临时组装了一副担架，抬起，也弃车离开。

"我们也进去。"就在这时候，旁边传来小梅的声音。

"哦！好……"荣贵慌忙应了一声，跟在小梅身后，小心翼翼走进了密林。

一边走，他还一边担心地向后看。

他有点担心大黄。

毕竟这里的树多，路不好走。

好在大黄不像其他车那么大，即使对于矮人来说算是相当宽敞的大车，然而和路边其他车相比，大黄还算娇小，如今又站了起来，简直就是个细高个儿！

大黄灵巧地在树木之间转动轮胎，穿枝拂叶，竟然还有几分婀娜。

荣贵掩住嘴偷偷笑了一声，总算放心了。

不过他放心得似乎太早，就在他准备收回视线时，忽然看到了不可思议的景象。

一只手忽然从远处的坟墓内伸了出来！

那只手先是伸出来,然后猛地下压,狠狠按住地面,一撑,荣贵目瞪口呆地看着一个人从坟墓里爬了出来!

等等——那还能算是一个人吗?

脸上腐烂得坑坑洼洼,身上还有风干的黑色痕迹,那、那那那那那……那简直是传说中的丧尸啊!

荣贵瞠目结舌。

不过已经容不得他瞠目结舌了,因为很快,其他的坟墓也纷纷伸出手来,一个又一个"丧尸"争先恐后地从坟墓里爬出来!

他们仿佛有明确的目标,从坟墓里出来之后哪儿也没去,果断地朝树林的方向围了过来。

而他和小梅就在树林里啊!

"妈呀!"大叫一声,荣贵果断拉起前方小梅的手,又对身后大吼一声,"大黄快跑!"

他撒丫子赶紧往前跑。

由于他一直没回头,所以不知道身后到底发生了什么,总之,等到他跑了好一阵,觉得自己可以歇歇,发现身前身后全是静悄悄的树林,没有人,也没有"丧尸"。

光用机械眼看不放心,荣贵还用扫描器在周围探测了一番,确定周围真的没有其他生物,这才松了口气。

"这、这到底是怎么回事啊?"他问的是小梅,可是这一次,小梅却没有回答他。

看来小梅也不知道。

倒是空气中忽然传来一个清脆的声音:"外面那些坟墓里埋的都是不死之人,每隔一段时间就会从坟墓里爬出来一次,你们刚好赶上他们出来。"

荣贵被这突然出现的声音吓了一跳,慌忙顺着声音发出的方向转过头去,这才发现大黄肩膀上不知何时坐了一个小女孩。

穿着破破烂烂的,头发也短短的,要不是荣贵对人观察细致入微,还真不一定能认出这是个女孩。

"你是谁?什么时候跟上我们的?"荣贵立刻警惕地问道。

"早在你们在树林里转圈的时候我就跟过来了,我说,你还打算在树林里绕多少圈?我带你们出去吧!让我搭顺风车算是指路费,好吗?"跷着小腿,女孩在大黄肩膀上居高临下说道。

荣贵看看小梅,最终没有拒绝。

指出一条进城的最短路线给荣贵,女孩便继续优哉游哉地坐在大黄肩膀上,和荣贵聊天:"所谓不死之人,顾名思义就是怎么也死不了的人。就像外面坟墓里那些,明明已经入土,却还能爬出来,哪怕意识都没了,他们还是一如既往地活着。

"原因嘛……

"是因为一种名叫不老药的药物。

"西西罗城最伟大的发明之一——不老药,当年确实是这么说的,可是实际上……等到第一批服药的人死了以后,大家才发现这种药的后遗症。

只剩三个月寿命的城市

"不是不老药，叫不死药还差不多。

"死了的人总会爬出来，活着的人被吓得半死，偏偏怎么也弄不死他们，没有办法，他们的后人就把死者全都埋到西西罗城外面。

"这下好了，大家不用担心死人跑回家了，他们全都往西西罗城跑了。"

说到这儿，女孩叹了口气。

荣贵继续目瞪口呆："这……难道是一场医疗事故产生的医疗纠纷？"

"你这么说也对吧。"

荣贵无语。

又走了一会儿，荣贵这边还没觉得如何，上方的小女孩忽然手搭凉棚向远处望了望，随即又开口："到了，谢谢你们的顺风车，我走啦！"

说完，她就纵身一跃，荣贵眼瞅着小女孩像猴子一样在树枝之间跳了两下，身影随即消失。

自始至终维持着目瞪口呆，荣贵的头随着对方消失的方向转动，然后，他在前方的树林间看到了一片开阔的空地。

空地那边隐隐约约有一栋小房子，前面排了很长的队伍。

人！

好多人！

或背着病号，或抬着病号，连病人带家属，排了好长的队伍！非但如此，时不时还有人抬着病号从旁边的密林出来，加入队伍。

"我们也赶紧过去排队！"荣贵立刻道。

他带头跑过去，小梅和大黄便也稍微加快了脚步。

他们稳稳地站在了队伍的尾端。

等到阿贵和小梅站定，大黄前方的支架重新伸了出来，后轮逐渐向车底盘的方向滑动，"咣当"一声，大黄再次四轮着地。

"上车。"小梅平淡地说了一声。

荣贵赶紧拉开车门上了车。

于是，在别人只能抬着病号或者背着病号，焦急地在外面排队的时候，他俩则舒舒服服地坐在大黄上，一边充电一边排队。

如果可以，他们甚至还能看电视，听广播。

实际上，荣贵已经打开小黑了。

"欢迎您来到美丽的西西罗城，这里盛产各种名贵药材、中成药以及药剂师……

"您可以在这里买到各种药物，品目繁多，日光剂、生发水、丰胸丸、减肥药、生子丹……总有一款适合您……"

接下来就是无休止的广告时间，听了一会儿，荣贵果断关掉了小黑。

小黑便重新安静下来。

等到他们后面也来了不少人，坐在大黄上，将车窗拉开一道小缝，荣贵光明正大地在车上听起八卦来——

队伍里的绝大多数人看起来都非常焦急，愁眉苦脸，被带过来的病号时不时发出一

声痛苦的呻吟……

这里不像是进城审核处,更像是医院的挂号处啊——荣贵得出了一个结论。

接下来发生的事情就更像是在医院才会发生的事。

"让一让!让一让!让我们往前排一点吧!我们家杰米断了一只手,需要赶紧进城买生骨剂啊!"伴随着一声嘶哑的哭声,有病人家属想插队。

人家直接求的是排在队伍最前面的人。

哭声悲惨,荣贵内心充满了同情。

然后他听到了一声更悲切的哭声,来自被请求的人。

"我也求求你别为难我啦!我家汤米心脏破了一半,需要赶紧进去打强心针啊!"

得,比求助方还惨。

求助方似乎还想试试看,结果往后看:一水悲痛欲绝的家属,他们带过来的病号更是一个比一个惨,躺在担架上,面色苍白,个个看起来都是命不久矣的可怜样儿……

眼泪儿还挂在眼眶,抹抹泪,想要插队的家属最终老老实实排队。

荣贵:"……"

有问题,自然就会有解决问题的人。

没多久荣贵就看到有人从小木屋里出来。

出来的人真是大美人!

高挑纤细的身材,光滑细嫩的皮肤,在地下城行走了这么久,荣贵这是第三次见到让他眼前一亮的人儿!

当然,第一次是小梅,第二次是他自己,喀喀……

正在荣贵猜测出来的美人是什么身份时,荣贵看到那美人笑眯眯地,径直向刚刚企图插队的病人家属走过来。

视线跟着对方转移到大黄的车屁股后,荣贵看到对方款款走过去,打开手提箱,展示里面各种各样的药。

"是手断了要买生骨剂啊!好可怜呢!不过看看现在的队伍长度,怎么说也要再排一个小时才能轮到你们,就算进去立刻能够配到合适的生骨剂,也有点迟了呢!

"刚好,我这里有适合你们现在这种情况的药。

"强力镇静剂。"

他从手提箱里拎出一支针剂,唰的一声展示在病人家属面前。

"可以瞬间让病人陷入强烈的镇定状态,病人体内的细胞会同时被镇定,目前的各种不良状态完全静止,药效可以维持两小时,足够你们排好队,然后进去找到合适的医生,如何?"

他的声音实在很诱惑,配上那妖精一般的长相,病人家属的眼泪仍然挂在眼眶,嘴里却已经呆呆说"好"了。

病人家属付出了一笔巨款,荣贵看到他笑嘻嘻地将手中的试管递给病人家属。

病人家属小心翼翼地将珍贵的药剂喂病号喝下,然后,喝下药剂的病人瞬间脸色一白,两眼一翻,变成了和前面病号一样命不久矣的可怜样儿。

第一章

只剩三个月寿命的城市

"这、这是?"病人家属有点傻眼。

"这正是药剂的效果之一,强力镇静剂嘛!喝下去昏迷是理所当然的事,连后遗症都称不上。"

"好啦好啦!这样不也挺好吗?起码后面的人一看到他的模样,就不好意思插队啦!"

那人笑着挥挥手,收好手提箱,往回走。

趴在窗户上往外看的荣贵有点傻眼:如此美人,竟然是……路边兜售不明药物的小摊贩?

这也……这也……

大概是荣贵的视线太明显了,对方竟向荣贵的方向看过来。

不只看过来,他还走了过来。

笑眯眯地打开手提箱,美人对荣贵道:"这位先生,我这里也有很适合您的药哦!"

被人堵了个正着,荣贵大吃一惊。

莫非这位美人真的是什么高人不成?看了自己一眼就知道自己需要强力营养液?

然后——

他看到对方利索地在手提箱里翻了翻,翻出一个古朴的小药瓶在他面前晃了晃,药瓶外面有药名,荣贵看到上面一清二楚写着"生发水"。

荣贵:"……"

"您看起来有点头发方面的烦恼呢!这是小毛病,连城都不用进,干脆在我这里把药买了,如何?"对方笑吟吟问。

"你才有头发方面的烦恼呢!"哪壶不开提哪壶,即使对方是美人,荣贵也不打算给他面子,果断摇上了车窗。

"咦?你怎么知道我有头发方面的烦恼?我原本确实在这方面很困扰,现在的一头秀发完全就是靠手里这瓶神奇的生发水哦!"对方也不生气,反而撩起头发,一边展示自己的头发,一边继续卖力地推销手中的生发水。

别说,还真有三四个人听信了他的话,从他手里买了生发水,然后走了。

荣贵有点无语。

队伍缓慢地前进着,虽然真的很慢,但是确实在一点点往前走。

其间,那位美人又出来做过好几次生意,很多人拒绝了他,不过更多人从他手里买了一些药。

"搞不好他就是屋里负责审核人入城的工作人员啊,这一趟又一趟地出来,队伍能走得快才怪。"荣贵小声朝小梅"吐槽"。

即将轮到他们的时候,遥远的队伍末端忽然传来了一声尖叫。

是的,荣贵他们现在已经排在队伍中十分靠前的位置,他们身后则是长龙一般的队伍。

距离有点远,荣贵看不清,好在大黄脑袋顶上有地中海……不,是天窗,从天窗爬出去,荣贵这才看到了那里到底发生了什么事。

一个"丧尸"不知何时晃晃悠悠从森林里走出来,走出来就算了,他居然还排队,排

在他前面的人也是倒霉,本来就因为排长队有些焦躁,感觉身后的人一直往自己身上蹭,不但蹭,还往他脖子里滴口水。

那也是个真汉子,果断回头打算讨个说法,他一回头,就对上了正往他脖子里滴血的"丧尸"大姐……

饶是真汉子也受不住如此近距离接触的震撼,他大叫出声。

小木屋的美人再次出动了,这次和他一起出动的还有几个人,他们穿着厚厚的衣服,果断将"丧尸"五花大绑捆上,然后把她拖回小森林。

目睹了这一切的荣贵:"……"

转过头,他看到了面无表情扒在车顶的小梅。

不知什么时候,小梅也爬上来,和他一起看热闹。

"大家小心一点,只要不被他们咬到就没啥大事。"之前过来推销药物的美人小贩笑眯眯地对队伍里的众人道。

"被咬到了呢?"队伍里有人大声问了一句。

美人小贩笑眯眯地转过头看向他。

"那就立刻截肢,我们会提供西西罗城最好的伤药,以及叶德罕城或者普伦城最好的义肢制作师名单给你。"

队伍里瞬间一片哗然。

"不老药,一开始是想要使用药物激活体内细胞,使其维持在巅峰状态。

"最初的目的和药名一样,就是永葆青春而已。"

站在荣贵身旁,小梅面无表情开口。

"不过药物制作出来之后发生了变异,服下药物的人确实可以永葆青春,但是在他们死后,后人发现,已经下葬的祖先又回来了。

"没有心跳,血液不再温热,行动稍微迟缓,大脑不再思考……

"先后在五位服食过不老药的人身上发生了同样的情况,人们这才意识到,不老药不仅仅是不老药,它成为了不死药。

"焚烧无用,再次刺杀无用,甚至分尸也没有用……这些人成了不死者,由于这个药的配方西西罗城的药剂师都已习得,愤怒的家属遂将西西罗城的全体居民作为被告送上了法庭。

"天空城的裁决结果便是让家属将死去亲属的尸体掩埋在西西罗城外围,西西罗城的所有人不许出城,直到研究出不老药的解药。

"以上,是刚刚连接木屋内工作人员的网络后整理出来的。"

这可比刚刚的萝莉说得详细多了,不愧是小梅——张着嘴巴看着小梅,荣贵连连点头。

然而事情应该并没有这么简单。

早在他们还在叶德罕城的时候,小梅便搜寻"出售优质强力营养液的城市",搜索结果第一位就是西西罗城。

而小梅的记忆里,根本没有名叫"西西罗"的地下城。

对于这种情况,唯一的解释就是当他抵达天空城,学习城市史的时候,西西罗城已

第一章
只剩三个月寿命的城市

经不存在了。

稍后他又在自己记忆储存的书籍中搜索了一遍，终于在一本游记中看到了关于"西西罗城"的叙述。

那上面写着，作者于某年某月某日在西西罗城买到了非常好用的肠胃药，然而等到他几个月后再去的时候，整个西西罗城就不存在了。

西西罗城消失的时间没有记录，然而那个人买药的时间却记录了下来。

那个时间距离今天还剩三个月。

在这个时间范围内，西西罗城应该还是安全的，而在三个月之后……西西罗城一定发生了足以抹灭整个城市存在历史的事。

在那之前，他要找到强力营养液，然后带着荣贵离开。

天空一般的蓝色眼眸里倒映着前方的人群，转过头，眼里倒映出一个还在看热闹的荣贵机器人，低下头，小梅重新离开车窗，跳到了座位上。

轮到他们进城了。

将通行证递给审核人员，确认信息无误之后，大黄随即载着两人向西西罗城内驶去。

越过小木屋之后的路只有一条，和外面不同，那里看起来竟是一个热闹的集市。到处都竖着"药"的旗子，还有很多车辆等在那里，车的大小型号各不相同，然而颜色却相同，都是黄黄绿绿的，每辆车上还有一个特殊标识。

荣贵一下子想到地铁站外面等着拉客的出租车。

别说，他还真猜对了：病人家属抬着病号从审核点通过，立刻就有一辆车停到他们面前，和病人家属讨价还价一番，病人随即被抬上车，车主一拍车顶的警铃，那警铃立刻闪起红光，一闪一闪，还带响儿，一路走过去，过往行人和小贩纷纷避让。

这不是救护车吗？

假如把西西罗城当成 所医院，排队入城相当于"挂号"，进来打车就是"坐救护车"，合情合理啊！

可惜他们已经有大黄了，看到他们自己有车，没有人打算做他们的生意。

小梅便让大黄跟在其他"救护车"后面。

看着成功混入西西罗城救护车队伍毫无"违和"感的大黄，荣贵目光炯炯有神地想：别说，他们家大黄的颜色，还真的挺像脱色了的木地救护（出租）车……

"回头小梅给大黄做一项红帽子好了，像前面车灯那样可以闪红光，还可以响的那种。"荣贵对旁边的小梅说道。

小梅矜持地点了点头，没有反对。

荣贵心想：如果他们需要在西西罗城待上很长时间，他或许可以把出租车司机的活儿重新做起来，连给大黄重新上色都不需要。

同时，他也再次感慨：看，他给大黄选了个多么实用的颜色啊！

想着，他摸了摸大黄的车窗。

跟在前面的"救护车"屁股后面，他们经过热闹的城门口，渐渐往城市中心驶去。

这里几乎家家户户都种药草，所以房子基本上都是小木屋，最高不会超过三层，而房

子的墙壁和屋顶也没有空着,也种满了各种植物。除了他们行驶的道路是石子铺成的土灰色以外,整个城市看起来都是绿色的!

西西罗城可以说是荣贵目前见过的最生机勃勃的城市!

荣贵忍不住摇下车窗,看到自己的金属手掌上没多久就附上了一层薄薄的水雾,荣贵想要深呼吸,可惜失败了——

小梅确实给两人的新身体制作了鼻孔,不过只是个空气成分分析仪,一次仅能吸取少量空气用作分析,想要深呼吸……没门。

吸入的空气迅速被分析成了一串又一串数据。

老实说,荣贵看不懂。

不过,这并不影响他心情愉快。

"这里的空气一定很好闻。"荣贵忽然扭头对小梅道。

微微侧头,小梅顺着他的视线往车窗外望去。

轻轻吸了一口气,他也提取外界空气分析了一下:除去水分含量过高以外,他并没有觉得这里的空气有什么特殊。

甚至,杂质还挺多的。

于是小梅不解地看着荣贵。

"你看,外面有这么多植物呢!每种植物都散发着自己特有的味道,这里的空气一定是充满了草木的香味啊!而且,你看——"荣贵将自己的手递向小梅。

机器人的手掌纤细小巧,因为不经常干活所以没有任何磨损,看上去完美无瑕。

荣贵将手掌微微弯曲,渐渐地,之前沾附满他整个手掌的水珠便滚向他的手掌心,没多久,荣贵的手掌心就聚了一大颗胖胖的水珠。

"空气里的水分充沛呢!这里的空气对皮肤很好呢!"荣贵嘻嘻笑了。

小梅:"……"

将掌心的水珠洒向车外,荣贵随即扒在车窗上继续往外看。

和昼夜通明的鄂尼城不同,和人工区分出白天黑夜的叶德罕城也不同,西西罗城给人的感觉仍然是"黑夜"。

城市的灯光不多,然而还是有光的。

这些光主要来自各个小房子外面的招牌。沿途几乎所有房子外面都竖立着一块长方形灯箱式招牌,上面并没有写店名,只是写着大大的"药"字,然后旁边的小字写着"美白丸""丰胸药""肠胃药"……诸如此类,名目繁多。

各种各样掩映在绿色草药间的招牌就是整个城市的灯光主力,它们不会很明亮——太过炫目晃眼不适合做招牌;但也不会黯淡——毕竟招牌还是得引人注目。

高高低低,或大或小的招牌照亮了整个西西罗城。

前方的"救护车"一辆接一辆钻入了城市的大街小巷,停在了一家又一家店铺门前。

等到荣贵的注意重新从窗外回到车内时,他这才发现前方已经没有任何车,行驶在西西罗城的路上,大黄开得并不快。

糟糕——他光顾看街景,忘了看路边到底哪家店铺招牌上写着"强力营养液"。

荣贵抱歉地看向小梅——

"沿途一共有九家店铺招牌上写有'营养液',但标注'强力营养液'的一家也没有。"好在小梅"真•靠谱",不但记住了总共有多少家店铺出售营养液,还在导航上标注了它们的方位。

感慨小梅靠谱的同时,听到他的回答,荣贵还是愣了愣:居然没有吗?

不过也是,这么容易买到,就不稀罕啦!

想了想,他问道:"那沿途有什么可以买饮料或者吃饭的地方吗?"

按照院长告诉他们的经验,普普通通问路的话,很多路人不愿意回答;然而如果在路边买个东西,店主人的回答往往比较靠谱。

当然,以上经验不适用于荣贵,没办法,他长得实在太帅啦!笑容又灿烂,荣贵问路就从来没有被拒绝过,经常还有八十岁老太太拄着拐杖强烈要求带他走四十分钟抵达目的地!

可惜现在他已经没有原来的"盛世美颜"了,只能采用大众问路法。

心中感慨着,荣贵的表情纠结又荣幸。

这家伙又在想什么?沉默地看着表情变来变去的荣贵,小梅半晌开口道:"没有,路边全是药店。"

荣贵大吃一惊:这也太术业有专攻了吧!

难不成随便进路边一家店问问看?

心里想着,荣贵将视线往路边一挪。

"丰胸丸",他左手边的店铺招牌上大剌剌地写着这行大字。

荣贵沉默了。

别说他现在这机器人的身体用不上它,就算将来他换回自己真正的身体也用不上!

换成"胸肌丸"还差不多!

"我们去之前路过的出售普通营养液的店铺看看?"小梅忽然道。

这个好!反正普通营养液他们平时也得每天用,干脆去买点呗!

还省得去买饮料吃饭浪费了!

虽然爱打扮,可是荣贵不是铺张浪费的人。

他们驱车前往最近一家出售普通营养液的店铺,由于小梅事先已经记住店铺的坐标,所以他们一点时间也没有浪费,直接就到了店铺门口。

将大黄停在路边,两个小机器人裹好斗篷下了车。

进入店铺前,荣贵还仔细给小梅调整了一下斗篷上的褶皱,确保小梅看起来神秘又有范儿,这才跟在小梅身后走进了店铺。

推开门,荣贵发现这里的店铺并非没有名字,店名是刻在大门上的,使用一种很古朴的字体,就像花枝与藤蔓,乍一看不像文字,倒像是装饰花纹。

很好看。

荣贵晃了一下神的工夫,小梅已经进入店铺。

店铺非但外面是木质结构,里面也是如此。别说,和荣贵那个时代的药铺有点类似:柜台隔开客人与店员,柜台内,店员身后有高高的木柜子,柜子上则是一个又一个小格子,带抽屉的那种。

　　这让荣贵一下子想起了自己时代的中药铺,不过,比中药铺精致多啦!
　　透明的玻璃柜台里面整整齐齐陈列着一支又一支小试管,里面的液体什么颜色都有,柜台内还有灯光,在特殊灯光的巧妙照射下,试管内装的液体看起来竟像宝石一样熠熠生辉!
　　这让太矮、视线刚好和柜台内试管架齐平的荣贵惊讶极了,他的视线被柜台内的试管牢牢抓住了。
　　"这位客人,您需要营养液吗?"就在荣贵盯着柜台的时候,上方忽然传来一道温和的声音,对好听的声音很敏感,荣贵赶紧抬头一看……
　　西西罗城出美人啊!
　　又是一位美人。美人穿着一身布袍,朝荣贵浅浅笑着。
　　他的个子很高,起码比现在的荣贵和小梅高得多,不过由于他的态度温和,而且还微微俯下了身,荣贵一点也没有被人居高临下的感觉,反而觉得店家的态度温和极了。
　　微微张大嘴巴,荣贵有点紧张,就在他思考如何和美人开口说第一句话的时候,小梅仰起头来接话了。
　　"是的,我们需要补充钙质的营养液,两份,一份营养液中需要添加10倍剂量的细胞活化液,另一份普通即可。"板着脸,小梅对上方的美人店员道。
　　"嗯,好的呢!这就下单让后面的人做。"即使被冷漠对待仍然挂着温和的笑容,美人服务员笑吟吟记录完小梅的要求,"您刚才点的都是最基础的营养液,我们这里还有一些额外的好材料可供选择,长时间放置在冷冻舱,身体很容易干燥,皮肤也会变得敏感,不够强韧,要不要补充一些胶原蛋白呢?可以配合高剂量的维生素C、维生素E同时注入哦!"
　　无聊的推销时间——小梅心想。
　　可是为了一会儿打听贩售强力营养液的店铺地址,他还需要忍耐。
　　谁知——
　　"确实啊!长期放在冷冻舱,我们的身体一开始干燥得很呢!原来可以直接补充胶原蛋白吗?"
　　一脸兴趣盎然——荣贵看起来有点心动。
　　小梅漠然地看了荣贵一眼,做好了一会儿搬一堆被推销的东西回去的心理准备。
　　然而——
　　"可是我们没有补充胶原蛋白,身体照样恢复弹性了呢!而且一点也不干燥,很柔软呢!"
　　荣贵指的是小梅的身体。
　　"我们是从乡下来的,那里没什么其他吃的,只有地豆,我们用的营养液都是从地豆提取的,难不成地豆里有胶原蛋白?"
　　摸了摸下巴,荣贵琢磨起来。
　　"哎?按照现在的情况,一般给身体补充营养液的时候都要补充胶原蛋白呢,你们的身体没有补充其他的肉类提取元素吗?一般说来,胶原蛋白都是从各种肉类材料中提取出来的,很少有植物材料可以替代……

"请问您说的地豆是什么样子的?可以让我看看吗?"

这下,感兴趣的反而成了药铺的店员。

接下来的时间,小梅便冷眼看着荣贵从胸前的储存舱内摸出了一朵蘑菇,递给了柜台后面的店员,美人店员对从未见过的地豆非常感兴趣,表示想要收购一棵,荣贵大方地摆摆手,表示"一朵蘑菇算不了什么",让对方尽管拿去。

他越是这样,店员越是不好意思,结果,对方反而从他们购买营养液的钱里扣除了一部分,购买十棵地豆。

小梅:"……"

于是,想要推销商品给客人的店员,反而花钱从客人这里买了东西。

真是……

小梅的视线落在荣贵的笑脸上。

仰着小脑袋,荣贵大方地和对方分享自己的地豆使用方法,还把地豆面膜的用法介绍给对方。

"祛疤、保湿、美白,好用得很!"荣贵指了指对方手里的地豆。

"就算不用,平时当夜灯也不错,不刺眼哩!"

他说出了地豆的多种用法,让人不由得觉得手中的植物真是作用强大!

店员看向手中蘑菇的目光也越来越慎重,看起来,他完全被荣贵说的话唬住了。

小梅:"……"

好在荣贵还记得正事,和对方聊了一通"蘑菇经"之后,他终于开始打听强力营养液的事。

"强力营养液吗?"手里还捧着一把小蘑菇,美人店员沉思了片刻,"这种高级营养液原本不是所有药剂师都可以制作的,现在外面能打出'强力营养液'广告牌的店铺应该不超过九家。

"而能真的能制作强力营养液的最多也就三家而已。"

说这句话的时候,他的声音忽然压低了:"按照规矩我们是不能说的,如果有人问起,我们应该把那九家店铺的名字全都告诉客人,具体分辨是客人自己的事情。"

"可是……"美人举了举手里的蘑菇,"如果确定这种地豆很好用,我们可能会向你收购地豆哩!搞不好是长期合作,这种情况下,我就实话实说啦。"

他从柜台下方掏出一张纸和一支笔,腾出手来在上面写下了三个店名兼三个地址,都是花体字,好看极了。

写完,美人店员将字条递给荣贵:"你们去这三家店铺打听看看。"

踮起脚尖,荣贵一边道谢一边接过了字条,只看了一眼,他就将字条小心翼翼地递给了旁边的小梅。

重要的东西交给小梅保存准没错——这是这段时间以来荣贵的经验。

"实在太感谢了,那个……还有个问题需要请教一下。"任由小梅研究那三家店的店名和地址,荣贵想起了一个重要的问题。

"哪里有可以租住的房子呢?"

每到一个城市就要换新房子租住,荣贵一下子就想到今天晚上他们的落脚问题。

"呃……别说,你还真的问了个好问题。"嘴角微微向上一弯,美人服务员道,"强力营养液是需要预订的,即使你们现在过去就预订成功,等拿到,估计好几个月过去,你们需要在这里居住一段时间。"

"按理说,贩售药剂的店铺都会提供可供租住的房间,不过那三家店……老实说房租都很贵,长期租可是一笔不小的开销。"

"我们店也挺贵的。"说这句话,他的声音也压得很低。

然后他又拿出一张纸来,在上面留下了一行小小的字:"你们去这里试试看,这是我一位老邻居的地址,是位老人家,没有开铺子,平时以种植草药为生,家里也就她一个人,房间应该还有很多,你们可以去问问她能否租给你们一个房间。"

哦哦! 真是意想不到的收获!

在同一个地方就问到了贩售强力营养液的店铺地址以及可以租房子的地方……

"小梅你选的店真不错!"拿着营养液离开之后,荣贵大力称赞小梅。

沉默地看了荣贵一眼,小梅没有吭声。

将营养液放在大黄上,小梅将从店员那里得到的地址输入导航系统,径直前往那里。

一路行驶,荣贵兴致勃勃地看到沿途的景色由统一的店铺开始变化。

还是那些小木房子,不过街道变得不那么整齐了,主要是招牌变得没有那么风格统一了,灯箱式的招牌变得稀少,很多店铺用的都是不发光的普通木质招牌,上面简单粗暴地写了店里出售的药,连个店名都没有。而随着大黄不断行驶,更多的店铺连招牌都没有。

透过天窗,荣贵甚至看到一家店铺的二楼把衣服晾到外面。

虽然由于是机器人的身体,根本感受不到外界的温度,可是从身上经常凝结的水珠就知道:西西罗城一定是个潮湿闷热的城市,这种地方最让人发愁的就是晾衣服的问题啦!

随着巷子越来越窄,路面也越来越窄,可想而知这种地方外人光顾的概率也越来越小。荣贵看到道路两旁的房子二楼在彼此的窗户之间拉出了长长的绳子,有的绳子是空的,不过总有一些绳子上挂着衣服、床单什么的。

这玩意是晾衣绳——荣贵顿时懂了。

荣贵仰着头,好奇地从外面晾着的衣服推测本地的着装风格,一会儿工夫,他就从好几件花裤衩下过去了,差点被裤衩上滴下的水淋湿脑袋,荣贵赶紧关上了天窗。

"看来这里是居民区,还是个老城区。"缩回头,荣贵对旁边的小梅说出了自己的观测结果。

"初到陌生的城市,能够到当地的老城区居住最好了,一般会住在这种地方的都是上了年纪的老人,而老人一般都脾气好。"

"比如哈伦大爷。"想了想,荣贵拿叶德罕城的老房东举了个例子。

仰头看了半空中各式各样的内衣一眼,小梅没说话,只是把大黄所有的车窗都摇上了。

看起来小妹对晾在外面的内衣很没好感,荣贵耸了耸肩。

各种内衣、床单掉下来的水珠淅淅沥沥砸在大黄的脑门上,然后从玻璃上淌下来,小梅按下雨刷器将水珠刷去。

一路走一路刷，终于，他们抵达最后一条巷子。

按照美人店员的指点，他们可以租房子的地方就在这条巷子的尽头。

然而，一进入巷子，荣贵就感觉有点不对头。

这条巷子实在太黑了。

一盏灯也没有，这种纯粹的黑暗几乎只在城外的道路上才感受得到，进入城市的话，哪怕再偏僻也会设个路灯什么的，根本不会这么黑！

然而这条巷子就是这么黑，好在他们有夜间成像系统，即使是黑夜，他们也能看到点东西。

抬起头，荣贵"看"到了遮住整条巷子天空的树叶与藤蔓。

原来是密密麻麻的茂盛植物将巷子上的天空全部遮住了。

这条巷子里的房子比之前路过的巷子都要少，房子之间距离也远。

"每家都有个大院子。"坐在大黄上，荣贵小声对小梅说道。

虽然这么解释，可是他心里毕竟有点害怕，具体表现出来就是他的身体情不自禁地朝小梅的方向靠，越靠越近，他几乎越过两个座位之间的间隙，坐到小梅的驾驶席上了。

小梅没有理他，只是静静地时不时看向周围，动作缓慢而细致。随着大黄不断向巷子深处驶去，他的目光最终落到了巷子尽头的一栋房屋上。

这栋掩映在最密集草木中的三层楼房，正是他们此行的目的地，也就是那位美人店员给他们的地址对应的建筑。

——也是他们即将租住的房屋。

它看起来破极了。

没有开灯，看起来就像是恐怖片里才会出现的鬼屋。

"呵呵，估计房租不会很高。"干笑了一声，荣贵再次小声道。

然后，他鼓起勇气拉开车门，从大黄上跳了下去。

在他下车没多久，小梅也从另一侧下来，感到小梅和自己肩并肩再次站在了一起，荣贵的心这才稍微踏实了起来。

荣贵仔细打量着这栋未来他们有可能暂居的房子，发现它虽然很破，却不是那种无人居住的破。

从墙内长出来的树枝虽然茂盛，然而一看就知道被很好地修剪过。

里面应该是有人住的。

"里面有人。"小梅冷静的声音在他耳边响起，他的话进而证明了荣贵的猜测。

"切换视物方式，使用热成像模式。"小梅紧接着说道。

荣贵连忙按照他说的切换，于是，再往墙内看，他就看到一道隐隐约约的绿色人影。

荣贵条件反射般做了个吞咽的动作。

老实说，这种"看到"，比看不到还可怕啊！

不等他适应过来，小梅又说话了。

"那个人走出来了。"

小梅的声音不大，平静又冷漠，在一片黑暗的安静环境中，有种说不出的诡异。

被小梅的声音刺激得心里毛毛的，荣贵紧张地看到那道模糊的绿色身影从二楼移动到一楼，然后慢慢朝他们的方向，越走越近。

"他要开门了。"黑暗中，小梅没有任何感情的声音再次响起。

右手唰地抓住小梅的斗篷，荣贵的紧张达到了极致。

老实说，他本来没有这么紧张，实在是小梅的声音太适合给恐怖片配音啦！

然后，就在荣贵心中的惶恐达到顶峰，他几乎想要拉着小梅逃回大黄上时——

"吱嘎"一声。

门开了。

眼中的绿影被一道黑影取代，荣贵看到了一位一脸褶子的老婆婆。

面容严厉，这是一位瘦削的老人。

嘴角向下抿成一道刀锋，她居高临下地，用白色的双眼看着他们。

等等——

白色的双眼？

张大嘴巴，荣贵再也承受不了心中的恐惧。

"吧嗒"一声，他吓晕了过去。

接下来的事情——

他就不知道了。

小梅手疾眼快拉住了即将倒地的荣贵，单手把他架起来，然后面无表情地和白色眼眸的老人对视。

"他——你的同伴——怎么了？"先开口说话的是门内的老人。

"程序运行错误，紧急关机。"小梅回答得言简意赅。

老人沉默了片刻，稍后继续开口："你们，是干什么的？"

"有人给了我们这个地址，说这里可以租房。"冷冰冰地，小梅简单介绍了自己前来的缘由。

说完，他还将之前美人工店员给的字条递给老人。

"不用让我看，我眼睛不好，看不清。"老人冷漠地拒绝了。

小梅便将字条塞回斗篷里。

"你们要租多久？"安静了一会儿，老人再度开口询问。

"不超过三个月。"小梅回答。

"……"

这回，老人没有多问问题，她让小梅进来，等到小梅扶着荣贵进门之后，她再次紧紧关上了大门。

于是，荣贵在插座上幽幽"醒来"的时候，小梅已经把一切事情办好，把大黄上所有行李都搬了进来，开始整理了。

荣贵醒过来的时候，小梅正端端正正地跪坐在离他不远的地方，规规矩矩地铺……铺床。

"啊……"迷惘地看了看陌生的屋顶，荣贵一时没有回过味来。

一骨碌坐起来，他茫然地打量四周。

首先，屋子里有灯。

虽然连个灯罩都没有，可是屋子里确实有盏灯，灯泡是橘黄色的，照得屋子里暖融融的。

荣贵看了好一会儿灯，他的视线随即投向天花板，和以往平整的房顶不同，这个房顶就像三角形的两条边，中间有一道横梁，仔细看，还是木质的。

视线向下，荣贵紧接着看到了落地窗，外面隐约有个露台……

"这里……是哪里哦？"荣贵抓了抓头，问小梅。

幸好小梅就在旁边，否则醒过来发现自己在这么一个陌生的地方，荣贵非慌神不可。

"你刚刚关机的院墙……里面。"伸出手抚平床单最后一道褶皱，小梅坐直身体，从旁边拿起枕头。

张大嘴巴，荣贵一脸惊愕。

荣贵慌张地爬到小梅身边，小声问："这、这就是鬼屋里面？"

"不是鬼屋，就是普通的房子。"小梅将枕头放了上去，然后找枕巾。

"我们、我们就这么住进来啦？"小梅的回答却让荣贵更紧张了，"吧嗒"一声，他把自个儿的身子贴到小梅背上。

"房租合适，房间合适，为什么不租？"瞥了一眼荣贵紧紧抱着自己胳膊的爪子，小梅找到枕巾了，继续套枕头。

对了，枕巾是在叶德罕做的，女矮人们教授了枕巾的制作方法，在荣贵差点缝坏的情况下，最终由小梅帮忙缝制成功。

小梅一共制作了三对枕巾。

虽然，他也不明白两个机器人为啥需要枕巾。

"你租了多长时间？"愣了一下，荣贵又问。

"三个月。"

这、这难道是既成事实？想到自己要在如此阴森森的"鬼屋"里居住三个月，荣贵快要哭出来了！

"这个房子看起来很破啊！"不死心地，荣贵拼命挑着理由，试图做最后抵抗。

"破一点房租低，你说的。"套完一个枕头，小梅套第二个。

"这里的院子好大，而且里面植物茂盛得好诡异啊！"

"院子大住得宽敞，房东说我们可以使用露台楼梯下面的一小块地，可以用来埋冷冻舱以及种植'苹果'、地豆。"小梅开始搬被子。他搬被子的时候，荣贵就挂在他身上，双脚拖地，小梅走到哪儿，荣贵就挂在他身上跟到哪儿，"而且——植物茂盛，是因为房东出售草药植株。"

怎么办？小梅的口气虽然听起来和平时没什么两样，可是……

总觉得他好中意这里！

"可是、可是房东很诡异啊！她的眼睛是白色的啊！白色的！"荣贵又急促地小声道。

这难道不诡异吗?

这才是最诡异的地方呀!

小梅找到被子,回到铺好的床单前,再次跪坐下来,将被子放了上去,然后才不慌不忙地回答荣贵道:"她有严重的白眼病。"

"啊?"

"白内障的变种,表现为角膜雾化,出现一层厚厚的无法去除的白膜,病人视力越来越差,直到完全失明。"

"啊……"荣贵搂着小梅的脖子,愣了愣,"这样啊。"

最害怕的问题得到了科学的解释,荣贵点头表示同情和理解。

"房东说露台楼梯下面的一小片地我们可以使用? 免费的吗? 我能去看看吗?"

心中最害怕的事情得到了解答,荣贵一下子恢复了镇定。

从小梅身上跳下来,荣贵开始好奇地四处探索。

"……"小梅有点无语。

好在荣贵只是简单看了看,注意到他们租住的房子外面果然有个露台,而露台上还有一段通往楼下的独立楼梯时,荣贵小声欢呼。

然后他开开心心回到屋里,一边哼着小调儿一边和小梅一起整理行李,他决定干完活儿和小梅一起去探险!

小梅:"……"

小梅已经非常非常习惯了。

就这样,他们在西西罗城的落脚处也选定了。

居住在老旧城区的"鬼屋"内,以市价三分之一的价格租下了一整层楼。虽然是个阁楼,可是对于两名娇小的机器人来说,已经非常宽敞了。

除此之外,他们还拥有独立楼梯,以及楼梯下面的一小块地。

荣贵觉得:自己和小梅的日子真是越过越好啦!

开心!

第二章

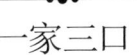

一家三口

阁楼并不高，如果是普通人居住的话，搞不好还得时不时弯腰，不过荣贵和小梅都是普通矮个儿的人，阁楼的高度对于他们来说十分合适。

屋里没什么家具，只有一张床外加两个矮柜子，床是用藤蔓编织成的，原本中间有个大洞，不过早在荣贵醒来之前，小梅就用手边的材料将那个大洞补上了。

大概是房东替换下来的旧家具，两个矮柜也有毛病，一个少了一个柜脚，不能装东西，一装东西就向一边倒，一个则是柜门坏了。

第二天，不用荣贵说，小梅早上起来就开始修理这两个柜子。少了的柜脚找了一块金属替换；柜门则是门轴坏了，用金属片做了新的门轴，末了还上点山猪油，又调试了一下，柜门开合自如。

荣贵往柜子里塞了几个香囊——将香精油滴在碎布头上，再放入袋子里，这就是一个简易香囊，柜子里的霉味很快就淡了不少。

不过，两个机器人的行李实在太多了，仅仅两个柜子怎么可能全部装下？

小梅就说这个地方应该盛产藤条，回头他会去买一批藤条，用藤条编织一些家具。荣贵顿时放心了，顺便求小梅给自己编个篮子，然后去阁楼的其他地方参观。

这个阁楼确实挺大的，除了室内有点矮以外，面积可是和楼下两层楼一样大哩！除了有一个房间上了锁，专门存放房东自己的东西，其他的房间基本上都是空的，他们可以使用。

荣贵甚至发现了一个有浴缸的浴室，以及一个厨房！

浴室是个好东西！他们的身体总算可以洗澡了，而厨房呢……厨房似乎没什么用，荣贵决定把厨房改成小梅的工作室。

"以后这就是你的地盘啦！"琢磨了一下，荣贵对身后的小梅道。

莫名其妙拥有了一个厨房兼工作室的小梅："……"

将东西大体归置完毕，荣贵将阁楼上的窗户全部打开通风，虽然闻不到，但是想也知道许久不住人的阁楼一定全是霉味，墙上好些木头还有腐朽的痕迹，回头得和小梅说一下，这些地方也得修一下。

正想着，荣贵忽然听到了下方传来了一点动静。

顺着声音一看，荣贵在一楼的药田里看到了一个人，那个人穿得严严实实，手里还拿着一把锄头，正在一下一下地除草。

那个人是房东吗？

没想到房东起得比他还早呢！

他觉得昨天自己的行为太过失礼，想要补救一下，赶紧朝下方的人打招呼。

"早上好啊！"趴在窗户上，娇小的机器人活力十足地对下方的人喊道。

那个人没听到似的没有反应，荣贵打第二声招呼的时候那人才缓慢地抬起头，戴着一顶大大的遮阳帽，荣贵看不清那人的脸。

那人依然没有说话。

荣贵歪了歪头。

就在这时，小梅抱着一盆地豆也走到窗边，荣贵转过头，小声对小梅道："我还以为楼下干活的人是房东婆婆，不过看起来不是，像是个男人。看来，这里应该还有别的房客……"荣贵说完，继续扒在窗台上看楼下的人干活。

看了一会儿觉得没意思了，他离开这扇窗户，去另一扇窗户探看外面的地形。

小梅将手中的花盆规规矩矩摆在窗户外面，用一根藤条固定好，确认花盆的存在并不影响窗户的开关之后，他看了一眼楼下仍在慢吞吞干活的男人。

下面干活的男人始终没有抬头，小梅离开了。

这一次，他们并没有像在叶德罕城似的，光是收拾房间就用了一整天时间。

原因是小梅说强力营养液不好买，需要提前预订然后排队等待，为了尽早拿到强力营养液，他们应该早点去排队。

觉得小梅说得很有道理，荣贵只是将窗户全都打开，将没有整理好的东西放在一边，两个人便一起下楼。

他们的身体还放在大黄上，初到一个陌生的地方，在确保安全以前，他们不敢将身体贸然拿出来，埋在土里也不行，这里的土壤太湿了，何况城外还有那么多埋在土下的"丧尸"，荣贵总觉得不太吉利。

万一那些"丧尸"在土里也不老实呢！万一他们在土下从城外挖到城内呢！自己和小梅白嫩嫩的身体，被那些家伙不小心啃一口就完蛋了！

思来想去，他们还是将身体随身携带，路上如果有卖锁的地方就买把锁，整理好合适的房间，将房间上好锁之后再把身体放进去也不迟。

下楼的时候，荣贵打算跟房东婆婆好好赔礼道歉。

为此，他还翻出了自家最漂亮的一个花盆，生长在里面的地豆也异常茁壮，小灯泡特别亮，荣贵准备将它作为礼物送给房东婆婆。

谁知他们走到一楼，却发现没人。

陈旧的地毯，浆洗得干干净净却已经看不见花纹的桌布，充满岁月痕迹的摇椅……

等待他们的只有静悄悄的客厅。

仔细看，摇椅还在微微晃动。

看起来就像是之前一直有人坐在上面，那人只是刚离开不久……

昨晚的诡异感再次浮上心头，荣贵哆嗦了一下。

"把地豆放在摇椅上吧。"就在这个时候，小梅的声音在身旁响起。

荣贵打了一个激灵，赶紧按照小梅说的话做。

放地豆的时候，荣贵注意到摇椅上还披着一条织了一半的毯子，他想了想，没有将花盆放在摇椅上，而是放在了摇椅下方，脚边的位置。

末了，他还鼓起勇气喊了一声："房东婆婆，我们出去办事了，花盆里的地豆是礼物，

希望你喜欢。"

说完,他就赶紧跑回小梅身边。

两个小机器人头也不回地离开了这栋充满了岁月沧桑感的古旧房屋。

门外没多久就传出了车发动的声音。

而就在他们离开不久之后,地板吱嘎吱嘎响了起来。一位老妇人从外面进来,她仍然穿着昨天晚上的那套黑色衣裳,由于浆洗次数多过,黑色的粗布衣裳看起来有些发白。

裙摆隐隐沾了几块湿润的泥土,仔细看,她的手套上也带着泥。

她慢慢弯下腰,掸去了裙摆上的泥,然后摘掉手套,这才慢慢走回客厅。

黑暗中,她附了一层白膜的眼睛显得格外诡异。

虽然她说自己看不见,然而她走路的时候异常灵巧,什么东西也不会碰到。她稳稳地走到了摇椅旁,弯下了腰。

她将荣贵之前放在那里的地豆端起来了。

绿色的荧光照在老人冷硬的面孔上,也照在她白色的眸子上。

缓缓地,维持着端着地豆的姿势,老人重新坐上了摇椅。

房间里很快再次响起了摇椅摇动的声音。

那些是荣贵不知道的事情。

在外面待了一晚上,大黄车身沾满了水珠,除了水珠之外,车顶居然还有几条花裤衩!

第一眼看到那些花裤衩的时候,荣贵愣了愣,想了好久,半天才得出"大概是风刮来的"这个结论。

这里的人不是喜欢将衣服晾在外面吗?城市里有造风系统,风大一点的时候,总有一些衣服会被吹下来,吹落到巷子里,刚好落在大黄的脑袋上……也不是没有可能。

荣贵只能硬着头皮将几条裤衩捏了下来。

他将裤衩挂在旁边植物的藤蔓上,决定就这样挂着好了,裤衩的主人如果还在意这些裤衩的话,顺手拿走就是。

倒是大黄发动的时候,荣贵又被吓了一跳。

车下忽然传来一声猫叫,紧接着,一只黑猫忽然从车底蹿了出来,在车窗上留下一道黑影和几个脚印,倏地跳开了。

"这、这里也有猫吗?"单手捂住胸口,荣贵惊魂未定。

"那是一种名叫卡特的小型兽类,捕猎能力极差,多半生活在城市中,与人类共居。"小梅冷淡的声音再次响起,一如既往地慢条斯理,没有任何波动,然而也正是这种"平静无波"安抚了荣贵,荣贵感觉自己重新冷静下来了。

直到——

"然而,这种兽是食腐类的,没有正常食物的情况下,它们会挖掘腐烂的食物食用,也正是因为这个特性,它们被认为是一种不吉利的野兽,特别是黑色的。"

荣贵心想:这就是说,他们一大早就看到不吉利的东西吗?

一家三口

不祥的预感塞满了荣贵的大脑,打开小黑,听了半天西西罗城的花式广告也没有让他的心情好起来。

接下来的时间,他们便按照美人店员提供的店铺地址找路。

如今,售卖真正强力营养液的店铺只有三家,他们从远到近依次探店,然而,一大早见到黑色卡特的坏兆头似乎真的应验了:他们去的第一家店生意实在太好,根本不接受预订;第二家店的生意稍微差点,然而即使现在预订,最快拿到强力营养液也是八个月之后的事了!

其实八个月还好,荣贵觉得能预订就不错,只是小梅看起来有点等不及的样子。

荣贵敏锐地察觉到小梅掩藏极深的一丝焦躁。

"再去第三家店看看。"小梅的声音并没有任何变化,然而,荣贵就是觉得小梅有些急躁。

他似乎不想等那么久——荣贵偏了偏头。

不过小梅不愧是小梅,他压制住了自己的焦躁,说完要去第三家店的话,还是在第二家店预订,也交了订金。

西西罗城不提供旅行居留,如果不是过来买药,是不能在城市里长期停留的,如果想要在这里长时间逗留,就必须拿出相应的订单来证明。

订单生成需要一段时间,店家还要现场制作一张提货卡给他们,等待提货卡的时候,店员笑眯眯地将他们引到了一间休息室,那是个类似咖啡厅的地方,虽然没有阳光,然而每张桌子上都摆了精美的烛台,烛光将整个露天休息室照得美轮美奂,除此之外,还提供免费的美味饮料……

荣贵他们没有办法吃东西,不过荣贵听到周围的客人感叹饮料好喝,于是——

看了一眼小梅,荣贵从胸前按出两个瓶子,然后将两人面前的饮料倒进瓶子里装起来。

"回去鉴定一下,如果成分没问题,可以给我们的身体喝!"荣贵精明地说道。

小梅:"……"

荣贵敏锐地察觉到小梅似乎放松了一些。

嘴角微微翘了起来,放心了一点点的荣贵开始观察四周——

在这里等待的客人很多,每一桌客人都有非常鲜明的着装风格,一看就来自同的地方。一想到这些人可能来自自己未来和小梅可能会去的地方,荣贵心中就充满了好奇。

荣贵兴致勃勃地,一桌一桌地看过去,直到他的视线落在右侧角落的圆桌上。

非常奇怪,那位客人的面前没有饮料。

和其他客人不同,那位客人异常安静。从荣贵的视线落在他身上的那一刻开始,荣贵就没看到他动过。

他身上的衣服异常破旧,仔细看,那件衣服不是土褐色的,而是上面沾的全是土。

就像是刚从土里爬出来的——

想到什么,荣贵忽然僵住了。

然后他就看到那人旁边来了一群人,那群人一边走一边大声说话,动作也十分粗鲁。

荣贵看到其中一个人大幅度拉开了隔壁圆桌的座位，由于动作幅度太大，撞上了那位客人。

一动不动的客人终于动了，气氛紧张，荣贵看到那位客人缓慢地抬起头，然后转过头——

桌上的烛火照亮了他脸庞的那一刻，荣贵猛地抓住了小梅的手，然后腾地站了起来。

果然！

那是一个"丧尸"！

整张脸已经完全腐烂，烛火照亮了一张腐朽不堪的面孔！

隔了这么远，荣贵都被吓了一跳，可想而知直面"丧尸"的那名客人有多倒霉！一声巨大的惊叫声后，整个休息室客人的视线都落在了原本隐蔽的角落。

之前安静坐在角落里的"丧尸"便无所遁形。

客人们此起彼伏的尖叫声中，荣贵看到店员迅速过来，他们穿着厚厚的衣服，训练有素地将那个仍然呆呆坐着的"丧尸"架起来。

"抱歉啊！大家不要害怕，这是以前在我们店铺预订强力营养液的客人，等待强力营养液的时候，他不小心买了一粒不老药，然后又不小心死了，结果就变成这样！

"他的家人把他埋在城外，结果他似乎还记得预订的强力营养液，这不，每隔一段时间他就特意翻墙过来一次呢……

"呵呵呵，在西西罗城住久了大家就会发现，不死者就生活在我们身边，这是很寻常的事呢！

"大家也不用担心死了之后我们会赖账，放心，这位客人的强力营养液我们已经浇到他的坟头上啦！

"他只是特别喜欢这间休息室而已……"

一边命人将"丧尸"客人架走重新埋葬，店铺经理一边笑呵呵地对休息室内面带惊恐的客人们解释。

听完他的解释，荣贵觉得自己整个机器人都不好了。

特别是当他稍后离开休息室，又在店内发现一个正在老老实实排队的"丧尸"后。

与惊声尖叫的外地人截然不同，本地人都很淡定平静。

对于这些不知怎么逃过入城检测，走入城内的"丧尸"，本地人的表现可谓非常镇定。

"这是两位的提货卡，请妥善保存。"双手持卡片，店铺经理笑眯眯地将提货卡递过来。

不得不说，西西罗城的人长得真是不错啊！店铺经理也是个帅大叔哩！

荣贵呆呆地仰望着面前的男人，而小梅就没想那么多，单手接过了提货卡。

"不过，其实不妥善保存也没什么关系。两位的通行证内已经输入了相应的资料，凭借这份记录，两位可以在这里居住八个月。"收回手，将手背在身后，店铺经理继续笑眯眯道。

"我们西西罗城可是历史最悠久的药剂师之城，主张用药物恢复身体机能，而非一味地使用机械替代品，两位……虽然现在使用了金属身体，可是过来购买强力营养液，想必是原本的身体还在康复中吧？"对方使用了比较委婉的说法，"如果能够使用自己的身体，还是用自己的身体最好。"

"人类的身体才是这个世界上最精妙的创造！是任何机械无法媲美的神迹！"伸开双手，店铺经理感慨道。

小梅："……"

眼瞅着小梅从头到尾都是一张面无表情脸，店铺经理退了一步："西西罗城非常大，这里四季分明，几乎种植了塔内现存的所有品种的药草，两位可以把这里当作一个植物园，到处参观一下，城中心有西西罗城最大、塔内排名第五的图书馆，图书馆面向城内所有人开放阅读资格，喜欢阅读的客人，可以去那里逛逛。

"对了，你们搞不好也会在图书馆看到刚刚那样的……不死之人，他们中的很多喜欢图书馆。请不要害怕，那些客人非常安静，他们除了顽固一点以外，脾气非常好，不会攻击人，也不会给您带来其他不便，请不要担心。"

说完这句话，店铺经理微微一笑，鞠了一躬，然后转身去招待其他客人了。

盯着店铺经理的背影，小梅收回视线，收好提货卡，道："我们去第三家店铺看看。"

荣贵无异议地跟上。

而当他们离开店铺的时候，迎接他们的是自天上落下来的雨滴。

伸手接了几滴雨，荣贵吃惊道："下雨了？"

地下城还有雨？

这是他的潜台词。

听出了他的潜台词，小梅答道："满城都是药草，光靠人工浇灌肯定不够。所以……"

所以，这是在天空设置了一个大喷壶吗？

脑中浮现出一个巨大的喷壶浇水的画面，荣贵心中一松，随即，他扒下自己身上的斗篷，将自己和小梅的头罩住，两个小机器人啪啪啪地踩着水花，从店铺门口奔跑到大黄身边。

开车行驶在路上，周围到处都是淅淅沥沥的雨点声，原本还在路边慢悠悠散步的行人纷纷避到路边的店铺……这种只在"上辈子"见过的普通避雨场景，如今想起来，却让荣贵觉得格外亲切。

明明是非常普通的一幕，可是在这个世界却是第一次见，静静地靠在玻璃窗前，荣贵原本因为忽然见到"丧尸"而有点慌乱的心被奇异地抚平了。

接下来，当他再在雨中见到几个"丧尸"，心中升起的情绪就不再是恐惧，而是好奇。

身上的淤泥逐渐被雨水清洗干净，衣服上的污渍在水渍的遮掩下变得不那么明显，润泽了他们苍白僵青的脸……

他们的步子固然很慢，可是雨也不大不是吗？

　　他们看起来就像是悠闲行走在雨中的归家人,一路洗去在外面奔波留下来的痕迹,慢慢地,一门心思地想要回家去……

　　扒在窗户边看着外面的"丧尸",荣贵脸上的表情变来变去,完全想不出他脑袋里刚刚闪过了多少念头。小梅看了他一眼,将窗户锁好,确定他没法轻易将窗户摇下去后,小梅继续驾驶大黄前行。

　　穿过几条弯弯曲曲的小巷子,他们身边的"丧尸"只剩下一个。

　　那是个胡子拉碴的"丧尸",鼻梁上还架着一副眼镜,脸颊瘦削而凹陷,看起来不苟言笑。

　　就像是个死板的公务员——荣贵心想。

　　他家里应该有一个漂亮而手巧的太太,嗯……漂不漂亮他不太清楚,不过手巧应该是真的,荣贵注意到那个人身上的衣服明显是手工缝制的,针脚细密且非常结实,衣服上容易磨损的地方还补上了几块补丁,看起来就像是装饰品,漂亮又实用。

　　荣贵看到那个"丧尸"慢慢往前走,走到了一群"丧尸"中间……

　　等等!一群"丧尸"?!

　　荣贵这才注意到他们不知不觉已经开到巷子尾端,而那里不知为何聚集了一大群"丧尸"!有十二个,就那么站着,黑压压一片,看起来诡异极了!

　　刚刚由于下雨而带来的奇异马赛克效果一下子被抹去了,荣贵再次贴上了小梅。

　　"小梅!我们怎么开到这里啦?这里、这里怎么这么多"丧尸"啊?!"荣贵环顾了一下四周,这才发现周围的店铺几乎都是空的,连个灯箱招牌都没有,房子也破破烂烂的,一看就知道没人住。

　　"这里就是第三家店铺。"任由荣贵抓着自己来回晃,小梅淡定道。

　　荣贵吃了一惊!

　　"穿着妻子手工缝制的衣裳""洗尽劳累的痕迹归家"之类的幻想全都没了,荣贵心里再次只剩下"丧尸围城"的恐惧。

　　第三家店铺的"画风"一看就和其他两家的不一样!

　　虽然同样很大,旁边的休息室也更豪华,然而——

　　更加豪华的休息室里坐着更多的"丧尸"!

　　这可不像之前那家的休息室里那样,只有一个不小心混进去的"丧尸",而是满桌的"丧尸"!

　　荣贵的嘴巴都张大了。

　　"这、这个地方到底怎么了?怎么这么多'丧尸'啊?"周围没有任何行人,大黄就这么突兀地停在路边,荣贵忽然觉得自己和小梅好醒目!

　　总感觉早晚会被"丧尸"注意到怎么办?!

　　就在荣贵抖得像个筛子的时候,小梅任由自己的身体和荣贵一个频率抖着,目光却停留在早前那个眼镜"丧尸"身上。

　　他看到那个"丧尸"缓慢地挤开外面的同类,径直走到门前,缓慢地从裤子口袋中掏出一把钥匙,然后慢慢地将钥匙对准了锁眼。

第二章
一家三口

"咔嚓"一声,门开了。

就像回家一样,他开了门,走进去,然后重新关上了门。

关门声有点大,以至于一直将头埋在小梅腿间的荣贵也听到了,利索地撑起一条胳膊抬起头来,荣贵刚好看到一扇被关上的门。

然后,屋内的灯一盏一盏地亮起来——那个"丧尸"还知道开灯。

"我们进去看看。"就在荣贵呆呆地不知如何是好的时候,小梅再次开口道。

说完,小梅打开车门,居然下车了!

完全不敢自己待在大黄上,荣贵咬咬牙,赶紧也解开安全带下了车,紧张兮兮地跟在小梅身后,眼瞅着自己和那群"丧尸"越来越近、越来越近……

他已经可以看到对方脸上的毛孔了!

紧张到一定程度,荣贵大脑一片空白,反而镇定下来。

不知不觉间,他模仿之前见过的那个"丧尸"的走路方式,他仿佛天生就有这方面的天赋。

于是,等到小梅胳膊上忽然没了荣贵拉扯的重量,他忍不住转头打量,看到的就是宛若"丧尸"一般的荣贵。

表情、姿势、速度……全和周围的"丧尸"一模一样,如果不是知道荣贵现在是机器人,无论如何也变不成"丧尸",小梅当真以为荣贵变成"丧尸"了。

小梅:"……"

荣贵模仿得实在太成功了,周围的"丧尸"全都把他当作了同伴,于是,他们的注意力全都集中在小梅身上。

他们的脸全都缓慢地移动到了小梅所在的方向,僵硬的视线也转过来,然后,他们渐渐地朝小梅的方向逼近……

面无表情地,小梅继续朝门口的方向走去。

一大群"丧尸"追在他身后,小梅到了门口。

这是一扇典型的店铺大门,正常情况下,只要轻轻一推就开了,如今却大门紧闭,小梅推了一下——推不动。

后面的"丧尸"离自己越来越近,冒充"丧尸"的荣贵距离自己最近,伸出手扒在自己背后,荣贵用自己的身体挡住了后方"丧尸"伸过来的双手,即使这样,小梅仍然可以感受到后方一层层收紧的重压……

拧下一根手指,露出下方的金属丝,小梅慢慢地将金属丝塞进了钥匙孔。

也不知道他在里面做了什么,没多久,钥匙孔再次响起了清脆的"咔嚓"声,门开了。

小梅抓过身后的荣贵,闪进了门。

进门的同时他立刻关上了大门,门板后面响起了"咚咚咚"的闷响,那是"丧尸"忽然失去了依靠,身体砸在门板上的声音。

小梅仔细将门再次锁好,回头看看还是一脸僵硬的荣贵,微微皱了皱眉:"可以了,不用继续演戏了。"

他说了两遍,荣贵才像忽然解除了魔咒似的,软了下来。

娇小的机器人立马又扒住小梅的胳膊,软软地小声说:"吓、吓死我啦!"

明明是刚才的你比较吓人——没吭声,小梅在心里道。

转过身,两个小机器人打量起房子内部来。

和之前光顾过的两家店铺一样,这家店铺的装修风格同样古朴而精致,屋内是材质很好的木地板,不过,和另外两家店铺不同,这里的木地板明显很久没有打蜡了,看起来有些破旧。

门口有一块厚厚的地毯,花纹华丽精致,唯一不协调的是上面的水渍。

想到刚刚进去的"人",荣贵心里咯噔了一下。

不过他随即注意到了自己和小梅的脚:水淋淋的。

于是,虽然心里有点膈应,但他还是拉着小梅,在地毯的边边上蹭干净了脚。

他们顺着天花板上的灯往里走。

从外面看里面灯火通明,实际上走到里面就会发现:好多灯泡坏了,每走几步,头顶就有一个灯泡是不亮的。

这种情况明显不对劲。

如果是正常营业的店铺,地板应该是干干净净的,店铺里的植物绿意融融非常精神,而灯泡也应该是每天检修,绝对不会有坏掉的。

说这家店铺没有营业吧……似乎也不对,荣贵光顾着伪装"丧尸",可能没有注意到,然而小梅却是看清楚了:外面写着店铺所售商品的灯箱是亮着的。

虽然完全被"丧尸"挡住了,可确实是亮着的,上面还写着招聘信息。

走在前面,小梅看似面无表情,实际上,他的警觉已经提到最高水平了。

左手边是一个大厅,他拐了进去。

和其他两家店铺一样,这是待客大厅,里面有柜台,有圆桌,正常情况下,这应该是一个可以同时接待一百名客人的大厅,然而现在……

大厅里静悄悄的,天花板上只有最中间一盏吊灯亮着,其他的灯全都不亮。

柜台内的电脑也全部黑屏,没有客人,也没有服务员。

四下扫视了一遍,小梅随即离开门口,继续前行。

他走上了楼梯。

之前两家店铺的二楼是工作区,拉着"宾客止步"的条幅,只有少数大客户才能进去。

而这里的二楼是开放的。

身上挂着一个颤巍巍的荣贵,小梅慢慢往楼上爬。

刚刚,就在他们进去之前,二楼的灯也亮了,如果没有猜错,那个"丧尸"应该上了二楼——小梅心想。

然后他站在二楼的地毯上。

楼梯入口就有个紧闭的房间,小梅伸出手,轻轻转动门把手,门开了——

粉色的墙壁,米色的地毯,点缀着蕾丝的床单,以及四仰八叉躺在床上的布偶……

毫无疑问,这是个小女孩的房间。

第二章
一家三口

白色的书桌上摆了一张照片,小梅瞬间拉近镜头,成像器的焦点定格在照片上,照片上的一家三口面带微笑,看起来幸福极了。

照片上的男主人正是刚刚用钥匙进门的"丧尸",而照片上的小女孩则是——

"这个……不是进城时候我们遇到的小女孩吗?"

荣贵小声叫出了声。

那还是他们刚刚抵达西西罗城时发生的事,越过密密麻麻的坟墓,他们不是进入了一片树林吗?也就是在他们刚刚进入树林没多久,荣贵发现了从坟墓中爬出来的"丧尸"!慌忙逃窜的时候,有个小女孩坐在了大黄上,他们还是靠小女孩指路走到城门口审核点的。

他们对西西罗城的"丧尸"情况的最初"科普"还是由这个小女孩完成的。

看着照片上熟悉的小女孩,荣贵愣住了。

就在这个时候,外面忽然传来了什么东西跌倒的声响。

声音不大,但在安静的环境中已足够引人注意。

荣贵这才想起他和小梅现在是在什么地方,之前冒出来的一点勇气再次消失了,他看到小梅动了。

跟在小梅身后,两个小机器人离开了小女孩的房间,向前方走去。

走廊里很昏暗,前面有个房间没有关门,灯光从房门里透出来。

他们之前听到的声音也是从这个房间里发出来的。

小梅站定在房间门口,而荣贵将身体最大限度地躲在小梅身后,悄悄探出头来,然后——他看到了很不可思议的情景。

之前见到的眼镜"丧尸"僵硬地站在摆满各种试管仪器的工作台边,青黑色的手指拿着一根试管,另一只手则不甚灵活地试图点燃酒精炉……

这是工作台上方的情景,而在工作台下,之前他们见过的那个小女孩正瑟缩在那里,双手捂住耳朵,脸上满是惶恐。

惶恐又绝望,还带着一丝迷惘。

小女孩缩在工作台下一堆草药材之中,荣贵看到她的脸上有泪痕。

小女孩也注意到了荣贵和小梅的到来。

小女孩僵硬地将头慢慢抬起来,荣贵看到她的眼睛忽然瞪大了,小小的肩膀也剧烈地抖动起来。

这个动作和表情代表的情绪是……

害怕?

大概是出现了一个比自己更害怕的人的缘故,荣贵忽然不那么害怕了,她为什么害怕他呢?她不是见过他和小梅吗?

偏着头,荣贵再次扒在小梅的肩头,为了将小女孩的表情看得更清楚,他还踮起了一点点脚尖……

然后,他看到小女孩看向自己的表情越来越害怕。

薄薄的两片嘴唇颤抖,无声地开合着。

由于对本地的语言掌握不精，荣贵一时没有反应过来对方在说什么。

直到小女孩的嘴唇再次哆嗦地张开，极小声地，她再次将刚刚说的话念了一遍。

"妈妈。"

虽然她的声音真的很小，可是荣贵现在毕竟是机器人，敏感地捕捉到了小女孩刚刚发出的声音，愣了愣。

难不成他或者小梅长得像她妈妈？

不该啊……

心里古怪地想着，荣贵忽然意识到，小女孩的目光并非对着他，而是越过小梅以及小梅身后的他，停留在他们的身后。

等等——

如果她看的人不是他和小梅，那么，她刚刚那句话也不是对他们说的……

脑中电光石火一般闪过这个念头，荣贵慢慢将头转了过去，然后——

他看到了一个紧紧贴在自己身后的女性"丧尸"！

她是什么时候站在自己身后的？

怎么一点声音也没有……荣贵简直想要立刻晕倒！然而经历过上一次由于过度紧张而自动关机的事件之后，小梅帮他重新调试了系统，这一回他竟是想要晕倒都晕不成了。

紧张地趴在小梅身上，荣贵全身战栗，一动都不敢动！

那名女性"丧尸"又在门口站了一会儿，由于太害怕了，荣贵完全不敢抬头看对方的脸，也不知道对方是不是站够了，又过了一会儿，荣贵看到她慢慢离开了。

赤脚走在地毯上，她的行动异常缓慢，难怪无声无息。

荣贵看着她向斜对面的房间走过去，那扇门原本是关着的，如今不但打开着，里面还亮起了灯。

如果荣贵有嗅觉，他应该还能闻到里面隐约的饭菜香。

接着，原本还在摆弄试管的眼镜"丧尸"也停下，将所有的东西归位，僵硬地从工作室走了出来，迟缓地向斜对面的房间走去。

就在他离开之后，荣贵赶紧冲进房间，冲到工作台附近小女孩身旁。

"这……这到底是怎么回事啊？"荣贵小声急切地问对方。

小女孩没有立即回答他，从工作台底下爬了起来，伸出手背擦了擦脸颊上未干的泪痕，倔强地小声说："没什么大不了的，死去一年多的爸爸和妈妈，又回家了……而已。"

僵硬地坐在饭桌旁，荣贵惊恐地看着前方的情景。

古朴的木质饭桌，上面还装饰着烛台和一小盆绿色植物，除此之外，还有满满一桌饭菜，虽然量不多，然而热气腾腾的，看起来……

就很难吃！

那盘看起来像沙拉的菜里面好像不只有沙拉酱啊，那些黑乎乎的东西，怎么看……都像是"丧尸"伤口里流出来的……脓啊！

荣贵颤巍巍地将眼神挪到饭桌一端的女主人……脖子的伤口上。

第二章
一家三口

那里有一道很明显的伤痕，皮肉翻开，黑色的果酱状黏液缓缓慢慢地从里面淌下来，淌过她破破烂烂的衣裳，继续向下淌。

荣贵不敢再看，强迫自己再次将视线移到桌上的饭菜上。

这一看，他就看到了另一道还在汩汩冒泡的浓汤……

喂！浓汤内翻滚的类似土豆块的东西，看起来还蛮好吃的，可是……"土豆块"旁边挣扎的黑色虫子是什么？

荣贵确定自己没看错，虽然学习不好，但他的眼神一直都很好，他看见那虫子的爪子在动呢！

荣贵紧紧抓着小梅的手，屁股也再朝小梅拱了拱，感觉自己整个机器人特别不好！

刚刚小女孩说：如果不快点过去的话，妈妈还会过来催的。

就因为这句话，荣贵虽然不愿意，但还是跟着小女孩走过来了。

过来之后才发现这里是厨房兼餐厅。正常情况下，这里应该是个很温馨的厨房兼餐厅，厨房很大，餐厅的家具也很漂亮。

——如果餐桌两头没有僵直坐着两个"丧尸"。

女"丧尸"和眼镜"丧尸"，分别坐在餐桌两端，面前摆着盘子，然而里面什么也没有。他们也不吃东西，只是僵硬地盯着坐在餐桌中部的小女孩。

如果在以前，这或许可以称为"慈爱的目光"，然而当目光的主人变成了"丧尸"，被这种目光凝视的感觉……

荣贵同情地看着对面的小女孩。

荣贵和小梅坐在小女孩对面，他和小梅挤在一张椅子上，荣贵非得挨着小梅才有安全感。

不过他觉得自己并非完全没有作用，比如由于太害怕，他不断向小梅挪动，基本上坐到小梅的大腿上了，这样一来，他还英勇地帮小梅挡住了所有可怕的东西哩！

"小、小梅，我一个人害怕就好，你、你不要害怕哦！"荣贵还能抽出时间安抚小梅，他觉得自己的胆子不知不觉大了一点。

被他挡在身后的小梅一脸黑线。

接下来的时间，荣贵便看着小女孩惊恐地大口吃饭，间或将饭菜里不合适的东西挑出来，然后继续吃。

直到她吃得差不多饱了，将刀叉放到空盘子上。

然后，女"丧尸"站了起来，慢慢地走过来，开始收盘子。

就在她收盘子经过荣贵的时候，荣贵看到一只肥硕的黑虫子从她脖颈的伤口内钻了出来，"吧嗒"一声落在桌子上，那虫子是硬壳的，背朝地挣扎了好半天，好容易才翻过身，然后飞快地爬走了。

小心翼翼避开那只虫子，荣贵看着女"丧尸"端着一堆盘子去清洗。

厨房是开放式的，所以他可以看到对方的一举一动。

她清洗盘子的动作也是迟缓而僵硬的，盘子好不容易被她清洗干净，然而在放置的过程中，她身上的脓液又滴下来，间或掉落一两只虫，原本干净的盘子就又脏了。

她好像注意到盘子上这些污物，然而不知道它们是从哪里来的，于是，她只能将那些盘子拿回来继续洗。

厨房内水流的声音一直响着，响了很久。

小女孩忽然叫了一声："爸爸、妈妈，你们该回去了。"

这道声音仿佛魔咒，原本还在洗盘子的女"丧尸"忽然摔掉了手中的盘子，任由水哗哗流着，向餐厅的方向走来。

而原本坐在餐桌旁的眼镜"丧尸"也站起来，和女"丧尸"一起，僵直地向楼下走去。

小女孩的眼泪便又流了下来。

她冲到厨房关掉水龙头，向两个"丧尸"跑去。

荣贵迅速地和小梅对视一眼，也追了过去。

"你这是要做什么？"下楼梯时，他询问走在前面的小女孩。

"把他们送回去。"小女孩一边抹眼泪，一边回答他，"要早点回去才行，时间再晚点，路上的人就多了，很多人看到"丧尸"会害怕，还会打他们……"

"总之，越早越好。"说着，她已经走到一楼，坐在玄关处穿好鞋子，想了想，还拿了两把伞。

她穿鞋子的时候，两个"丧尸"就站在玄关处等她，如果不看外表，他们和一般的父母没什么两样……

荣贵愣了愣。

他迟疑地看了一眼小梅，悄声和小梅说了什么，小梅没有反对，之后，他往前走了几步，对正要开门的小女孩道："我们……有车，你见过的，要不要开车送……送你们过去？"

转过头来，小女孩愣住了。

咬着嘴唇，小女孩最终点了点头。

等到她又看向前方的父母，脸上还带了点笑容："爸爸、妈妈，今天我们坐车回去。"

两个"丧尸"没有回应，对于小女孩说的话，不知道他们究竟是听懂了，还是没听懂。

接下来的时间，由眼镜"丧尸"开路，他们往外走。

外面的"丧尸"看起来更多了，面对出来的同类，他们没有任何反应，只是继续堵在门前。

偶尔有几个"丧尸"想要围过来，那个小女孩便跳出去，勇猛地将对方推开。

也不知道这小小的身躯如何有如此大的力气。

这个小女孩真的非常有勇气。

荣贵和小梅分别坐上了大黄的副驾驶席和驾驶席，而小女孩则引着父母从侧门上车。

"谢谢你们，回来我会帮你们清洗车子的。"安置好两个破破烂烂的"丧尸"，小女孩小声对前方的荣贵道。

从后视镜往后看了一眼，荣贵扯了扯嘴角，最终没有说话。

一家三口

有了车就特别快,出城也没有遭到阻拦,他们很快便离开西西罗城,回到那片树林。

荣贵看着小女孩小心翼翼地将两个"丧尸"从后面引出来,想了想,没有上去帮忙,也没有下车。

"我们俩在这里等你。"他只对小女孩说了一句话。

小女孩点点头,带着两个"丧尸"朝密林走去,他们的身影慢慢消失不见。

在车上等待的时候,荣贵又看到好些"丧尸"从城内走出来。

那种场景,怎么说呢……

真是让人觉得怪怪的,然而,荣贵却不像之前看到"丧尸"时那么紧张了。

他们等了好一会儿,才等到小女孩。

身上满是湿泥,小女孩看起来比"丧尸"也好不了多少。

面对干干净净的大黄,小女孩在上车前有些迟疑,荣贵便从后面翻出一块花哨的毯子递给她:"穿这个吧!我编的哟!"

小女孩迟疑了一下,最终没有拒绝,将整个身子裹在毯子里,苍白的脸颊终于红润了一些,她小心翼翼地脱掉脏了的鞋子,然后将鞋子抱在怀里,慢慢爬上了车。

坐定之后,她才小声地说:"谢谢。"

为了让她更自在,荣贵还打开了小黑。

然后小黑播放各种广告。

广告虽然不好听,可是女孩的心却慢慢平静,过了好一会儿,荣贵听到女孩主动向他们开口:

"刚刚的……两个人是我的爸爸妈妈,就像你们看到的那样,他们现在……已经是不死之人了。

"他们每天都会回家,我也没有办法阻止他们,他们……在活着的时候吃过不老药。

"以及……"

女孩沉默了片刻,手指紧紧揪着毯子,内心似乎在激烈地斗争,最终,她作出了决定似的,再次轻轻开口:"我的爸爸,是发明不老药的药剂师。"

荣贵惊讶地回过头,他是真的没有猜到。

而小梅的反应就淡定多了,蓝色眼眸小机器人的金属面孔倒映在车窗上,格外冷静。与其说他现在一如既往地面无表情,倒不如说他像是早就料到了。

两只小脚小心翼翼地悬空,不碰到铺在车内的蕾丝花边地毯,小女孩低着头看着自己的脏鞋子,半响后道:"你们跑到我家的店……是想买东西吧?是被介绍过来的吧?我家现在这样子……一般客人是不会光顾了,就靠原来老伙计介绍,卖爸爸做剩下的一些药剂,我勉强可以活下去。

"你们要买什么药?如果没超过保质期,我可以便宜卖给你们,如果超过保质期……我就留着卖给其他人。"

荣贵:"……"

"这么小就卖过期药……是不是不太好啊?"

可是,这么小的女孩,没爹没娘的,也没个福利机构,不卖过期药要怎么生活下去呢?

同样的孤儿经历,让荣贵对眼前的小女孩忽然心生同情。

荣贵的同情完全表露在了脸上,眼瞅着荣贵不会继续问下去了,小梅忽然开口:

"我们需要强力营养液,你这里有吗?"

非常公事公办的态度,小梅说这话的口气和在之前那两家店里没有什么区别,并没有因为如今的店主是个小女孩就有所改变。

然后小女孩伸出手背又抹了抹泪,从衣服的前胸口袋里掏出一个破破烂烂的小本子,认真地翻了好几页,最后也小大人似的对小梅道:"有,不过都过期了。"

"过期了也可以,你平时卖多少钱,我原价购买。"小梅的声音平静,然而听在荣贵耳朵里那就是个"壕"字啊!

不愧是考到资格证,可以拿高薪的男……机器人。

荣贵的头脑简单,听到小梅的话也就这么想了想,然而后面的小女孩明显心思比他活络。

听到小梅的话,小女孩的脑袋立刻抬起来了。

"你要买过期药做什么?难不成……"

"你是药剂师,可以复制?"

荣贵大惊失色:原来还可以这样?!

荣贵的脑袋唰地转向小梅,小梅始终如一地……面无表情。

"理论上只要有成品就可以复制。"还算给荣贵面子,小梅稍作解释。

不愧是小梅——荣贵立刻点点头。

能够自己做是最好的啦!荣贵倒是没想早点离开这个里,他只是想着:这个里的药剂师做个不老药都能做出"丧尸"围城级别的医疗事故……虽然始作俑者的女儿就在车上,可是也改变不了这个事实啊,加上刚刚又听到过期药什么的……荣贵总觉得这个药店太不靠谱,比起外面的药剂师,他还是觉得小梅靠谱啊!

一路上完全没见过难倒小梅的事,荣贵轻而易举地被小梅的解释说服了。然而后面的小女孩果然比他有心眼多了,她吸了吸鼻涕,大大的眼睛牢牢锁定小梅……的后脑勺,追问:

"我们西西罗城的药剂可不是用的一般药材,全是用植物制成的,一颗看似普通的药丸,说不定有几百道秘密工序,不同药材使用不同的火候萃取……时间不一样,药效就不一样,我们西西罗城之所以一药难求,就是因为我们的药根本无法复制!没法使用机械分析成分!"

"普通药都很难制作,更不要提强力营养液了!强力营养液对药剂师的技巧经验要求非常高,整个西西罗城能制作强力营养液的药剂师不超过四位,我爸爸是里面最厉害的!"

即使在这种情况下,还是可以轻而易举从小女孩的语气里听出骄傲。

一家三口

她为自己的爸爸感到骄傲！

"确实有些难，不过，并非完全不可操作。"面对小女孩的质疑，小梅明显没有多作解释的意思，转过头，天空一般的蓝色眼睛第一次映入小女孩的脸，他平静地问，"你就告诉我能不能卖，以及多少钱，就可以。"

和几乎让人感觉不出来是机器人的荣贵不同，小梅的外观明明和荣贵几乎相同，然而，他给人的感觉却是冰冷又机械的，几乎看不出是人。

被小梅注视的时候，小女孩本能地瑟缩了一下。

荣贵看到她捏紧了小拳头，像是给自己打了打气，然后，小家伙再次抬起头来，勇敢地直视小梅："我不要钱，药可以免费送给你，可是，作为交换，你要教会我如何制作强力营养液！"

天空一样，水流一般的眼睛空洞地凝望着小小的女孩子。

这一刻，旁边的荣贵都忍不住紧张起来。

小梅再次开口："可以。"

荣贵和小女孩同时松了口气。

有了这么一个保证，荣贵和小女孩的关系顿时亲密了许多，跪坐在副驾驶席上，用两条机械手臂抱住座位，荣贵索性将身子完全转过来，和小女孩聊天。

"你为什么要和小梅学习如何制作强力营养液呢？你不会吗？"荣贵刚问完这个问题就有点后悔。

糟糕……这孩子这么小，可能还没开始学呢！而且她爸爸又已经去世了，搞不好是忽然去世的，去世前没来得及教也说不定啊！

真是哪壶不开提哪壶——荣贵心里骂了自己一句。

不过小女孩却并没有被打击到的样子，相反，由于小梅答应了她的要求，像是心里放下了一个包袱，她的表情看起来比之前轻松多了：

"在西西罗城，基本每家每户都开药铺，很多药剂的制作方法虽然是公开的，但是由于细节不一样，每家的药有很大区别，还有很多独门秘方，都是家传的，为了传承这些秘方，每个小孩子刚学会走路就开始在家里的工作室玩耍。

"我们的第一个玩具就是试管，这是制药最常用的器具。"

叙述着自己城市的传统，小女孩起来有些怀念。然而，当她说到自己的时候——

"我也有一个，可是……"

原本还在老练叙述的小女孩忽然愣住了，荣贵眼见着两颗大泪珠再度出现在女孩的眼眶中，眼睛一扁，下一秒，小家伙居然哭了。

"我的力气太大，把试管握碎啦！"

荣贵心想：呃，这听上去……很疼啊！不过这种事有必要哭得这么伤心吗？

虽然同情，可是荣贵有点不解。

接下来小女孩说的话他就更不明白了。

"刚刚你看到我妈妈了吧？我妈妈长得可漂亮啦，当年，我妈妈可是西西罗城最漂亮的人。"

荣贵脑海冒出一个问号。

"我爸爸……就长得……很普通了，可是我爸爸学习好。"

荣贵脑海冒出一个问号。

"我爸爸像我这么大的时候，我爷爷就去世了，我爸爸不但继承了家业，还把店铺扩大了一倍。

"爸爸是西西罗最棒的药剂师！

脑海中问号一个接一个往外蹦，荣贵觉得自己完全跟不上小家伙的思路。

直到——

"好看的妈妈嫁给了聪明的爸爸。当时大家都说，他们的孩子一定聪明又漂亮。可是——"

小女孩的眼泪停了停，下一秒，更多的眼泪涌出来，竟有点即将崩溃的架势！

"可是我的脸长得像爸爸，脑子却像妈妈！"

荣贵："……"

"我妈妈唯一的优点就是长得好看，其实什么也不会，干家务也干不好，你看我家厨房的桌布好看吧？"

"是……是挺漂亮的……"还有点少女心，荣贵心里补充了一句。

"都是爸爸做的。"小女孩哭着说。

荣贵："……"

"你看我爸爸的衣服精致吧？在地下埋了这么久，别的……人的衣服都烂了，就我爸爸妈妈的衣服维持得还不错。"

荣贵："是挺结实，样子也时髦……"

他嘴上这样说着，然而有个可怕的预感，下一秒，果然——

"衣服也是爸爸缝的，爸爸的衣服、妈妈的裙子，还有我的衣裳、小妮妮的裤衩，都是爸爸缝的。"小女孩继续抹眼泪。

附带一提，荣贵后来才知道：小妮妮指的是小姑娘床上的玩偶。

荣贵："……"

这种一个人什么都会简直万能，另一个人除了长得漂亮啥也不会的模式，怎么……有点熟悉？

荣贵情不自禁地向小梅看去，然后——

荣贵撞上了小梅的视线。

我……我除了长得漂亮以外……还会唱歌呢！飘过一个眼神，荣贵可怜兮兮地（用眼神）诉说道。小梅果断地将头转回去。

"总之，我就是外貌像长相普通的爸爸，头脑像……没头脑的妈妈，爸爸教我的东西我全都学不会，想要靠长相骗个和爸爸一样能干的人继承家业，眼瞅着……也做不到呢……"想起了伤心事，小女孩哭得越来越伤心，以至于鼻涕一坨一坨地落在了她手里紧紧抓着的脏鞋子上。

鞋子虽然脏，然而针脚细密，上面还绣了一朵朵小花，这鞋子……应该也是女孩爸爸的手笔吧?

　　脑中再次掠过眼镜"丧尸"的脸,那张脸渐渐和小女孩房间照片上中年男子的脸重合。

　　隐去僵青的面孔,渐渐变成了一张有点严肃,却隐隐带着温柔的男人的脸。

　　而那位女"丧尸"……仔细想想,还真的很漂亮呢!

　　心里忽然柔软起来,荣贵递了一块小手绢给小姑娘。

　　"别哭啦!脸上都是眼泪鼻涕,都不好看啦!

　　"别担心,我们家也是这样呢……我什么也不会,可是小梅很厉害!他一定能把强力营养液做出来,你要努力学啊!万一……万一你真的和我一样笨,实在学不会的话,还有我呀!

　　"我最会给人打扮啦!都说漂亮的人三分靠底子,七分靠装扮,我回头好好教教你怎么保养,怎么打扮,将来你也能凭长相拐个聪明的男朋友回来帮忙哩!"

　　作为一个做什么都笨手笨脚的人,再没有人比荣贵更能理解这种"死活都学不会"的痛苦了。

　　没有对小女孩说"你一定没问题""绝对学得会"之类的话,他帮小姑娘想好了另外一条路。

　　想到就做,他开始计划如何打扮小姑娘。

　　听着荣贵絮絮叨叨介绍各种方法,小姑娘手里攥着手绢,眼泪鼻涕还糊在脸上,然而她的眼睛却水润润地看着荣贵,完全被荣贵吸引了。

　　这样的荣贵让小家伙明显松了一口气。

　　但是,荣贵嘴里的美容方法太复杂了,远远超过了一个小姑娘的理解范畴,她有点听不懂。

　　然而听不懂也没有妨碍她继续歪着头听下去。

　　眼瞅着小家伙光听自己说话了,脸上的鼻涕都快干巴巴在脸上结块,荣贵只好伸出手去,抓起刚刚递给小姑娘的手绢,细心地在她脸上擦起来。

　　用力将鼻涕喷在荣贵罩在她鼻子前的手绢里,等到荣贵将手绢拿开,小家伙用鼻孔吹了吹气儿:通了。

　　然后——

　　小姑娘双眼亮晶晶地盯着荣贵,又看看旁边自始至终淡定的小梅,忽然说话了:"你们俩,好像我的爸爸妈妈哦!"

　　荣贵:"……"

　　小梅:"……"

　　说完,小家伙又开心起来。

　　"回去吧回去吧!回去我立刻从仓库里把爸爸做的最后一批强力营养液拿给你。"

　　手里还握着一坨沉甸甸装满鼻涕眼泪的手绢儿,荣贵有点无语。

　　不过这又怎么样呢?小家伙高兴就好。

　　荣贵偏了偏头,将手绢放在小黑的脑袋上,决定回去洗洗手绢继续用,需要清洗的不

单是手绢,小姑娘家也有好多东西需要洗哩!

小梅接下来的工作是破译小姑娘爸爸留下来的强力营养液,这方面,他自然是帮不上忙的,可是帮不上忙也不能闲着啊!

这段时间,他就帮小姑娘把家里大换洗一下吧。

想着厨房里略显脏旧的桌布,些清洗干净却又糊上绿色黏液以及黑虫子的碟子和碗……荣贵默默计算自己未来的工作量。

乘坐大黄再次回到之前离开的地方,原本围在那里的"丧尸"已经离开了。

确切地说是"被离开"的。

荣贵又看到好多穿戴西西罗本地服饰的人,细致的眉眼、白皙的皮肤……一看就是本地人。他们还押着几个"丧尸",一辆车等在隔壁,大概是押送车。

"哈娜,回来了?"看到小女孩跳下大黄,其中一个年轻人还和她打招呼。

荣贵这才知道小姑娘的名字。

没有吭声,小姑娘只是点了点头,刚刚在车上的时候,荣贵已经帮她把小脸清理了一遍,所以小姑娘现在看起来干干净净,脸上也完全没有哭过的痕迹。

这个孩子明显不会主动讨人喜欢,更像是一只小刺猬。

大概是对她这种态度习惯了,那个短发年轻人不以为意,发现跟在小女孩身边的荣贵和小梅之后,微微眯了眯眼,虽然脸上还是笑着,不过多了一点戒备。

"嘿!这两位外地人……是你新交的朋友吗?还是客人?"他假装爽朗地问道。

荣贵和小梅全身上下披着斗篷,那斗篷民族特色很明显,一看就不是本地人,斗篷将他们遮得严严实实,只有手脚露在外面,一看就是金属制成的,本地人习惯用药治病,完全不会使用金属替代品,所以这也是他们不是本地人的重要判定标准。

小女孩——荣贵现在知道她叫哈娜了——转过头看看荣贵和小梅,然后回过头对那年轻人道:"不是客人,是我新雇的伙计。"

说这句话的时候,小女孩还矜持地挺了挺胸脯,强装出一副老板范儿,不过没多久气势就弱下去,她又回头瞅了瞅荣贵和小梅,发现两个人没有其他反应,才勉强放下了心。

"雇外地人吗?呃……也对。"年轻人愣了愣,半晌像是想到了什么,释怀地笑了。

他和旁边的伙伴打了声招呼,小跑着过来,弯下腰,双手撑在膝盖上,对荣贵和小梅笑道:"我叫奇鲁,算是……你们的前辈。"

他指了指前方哈娜家的店铺,道:"我以前是这家店的伙计,现在虽然不在这里上班了,不过每天还是会过来管理那些……不死之人,所以你们会经常看到我。"

"城内的事情不了解的话可以先问哈娜,如果还不清楚,可以问我哟!"

"啊!谢谢,我的名字叫荣贵,很高兴认识你啊!"荣贵算是个自来熟,好容易遇到一个正式过来和自己打招呼的人,慌忙伸出手去,寒暄的话也流畅地蹦了出来。

毫无疑问,本地是没有握手礼的,名叫奇鲁的年轻人看着荣贵伸出来的手,愣了愣,慢了半拍伸出手来,还没等他反应过来,他的手立刻被小机器人握住了。

——还上下摇了摇。

他这才意识到这大概是一种礼仪。

一家三口

由于惊愕微微张开的薄嘴唇迅速上弯成微笑，奇鲁对荣贵道："我也很高兴认识你。"

"我每天都会过来，有事可以找我帮忙。"有公务在身，奇鲁并没有多停留，重复了一遍之前说过的话，挥挥手，潇洒地离开了。

"真是个热情的人儿啊！"挥别奇鲁，荣贵小声对小梅道，"他说每天都过来，有事可以找他哩！"

小梅瞅了他一眼，没有吭声。

人家这是告诉你自己每天过来巡逻，不要对小姑娘动什么不好的念头，否则——

完全听不出对方话语里的警告，单纯理解表面的意思，也只有荣贵了。

"那个……"两个小机器人咬耳朵的时候，前面的小姑娘回过头来，迟疑道，"对不起，我说你们是店里的伙计。"

"没关系啊，你这么说挺好的，我和小梅以后得经常来呢！你说我们在这里做事，那就可以天天来啦！"荣贵爽快地摆摆手。

反正自己和小梅也没事干，他之前还想着找点事做哩！意外被内定成员工，还省事了。

"不过，那个人原来是这里的伙计呀？"紧接着，荣贵就八卦了一下。

小姑娘迟疑地点点头，一边开门一边道："爸爸还在的时候，奇鲁在这里工作，后来爸爸……去世后，他就离开了。"

"呃……为什么啊？我看他人很好，不像是老板不在就另谋生路的类型啊。"荣贵问得很直白。

"咔嚓"一声，门开了，小女孩推开门，将灯打开后，才转过头回答荣贵的问题："我也不知道，他们……奇鲁，还有亚尼、冬春，都是很好的人，可是爸爸一旦不在，他们……就立刻离开了。"

说到这里，小女孩的脸上又抹上了阴郁之色。

"可是奇鲁每天都来啊，而且……"荣贵抬起头想了想，"我和小梅之所以知道这里，是因为一家店的美人店员告诉我们的，那个人长得可漂亮了，个子高高的，左边有个小酒窝，眉毛微微上扬……"

荣贵将美人店员的美貌详细描述了一下。

小女孩撇了撇嘴："那个人，应该是亚尼，现在……会来这里买药的客人，基本上都是被他忽悠过来的。"

被"忽悠"过来的荣贵："……"

"还有一个人叫冬春，他在城门口开车做生意，他也经常载客人过来买药。"大眼睛看向门外，小女孩道。

"看起来他们都记挂着你呢！"歪歪头，荣贵总结道，"可是，为什么要离开呢？"

"我……我也不知道。"低下头，哈娜轻声说。

荣贵百思不得其解。

他是个简单的人，如果喜欢一个人，就会尽量对对方好，就算真的没用也没关系，他

起码可以做到陪伴。

而刚刚离开的奇鲁,有过一面之缘的亚尼,还有未曾谋面的冬春,他们明显是不遗余力地帮助曾经的老板,帮助哈娜,可是为什么不留下来呢?

任由这么一个小姑娘孤单地住在这么大的房子里,面对虽然死去仍然每天都会回家的爸爸妈妈,看到他们可怕的样子,即使知道那是自己的亲人,还是会害怕吧?

害怕、悲伤又怀念,这个年纪不大的孩子充满了矛盾。

继续这么下去,这孩子早晚心理得出问题。

荣贵担心地想。

这个时候,小梅忽然开口说话了:"他们必须离开。"

"哎?"听到他这么说,荣贵立刻将视线转向小梅,不只他,小姑娘的头也抬起来了。

"按照你说的,西西罗城每家店铺都有自己的秘方,仍然是以血缘继承为主,你的年纪尚小,未习得祖辈传下来的秘方,父母离世,这种情况下,如果有三个正当年的店员留下来,外人有可能会怀疑他们别有用心。

"别人会认为他们留下来是为了你家的秘方,或者是这个店铺本身。

"如果在你有能力制药,可以以店主的身份将店铺经营下去,他们便无须离开,然而在你无法接管这家店铺的情况下,他们离开才是能帮助你的选择。

"他们并非害怕,亦并非心性凉薄,而是选择了用其他的方式给予帮助。

"不只他们,你雇用城内任何人,都会令人怀疑别有用心。

"除非雇用外地人。

"所以,奇鲁听到你雇用了外地人的我们作为店员时,松了一口气。"

说完这段话,小梅便不吭声了。

依照小梅的个性,能说到这儿已经是很给面子了。

"原来是这样吗?"听完小梅的话,荣贵恍然大悟,看向前方的哈娜,只见小姑娘也若有所思。

眼瞅着荣贵和小女孩两个人各想各的,竟全都站在门口不动,小梅顿了顿,像上午荣贵教他的那样,先是在门口的地毯上蹭干净了脚掌,随后道:"你父亲做的强力营养液在哪里?我需要看一下。"

"啊……好,在地下室,请跟我来。" 小姑娘被小梅的声音打断了沉思,忽然惊醒,跳了起来,脚步轻巧地在前方引路,带着荣贵两人向一楼尽头楼梯下方走去。

荣贵这才发现那里还有一扇小门,直接通往地下室。

和小梅故乡里去过的,那个小小的地下室完全不同,这里这个地下室可谓非常宽敞!和店铺一楼的面积完全相同,可能更高一些,里面有一排排架子,上面摆了各种各样的药物。

简直就像荣贵"上辈子"去过的图书馆!

只不过这里的架子上摆着的不是书,而是药。

被高大的架子对比得无比娇小的荣贵机器人仰着头,微微张开嘴巴,心中充满了惊叹。

"强力营养液在这里。"这里的架子多到让荣贵眼花缭乱,小女孩却是熟门熟路,走到最后方的架子边蹲下,拉起了地上的一道门。

原来这里面还有暗门!

小姑娘吃力地抱着一个圆柱形的大罐子站了起来。

罐子里的药剂在灯光的照射下闪着七彩光芒。

荣贵一下子就联想起阳光下海水中翻滚着的人鱼的鱼鳞……

非常梦幻的颜色!

伸出手去,小梅将女孩手里的罐子接过来,稳稳地托住,对另外两人道:"带我去工作室,我现在就开始分析。"

"啊……好啊!"完全想不到小梅竟是立刻要开始工作,小女孩愣了愣,随即引着两人回到一楼,爬上楼梯,然后来到眼镜店主的工作室。

小梅太矮了,站在工作台前堪堪与桌面齐平,小女孩便贡献出一把宽大的脚凳。

"这是爸爸给我做的,他做药的时候,总喜欢让我站在旁边看。"将脚凳推到工作台前,看着小梅站上去,小女孩愣了愣后说道。

没有理会她的话,小梅将罐子放在宽大的工作台上,视线和双手慢条斯理地在工作台上的各种仪器上飘过,他慢慢熟悉了这些仪器的用法。

这里的药剂实在特别,很多仪器没法一时掌握用法,他也不着急,回到大黄上一次,拿出了自己的工具箱。拼拼凑凑了一会儿,自己组装了几台仪器。

从罐子里抽取一支强力营养液,小梅开始了艰难的成分破解工作。

蹲在工作台下,小小的女孩仰望工作台前的小机器人。

眼神迷惘而充满怀念,她像是在发呆。

"哈娜,你是想留在这里看小梅工作,还是想要和我一起负责清扫工作?"这一回,打断小姑娘思绪的人成了荣贵。

刚才荣贵和小梅一起回车上取了干活专用的手套、头巾,他自己用一套,以防万一,还给小姑娘带了一套。

"我……跟你去干活!"在戴着可爱头巾,手上还戴着同样可爱的手套的荣贵与面容冷漠的小梅之间,小姑娘果断选择了荣贵。

呃……其实她选的不是人,而是选择了工种:荣贵代表的体力活和小梅代表的脑力活,想也知道自己更适合哪种!

小姑娘跳起来,拍拍屁股上的尘土,欢快地奔向荣贵。

戴上同样可爱的手套和头巾,小姑娘跟荣贵一起大扫除。

他们先从小姑娘自个儿的卧室开始清理,自从爸爸妈妈去世后,小姑娘的卧室就再没有好好清扫过了,被单和床单仔细看都脏兮兮的,柜子里摆放着的床单被同样脏兮兮,询问过小姑娘意见之后,荣贵这才知道原来小姑娘将近一年没有洗过床单被单了。

"脏了就换,好在爸爸之前给我做了很多床单和被单……"被人看到自己脏兮兮的卧室,小姑娘明显有点不好意思,小声解释道。

"不过从上上上个月开始,就没有替换的床单和被单了,只能把最早换下来的重新套上。"

荣贵心想:这种标准懒汉的做法,妹子你身体里住了一个邋遢大叔吗?

脏只是一个小问题,被单的套法也有问题,简直是把被子胡乱塞进去,随便抖了抖就用了。

不过小家伙还小,知道换被罩就已经很不错了,她这么矮,连抖平整被罩里面的被子都很难,也难怪了。

"我们先把你的床单和被单全部弄下来,洗洗吧?"举起一根手指,荣贵看起来十分"贤惠"地对小姑娘道。

眼睛里冒出一颗颗小星星,小姑娘使劲儿点了点头。

然后——

刚刚看起来还十分伶俐的荣贵在摘被罩的时候,不知怎么的就把自己困在被罩里出不来了。

没办法!小姑娘家的被罩实在太大啦!

听到荣贵在被罩里面发出的求救声,小姑娘笨手笨脚忙了好半天才找到他的位置,两个人笨拙的人又用了更长时间将被罩理平,里外分清楚,好容易可以放进洗衣机清洗,他们又遇到了难题。

荣贵不会使用本地的洗衣机,随便按了几个键,洗衣机转动了两下,坏了。

没有办法,荣贵只能哭丧着脸把工作室里正在忙碌的小梅叫下来,小梅闷不吭声地修好洗衣机,放上洗衣粉,按下清洗键,确保洗衣机开始工作,这才离开。

看着不断朝小梅的背影说"谢谢"的荣贵,小姑娘眨了眨眼,忽然偷偷笑了。

笼罩在小女孩脸上的最后一丝阴霾也散去,她看起来总算像个普通的小姑娘了。

第三章

大个子

小梅抱着一摞清洗干净的被单走在后院的草坪上。
　　之前荣贵和哈娜过来晾床单的时候不小心把床单掉在地上，这里的草坪不是普通的草坪，种的是药草，好多本来长得就不算很好的草眼瞅着就折断了，哈娜没有说什么，毕竟是两个人都笨手笨脚，不过小姑娘的嘴巴又瘪了，荣贵听到小姑娘说："这是爸爸……生前亲手种的……"
　　荣贵是什么人啊！种个"苹果"都能让"苹果"苗弃家而去长到楼下房东家，他充其量也就能种个地豆，精细一点的植物他完全照看不了。
　　好在小梅人虽然在工作室干活，然而不知道是不是为了随时接收荣贵的求救信号，习惯性开着窗户和门，门外的声音传入小梅耳中，不等荣贵求救，小梅就出现在门口。
　　这一刻，身高一米一的小梅在荣贵心中简直有一米八高！
　　将脏掉的床单捡起来挂在肩膀上，小梅随即扶起了荣贵，再把小姑娘拎起来，施施然挂着脏床单重新进了洗衣房，洗衣机再次轰隆隆响起来，小梅拿着一个小木桶走过了，另一只手上还有把小铲子。
　　蹲在被两个人压断的药草旁，他将药草一根根扶了起来，"伤势"轻的用布条绑直固定好，"伤势"重的就用剪刀将其拦腰剪断。
　　"这种只能剪断，会长出来的，不过要很久。"小梅解释了一句。
　　然后他还挖开土看了看这片药草的根部，从里面挖出几团黑乎乎的东西扔进木桶，道："明天需要订购杀虫药，慕雪兰（这种药草的名字）原本应该非常柔韧，柔韧度可以与草坪用草媲美，会折断就说明它的生长出了问题，最有可能的原因就是根部长了虫。
　　"也算你们发现得早，如果虫害继续下去，整片慕雪兰都保不住了。"
　　小梅说完，将小木桶和铲子递给荣贵，随即上楼去了。
　　留下荣贵拎着小木桶，握着铲子，傻乎乎地笑："原来我们还算因祸得福，提前发现隐患了呢！"
　　小哈娜赞同地点点头，随即，小丫头忍不住往荣贵手里的桶里瞟。
　　"这虫子可真肥！"小姑娘惊叹道。
　　"虫子？什么虫子？"荣贵说着，顺着小姑娘的视线瞟向……自己的手，只见一只又黑又大的虫子不知何时爬在了自己的手上！这还不算，眼瞅着还有几只更黑更肥的虫子正从桶里往自个儿手上爬呢！
　　"啊！"荣贵发出一声惨叫，慌忙扔掉了手上的桶和铲子。
　　"我身上还有没有虫子？头上有没有？背、背上呢？"

第三章
大个子

荣贵一边喊一边满院子跑，还是哈娜提醒他院子里不好还有其他的虫，他才身子一僵，赶紧朝房子跑去，站在门口，死活不过去。

没办法，其他的他什么都不怕，就是怕虫啊！

无论是长着硬壳的黑虫子，还是长条的软软的会蠕动的虫子，他通通都怕啊！

于是，等到小梅抱着重新洗好的床单下楼，看到的就是抱着门框死活不肯下去草坪的荣贵。

之前交给荣贵的小木桶和铲子则被哈娜接手，小姑娘左手拿铲子，右手拎桶，不但把之前逃逸的虫子全部捡回来，还挖起其他的虫子。

这也没办法啊！这个年纪的孩子，基本上都喜欢挖虫子呀！无论是硬壳的还是软乎乎会蠕动的，在孩子的眼里，都是最好的玩具哟！

于是，接下来的时间，小梅晾床单被单，哈娜挖虫子，而荣贵……荣贵大概也觉得自己很没用，等到小梅晾好被单回来，便愧疚地对小梅道："抱歉，你这么忙，还得过来帮我，耽误进度了吧？"

小梅便斜斜看他一眼："不耽误，刚才我用现成的材料做了一台成分分析仪，将强力营养液注入后，它在分析可能的合成路径，大概明天上午可以完成，这段时间我是空闲的。"

荣贵眨了眨眼。

既然小梅是空闲的，那么他刚刚抱门框的力气似乎大了一点，门关不上了，不如……请小梅趁有空修门？

接下来的，小梅就哼哧哼哧修门。

小梅闷头干活，荣贵跟前跟后，他想要帮忙递工具的，可惜他对维修一窍不通，连递工具都递不对，于是，他只能在旁边晃来晃去。

虽然没什么用，然而他寸步不离。

小姑娘在挖虫子的间隙偶尔朝两人的方向看一眼，"嘿嘿"笑一声，然后继续挖虫子。

总之，小梅出马，没有解决不了的问题，肮脏破旧仿佛鬼屋的房子在他的清洗维修之后，重新变得温馨起来。

坏掉的灯泡全部换上了新的；缺乏润滑剂而吱嘎吱嘎响的门轴重新上了油，开关门再次平滑无声；磨损严重的地板全部上了蜡；屋子里所有的布制品则全部拆下来清洗，屋子里原本陈旧的气息被一股清新的洗衣粉味替代。

一切看起来简直完美！

除了——

"糟糕，所有床单被单都洗了，你今天没有铺盖的东西了。"清洗太彻底，准备离开时，荣贵才有点傻眼。

想了又想，荣贵最终看向小梅："要不，我们带哈娜回我们租的房子凑合睡一晚

上吧?"

小梅没有吭声。

没吭声就是不反对,和哈娜商量好,荣贵高高兴兴地把哈娜"打包"回家。

其实这是他的一点私心,任由小姑娘一个人住在那个像鬼屋的地方,他实在有点不忍心,何况那个屋子里还有小姑娘死去的爸妈,毕竟他们每天都会回来。

虽然知道那是自己的爸爸妈妈,虽然很想他们,然而对于小孩子来说,现在父母的样子还是太可怕了,又害怕又期待,这孩子每天过得很纠结。

只有一天也好,至少今天,他想让这个孩子轻松一点。

心里这么想着,荣贵带着哈娜回到了自己和小梅新租的房子,然后——

"阿贵,你们住的房子……好像鬼屋哦!"下车之前,小姑娘小声地和荣贵咬耳朵。

荣贵:"……"

糟糕,忘了这茬。

他们住的房子其实不比小姑娘家强多少啊!

被一个住在"鬼屋"的小姑娘称作"鬼屋",这房子到底有多像"鬼屋"哦!

在外面晃了一天,荣贵几乎忘记可怕的房东,之前已经消失的恐惧感再次从心底晃晃悠悠浮了上来,还是小梅唤他下车,他才僵硬地跳下了大黄。

紧紧握着哈娜的小手,荣贵紧张极了。

宽敞的房子仍然一片漆黑,由于不想看到绿色的"鬼影",荣贵决定不再启用热成像模式,这样一来,这房子对他来说就是"真·黑"。

房间里静悄悄,两个小机器人的脚步本来就轻,小姑娘在他们的带领下也下意识放轻了脚步,一时间,房间里竟什么声音也没有。

走着走着,荣贵的脚一歪,等他好容易稳住身体,发现居然踩坏了一块地板。

安静的房间里陡然发出一阵声响,动静格外大。

糟了!又办坏事了!就在荣贵又惊又怕的时候,房间里忽然传来一道苍老的声音。

"不是你踩坏的,那块地板原本就坏了。"

手里的小手一下子用力反握住了荣贵的手,哈娜的小身子一下子贴到荣贵身上。

僵硬地单手揽住小姑娘的肩膀,荣贵还是启用了热成像系统。

一道绿幽幽的"鬼影"再次出现在了他的视野,原本一片黑暗看不到人的客厅里,老妇人正坐在摇椅上,她的手指缓慢地移动着,这是在……

打毛衣?

一片黑暗,安静的鬼屋里,一个老太太坐在客厅里打毛衣……还有比这更可怕的场景吗?

荣贵几乎吓哭了!

事实上,还真有比这更可怕的!

黑暗中,老妇人的胳膊伸了出去,只见她摸索几下,一声清脆的"吧嗒"声后,房间里亮起了一盏幽暗的小黄灯。

两个装满"鲜血"的碗赫然放在老妇人身旁的小圆茶几上！仔细看去，每个碗上还自笔直插着一根叉子！

简直像给死人上供的——荣贵顿时毛骨悚然！

糟糕……小梅修理过的系统是不是快要失灵了？他觉得自己好像又要晕过去了……

伸出一只手挡住额头，荣贵晕乎乎，忽然，他听到小梅道："我们两个现在使用的是机械身躯，不用吃饭。"

荣贵这才意识到：啊……原来这是房东太太给他们准备的……晚饭？

老妇人白色的双眼向他们的方向瞟来，布满褶皱的双手再次搭到了毛衣针上。

"那……"

荣贵立刻猜到老妇人接下来想要说什么：无非是准备的东西用不上，以后就不用帮他们准备了，让他们自己上楼之类。

心中忽然涌现一丝愧疚，荣贵恰好听到了哈娜肚子里咕噜噜的叫声，赶紧打断了老妇人的话，大声说道："太好了，哈娜还没吃晚饭！这两碗饭刚好让小家伙吃掉。

"哈哈哈，也是我太粗心了，光顾打扫卫生，居然忘了给哈娜准备晚饭。

"哈娜你也是，肚子饿了要说啊！"

说完，荣贵还摸了摸小姑娘的头。

薄薄的嘴唇再次抿成一条僵硬的直线，老妇人随即不往下说。

大着胆子，荣贵带着哈娜朝老妇人走去。

近看，黑暗中老妇人的脸看起来仍然十分可怕，但是比她的脸更可怕的则是小圆茶几上的两碗饭：上面红稠稠的东西仔细看应该是一种酱汁，酱汁将整个碗都盖住了，完全看不出下面是什么东西。

这东西……能吃？

荣贵迟疑地看了一眼哈娜：如果这玩意真的很诡异，他宁愿让老太太伤心，也绝不让哈娜吃。

然而哈娜却完全注意不到荣贵的视线，小姑娘的眼里只有那两碗饭，荣贵还听到她吞口水的声音。

"好香啊……"小姑娘小声说。

小姑娘从小圆茶几上端起一个大碗，坐在地毯上，眼睛发亮，接下来的举动简直能用"狼吞虎咽"来形容。

吃了一碗还不够，小姑娘立刻捧起了第二碗，足足两大碗吃下去，小姑娘满足地捧着肚子打了一个饱嗝。

"真好吃呀！这是什么呀？"吃到好吃的东西后的满足感战胜了恐惧感，小姑娘敢说话了。

小女孩特有的稚嫩声音让老妇人先是愣了愣，手上绕过一个线圈，老妇人随即慢声

道:"是红虾饭。

"使用新鲜的红虾草熬制出浓浆,盖在普通的饭上。"

"我眼睛不好,现在只能做简单的食物。"末了,老妇人还补充了一句。

荣贵没觉得有什么不对,小姑娘的眼睛却一下子亮了:"这就是传说中的红虾饭吗!

"传说中可以熬出海鲜味道的药草!不但好吃,对身体也特别好!红虾草可是很贵很贵很贵的药草呀!"

荣贵的视线立刻移到被舔光光的两个大碗上。

这么好吃这么珍贵吗?啊!可惜吃不到啊!

"也没有很珍贵,就图它好做而已。"轻轻哼了一声,老妇人云淡风轻道。

老妇人的眼睛仍然是可怕的白眼,脸上的纹路仍然生硬而严肃,然而此时此刻,荣贵再看向老妇人,却再也不觉得她可怕了。

会用珍贵的药草给新房客准备晚餐,他们回来得晚,老人家就一直等他们,这……这简直是感动全塔好房东啊!

"这孩子是怎么回事,你们的孩子?"安静地打了一会儿毛衣,老妇人再次开口,又是一个爆炸性问题。

"哎?怎么可能!我和小梅可是黄金单身汉哩!这孩子是……是我们的雇主啦!"想了想,荣贵这样说道。

"今天我们在雇主家干活,一不小心把被套床单全都洗了,把哈娜的衣服也都洗了,这不,根本没法睡觉了吗?所以……我就把她带回来了。"荣贵赶紧解释了一遍,末了,还可怜兮兮地问,"我们偶尔多带个人回来……应该……不违反合约吧?"

能够让他可怜兮兮地和人说话(其实就是撒娇),看来是真的不怕了——小梅不着痕迹地看了荣贵一眼。

"小姑娘……的父母呢?"没有理会荣贵的最后一个问题,老妇人随即问他。

"这个……"涉及到哈娜的伤心事,荣贵没立刻回答。

反而是哈娜自己主动回答了这个问题。

"我爸爸妈妈都不在了,他们……变成了不死之人……"小姑娘弱弱的声音,特别招人怜惜。

"哦。"老妇人只说了这一句,便没再吭声。

可真是不好说话的老太太——四周再次变成一片死寂,哈娜再次拉住荣贵的手,荣贵不知如何是好。

打破这片安静的是敲击声。

荣贵转头一看,小梅不知何时蹲在地上,敲敲打打……

荣贵这才想起来,那是之前被自己踩坏的地板。

小梅你真好!这就帮我弥补过错——想到这儿,荣贵再次感谢地看向小梅。

他的眼神太灼热,小梅忍不住回过头,慢悠悠看了他一眼,再慢悠悠回过头,继续修补地板。

"啊……那边的地板也有点坏了,回头小梅你也修一下呗?"

"还有窗户的玻璃也有大裂缝……"

视线在屋子里扫来扫去,荣贵还找到了一些活儿给小梅。

老妇人继续打毛衣,对于荣贵和小梅这边的动静,她像是听见了,又像是没听见……

直到哈娜打了一个小小的呵欠。

"不早了,孩子困了,你们带她上去睡觉吧。"

老人说完,顿了顿,半晌又补充道:"我那里有一些她或许可以穿的衣服,你们在这里等着。"

说完这一句,老人站了起来,也不用摸索,就像一个完全正常的人拐进了隔壁的房间,过一会儿出来的时候,手上拿了一沓衣服。

非常漂亮的小裙子,典型的西西罗风格,上面还绣着精致的图案,看起来棒极了!

"我看不清小姑娘的样子,随便拿了几件,能穿吗?"老人看似不经意地问。

"合适!合适!啊!这些裙子可真漂亮!"已经展开裙子看到裙子完整样子的荣贵简直被这裙子的做工惊呆了!他不但自己看,还拉着哈娜一起看,哈娜也被镇住了!

想到自己可以穿这些裙子,小姑娘简直高兴坏了!

"能穿就好。"矜持地点了点头,老妇人随即道,"我睡觉了,你们也去睡吧。"

然后,她生硬地关上了门。

不过,荣贵现在不那么怕她的冷脸,手里托着裙子,荣贵和小姑娘对视一眼,都笑了。

这个晚上,小哈娜左边睡着荣贵,右边睡着小梅,她被夹在中间。

两个小机器人的"睡眠"很简单,关机就算是"睡着"了,房间里再次一片安静。哈娜看看左边,又看看右边——

一骨碌,她滚去荣贵怀里睡觉。

没过多久,小女孩特有的轻轻呼吸声响起。

一直仰面朝天"睡觉"的小梅眼中忽然漾出一抹幽蓝,他微微侧过头,先是看了看荣贵,然后,视线落在抱着荣贵呼呼入睡的小女孩身上。

他就这么一直看着——

一夜很快过去。

哈娜临睡前搂的人是荣贵,可是滚来滚去,后半夜就滚到小梅身边。

于是,第二天荣贵醒来的时候,看到的就是面无表情被小姑娘搂着的小梅。

"扑哧!"荣贵乐了。

"如果还是我以前的身体,我的睡姿可比哈娜还要糟糕哩!小姑娘还没醒,你就先别动,让她多睡一会儿吧。"从被窝里爬出来,荣贵还给小梅掖了掖被角。

然后他去开窗,除了冲着他们床的窗户,他把其他的窗户都打开了,虽然机器人并不

会制造废气，可是身为人类时的习惯实在太顽固，从小在孤儿院大屋里长大，荣贵习惯了早起第一件事就是开窗。

打开露台的窗户时，荣贵忽然停顿了一下。

他转过头，对小梅道："你再睡会儿，我去干活儿先！"

小梅："……"

小梅在心里，已经将荣贵刚才话中的"干活儿"替换成"搞破坏"了。

不过这回他猜错了。

哼着小曲儿打开露台的玻璃门，荣贵高高兴兴地顺着外面的简易小楼梯，很快来到了房东太太允许他们使用的那一小块地上，昨天在外面跑了一整天，根本没有时间好好收拾这块地，他们只是简单地将种着地豆和"苹果"的花盆放在这里了，对了，还有琪琪送的花。

荣贵伸出手指钩了钩苹果苗挂着新鲜露水的新叶，又摸了摸旁边的一小朵蘑菇，然后向旁边的木栅栏看去。

木栅栏是用长长的木板钉成的，爬满了藤蔓。藤蔓异常茂盛，将荣贵脚下的土地隔成了一个单独的小院子，以正常人的身高都无法站在院子里看到隔壁，更不要提现在身高只有一米一的荣贵。

不过他还是看到了隔壁的情形，在他刚才在楼上开窗户的时候。

他又看到了那个昨天开窗时发现正在下面干活的人。

昨天荣贵还觉得有点害怕，不过有了昨天和房东太太近距离的接触，他又觉得只是自己吓自己，于是，他想跟那个人打个招呼。

可是，荣贵看了看栅栏，栅栏太高了……

而且，得准备个见面礼吧？

荣贵看到旁边摆着的花盆，小梅做的花盆非常结实，踩上去绝对没问题。然后，荣贵又看到了琪琪送的那盆花，这是一种蓝紫色的小花，非常好养，只要浇够水，偶尔施肥、晒灯光就能一直开花，此时此刻，那盆植物就开了七朵荣贵拳头大的花。

荣贵将一盆地豆倒出来，紧接着小心翼翼地摘了一朵开得最好的花。

然后，他将花盆推到栅栏旁，跳上去试了试，发现仍然不够高，不得不又清空了一个花盆，往上又摆了一层，踮起的脚尖，这回高度够了。

扒在栅栏顶部，荣贵颤悠悠地看正在认真干活的男人。

"嘿！早上好！我是昨天搬进来的荣贵，和我一起搬进来的还有小梅，接下来我们要在这里住三个月左右，那个……"

"这个是见面礼！"

吃力地将抓着花的手举高，荣贵好容易将花递过去，谁知——

大概是刚刚摆花盆的方法不对，他脚下的花盆忽然摇晃了一下，身子一歪，伴随着"咔嚓"一声响，荣贵的头自栅栏顶部消失不见。

大个子

花盆错位，荣贵摔倒在自家院子里。好在他是机器人，这种程度也摔不坏。

不屈不挠，荣贵赶紧将花盆重新摞起来，再次爬上去，他看到了掉在黑色土地上的蓝紫色花朵，以及呆呆站在那朵花前的男子。

男子穿着非常厚的衣裳，头上还戴着遮阳帽，全身上下捂得严严实实，荣贵完全看不清他的脸，只知道是个魁梧的人。

"那个，花是礼物啊！不好意思它掉下去了，我够不到，那个……那个……麻烦自己捡一下……啊！"

伴随着一声大叫并一声瓷器的碰撞声，荣贵再次摔下去。

这一次他可没法赶紧把花盆摞起来再爬上去：花盆裂了。

荣贵有点傻眼。

该说的话得说完，要不然多没礼貌啊！

于是，荣贵扯着嗓子又朝对面说了两句话，解释自己这边的情况：当作梯子用的花盆坏了，没法再过去露面，握手更是免谈，不过好在礼物已经送过去了，还请对方不要嫌弃……

荣贵啰里啰唆说了好长一段话。

就在小机器人说话的工夫，他看不到的隔壁、栅栏的另一侧，高大魁梧的蒙面男子慢慢地弯下腰，伸出戴着手套的手，捡起了落在地上的蓝紫色花朵。

持着花，男子在原地矗立了很久。

话说了半天，对面一声没有，也不知道对方有没有接受自己的见面礼……不过不接受也正常，毕竟自己怎么看都是个奇怪的人啊！

想到自己刚露面俾跌倒，荣贵捂脸。

叹着气，看到地上花盆上的裂缝，荣贵的心情更加低落，然后，他又看到了被自己胡乱扔在地上的地豆……

好吧，自己果然什么事都做不好，只是想朝可能是邻居的人打个招呼，结果折腾出这么多事……

唉声叹气，荣贵正要捡"蘑菇"，眼前忽然多了一双机械脚。

小梅不知何时下来了。

果然在搞破坏——小梅没有说话，可是那双天空一般的眼睛里是这么说的。

将两朵"蘑菇"挡在眼前，荣贵肩膀一塌，整个机器人蔫了。

"怎么……不多睡一会儿啊？时间……时间还早……"将头埋在双腿之间，小小的机器人小声道。

"你下楼前打开了窗户，声音那么大，我怎么可能听不见？"小梅冷冰冰的声音一开始在荣贵头顶，然后越来越大，越来越近，荣贵将一只眼睛从腿间露出来，果然，他看到小梅已经蹲下来整理地上散落的地豆。

没有责备，小梅开始干活。

小梅拿着一把小铲子，先将土松了松，然后将地豆依次种下，眼瞅着荣贵由于不知道该怎么办跟在他屁股后面打转，小梅平静道："去把其他花盆里的地豆也倒出来，就像这些一样。"

说着，他用手里的铲子指了指之前被荣贵胡乱倒出来的地豆。

得到指令，有了活干的荣贵像是松了一口气，立刻跑去旁边搬花盆。

小梅干活又快又好，没多久，原本空空如也的地上便多了一垄一垄的地豆，"苹果"苗被安置在角落，琪琪送的紫色花朵则盛开在"苹果"苗旁边。

"看看这活计，小梅，你才是正经乡下出身的孩子啊！"再次被小梅的能干程度震撼到的荣贵情不自禁地感慨。

"乡下孩子……"小梅一脸黑线。

其实他只是看别人这样做，外加翻书而已。

不打算对荣贵解释太多，小梅很快过去看坏掉的花盆了。

此处的土壤不适合烧制花盆，在他们买到新的替代容器之前，这些只是有些裂缝的花盆可以修一下备用。

想了想，小梅找了一些金属丝，围着有裂痕的花盆编了一圈，一个新的花盆便诞生了。

等到小梅把所有活都干完，时间不过8点，两个小机器人顺着楼梯爬上楼，哈娜刚好揉着眼睛醒过来。

"好香……闻到了好香的饭菜味道。"小姑娘是被饭菜香吸引着醒过来的。

荣贵愣了愣，然后才意识到："啊！房东太太不会还给我们做了饭吧？不管是不是，赶紧下去吧？"

哈娜用力点点头。

小梅收拾今天要带走的工具，荣贵就在旁边帮哈娜编小辫儿，别的方面有点笨手笨脚，不过涉及臭美，荣贵居然总能干得不错。

荣贵编的小辫虽然毛糙，但耐不住款式时髦啊！

加上房东太太给哈娜的衣服当真做工细致，针脚华丽，原本貌不惊人的哈娜小姑娘居然变得可爱了好多！

"很不错！"让小姑娘在自己眼前转了个圈，荣贵满意地朝哈娜比了个"ok"的手势。

虽然看不懂这个手势，不过不妨碍哈娜也朝荣贵比了个同样的手势。

两个人臭美的工夫，小梅不但收拾好了自己的东西，还把铺盖整理好了，等到荣贵这边大功告成，三个人便一起下楼去。

一楼的客厅里，老妇人果然已经坐在摇椅上，仍然在打毛衣，不过鼻梁上多了一副黑色的墨镜。

荣贵愣了半天，才想到墨镜应该是为了遮住白色的双眼。

而昨天放红虾饭的地方果然摆着饭菜。

同样是两个碗，不过餐具只有一件。

今天的饭菜看着仍然很惨烈：绿糊糊，还有烧焦的黑东西浮在表面……

然而三个人里唯一可以闻到味道的小姑娘却眼前一亮："好香！"

"凑合吃吧，小姑娘能吃，就给你准备了两碗。"打毛线的动作未停，老妇人淡淡道。

被说是大胃王也不在意，"嘿嘿"笑了两声，哈娜立刻跑去小圆茶几旁边吃饭。

哈娜吃饭的工夫，小梅跑去昨天荣贵发现问题的地方修补门窗，而荣贵……闲着没事，决定和老太太唠唠嗑。

"卓拉太太，今天早上我去地里干活的时候，看到隔壁有位先生在干活啊！他也是这里的租户吗？还是您的亲戚？"荣贵没多想，只是想到就问了。

老妇人的手指灵巧地绕出一个个线圈，慢声道："他不是租户，也不是我的亲戚，只是雇员而已。

"我年纪大了，眼睛也不方便，外面草地的活，总要有人帮我干才好。

"怎么了，他妨碍到你们了吗？"

问这个问题的时候，老人的脸虽然没有移动一分，然而荣贵再次有毛骨悚然的感觉，是错觉吧？呃……肯定只是错觉吧？

迅速抖了抖肩膀，荣贵回答："没，我只是打了个招呼，因为前天也见到他了，心想他可能住在这里，以后要常常见面，不打个招呼不礼貌！

"不过我也没啥好东西，就送了对方一朵花。"

抓着脑袋，荣贵大刺刺笑了。

之前毛骨悚然的感觉忽然消失，摇椅上的老人继续慢条斯理打毛线，轻声道："他是个不会说话的人，不过性格很温和，他不回答你也不要在意，他有他不方便的地方……"

"哦哦！我不会介意的。"

和老人又聊了几句，小姑娘终于吃完饭了，而小梅也处理完了门轴的问题。

荣贵想要刷碗，不过老妇人没让。

"晚上还有红虾饭。"荣贵他们出门前，老妇人只是矜持地说了这么一句。然后，不等荣贵他们反应过来，她便端着两个空碗离开了。

这是……欢迎哈娜再来吃饭的意思？

荣贵和哈娜面面相觑。

"时间不早了。"最后，还是小梅打断了他们。

拎起小梅的工具箱，荣贵赶紧出门。

再次来到哈娜家的店铺，外面一如既往围着许多"丧尸"，将哈娜护在两人中间，荣贵紧张兮兮地从一群"丧尸"中挤到了大门前，一进门他就撞到了什么东西，抬头一看，发现他撞到的不是别人，正是那名女性"丧尸"——哈娜的妈妈。

仔细看，哈娜的爸爸——那名眼镜"丧尸"就站在旁边，如果小梅也像荣贵一样莽撞地冲过去，大概刚好撞上他。

荣贵这才想到现在这个时间，刚好是"丧尸"们"进城"的时间，也是哈娜的爸爸妈妈"回家"的时间。

不过，往常这个时候，他们应该一个在工作室，一个在"干家务活"。

荣贵看看哈娜，小姑娘的脸上有迷惘，有悲伤，还有……害怕。

即使是最爱的爸爸妈妈，看到他们腐烂的样子，这个年纪的孩子仍然会害怕。

哈娜小小的身躯再次颤抖起来。

过了好一会儿，荣贵才听到哈娜开口："爸爸、妈妈，昨天我去阿贵他们家玩了，晚上在那边吃了饭……"

"是红虾饭。"

"爸爸之前说要带我去吃红虾饭，可是一直没有找到卖的地方。"

"红虾饭果然好好吃呀！"

哈娜的声音一开始小小的，微微颤抖着，然而，随着说话，颤抖渐渐消失了，就像回来交代去向的顽皮小孩子，她把自己昨天做了什么全都说了出来。

大概平时和爸爸妈妈这么说话说习惯了，没多久，她的声音里就完全没了恐惧，只剩下熟练与随意，到后来，还有点开心。

"卓拉太太说今天晚上还有红虾饭，那个……我可以再去吃吗？"

哈娜说到开心的地方，猛地抬起头，对上了父母僵青腐烂的面容。

荣贵眼睁睁地看着小姑娘的眼睛再次颤抖，悲伤浮上了她的眼眸。

已经成为"丧尸"的父母自然是不会说话的，他们一个僵硬地走向楼上，一个去了隔壁的房间。

荣贵这才意识到：刚刚……这两名"丧尸"是在等孩子吧？

在房间里到处找不到哈娜的身影，这两位忍不住出来。如果他们回来再晚一点，大概……这两位就会离开这栋房子，到外面寻找哈娜了吧？

愣怔着，荣贵矗立在门口许久。

直到小梅拉起他，向楼上工作室走去。

这一天，小梅便和变成"丧尸"的哈娜爸爸一起工作，两个"人"一个使用分析仪不断推测强力营养液的成分，另一个则在不断地提取着什么。

眼瞅着小梅如此勇敢，荣贵也豁出去，和女"丧尸"一起收拾房子了。

哈娜在旁边看了很久，终于鼓足勇气加入，三个"人"——一个真正的人、一个机器人、一个"丧尸"……同样笨手笨脚地做家务。

白天一起生活，到了下午3点左右，荣贵驾驶大黄把他们送回去。

晚上收工之后，荣贵则把小姑娘"打包"回去。

虽然被单已经干了，可是卓拉太太那里有看起来可怕吃起来却美味的早餐和晚

第三章
大个子

餐呀!

日子就这样诡异又寻常地过了两个星期,哈娜成功地被卓拉太太喂胖了两斤,学会正确拆洗被单,还和荣贵学会了绑小辫儿。

她能够帮女"丧尸"做很多事了!

她还可以在妈妈做饭的时候,尝试端起锅。

虽然做得很难吃,然而哈娜终于煮成功了人生中第一锅饭。卖相是沿袭自母亲的,一如既往的难看,味道……很可惜,同样是沿袭自母亲的难吃。

然而小姑娘很高兴,如果不是荣贵他们没法品尝,她一定激动得把勺子塞进荣贵嘴里!

她举起勺子伸向自己的父母,然而……对上的却是父母僵硬的脸。

在四人的注视下,哈娜独自吃下了自己第一次煮的饭,然后——

第二天,女"丧尸"——也就是哈娜的妈妈,没有回来。

那天之后,她再也没有回来。

"大概是愿望被满足了吧?"荣贵道。

"她的愿望就是看着女儿可以学会基本的生存技能,有人照顾,可以很好地活下去……"

被窝里,听着小姑娘平稳的鼾声,荣贵忽然开机,伸出一根手指戳了戳小梅,没过多久,小梅便面无表情地把头转过来。

"不知道哈娜爸爸的愿望是什么……

"是制作出足够的药剂,让哈娜有足够生活到成年的积分吗?

"还是陪伴哈娜,确保她学会各种制药方法啊?

"后面这个……眼瞅着有点难啊……"

荣贵说着,话音里带了点愁意。

作为"手拙星"的"老乡",荣贵对哈娜学会制药这件事可是……打心里有点发愁。

头转正,天蓝色的双眸直直看向天花板,小梅没有说话。

"我有钱。"小小的声音忽然从两人中间发出来。

荣贵冷不防被吓了一跳,慌忙低下头看向哈娜,这才发现小姑娘不知什么时候睁开眼睛醒了。

小脚丫在被窝里蹬,哈娜给自己找了个刚好和荣贵小梅的头齐平的位置,然后从睡衣里掏出一张圆圆的……小通行证。

小家伙按了一下,通行证上便显示出一行数字。

数清了数字后面的零,荣贵惊呆了。

"这是爸爸妈妈留给我的。"小姑娘说着,按掉数字,然后将通行证塞回了睡衣里面。

荣贵目瞪口呆了半天，叹出一口气："原来哈娜你是个土豪啊……"

"真•土豪•哈娜"便嘴角微微向上扬了扬。

"我有钱，爸爸肯定不是担心没钱才回来的。"小姑娘小声说。

荣贵点点头："看来真不是这个原因。

"那就是让你学做药。

"你爸爸可能是要你至少学会一种药剂的制法，你能靠卖这种药生活下去，他才能离开啊……"

荣贵情不自禁地用哈娜妈妈的模式推论。

"虽然……虽然我很笨，可是我会努力的！"将小拳头从被窝里伸出来，哈娜坚定地表达决心。

"对！要有志气，不过……以后可不要轻易把通行证拿出来，更不要把里面的数字按出来给别人看，知道不？"荣贵一边鼓励着小姑娘，一边又发愁地叮嘱她。

"不一定。"小梅冰冷的机械音忽然从旁边传来。

手掌心对手掌心，正交流愉快的两个人便齐刷刷地回过头看向小梅。

规规矩矩盖着被子睡在旁边，双目仍然直视天花板的小梅静静道："紫兰草、布克里、缘生花……这几天，他一直在研究这几种草药的萃取温度和比例，他的动作不是传授，而是在研究新的药剂。

"这三种草药平平无奇，并不是珍贵的药材，它们最重要的作用是降低特定草药的功能，可以被这三种草药稀释的依次是加布多利藤蔓、舒克尔菌菇、缘生花的根茎。

"根据这一特性，可以推论他不但是在研究一种新的药物，而且，这种药物应该是另一种药物的解药。

"所以，他死后仍然不放弃持续在做的事应该是——"

"不死药的解药？！"荣贵叫了出来。

哈娜的眼睛也一下子睁大了。

想要知道哈娜爸爸正在做的东西是不是不死药的解药，其实很简单，找到不死药的配方看一下就知道了。别以为这个配方是什么保密的东西，实际上，在西西罗城，药剂师一旦制作出足以颠覆人们认知的药剂，就会将配方送到药剂师协会，经过鉴定是足以列入药典的好药之后，会录入药典，方便其他药剂师查阅、尝试复制这种药剂。只有试做成功之后，他们才会被颁发贩售此药的资格证，进而在自家药铺的招牌上列出此药的名称。自己制作不出来也没关系，他们可以去有制药资格的药剂师那里进货，这样也可以在自家药铺招牌上列出药名。

毫无疑问，不死药就是这种殿堂级好药。

哈娜爸爸制作的不死药就被录入药典，药剂师纷纷试制这种药，在相当长一段日子里，哈娜家的生活异常风光，不只外面的人来求药，城内的药铺也纷纷来购药，店铺里每天都有满满当当的客人、忙碌的活计，还有更加忙碌的爸爸……这些塞满了哈娜的回忆。

第三章 大个子

美好的生活止于第一名客人暴毙,他成为了第一个"丧尸"。

哈娜说不清那时候家里到底经历了什么,只记得家里的店铺忽然大门紧闭,然后,愤怒的病人家属拉着死去的亲人围住店铺大门,玻璃上被砸出了一道道裂缝……

哈娜的爸爸将哈娜保护得很好。

"家里没有不老药了,那个……哪里也没有不老药,全部被销毁了。"外面派过来的执法部队涌入城内,在每家药铺翻找不死药,然后焚毁。

火焰非常高,被妈妈禁锢在家中,哈娜仍然能透过窗户看到外面的火焰。

"不过,应该没错,爸爸的遗愿就是那个了,制作出不老药的解药,一定是这样的,没错!爸爸生前、每天都在做药!"想起了爸爸在世时的最后日子,哈娜的声音忍不住提高了。

"你家有不死药的配方吗?"黑暗中,小梅静静道。

"不、不是不死药,而是不老药。"小姑娘固执地纠正了一下,然后摇摇头,"没有,爸爸的笔记全部被销毁了。不过,药典上应该有,妈妈说过爸爸是最厉害的药剂师,做出了可以录入药典的药。"

忽然想到什么,哈娜天真地说。

"那……那我们明天去找那个什么药典?"察觉气氛忽然变得灰暗紧绷,荣贵赶紧说,"话说药典是什么?和字典一类的东西吗?什么地方能买到药典……书店?"

"这里有书店吗?"荣贵继续发愁。

"图书馆应该有,明天我们去图书馆一趟。"黑暗中,小梅平静地说。

"现在,你们两个,睡觉。"

小梅的声音冷冰冰的,一点也不温柔,就是这种声音,实在很可靠,让人心情不由得平静起来。

爸爸真的是想要做不老药的解药吗?爸爸能研究出来吗?研究出来后她真的能学会吗?

哈娜有点茫然有点忐忑,紧紧抓着荣贵和小梅的手睡着了。

第二天早上哈娜起床的时候,眼底有一圈淡淡的青黑。

由于眼神不好,卓拉夫人看不到小姑娘的脸色,不过可以通过小姑娘的饭量敏感地察觉到。

"怎么了?今天只吃了一碗半饭,是饭菜不合胃口吗?"装作不经意地,卓拉夫人问道。

完全看不出老人家眼神不好啊——每当这种时候,荣贵就不由得感慨一句。

作为眼睛近乎全盲又独居的老太太,卓拉夫人实在过得很细致,她看不见,但是靠脑子记住了房间里的每样摆设每个拐角,东西从哪里来的放到哪里,她走在屋里的时候就像正常人。

除此之外,她还擅长编织,虽然由于眼盲无法像以前那样编出复杂的图案,但她还可

以靠光照后温度的差别挑选布料，靠声音辨别杯中水的多少，没有办法制作漂亮的料理，她就做盖饭，虽然卖相不好，可是那味道，据哈娜说，就一个字：棒！

对于屋子里的一切了如指掌，对外面的院子也不例外，她有一位好员工，外面的药草打理得整整齐齐，卓拉夫人会指定某种药草种植在某个区域，那名员工从来不出错，收获的时候还会将药草捆绑得整整齐齐放在指定地点，等到有人来收购的时候，卓拉夫人就可以既优雅又准确地将药草卖掉。

在这里住了大半个月，荣贵只见过一次过来收货的人。

确切地说，是购货成功的人。

即使这里像个鬼屋，却还是经常有人找过来求药，卓拉夫人虽然貌不惊人，然而似乎确实是很厉害的药草供应商，她的院子里种着整个西西罗城最全的药草，很多人来她这里求购，然而绝大多数没成功。

原因似乎是——

"卓拉夫人售卖药草的原则是等价交换，如果你想从她的院子里得到某种药草，就必须给她一种院子里没有的药草。"

这句话是亚尼告诉他们的，还记得亚尼吗？就是一开始介绍荣贵小梅来卓拉夫人这里租房的美人店员，也是哈娜爸爸药铺的前伙计。

后来荣贵又在哈娜家的店里看到过亚尼两次，他每次来都拎着东西，是吃的喝的，或是药材。

他发现荣贵和小梅现在在这里工作也毫不意外，八成是奇鲁告诉过他。

荣贵现在和他关系不错，两个人聊天的时候他透露把荣贵他们介绍到卓拉夫人那里租房的原因："我小时候曾经在隔壁的屋子里住过一段时间，离卓拉夫人家最近的那栋破房子原来是我家，那时候卓拉夫人的女儿还活着……

"那是个挺漂亮的小姐姐啊！我们那一带的男孩子都喜欢她。

"就剩下这么一个亲人，卓拉夫人对女儿可好了。

"不过小姐姐的心脏不好，据说有家族遗传疾病，卓拉夫人自己和先生的心脏也不好，先生早早离去，就剩下卓拉夫人和女儿。

"他们之前住在外面的城市，卓拉夫人的先生安装了机械心脏，然而效果并不好，她再也不相信外面的机械疗法，这才带着女儿住过来，为的就是西西罗城的药。

"不过小姐姐的性命最终还是没保住，她还是走了。

"房子里就只剩下卓拉夫人一个人。

"后来她眼睛不行了，也不外出，靠种药草生活，外地人是不允许做制药生意的，她只能种药草……这活很辛苦，她年纪又大了，一个人也寂寞，算我多管闲事，我时不时把看着顺眼的人介绍过去，如果有缘，就在卓拉夫人那里住着和她做个伴儿，没缘的话，自然……呵呵……"

亚尼这是专门过来吐露自己当初的小心思。

"还有就是哈娜爸爸做的强力营养液了,虽然可能过期了,但也比外两家店好,我不是故意忽悠你们过来买过期药的。"

亚尼是个利索人,把事情解释清楚后,很快就转移了话题,转头和哈娜聊天了。

看得出,他很喜欢前雇主家的小女孩,而哈娜……虽然态度仍然有点别扭,不过在荣贵的眼神鼓励下,终于开始和亚尼聊天。

绝望的时候以为所有人都离自己而去,心中的戾气固然已经由于知道缘由而散去,然而之前的隔阂还需要一点时间融化。

话题似乎走得有点远。

不过想到亚尼就想到亚尼说过的卓拉夫人的女儿,卓拉夫人之所以能一下拿出那么多小女孩的漂亮裙子,是因为那些裙子是她女儿的吧?

一针一线皆用心,那是母亲对孩子的爱意。

然而,那个被爱着的孩子如今却不在了。

看着慌张对卓拉夫人解释不是饭菜不好吃,而是自己有点没胃口哈娜,又看看转身从隔壁厨房端了一杯白色饮料出来的卓拉夫人,荣贵的嘴角微微翘了翘。

虽然是误打误撞,不过这回,亚尼似乎终于介绍对人了。

喝着卓拉夫人端出来的白色草药茶,哈娜仔细看着卓拉夫人的脸。

相处久了,她已经完全不怕卓拉夫人,而卓拉夫人也不再时时戴着墨镜。

"卓拉太太,我觉得吧,这个草药茶,比起我你更应该喝呀!"一口一口喝着甘甜的草药茶,哈娜发表着自己的看法,"你的眼底有点发黑啊,而且嘴唇的颜色也比往常暗,你是不是身体不舒服啊?我记得之前有人找爸爸做药就是这样子的,似乎是很严重的病啊……"

小姑娘到底是曾经城内首席药剂师的女儿,从小住在店里的楼上,见过的病人很多,虽然没有系统学习过,但她有这方面的敏感度。

"是心脏病,我的药吃完了,还没有来得及去下订单让人送药,你不用担心。"外表看起来是位严肃又矜持的女士,出人意料,卓拉夫人面对哈娜还是很坦率的,她就这么大大方方地把自己的病说出来了。

说完,她便不再说话,直到听到哈娜将空杯子放在茶几上的声音。

"时候不早了,你们该走了。"站起身,她打发几个人出门上班。

"我还是觉得卓拉太太的脸色不好,小梅,你是不是也这么认为呀?"哈娜还在纠结卓拉夫人的脸色,一边走,她还向小梅求证,待到看到小梅点头后,她才坚定道,"我记得爸爸之前有做过一种特别好用的心脏药,那种药应该没过期,我一会儿到家就去找……"

"我帮你找!"荣贵自告奋勇地举手。

小梅:"……"

于是,这一天,荣贵和哈娜翻箱倒柜地找"传说中特别好用的心脏病药",而小梅则

在完成了上午的工作后，一个人去了图书馆。

——寻找药典。

由于荣贵稍后还要开大黄送哈娜爸爸"回去"，所以小梅是自己出去的。

荣贵有点不放心，一开始还坚持要小梅先让大黄把他载过去，然后再自己回去，不过小梅果断拒绝了。

他在路边叫了一辆救护车。

呃……也对，谁也没有规定只有缺胳膊断腿快不行了才能坐救护车啊！

看着黄绿色的小车头闪着红色警笛呼啸而去，荣贵总算是放了心。

"客人，您想吃点什么药？我带您去最合适的店啊！"一上车，救护车司机就经验老到地介绍，如果荣贵在这里一定会惊讶得眼睛都不眨：救护车司机真是个美人啊！

即使动作充满了小商贩的感觉，语气也充满了老司机的油滑，可是救护车司机长得眉清目秀，有西西罗人特有的细腻皮肤，眉眼间也尽是风情。

可惜，风情砸在小梅这里算是扔水里了。

小梅端正地坐在后面的座位上，道："去图书馆。"

然后他就不吭声了。

这种客人一看就是油盐不进的铁公鸡——没办法，救护车司机只好摸摸鼻子好好开车。

不过他还是打开了收音机，各种药剂广告流水一般播放出来，成了车内唯一的声音。

这一回，小梅没有再说什么，对于他来说，听广播看电视什么的已经很习惯了，有荣贵在身边，就像有台全天无休的收音机，任由各种小广告在耳边聒噪，小梅端正地坐着，目视前方。

由于他太安静了，非但安静，还长时间一动不动，其实他经常这样，如果不是荣贵平时经常央求他干这干那，没有事情干的时候，小梅可以维持一个动作一整天，他会思考一些事情，又或者什么也不想。

老实说，静止时间过长的人……让人看着也是很可怕的呢！

此时此刻，救护车上的老司机毫无疑问就直面这种死一般的恐惧！

通过后视镜，他观察小梅，车开了半个多小时，他发誓身后这名客人当真一下也没动过！

罩住身子和头的斗篷连颤都没颤一下，这位客人怎么看都可疑啊啊啊啊啊！

该不会是……那些不死之人吧？

可是他进来的时候明明还说过一句话啊，那些不死之人是不会说话的。

等等——难道已经进化出可以说话的不死之人吗？

最早的时候，他们只会从坟墓里钻出来而已，过了一段时间才能行走，又过了一阵子才开凭借本能地往城内走。从一开始的肢体僵硬，到可以灵活地翻城墙跑进城内；从一开始一出现就让被发现，到成功混迹在人群之间，只有近看才能发现不对劲……

大个子

据说前阵子发生了不死之人攻击活人的事件呢!

被攻击的是一名从外地过来买药的病人,由于太恐惧不小心攻击了不死之人,结果,平时几乎对外界没反应的不死之人居然反击,据说那人现在还在药店躺着呢!

幸亏他是在西西罗城被攻击的,换作在其他地方,哪有这么多好药可以及时给他用上哦!

不过——

好像也只有在西西罗城才会遭受这种攻击吧?

救护车司机的脑子里转过乱七八糟的念头。

作为救护车司机,他可以在城内城外大街小巷跑来跑去,所以论起西西罗城消息最灵通、知道小道消息最多的人,救护车司机就算不是第一名,也是第二名第三名。

联系到前几天听到的小道消息,救护车司机越来越害怕。

他赶紧把前排与后排之间的防护网升起来。

平时为了推销方便,他轻易不用这玩意,现在顾不上了!

好在救命的图书馆就在前面了。

将车子停在图书馆正门前,小梅下车,救护车司机眼瞅着就要踩油门跑路,小梅却在他旁边的车窗玻璃上敲了一下。

"还没付钱。"仔细听,这人的声音也非常可疑啊!金属质地,冷冰冰的,语气平坦而僵硬,毫无起伏……

妈呀!这人就是不死之人吧!

虽然城里很多人都不怕那些不死之人,可是他就属于少数怕这些人的人啊!

一只戴着白色手套的手从车窗外递过来一张通行证,救护车司机惊恐地用自己的通行证和对方的碰了碰,收款完成后,连句寒暄的话都不敢说,立刻摇上车窗跑掉了。

从此,西西罗城大概又多了一个"不死之人坐救护车"的传说。

而造成误会的始作俑者小梅则拿着自己的通行证,难得地愣了愣:司机只收了他1积分。

这里的车费这么便宜吗?

他没有多想,抬头看看前方高大的建筑——在普遍使用木质材料的西西罗城,这栋难得使用瓦石的高大建筑就是图书馆。

水珠,从天空落了下来。

又"下雨"了。

这个城市里的植物太多,城市自动喷水频率自然比其他城市高。如果按照气候类型来划分,这里应该是个多雨的城市吧?气候常年湿热……当然,城市部分地带为了种植药草,所以可能会干燥……

小梅想着,从斗篷下拿出一把雨伞。

雨伞是他自己做的,不过是荣贵要他做才做的。

他现在的身体并不怕水，雨伞对他来说毫无意义，不过荣贵说得也对，"雨伞不是怕身体被淋湿，是可以防止身上的衣服被淋湿"。

毕竟，在这个城市，衣服一旦洗了就很难晒干。

对了，卓拉夫人那里的烘干机坏了，回头得去修一下，毕竟荣贵是个每隔两天就要洗一下衣服的家伙。

这样也没什么不好，和一个爱干净的人生活，总好过和一个脏兮兮的邋遢鬼在一起……

没有察觉自己如今思路的细微变化，小梅撑着雨伞，匀速走上了台阶。

他推开厚重的图书馆大门，收起雨伞，看到旁边有放雨伞的地方，那里有一把雨伞，盯着那把雨伞看了一会儿，他也把雨伞放了过去。

图书馆的房顶异常高，走廊异常宽阔，里面没有一个人，小梅走起路来时，整个走廊里便只有他一个人的脚步声。

然而走廊上的灯却是开着的，没有一盏灯熄灭，应该是有人专门维护。

从这一点看来，这里应该还是有人的。

地板也很干净。

…………

一路走一路不着痕迹地观察着四周，小梅终于走过走廊，来到图书馆存放图书的地方。

这是一个巨大的房间，足足有五层楼！中间是摆放得整整齐齐的阅读桌椅，而四周就是五层楼的书架。

密密麻麻的书架，上面摆放着密密麻麻的书籍。两侧有楼梯可以上楼，除此之外，每层楼中间有空中楼梯相连，人们可以轻松地从四楼的书架上到五楼，又或者从五楼的书架直接走到三楼……

在小梅的记忆里，这并非他见过的最大的图书馆，然而是最别致的一个图书馆！

作为一个有阅读习惯的人，小梅难得愣了愣。

然后他就找前台。

他在一楼大厅的角落找到了图书管理员，那是一位穿着西西罗传统服饰的男子，看起来年纪很大，鼻梁上架着一副巨大的眼镜，手上捧着一本书，老人正在阅读。

听到小梅的脚步声，老人愣了愣，直到小梅走到他面前说明来意，他才放下手中的书籍，打开好久没用的电脑，等待开机的工夫，老大爷轻声对小梅道："活人？"

小梅一脸疑惑。

大爷推了推眼镜，再次小声道："我是说，你是活人？"

"我现在的身体是机械制成的，严格说……"

大爷打断了他："机械的好，我知道了，你是活人。"

大概是太久没有开机，电脑好容易终于出现管理界面，大爷拿小梅的通行证登录，然后很轻松地对他道:"行啦,这就可以进去看书了,书籍不外借,只可以在这里看,没有什么不能进去的地方,你自己找就行啦。"

大爷说着,把通行证和一份图书馆地图递给小梅,就在小梅收好通行证,准备往里走的时候,大爷又叫住了他:"那个……现在愿意来图书馆看书的人越来越少了,活人少了,所以……"

声音再次压低,大爷把话全部说了出来,"不是活人的人可能就显得有点多。看到他们别害怕,他们挺安静的,从来不在图书馆里吃吃喝喝,看完了书还知道把书放回原处,其实都是好读者来着。唉,你要是害怕,就趁早回去吧……"

大爷的话最终化成了一声长叹。

小梅转过身去,按照地图指示的方向拾级而上,向图书馆的最高层走去。

整个西西罗城的通用药典只有一本,这瑰宝般的存在,其他的东西都可以毁坏,唯独这个图书馆的药典不会毁坏,想要弄清楚哈娜爸爸当年制作的不老药的完整配方,只有在这里了。

当然,对于小梅来说,查询不老药的配方并非他过来的主要目的。想要弄明白哈娜爸爸的遗愿是荣贵的愿望,对于小梅来说,他想了解更多关于草药的知识。

他的大脑就是世界上最全的图书馆,将所有看过的书籍背下来是他与生俱来的能力,而在完全机械化,以虚拟形式实现永生之后,他的大脑更是与这个世界所有的图书馆相连,所有可以"信息化"的东西全部储存于他的大脑,这个世界上没有他不知道的知识。

但一些在他连通系统前已经消失的书籍、文化,系统中自然没有相关记录。

诚然,其他地方也有相关的草药常识,所以小梅可以说出很多草药的名字、功效,然而西西罗城在这方面的研究是最顶尖的。

经过漫长的发展,这个城市有独特的草药文明,其他城市取代不了。

而他现在就在这个已经消失的文明汇集地——西西罗城的中心图书馆。

两个半月之后,这里将消失不见,这个别致的图书馆,和里面西西罗人历代的研究成果都将毁于一旦,从此完全消失在文明长河之中。

有种奇妙的必然的感觉。

小梅走过 层又 层。这里安安静静,完全是书的海洋。

偶尔越过台阶向下方的图书管理员看去,只见老人正面容安详地看书,阅读带给他的快乐是显而易见的,手中捧着书就像捧着全世界,老人安静地沉浸在自己的世界里。

小梅移开了视线,他终于爬上第五层,第五层的中心是一个巨大的架子,架子上有一本厚厚的书,那就是传说中的药典。

周围所有书架上陈列的书籍都是与药典相关的,为了创造新药,药剂师一共做了多少试验,理论根据为何……简而言之,就是论文。

小梅站在陈列药典的架子前。

他的个子太矮了，架子便根据他的身高自动向下调了一点。

小梅盯着药典的封面看了一会儿，翻开了书。

他在目录中搜索不老药。

目录是由一个又一个药名组成的，按照被创造出来的时间排序，倒数第三条，小梅看到了"不老药"。

他微微停顿了一下，然后按照目录上的指示，翻到了指定位置。

第两千四百三十八页。

记载哈娜爸爸作为药剂师最大荣耀也是最大败笔的配方就在这一页，端端正正印着花体的"不老药"。

小梅又停顿了一下。

他的停顿是有原因的，因为就在看到这种传说中的药的写法时，他终于意识到不对劲。

这个药名真正的含义……

通用语中，"不老"和"不死"的发音是一样的，写法也非常类似，只有一个字母不同。

这个字母自然会导致整个词的读法有细微差别，可惜差别太小，大部分人并没有把这个差异念出来。

加上后来有了那些荣贵口里的"丧尸"，小梅发现关于这个药的记载，实际上都是写作"不死药"的。

只有哈娜提到这个词的时候，念法会和其他人有点不同。

那一幕电光石火一般在他脑中闪过。

"你家有不死药的配方吗？"黑暗中，小梅静静道。

"不、不是不死药，而是不老药。"小姑娘固执地纠正了一下，然后摇摇头，"没有，爸爸的笔记全部被销毁了……"

其实很明显，哈娜说的药名和其他人口中的药名虽然发音非常类似，然而并不是一种药。

然而这又有什么差别呢？不老也好，不死也罢，两者的结果是一样的。

小梅微微侧了侧头，看到了关于"不老药"的完整记录。

写在最前面的是详细的成分。使用了何种药材，这些药材选用几年份的，使用了何种萃取方法，萃取的时间有多长……

非常详细。

一共记载了足足五页纸！

和周围最长不过三页纸的配方比起来，"不老药"无论是在制作难度上还是在研究难度上，都更高。

并非刻意，小梅记住了五页的全部内容。

大个子

然后,他在第六页上看到了一段药剂师的话:"发明这种药的初衷……是为了我美丽的妻子,我希望她能够青春永驻,永远开心。"

和其他药物最后面写的"治病救人"之类充满激情的感想完全不同。

这一点小梅是知道的。

如果药物真的成功,这条感言大概会是充满浪漫的。

然而药物失败了。

哈娜的爸爸被拉去受审,法院判了他死刑。

而哈娜的妈妈作为哈娜爸爸创造这种"邪恶药物"的原因,被认为是一个"邪恶的女人"。

在受刑的路上,哈娜爸爸遭到了病人的袭击,哈娜的妈妈为了保护丈夫,死于某位病人愤怒的攻击下。

小梅想到了那名女性"丧尸"脖颈的伤口——

这可悲的一幕并没有阻止行刑,哈娜的爸爸最终还是被执行了死刑。

然而哈娜却不知道这一切。

作为未成年人,法律保护了她的成长安全,她被告知自己的父母死于车祸。

小姑娘是真的这么以为的,荣贵问起她的时候,小姑娘是这么回答的。

然后就是哈娜的父母不停回家……

这听起来顺理成章,没有什么异常,然而——

为什么会如此在意这个药名呢?

盯着药名又看了一会儿,小梅的视线滑到了最后一页,唯一印有配方创造者姓名的地方。

"哥布尼·哈纳伦斯"。

天空一般的蓝色眼眸里瞬间闪过一丝阴霾,小梅虽然面不改色,然而此刻他的心里却翻起了滔天巨浪。

他想,他可能知道这个城市两个半月后灭绝的原因了。

正是这个"哈纳伦斯"!

由于全部资料已经被销毁,小梅自然不知道西西罗城的灭城原因,然而——

他却知道哈纳伦斯这个人!

犯了这世上最重的罪——屠城罪,哈纳伦斯被关在约书亚执掌的黑狱内三百年,服刑完毕被处以极刑。

如果哈纳伦斯犯罪的地方就是西西罗城,那么——

小梅拨通了荣贵的电话。

电话没多久就接通了,荣贵欢快的声音从另一头传来。

"小梅呀!怎么,到图书馆了没?我这里开始下雨了呢,你那边呢?不过还好你带雨伞了,下雨也不怕……"

一如既往地，荣贵说了好多话。

小梅平静地等着荣贵把话说完，然后才问："你，帮我问一下哈娜，这个城市里，姓哈纳伦斯的人，多吗？"

然后他就听到荣贵去问哈娜，小姑娘嫩嫩的声音就在不远的地方，声音不大，然而隔着话筒小梅也听得清清楚楚。

"奇怪，他为什么问你这个啊？"这是没有搞清状况的荣贵。

"哈！因为哈娜就姓哈纳伦斯啊！"小姑娘欢快地回答了荣贵的问题。

"爸爸说，我们家的姓整个城独一份！所以谁叫我们都是哈纳呀！不过哈娜是女孩子，所以写法会可爱一点……"

剩下的话……小梅已经不用听了。

听着荣贵把哈娜的话重复了一遍，小梅冷静地说了再见，然后挂断了电话。

站在摆放着药典的书架前，小梅看向窗外。

漆黑的窗外，雨越下越大了。

第四章

紫色的花朵

哈娜怎么看也不像是有能力屠城的人，想象她去屠城，就和想象荣贵屠城是一样的。

小梅看着倒映在玻璃窗上自己的脸：天蓝色眼睛的小机器人面容僵硬。

然后他慢慢收回了视线。

离开药典，他径直去楼下查看制作强力营养液需要的其他书籍。

这个城市的文明失传已久，他已经将哈娜爸爸留下的强力营养液成分破解了百分之八十，加上平时观摩哈娜爸爸的操作，将对方的手法也学习了七七八八，但是为了提高成功率，他觉得自己有必要将这个图书馆的藏书全部阅读一遍。

他不会轻视任何人，因为他从不轻视历史。

他要尽快把强力营养液做出来。

从书架上依次拿下了许多书，将其中一本书抽出书架的瞬间，小梅看到了缝隙之间露出一张僵硬青黑的脸。

天蓝色的眼睛与对方较一般人涣散的瞳孔相对，小梅未作任何停顿，径直将书拿开。

发现了第一个"丧尸"，小梅很快看到了第二个。

安静的图书馆忽然多了一些拖长的脚步声，之前这些脚步声被雨声盖住了，现在雨声变小了，才变得明显起来。

不知不觉间，这里多了许多"丧尸"，他们站立，或慢吞吞拖着步子在书架之间走着。

小梅甚至看到一名"丧尸"非常缓慢地整理书架。

那是一只外观非常可怕的"丧尸"，身上的衣服破破烂烂，身体也破破烂烂，像是遭遇了什么事故，脸血肉模糊，乌黑一片，只有一颗眼珠还勉强挂在原本的位置，整个人看起来可怕极了！

他的手也断了，他就用断了的手在整理书架。

"别害怕，孩子，他们只是些可怜人。"老者的声音忽然打破了只有雨声和脚步声的诡异。小梅向旁边看去，那名图书管理员正站在两名"丧尸"旁边，旁边是辆小拖车——就是图书馆里工作人员常用的那种，他正在将拖车上的书一本一本放回原位。

"亲人将他们掩埋在这里再也不管了，外面雨大，无论去哪里都容易被赶走，他们只是过来躲雨的。"

"你看……外面雨这么大，最近是药草需要密集灌溉的季节呢……"

老人说着，拿着一本书眯着眼辨别了片刻，然后将它塞到对应的位置。

第四章

紫色的花朵

"大部分是过来躲雨的，不过也有喜欢图书馆的。"

将最后一本书归位，老人终于正过脸朝向小梅，眨了眨眼，他不起眼地将手伸出来，布满皱纹和老年斑的手指向旁边几个方向指了指："他、她……还有他……这三个是每天都来的。

"这个是我原来的同事，半年前去外面玩的时候遇到了车祸，被埋在之前他早就买好的墓地，结果三天后……

"他重新出现在图书馆。

"第一次出现的时候，我被吓得哦……不过毕竟我们是老伙计了，即使被撞烂了，我还是认出他，他只是像往常一样工作而已，也没做其他什么事。

"我他之前应该是吃过不老药。

"发明了这么厉害的药，整个西西罗城的人几乎都吃了，现在还好，等到死后……

"你是不是觉得我们西西罗城的人对'丧尸'没有那么害怕？

"因为我们每个人将来都有可能变成这样啊……

"比如我，我也吃了。"

老人说到这儿，停顿了一下，又看了看小梅，然后和蔼地笑了："别紧张，没什么的，就算变成不死之人，就算爬出来，大概也是回来整理图书，然后看看书，每天的生活就是这样，没什么别的。"

说完，枯木一样的手指向楼下某个角落指过去："年轻人，去那边看书吧，那边最安静，灯泡还是新换的。"

小梅看了他一眼，点了点头，抱上自己挑的书，向楼下走去。

他在那里看书的时候，前方的几个座位上也坐下了几个"丧尸"。而那位老人则继续拖着拖车，在书架之间穿行。

等到雨完全停下，小梅刚好看完最后一本书，他抬头的时候，发现前面的"丧尸"全都不见了。

雨停了，他们果然离开了。

"再见。"离开的时候，小梅难得朝老人说了再见。

老人笑呵呵地朝他摆摆手，随即推了推鼻梁上的眼镜，继续看手上的书。

古朴而别致的图书馆里，以足足五层楼的书架和温暖橙色灯光为背景，老人缩于一隅安静阅读的场景就这样落入小梅的眼中。

收回视线，他径直离开。

在图书馆耽搁的时间有点长，等他坐车返回哈娜家的店铺，时间不早了，荣贵和哈娜已经将哈娜的爸爸送了回去，就等他一起回家。

"找了一天，终于找到爸爸制作的那种心脏病药了！而且——还没过期！"坐在后排的座位上，小姑娘的身体前倾着，语气轻快，向小梅介绍她和荣贵的一天。这俩人一天什么也没干，光在仓库里找药了。

仓库里八成已经乱七八糟，明天得重新整理——小梅想着，接过小姑娘递过来的药

瓶，取出一粒药，拧开右手食指，露出里面的一根针迅速刺了一下，他用平坦的声音道："药物成分很活跃，可以使用。"

"呼……太好了！"得到小梅这句话，哈娜才真正放下心。

然后她小心翼翼将药瓶放在胸前的小兜兜里，那是荣贵给她缝的。她的嘴角弯弯，期待回家把药给卓拉太太。

小梅通过后视镜不着痕迹地在哈娜脸上看了一眼，小姑娘的苹果脸上挂着藏都藏不住的得意笑容，嘴里还哼着大概是荣贵教她的小曲儿，怎么看都不像能干出"屠城"这种大事的人。

大黄熟门熟路地开回了卓拉夫人家所在的巷子，停在惯用的停车位上，自动熄火。

荣贵爬下车，和哈娜一起，将掉在大黄车顶上的被单裤衩什么的捡一捡。

"哈娜，以后咱的内裤被单可不能像他们这样晾啊，得用夹子夹好，这些东西一看就是糙老爷们用的，女孩子的东西可不好那么晾在外面。"一边捡，荣贵一边对哈娜道。

哈娜深以为然地点点头，然后一件一件接过荣贵递下来的大裤衩。

小梅并没有参与他们俩的捡裤衩行动，站在大黄的车门前，面朝卓拉夫人的房子，眼睛里微微闪着蓝光。

不对，有什么不对。

"哎？卓拉太太不在吗？怎么屋里的灯都没开？"荣贵将不对头的地方喊了出来。

第一天由于没有开灯，荣贵踩塌了一块地板后，卓拉夫人就多了个习惯，那就是每天晚上帮他们留灯。为此，荣贵还请小梅将屋里所有坏掉的灯泡换了一遍。

从那以后，每天他们回家，迎接他们的都是暖融融的灯光和坐在摇椅上的卓拉太太，今天灯都灭了，三个人都觉得不太正常。

领先一步，荣贵掏出钥匙开门，哈娜紧紧地跟在他身后，看到两个人慌慌张张冲了进去，小梅也赶紧追上。

"卓拉太太，您在不……啊！"伴随着瓷器被踩碎的声音，荣贵大叫了一声。

荣贵和哈娜太慌张了，没头没脑只顾往前冲，而小梅却在两人尖叫的同时拍开了墙上的灯开关。

客厅里灯火通明，三个人看清了此刻客厅里的情形。

刚刚被荣贵踩碎的是一个瓷盘，正是卓拉太太平时装菜用的瓷盘，此时此刻，盘子上还有饭菜的痕迹，仔细看，地板上有一坨红红的浓稠浆液……

饭菜打翻了。

而在打翻的瓷盘前，就是脸朝下摔在地上的卓拉太太。

"天哪！"荣贵赶紧跑了过去。

"先别翻动她。"阻止荣贵的是小梅冰冷的声音。

荣贵和哈娜立刻一动也不敢动。

蹲在卓拉太太身边，小梅在测过她的体征之后，慢慢将她的身子翻正过来，他用拳头有节奏地叩击卓拉太太的心脏部位，一边叩击，一边注意着对方心脏的情况。

第四章

紫色的花朵

"是心脏病发作。"做着急救的工作，小梅抽空对旁边明显慌神的两人道。

大概是小梅的表现实在太镇定了，关键是他平时表现得太万能了，在他的带动下，两人终于慢慢恢复了冷静。

小梅观察卓拉夫人，只见她手里拿着电话，身下还有一个打开的药瓶，药瓶是空的，想到她白天时说过的话，应该是她平时常吃的药没了，新药又没有及时送到导致的。

"把你给卓拉夫人带的药拿出来，倒三粒，五秒钟一粒，一粒一粒喂给她塞。"小梅手上继续做着心脏复苏，有条不紊地对旁边一脸苍白的哈娜道。

哈娜用力点点头，连忙从兜里掏出药瓶，小心翼翼地倒了三粒药。荣贵帮她掐算着时间，小姑娘紧张地在荣贵每报出"五"的时候，用力掰开卓拉太太的嘴巴，将一粒药塞进去。

不知道是小梅的心脏起搏急救动作起作用了，还是哈娜爸爸的心脏病药发挥了作用，终于，一分钟之后，小梅轻声道："好了。"

卓拉夫人的心脏终于恢复了跳动，小梅就让她静静地躺在地毯上，数分钟后老人青白色的脸上终于出现一抹红润，小梅让哈娜再次将一粒药塞入老人的口中。

"我这是……"卓拉太太幽幽醒了过来。

注意到老人干裂的嘴唇，荣贵赶紧从旁边接了一杯水，用眼神询问小梅，得到小梅点头之后，才小心翼翼地将水杯递到老人嘴边。

喝下一口水，冲淡了口里药丸的苦味，老人的脸色又好了一些。

"你心脏病发作了。"小梅回答了他的问题。

愣怔了片刻，老人慢慢长叹。

"卓拉太太，要不要再吃一粒药啊？"总觉得老人还没完全好，哈娜赶紧把药瓶递过去。

"这是哈娜爸爸做的特效心脏病药，哈娜早上就觉得您脸色异常不好，今天找了一天药呢，赶巧了，回来就用上了！"荣贵就在一旁解释。

"不！是小梅，小梅什么都知道，会急救，还知道吃几粒药、几秒钟吃一粒，对了，小梅小梅，要不要让卓拉太太再吃一粒呀？"哈娜再次向小梅求助。

"不需要，这几粒药的药效非常强，她的心脏非常弱，增大药量她会受不住。"

"接下来每天一粒，不可以多吃。"

今天他阅读的书中有一本是介绍心脏病知识的，刚好是哈娜的爸爸所著，所以小梅才能对他制作的心脏病药如此了解。

强力心脏病药在体内发挥了应有的作用，又缓了一会儿，卓拉太太终于稳定下来，晕倒前的一切慢慢回到她脑中，忽然——

老妇人的脸色又变得苍白，下一秒，她竟挣扎着要起来。

"哎！"哈娜和荣贵都被她这样子吓到了，就在哈娜慌里慌张又摸出一粒药的时候，小梅按住了卓拉夫人的肩膀。

"怎么了？"他的声音是一如既往地冷漠。

"大个子！大个子出去了！"卓拉夫人的声音不复平时的高冷，带着慌张，拼命指向门外。

"我发病的时候大个子还没走，他看到我生病立刻冲出去了，他……不能让他出去！"额头上的青筋都暴出来，老人紧紧抓着荣贵和哈娜的手，想要站起来似的，求助地望向他们。

她是真的着急了！

"大个子，那位园丁先生吗？"还是荣贵最灵光，这段时间有空就爬墙和对方打招呼，时不时送对方一朵花，荣贵自认为自己和对方的关系很不错。

那个家伙个子高高的，所以卓拉太太偶尔会称呼对方为"大个子"。

没人知道他的名字。

直到这个时候，荣贵还没觉得有什么地方不对。

直到外面忽然传来了咚咚的脚步声。

非常沉重，非常缓慢的脚步声，伴随着滴答滴答的声音。

门外出现了一名铁塔一般的壮汉。

仍然是身披巨大厚重的斗篷——后来荣贵才知道，这斗篷是卓拉太太给他缝的。

然而，斗篷不复以前的完整，像是被什么东西用力撕扯过，罩住头颅的地方散开了。

对方一直遮掩在斗篷下的脸终于显露了出来。

那是一张极为可怕的脸：半张脸腐烂，牙齿全部暴露在外面，缺失了一颗眼珠……

那是一张"丧尸"的脸！

身上原本属于自己的血液早已干涸不再流动，这个"丧尸"的脸上、斗篷上却全是鲜血！

红色的，新鲜的，可以嗅到腥味的鲜血！

仔细看，他的牙齿上也有血，他的身上……还有碎肉与脂肪！

身上甚至还有几个新鲜的弹孔，结实的斗篷被打得破破烂烂仿佛筛子，是个人看到他现在这样子就知道他刚刚遭遇了什么。

他一定是攻击了人类，同时也被攻击。

这里的"丧尸"不是从来不会攻击人吗？

这位大个子平时不是就帮卓拉夫人干干农活吗？他平时……可是十分老实的……

"丧尸"啊！

荣贵的脑中一片空白。

而半躺在地毯上，在小梅和荣贵的怀里半坐着的卓拉夫人脸上却忽然露出一抹悲伤。

一股浓烈的悲伤。

"啊！"从来不开口的大个子"丧尸"忽然开口了。

他的声音非常奇怪，明明是那样一个大块头，声音却是尖细的，仿佛小孩子的。

声音非常敏感的荣贵，甚至听出了隐约的欢喜。

第四章
紫色的花朵

"啊!"他又叫了一声。

沉重的脚步声再度响起,夹着浓郁的血腥味,大个子朝卓拉夫人走过来。

他站在三人的面前,忽然拉开了斗篷。然后——

噼里啪啦……

好多药瓶便从斗篷下面掉了下来,掉在地毯上、卓拉夫人的裙子上。

和卓拉夫人之前掉在地板上的空瓶子一样,全是崭新的心脏病药。

"啊!"他再次叫了一声。

似乎是让卓拉夫人快点吃药。

透明的液体从眼睛里滑下来,卓拉夫人无声地哭泣。

窗外,忽然传来了紧急刹车的声音。

好多的车停下来,然后,更多的人从车上跳下来。

他们围了过来。

咚!咚!咚!

"有人在家吗?"

几声坚定的敲门声后,外面的人问话了。

只是礼节性的询问,如果长久没人应,接下来毫无疑问他们会采取更加强硬的询问方式。

比如破门而入——

卓拉夫人苍白而单薄的嘴唇再次向两侧紧紧抿了一下,终于下定了决心,她忽然道:"大个子,你被解雇了。"

"啊……"孩童一样的声音忽然向上扬了扬,浑身鲜血的大个子仿佛没听懂,只是呆呆地站着。

然后,卓拉夫人重复了一遍:"你被解雇了,从今天开始,你不用再在这里干活了。我老了,这么大的药草园也管理不过来,接下来……"老妇人再次抿了抿嘴唇,"我考虑把这里关掉。"

"这里已经没有你能干的活,所以……"

"这里已经没有需要你的地方了。"

"离开这里,去你该去的地方,然后——"

"再也不要回来了!"

老妇人声色俱厉。

没有焦点的白色双眸骤然向上,对准前方的大块头,老妇人看起来可怕极了!

然而,严厉也好,凶悍也罢,只是外表而已。她努力睁大双眼,她的眼睛并非完全看不见,只是哭多了,眼睛坏掉了而已,有光的时候,她还是可以看到朦胧的影子。

就像荣贵和小梅,敲门的时候,她依稀看到是两个小个子,配上清亮得类似童声的声音,她一开始以为他们是两个小孩子。

老人的眼睛瞪得大大的,瞪着眼前的大块头。

她知道，是要赶这孩子离开的时候了。

她可能再也见不到这孩子了。

她想要把这孩子的样子看清楚一点，再清楚一点。

然而——

她的眼睛着实不好使，再用力也是徒劳，她只能依稀看清对方的个头……真是个大个子啊……

走吧！离开这里！不要被人抓住，再也不要来城里了！

回土里也好，去其他愿意给你一个安宁场所的人家也罢，总归不要再来这城里了，孩子，你——

已经犯下了大错，再也无法被这个城市接纳了啊！

盯着眼前朦胧的黑影，老妇人的嘴唇紧紧抿住，不让心里的真实想法流露分毫。

"啊……啊……"大块头又发出两声尖细的叫声。

这一回，他仿佛知道了老妇人心里的话。

慢慢地，他后退了两步。

已经死去的人眼里，这个世界是什么样子的呢？

他们看到的世界是什么样子的呢？

他们真的能像在世的时候一样，感受到这个世界吗？

感受到卓拉夫人靠在自己胸前的身躯微微颤抖着，荣贵将她搂得更紧。他盯着前方的大个子，脑中被上面几个问题占满了。

几个问题，他都回答不了，然而——

机器人的眼力实在很好，在大个子后退的那一刻，他看到了对方污浊的眼眸。

在那瞳孔已经涣散的眼中，他看到了被自己、小梅还有哈娜簇拥的卓拉夫人。

他和小梅支撑着卓拉夫人的上半身微微坐起，而哈娜的小手紧紧抓着卓拉夫人的手。

"啊！"大块头的斗篷动了动，僵硬地低下头，他似乎在斗篷下发现了什么，缓慢地，他从斗篷下又摸出了一瓶心脏病药。

将药瓶轻轻扔在地板上，然后，动作依然有点僵硬，他慢慢离开了。

他向自己每天干活的园子走去，走到园子的外墙，顺着梯子爬上去，然后消失不见。

"扶我一把，去开门吧。"闭上眼睛沉默了片刻，再次睁开眼睛的时候，卓拉夫人便又是平时荣贵他们最常见到的冷静自持、仪态高冷的高雅老妇人。

她的头发由于刚刚的昏迷有些凌乱，似乎注意到自己现在的仪容可能不太整洁，老人伸出手，想要将头发整理一下。

眼瞅着老人的手颤巍巍，连头发也梳不好，荣贵赶紧接手了这个活。

将老人的头发散下来，荣贵给她盘了一个整整齐齐的发髻。

虽然平时笨手笨脚，不过梳妆打扮的活儿，荣贵总能出人意料做得很好。

哈娜紧张兮兮地看着荣贵和卓拉夫人，对于两人在这种时候还能打理发型，小姑娘

第四章
紫色的花朵

佩服不已，她也不知道自己能帮什么忙，只能低头在卓拉夫人身上看来看去，最后帮她将手上沾着的红虾饭酱汁擦掉。

"谢谢，孩子们，你们做得很好。"紧紧扶着荣贵的胳膊站起来，老人的个子比自己高太多，荣贵有点担心自己扶不动，于是，他赶紧把小梅招了过来。

有了小梅撑住另一侧，卓拉夫人终于稳稳站直了身子。

下巴一如既往微微扬起，老人的脸色虽然仍然苍白，然而仪态和往常没两样。

"接下来，你们什么话也不要说，一切有我。"就这样站着，老人没有往外走动的意思，因为没有必要。

伴随着一声巨大的声响，外面的人在敲门无人应的情况下，破门而入！

外面呼啦啦进来了一群人，个个手上都拿着武器，紧张兮兮，仿佛屋子里有可怕的怪兽。

他们看到卓拉夫人和……三个小矮人？

说是三个小矮人有点怪，应该是三个小孩子吧？虽然这三个孩子里有两个是机器人，不过，很明显，屋里的四个人，老的老小的小，看起来就没什么攻击力，这让举着武器进来的人明显轻松了一点。

"没有人告诉你们，去别人家，如果别人铺的是木地板，进屋的第一件事是脱鞋吗？"仿佛完全不在意自己家被一群人闯入，老妇人扬着下巴，白色的双眼环顾一圈四周，冷硬地说。

她的气场实在太强了，所有进门的人都被唬住了，于是大伙儿纷纷弯腰，脱鞋。

就在脱鞋的时候，他们看到原本台阶下已经放了五双鞋子。

三双鞋明显是儿童尺码，一双是成年女鞋，而另一双……也是泥巴最多的一双，却是尺码明显比普通鞋大得多的鞋子。

想到他们来这里的原因，所有人立刻重新紧张起来。

脱掉鞋子之后，他们按照原计划向卓拉夫人问话。

"夫人，我看地上有盘子打翻的痕迹，莫非……这里刚刚有不死之人过来吗？"立刻有人注意到了地上的痕迹。

"盘子是我自己打翻的，下午的时候，我心脏病发作了，那时候刚做好饭，没端稳，摔了。"卓拉太太回答得干净利落。

"心脏病……今天卜午的时候，有一名个死之人去约店抢劫，说来也巧，他抢的止是心脏病药，莫非……你们有什么关系？"有人注意到了关键词，立刻提问。

"你说的是一个个子很高的……不死之人吗？"完全没有否定的意思，卓拉夫人的白色眼睛顺着声音准确盯到了发话人的脸上，盯得对方心脏一颤，她再次开口道，"不认识。已经死去的人又不会说话，我怎么可能认识他？"下巴又抬高一点，卓拉夫人反问对方。

白色的眼睛仍然紧紧盯在前一个人脸上，她又道："不过，他确实经常过来我这里，帮我干农活。"

"您……您怎么可以雇用一个不死之人干活啊！这……这……"之前问话的人被她盯

得身子直打颤，说了半天也没把话说完。

反倒是卓拉夫人继续说话。

"我又不用付他工资，哪里称得上是雇用，何况——

"之前我在城里贴了招聘广告，所有人都嫌我老婆子长得可怕，还说这屋子像鬼屋，从来没有人敢应聘，我这园子这么大，没人应聘，有免费的劳力还不让我用？"

说完，仿佛能看到对方似的，卓拉夫人的白眼睛又盯过去了。

"这个……对方很危险啊！您不知道，他今天下午抢劫了一个药店啊，由于店长驱赶他，他……他攻击了店主，把对方的脖子都快咬断了！

"那不是普通的不死之人，不死之人进化了，他们开始攻击普通人了！"

说到最后，那个人的声音也强硬起来。

"而且，您得心脏病，对方就去抢劫药店，抢的还是心脏病药，仔细看，放在那边的就是他抢来的心脏病药吧？他为什么去抢心脏病药？还攻击了人类，难不成——"

那个人还想继续问，他的声音越来越强硬，然而，他强硬，卓拉夫人的声音更加强硬。

卓拉夫人毫不留情地打断了他："我是下午心脏病突然发作的，之前通过电话订购的药一直没有送过来，发病的时候我还在打电话，对方声称业务太忙，只能稍后送货，我听到这里就昏迷了，你问他为什么去抢心脏病药，你说我知不知道？"

嘴巴张了又张，那个人半晌没有说出话来。

实际上，卓拉夫人说的都是实话，他们站在门前的时候就通过各种途径了解这户人家的主人是谁，甚至还知道这家的主人下午给今天被抢劫的店打过电话要求送药。

他们问的问题，对方都如实回答了。

然而正是因为对方全都如实回答了，反而让他们不知道应该怎么办了。

为了救人去抢劫药店的不死之人被人阻拦伤害了普通人，这……

他们最终只是简单地检查了整栋房子，确认里面确实没有藏匿不死之人，然后离开。

"以后，就算再寂寞，也不要让不死之人进屋了，他们已经不安全了。"离开前，为首的那个人还是对卓拉叮嘱。

卓拉夫人只是矜持地绷紧下巴与脖颈的曲线。

然后，他们离开。

小梅提着工具箱去修门，哈娜过去帮他的忙，而卓拉夫人……

直到这时，这位之前挺直着背与众人周旋而毫不落下风的老人终于放松肩膀，背脊微微驼着，看起来终于符合她的年纪了。

"其实，他们说对了一句话。

"只是寂寞而已。

"死去的人应该安息，是我错了，把他留在这里，终于，让他犯了错。"

混浊的眼泪从蒙着一层白膜的眼睛中滑落，老人伸出一只手将眼睛挡住，待到荣贵

第四章 紫色的花朵

将一块手绢递给她，老人轻声道谢，然后将手绢盖在了脸上。

蹲在地上，哈娜看着无声哭泣的卓拉夫人，抬起头，像是想起了什么，然后又默默低下头。

而小梅——

左手拿着一把锤子，右手食指与拇指捏着一枚钉子，将坏掉的门板重新钉起来。

他的动作有条不紊，看起来全神贯注，心无旁骛。

然而，只是看起来而已。

眼睛代表的视线落在钉子上，而他脑中还有一个画面。

那个"画面"更大。

不但院子里所有的人和景色尽在他脑中，院子外，刚刚光顾这里的人离开的车队也在他脑中。巷子里的黑猫在，大黄在，刚刚荣贵亲眼看着离去的，那个大个子"丧尸"也在。

那个大个子并没有离开。

只是看起来离开了而已，他躲在离这里很近的地方。

院子里静悄悄，卓拉夫人的哭声格外明显。

小梅"看"到代表大个子"丧尸"的灰影在原来的位置迟疑地来回走动了半天，他甚至想要爬墙过来，直到——

"走了也好，他也该走了。"

"干了这么久的活儿，那孩子也该歇歇了……"

随着卓拉夫人最后一句话轻声落下，小梅"看到"那个大个子"丧尸"终于动了。

他收回了想要翻墙的双手，一步三回头地离开了。

卓拉夫人住得离城外很近，他离开巷子，再翻过一面墙，就是城外了。

着那个大个子彻底离开了。

"咚。"

"咚。"

"咚。"

稳稳地，小梅的手没有停，将最后一枚钉子敲平。

那个大块头"丧尸"和卓拉夫人什么关系也没有，不是亲人，不是伴侣。

就像卓拉夫人说的，长久招不到人的情况下，一天，那个大块头敲门。

"一开始我还以为他是强盗来着。"回忆两人相遇的那一天，卓拉夫人皱了皱眉。

过了几天，老人的身体和情绪终于都稳定下来，她主动提及大个子"丧尸"的事情。

"我当时差点报警！结果，他朝后院走过去，什么也没说，拿起锄头就开始干活。

"你们也见过吧？不死之人的动作很慢啊，他一开始也慢得很，不过力气大，一下午就把我一个人干三天的活都干完了。

"一开始我说的话他完全听不懂，时间久了，我布置活给他，他好像也知道干了。

"手指也越来越灵活，不过换灯泡什么的还是不行。

"他身上的斗篷都烂了,我就给他缝了新的。
"还有鞋子。"
老人说着大个子"丧尸"的事,虽然她本人似乎没有察觉,不过在提及对方的时候,老人是愉悦的。
"是个很好的员工哩!如果他还活着,我一定雇用他,等我死了,把园子留给他也没事!"说到这里,老人笑了。
荣贵愣住了。
"啊!卓拉太太,你学会我们老家话的口音了哩!"
"哈哈哈!有吗?"
一向严肃的老太太难得笑了,看到屋子里其他人笑,哈娜也跟着笑。
屋子里一时全是笑声。
小梅没有笑。
硕大园子的唯一劳力走了,小梅和荣贵要上班,卓拉太太还有心脏病,找不到新雇员的情况下,荣贵决定让小梅出马。在园子里安装自动浇水喷头,再组装一台自动收割机,最好再来一台自动打包机,这样就全乎了!
对于莫名其妙又被分配到自己身上的活儿,小梅没有拒绝。
对于他来说,与其让他陪一老一小两个女人聊天,他宁愿面对金属材料和机器。
反正这对他来说不是难事。
看看荣贵左边的女人——卓拉夫人,又看看荣贵右边的女人——哈娜,小梅觉得自己好像渐渐看清了一条线——一条贯穿西西罗城消亡事件始末的线。
作为一个大脑精细而复杂的人,他无法想象哈娜这样的小姑娘会成为屠城者,所以,他问了荣贵。
就像荣贵想到什么就会问他一样,他问荣贵问题也很随便。
想到就问了,而且问得很直白。
"你在什么情况下会做出屠城这种事?"昨天,哈娜睡着之后,两个人躺在被窝里,小梅硬是把荣贵重新开机。
然后,他直白地问了这个问题。
荣贵显然被吓了一跳。
"屠城?你是说把整个城市的人都消灭吗?这么高端洋气需要技术的事儿,我、我脑容量不足手拙做不到啊!"荣贵的反应也非常直白。
小梅心想:其实我也觉得你做不到。
不过——
"仔细想一下。"即使这样,小梅还是继续寻求答案。
荣贵冥思苦想起来。
他终于勉强凑了答案:"之前,大概是荣福他们被欺负了,我没有办法帮他们打回来,可能会有这种……嗯,让所有人都一起死的想法吧?

第四章
紫色的花朵

"不过还是活着好,活着可以慢慢算账啊!"

荣贵自己反驳了自己,然后——

脑袋朝向天花板,小机器人乌黑的眼珠静静盯着那里的花纹,荣贵道:"这种事基本上不是我这种人干得出来的,还有一种更大的可能。

"那就是当我不再是我吧?

"哈哈,变成神经病?疯了?"

荣贵说着说着,又自动关机了。

然而,就是这句话,仿佛一根火柴点亮了水上的油,小梅的脑中忽然一亮。

是的,这才是最有可能的!

当哈娜变得不再是哈娜,她才最有可能成为屠城者。

对于荣贵来说,自己不再是自己,他想到的最大可能就是疯了,然而明显还有一种情况。

那就是成为不死之人!

成为荣贵口中的"丧尸"!

当哈娜变成"丧尸",心怀某种不可饶恕、无法痛报的仇恨,这是她唯一可能犯下屠城罪的时刻!

以卓拉夫人的雇员——大个子"丧尸"为导火线,城内的人们发现"丧尸"们已经开始变化了,他们有了攻击性,人们逐渐无法与"丧尸"和平共处了,这种情况下,人们一定会开始更加严格地限制"丧尸",甚至做出各种极端行为,然而,这对父母都是"丧尸"的哈娜来说,是无法接受的。

然而这条线还缺少关键的东西。

小梅心想:只差一点点,整个城市灭亡的真相就呈现在他眼前了。

不过,知道真相对他来说并不是最重要的事情,知道真相只是有助于规避风险,更重要的是研究出强力营养液,然后赶紧把荣贵的身体泡进去。

他每天花三个小时在图书馆看书,下午回哈娜爸爸的工作室配置强力营养液。

虽然对于这里的药剂师来讲是非常不可思议,然而小梅确实将哈娜爸爸的强力营养液的配方破译出来了,现在他需要做的就是配置。

提炼成分,然而让成分A与成分C发生反应……这是很烦琐的工作。

小梅将工作拆分为两个月的份,每天按计划做着应该完成的工作,他的生活有条不紊。

他现在甚至有时间和能力帮哈娜做一些常用药,然后卖给亚尼他们带过来的客人。

大个子"丧尸"袭击普通人事件后,城内果然加强了对"丧尸"的管制。他们现在只能每天用大黄把哈娜的爸爸接进来,然后再用大黄送出去。

对于周围的事情一无所知,哈娜的爸爸仍然每天热衷研究。

倒是他们送哈娜爸爸回去的时候有了新发现。

那天,他们走了平时没有走过的路,那条路非常荒凉,坟墓也少。

然后——走到其中一座坟墓前的时候,荣贵"啊"了一声,停下脚步。

顺着荣贵的视线望过去,小梅在那个坟墓的坟头上发现了好多朵紫色的花。

和家里那盆琪琪送的紫色花朵一模一样。

"是我之前送给他的花。

"大个子他……就睡在这里。"

看着脸上明显露出悲伤神色的荣贵和默默安慰他的哈娜,小梅没有吭声。

于是,造成未来屠城事件的另一条导火索,可能进化出可怕能力以及智力的大个子"丧尸",和哈娜的妈妈一样,也安息了。

这是真正的安息。

距离可知的,这座城最后存在的日期还剩下五天——

强力营养液再过三天就可以完全制成,届时只要他们立刻将荣贵的身体放入强力营养液之中,接下来的恢复就看个人身体状况以及强力营养液的效果。

哈娜的身体很好,这孩子仍然笨手笨脚,小梅非常详细地教了许多遍最简单的日光素的制作方法,小家伙愣是完全学不会,甚至——

无师自通地,她居然用制作日光素的材料方法做出了杀虫剂!

事情是这样的:小梅不是教她做了日光素吗?过程中频频出错,做出来的药剂颜色、质感完全不对,小姑娘终究没舍得扔,就把做出来的日光素当作食物喂给自己养的虫子。

没错,就是早些时候她在自家院子里抓的那些虫!小姑娘不嫌虫子恶心,全部养起来,还天天喂草药渣,这些虫子茁壮成长,从一开始住在小罐子里,到现在一虫住一个玻璃缸。

该不会是用这些虫子屠城的吧——冷眼看着这些虫子越长越大,小梅没有吭声。

虫子每天都吃小姑娘做失败的药剂,前几天还好,终于,小姑娘将自认为最接近成功的失败品扔进了虫窝……

虫子都死翘翘了。

荣贵高兴得不得了。

小姑娘倒是伤心了一下下,荣贵安慰她:"这个虫卓拉夫人那里不是也长了吗?她最近正在为这件事发愁哩!你赶紧再做点这个药撒她院子里,说不定问题就解决啦!"

果然——

提到卓拉太太的烦恼,小姑娘立刻不伤心了,抹抹眼泪,跑去工作室重新做日光素……不,杀虫剂。

又一条可能屠城的方法被当事者抹杀——看着和自己一起站在脚凳上认真制作杀虫剂的哈娜,小梅静静地心想。

"我去图书馆了。"今天需要提取的成分已经成功提炼出,小梅将其小心翼翼装入试管,放入胸前的储存舱,对荣贵道。

他是本能地朝荣贵说话的,可抬头才发现荣贵根本不在工作室。不知道这家伙又跑

第四章
紫色的花朵

去哪里了。

荣贵虽然不在,哈娜却听到小梅说的话了。

"嗯嗯,小梅去吧!路上慢点,注意安全。"模仿荣贵平时叮嘱小梅,小丫头朝小梅挥挥小手,末了还甜甜道,"小梅再见么么哒!"

天天被荣贵带着,小姑娘还学会"卖萌"了!

天知道,以前的哈娜可是有点提前进入叛逆期、有点酷的小萝莉啊!

小梅:"……"

"再见。"平淡地道出一声再见,小梅转身离开。

他仍然是打"救护出租车"去图书馆的。荣贵通过亚尼联系到了开救护车的冬春,和冬春商量了一下,荣贵包下了他的固定时段,专门接送小梅,这可是个双赢的活儿,冬春给荣贵打了折,自个儿也满意得很。

毕竟,对于这个年轻人来说,能够天天过来看看哈娜,顺便看看自己曾经一起工作的老伙计,这种能够兼顾自己私事儿的活计可不好找!

多亏荣贵,西西罗城其他的救护车司机终于不用直面"行走的恐怖气氛制造器•小梅"啦!

果然是双赢!

"小梅上午好啊!"看到小梅准时等在门口,冬春笑嘻嘻地和他打招呼。

冬春也是美人,头发短短的,露出饱满的额头和两道利落的眉毛,是个让人看了就心生好感的人。

可惜对他心生好感的人不包含小梅。

"早上好。"面无表情地和冬春打了声招呼,小梅打开车门向自己习惯坐的座位找去。

一进车门他就愣住了。

"不用找了,之前那个垫子阿贵昨天收回去了,说是要洗洗,看到那个新垫子没?那是他给的新坐垫,你坐那里就好。"

于是小梅乖乖坐在那个新垫子上。

冬春通过后视镜看着小梅,小机器人面无表情端正地坐在新垫了上,冬春偷偷乐了。

所谓的垫子,还是一开始荣贵拘过来的。

"以后小梅过来就让他自己把垫子铺上,坐在这里。不是嫌弃你车子脏哟!实在是西西罗城老下雨,客人上车经常把车子座位都弄湿了,与其让你每次特意给小梅擦,不如让小梅用这个。"

看着小机器人煞有介事叮嘱自己的样子,那时候和荣贵还不算熟的冬春笑呵呵答应了。

明明是机器人,根本不怕水不是吗?

可是——

光是防水坐垫就算了，等到他发现小梅下车之后还抽出一把雨伞，冬春彻底傻眼了。

其实不只雨伞，小梅还有雨衣哩！甚至还有雨靴！

看着后座有人给他准备齐全、安排妥当的小梅，又想想没有雨衣、雨鞋，雨伞破了一个洞也没人给补的自己……

唉！

好想谈恋爱啊！

叹着气，冬春的手却稳稳的，一路走捷径，他很快将小梅送到了目的地。

下车的时候，小机器人利落地将垫子折好，塞到座位下面。

笑嘻嘻地看着对方熟练地打开雨伞撑好，冬春道："那，像平时一样，老时间老地方我接你啊！"

回答他的，是小机器人微微点了两下的下巴。

大多数植物进入了旺盛的生长期，需要大量水分，所以这个城市进入了雨季。

打着伞，穿着雨靴，小梅径直向熟悉的图书馆大门走去。

今天，他没有见到那把黑色的伞。

那是图书管理员的伞。

每次过来看书，这里都放着那把伞。这里如今没什么人光顾，只有那名图书管理员每天打伞过来。

而今天，那把伞却没在。

将伞放好，小梅直直向阅览室走去。

当他走到熟悉的五层藏书馆的入口时，就在他每天必经的地方，图书管理员的座位上，他再次看到了那位老人。

然而——

不再红润，苍白的脸庞，涣散的瞳孔，麻木的神情……

对方已经是一名不死之人了。

"到了我这个年纪，说不定什么时候就会死，所以，如果有一天你发现我没来图书馆也不要着急，搞不好我被送去急救啦！"昨天离开的时候，老人还和他开玩笑来着，然而——

今天的他已经是一名不死之人了。

已经成为不死之人的老人浑身湿漉漉的，唯独手是干的，他坐在原来的座位上，甚至还戴上了眼镜，手里端着他昨天阅读到四分之三的那本书，正姿态僵硬地看书。

"上午好。"小梅轻声对老人说。

这一次，老人没有回答他。

小梅从他身边离开。

从书架上找到自己今天要阅读的书，小梅坐在了平时坐的位置上。

随着时间的推移，图书馆里的不死之人逐渐聚集，越来越多。

第四章
紫色的花朵

终于，小梅成了这里仅存的一个活人。

然而——

机械的存在真的代表生命仍存在吗？

看着周围完全将他当作同类，对他不闻不问的不死之人，小梅心中浮现了一个浅浅的，却巨大的问号。

还剩下最后一个书架的书，再过四天他就可以将这座图书馆里所有的书输入大脑。

之前来这座城市所求的强力营养液即将完成，他在这个城市停留的理由似乎即将没有。

心中难得浮现一种可能被称作"心神不宁"的情绪，小梅看书的速度却丝毫没有放缓，就在他即将按计划读完最后一本书的时候，接到了荣贵的电话。

"小梅小梅小梅！出大事啦！"一接通就是说三遍自己的名字。

"慢慢说。"面无表情地，小梅放下了手中的书。

"今天城门口的检测级别忽然升高了！所有'丧尸'都是被押解出去的，听说这回要使用强制方式掩埋，让他们再也无法从地底爬出来！前面所有的车都在被盘查，再过一会儿就轮到我们了啊啊啊啊啊！"语气词和感叹号一如既往地多，好在荣贵的语速够快，说得也算明白。

"小梅，接下来我该怎么做？"然后，荣贵终于把这次打电话的目的说出来。

"不要送他出城，立刻掉头。"小梅立刻道。

"好！大黄掉头，我们回哈娜家！"对小梅的决定没有质疑，荣贵立刻吩咐大黄改道。

低下头看了一眼手中书籍的页码，小梅第一次没有将书放回原处。

把全部书放在桌子上，他一边向外走，一边第一次提前给冬春打电话。

"现在有时间吗？我需要立刻返回哈娜家的店铺。"

"有时间，你老地方等我。"冬春也是个爽快人，难得接到小梅的电话，立刻放下正要上车的客人，然后朝图书馆的方向赶来。

今天他去城门口接过活儿时就感觉似乎不对劲，小梅反常的电话忽然打过来，他立刻遵循本能向小梅驶来。

就在他把车子停在图书馆对面，看到从对面走过来的小梅，同时看到了另外一个熟人——

"奇鲁？"因为距离并不算太远，他便大声打招呼。

奇鲁是城市安全管理员，平时，这就是个维护城内治安，检查各家招牌是否符合要求，顺便在城市里巡逻，处理一下医闹事件的差事，还挺清闲的，不过不死之人之后，工作压力大增，部门扩招，奇鲁就是在这个时候进入这个部门的。每天追着"丧尸"跑，以及挖坑埋尸，奇鲁已经是埋尸小能手了。

和奇鲁打招呼的同时，冬春赶紧朝小梅挥挥手，示意自己到了。

奇鲁是和小梅一起注意到他的。

和旁边的同事打了声招呼，奇鲁一路小跑了过来。

"你们俩怎么会在这里？"这句话，他是皱着眉小声问的。

"我来接小梅，小梅在图书馆看书。"冬春直率地回答。

奇鲁便摇摇头。

压低声音，他小声道："今天冬春你别在外面拉人了，小梅你也别再过来图书馆。"

他的表情实在太神秘，冬春也忍不住压低声音问他："怎么啦？这么神秘？"

四下看了看，见没有人注意这边，奇鲁便用更小的声音道："我正想怎么通知你们呢，干脆先和你们说一声。

"搞不好要封城。"

"啊？！"冬春吓了一跳。

这是正常人的反应，而到了小梅这里，小机器人银白色的脸上仍然没有什么表情，在他心里，却忽然浮现"果然如此"的感觉。

"前几天卓拉夫人家那名不死之人不是攻击人了吗？

"不过，那个人没有死，只是很多脏器坏了，得去叶德罕买新的，他们一家已经出城了。

"现在想想他真是幸运，昨天晚上又有人被不死之人攻击了，一共有四个，这一次和上次不一样，这些人的伤口完全好不了，今天早上……这四个人里，有两个忽然变成不死之人。

"而且，其中一个不死之人的家属说，他们是没有吃过不老药的。"

奇鲁抿了抿嘴唇，脸上露出茫然之色。

"哎？！"冬春还没反应过来，下一秒，奇鲁便敲了他一下。

"这说明什么？这说明不死之人进化了啊！他们不但开始攻击普通人，而且还会传染！

"这不是普通的医疗事故，而是可怕的疫病啊！"

奇鲁厉声说。

冬春愣住了。

奇鲁抿了抿嘴唇，然后舒展眉头，让自己看起来没有那么紧绷，继续小声道："总之，今天你们不要外出，现在外面不安全，还没查清到底攻击普通人的不死之人是谁，我们要把城内全部不死之人抓起来，上面接下来具体要怎么处置还不清楚，总归……

"哈纳太太我会看着点的，哈纳先生那边……如果可以，要让哈娜把她爸爸送出城，一定要藏好他，我们今天肯定会去查的。"

奇鲁言尽于此。

看着奇鲁迅速归队，冬春让小梅上车，两个人迅速回了哈娜家的药铺。

得知哈纳先生没有被送走，冬春明显松了口气，不过很快，他又有点发愁。

要把他藏在哪里呢？

最后还是荣贵出了个主意："埋在院子里呗！只要不把坟头堆起来就好了。"

当局者迷，如果是活人，埋在土里还担心他会憋死，不死之人的话怕什么啊！

第四章
紫色的花朵

于是几个人果断在院子里挖坑。

这个活儿荣贵熟啊!他自告奋勇成为了主力。旁人虽然有点惊讶于荣贵挖坑技术的娴熟,不过这个时候没人顾得上问原因,深坑挖好之后,他们立刻将哈娜爸爸扶了进去,填坑,掩埋。

全部隐藏工作做好,才过了半个小时。

就在他们将哈娜爸爸藏好没多久,奇鲁和他的同事们过来了。

在屋子和明面的地方搜寻了一个遍,没有发现不死之人后,他们便离开了。

至此,警报解除。

"看起来应该是没事了,那个,我得回家了,这么晚还没回家,我怕我妈担心。"环顾四周,觉得事情处理得差不多,冬春匆匆告辞。

荣贵带着哈娜挥别了他。

而小梅……

站在院子中掩埋哈娜爸爸的新土上,他的心头笼罩着不祥的预感。

征求过卓拉夫人的同意,奇鲁走后,他们又把哈娜的爸爸挖了出来,带着呆滞的哈纳先生,他们向卓拉夫人的家驶去。

落下窗帘,外面的人便看不到里面的情况,而对于车里的人来说,他们可以通过车前窗看到外面,并不觉得憋闷。

当然,车前窗用了特殊涂层,外面的人同样看不到里面。

一切正常,然而,就在大黄驶过一条巷子的时候,哈娜爸爸的反应忽然不对劲。

一向安安静静的眼镜"丧尸"忽然拼命地敲打车窗。

"啊?!"哈娜被吓了一跳,不过这段时间经历了很多事,小姑娘已经不像以前那样害怕了,紧紧抓住爸爸的手,小姑娘满头问号。

"啊!对了!这里是爸爸以前经常过来买药材的地方,难不成爸爸是想要买药材吗?"每个药剂师都有惯用的药草进货点,哈娜爸爸也不例外,哈娜终于想起这是哪里了。

"卓拉太太那里也有很多药草,爸爸乖哦!买卓拉太太的药草也一样哟!"小姑娘拼命安抚看爸爸,眼瞅着哈纳先生的反应似乎小了一些,小梅命令大黄继续前行,迅速离开了此地。

小梅记住了这条巷子,以及哈娜爸爸几天来唯一不同寻常的反应。

他在地图上搜索了位于那个巷子的所有店铺。

实际上,所谓的"所有店铺"——那条巷子里只有一家药铺。

属于西西罗城药剂师协会会长的药铺,可以说,在整个西西罗城,除了哈娜爸爸的铺子,就属这家药铺有名。

实际上他去过这家药铺——正是他们为了购买强力营养液去的第一家店,由于排队过久无法预订,所以询问过后他们就走了。

之所以没有立刻认出来,是因为当时他们是从巷子的另外一端过去的。

那里的药剂种类繁多,还向药剂师出售药草,可以说是本市的权威药铺。

小梅的脑中瞬间浮现出一张中年人的面孔:瘦削的脸上没有什么皱纹,面色红润而有光泽,文质彬彬的和气长相,倒是眉毛格外浓密,映衬得眉毛下方的眼睛明亮而锐利,配上银发,这人的年纪成谜。

如果是荣贵,大概还要给这长相"帅气""有气质"的评语,但小梅只会把握对方的外貌特征。

这正是药剂师协会会长。

当然,小梅并没有见过对方,他和荣贵去店里的时候,作为普通客人,对方当然不会出来接待他们,之所以知道对方的长相,多亏了小梅天天泡图书馆。

图书馆里的书几乎全都是本城药剂师的著作,作者有已经去世的,也有仍然在世的。绝大多数著作是朴实的药剂师研究心得,一些药剂师还会把照片或者肖像附在书上。

那名药剂师所著的书上恰好有他本人的照片。

小梅甚至还知道那个人的名字——霍森·林德。

"到了!爸爸到了!这里就是卓拉夫人的家!就是那位每天给我做很好吃的饭菜的奶奶!我和阿贵小梅最近一起住在这里哟!"打破小梅思考的是哈娜欢快的声音。

大黄应声停了下来,小梅将大黄锁好,荣贵已经和哈娜一起将呆滞的哈纳先生扶下来。

就在荣贵单手摸索钥匙的工夫,大门已经从里面打开了。

是卓拉夫人。

听到大黄停车的声音,她撑了一把伞来接他们。

"进来吧。"侧身让荣贵他们经过,卓拉夫人站在门口左右望了望,随即轻轻地把大门重新关上。

屋里惯例已经准备好了晚饭。

吃饭的人仍然只有哈娜,小姑娘一边绘声绘色地和老妇人说着今天从冬春那里听来的传闻,一边大口大口吃着饭。

"慢点吃。""吃饭的时候不要抖脚。"卓拉夫人一边认真聆听哈娜说的话,一边习惯性地纠正小家伙的不良习惯。

哈娜努力照她说的改正。

毕竟荣贵私下里和她讲过:"你有没有发现卓拉太太平时的姿态特别好看?"

"一看就是练过的!

"我以前为了纠正不良姿势还专门上过培训班,那里的老师可比不上卓拉太太。

"为了变得更好看,你可要学着点!"

荣贵说的话,哈娜深以为然。

由于哈娜每天都在这里吃两顿饭,卓拉夫人干脆就在客厅里放了一张圆桌,那是一张颇具老旧感,雕工非常细腻华丽的木质餐桌,一看就是好木头好手艺!还贼沉!

之所以知道桌子的重量,是因为这张桌子是卓拉夫人请荣贵和小梅从仓库里搬出

第四章
紫色的花朵

来的。

他们现在一起坐在餐桌旁,虽然吃饭的人只有一个,但是其他人仍然都坐在那里,就连第一次来的哈娜爸爸也得到了一个座位。

哈娜一边吃饭一边偷偷打量桌子旁的人:卓拉太太的仪态不必说,真是非常优雅呀!可是阿贵也不差呢!连歪头都让人觉得非常可爱。而小梅……

哈娜眨了眨眼,明明和阿贵用同样型号的身体,两个人的一举一动都赏心悦目,然而阿贵给人的感觉是灵动的,而小梅……怎么说呢,哈娜觉得小梅的姿势特别高雅,和卓拉夫人截然不同的优雅,给人魄力十足的压力。

桌上的每一个人的仪态都这么好看,这让平时在家活泼惯了的哈娜情不自禁地想要把自己的姿势也规范一下。

"幸好大个子和你妈妈已经安息了,不然,接下来的事情还真不知道——"听着哈娜的话,荣贵又在旁边补充,卓拉太太很快就把事情理清楚了。一同经历了很多事,很多事他们都不再瞒着她,哈娜家的事她也知道了。

甚至,由于知道了这些事,她反而对哈娜更好。

皱了皱眉,她的表情变得更加严肃:"总觉得这件事不会这么快结束,搞不好晚上他们还会过来检查。"转过头,她看向荣贵和小梅,"我们还是得把哈娜的爸爸藏在地下。"

对于女人的第六感,荣贵向来是笃信的,于是,哈娜吃完饭以后,在卓拉夫人的带领下,他们向后院走去。

卓拉夫人的药草园很大,他们后来才知道:卓拉夫人已经将整条巷子都买下来,由于照顾不过来,很多房子还没有来得及推倒。

"把他埋在这里吧,这里的土地从来不施化肥,也不打虫药,药草的叶子巨大,所以雨水也没有渗入太多,土壤会让他比较舒服。"引着他们走到一片长满大叶药草田,卓拉夫人指着前方,"随便挖哪里都可以,不过记得把药草填回去,这样他们即使查看药草田,药草叶子很大,也可以轻易将挖掘的痕迹掩盖。"

荣贵心里赞叹:这才是专家!

黑夜里,两个小机器人在药草田里摸黑挖坑,哈娜紧紧握着爸爸的手,荣贵他们把坑挖好,便再次将哈娜的爸爸放了进去。

埋葬的过程其实是有点恐怖的。

自始至终,哈娜的爸爸没有闭眼,直勾勾地望着哈娜,嘴巴张了又合,却没能说出话。

黑色的泥土将他的头部掩埋。

是哈娜亲手用泥土盖住的。

小姑娘重新站起来,拉住荣贵的手,用极低的声音道:"其实……我最怕这个了。

"每次把爸爸重新埋起来,我最怕爸爸睁着眼睛看着我。

"每当这个时候,我就好难过。

"如果能做出不老药的解药就好了。

"虽然很想爸爸,可是,我更想他真正安息,不要再因为记挂我、记挂其他的事情,一遍又一遍从沉眠中醒来。"

听到小姑娘这么说,荣贵有些诧异地转过头。

他和哈娜的身高其实差不多,转过头的时候,刚好可以和哈娜对视。

说着这样一句话的哈娜眼神幽深,面容沉静,这一刻看起来竟完全不像个小孩子。

她看起来更像是个大人。

踮起脚尖,荣贵摸了摸哈娜的头。

四个人在卓拉夫人的引导下返回大屋,说来也巧,就在卓拉夫人端着盘子准备去清洗的时候,大门那边再次传来了敲门声。

示意荣贵他们不要动,卓拉夫人将盘子放下来,脱掉刷碗的手套,然后去开了门。

很快,卓拉夫人和来人的对话从门口传了进来——

"什么事?"

"夫人您好,临时安全检查。"

"你们下午的时候不是已经来过一次了?"

"是这样没错,可是……今天下午的检查还不够彻底,有人偷偷将自己死去的亲人在检查完之后又带了回来,然后……

"刚刚发生普通人被自己亲人变成的不死之人攻击件,事态非常严重,所以请原谅,我们要再检查一遍……"

门口传来了脚步声,看来是卓拉夫人让他们进来了。

一共有八个人,七男一女,其中并没有奇鲁。

看到屋里的三个小孩子——确切地说是一个小孩子外加两个机器人,他们愣了愣,随即为首的人便问卓拉夫人:"这三位是……"

"房客。"卓拉夫人言简意赅地回答了他们的问题。

"这样啊……"那个人点了点头,随即从身后抽出一个大本子。

就在他拿出笔正要说什么的时候,门外传来了一声剧烈的刹车声。

在只有一户住户的幽深巷子里,刹车声着实很刺耳,所有人都不由得向门外看过去,那人手上的动作也停了下来。

然后他们便看到奇鲁满头大汗地从门外跑了进来。

看到已经站在屋内的自己的同事们,奇鲁点了点头,随即笑了:"今天负责检查这一片的是你们啊!"

为首的点点头:"是的,倒是你,你不是负责东部区域吗?怎么跑到这边来了?"

奇鲁又笑笑,指了指荣贵他们:"这不是我的朋友在这里嘛。

"他们是外面来的,家里人病了,正等他们买药回去呢!我听说今天晚上就要封城,凡是登记在册的——"奇鲁说着,指了指那人手里的册子,"就视同城内现住人口,封城令结束之前就走不了啦!"

开玩笑似的,奇鲁将一条重要的信息说了出来!

第四章
紫色的花朵

一开始荣贵还纠结"家里的谁病了"这个问题,现在他完全懂了:所谓的病人正在家急着等药只是借口,奇鲁这是知道消息后立刻跑过来,给他们通风报信。

不过他还是晚到了一步,他的同事们已经来了,而且准备登记他们的名字,奇鲁只能给他们编了个理由,看看事情是否还能够扭转——

小梅立刻朝对方手中的大本子瞄去,而荣贵看向了小梅。

"你这是有点不合规矩啊……"拿着大本子的人皱着眉,不高兴似的说了一句。

奇鲁一直笑:"这不是朋友嘛!他家长辈对我挺好的,我还打算攒够积分去他们那边玩呢!"

能让西西罗城人攒积分才能去的地方,一定是级别更高的城市——状似无意地,奇鲁又给那些人一个暗示。

那人终于摆摆手:"我们先去屋子里查看一下,可以吧?"

他对卓拉夫人说了一声,卓拉夫人点点头,他便带着七个人向楼上走去。

而在他们离开之后,奇鲁立刻将小梅和荣贵拉到了角落,连同哈娜和卓拉夫人一起,他快速而小声地把自己的来意说了出来:

"我刚才说的是真话!上面的主城在知道西西罗城发生的事情之后,给西西罗城下了封城令啦!在解药没有发明出来之前,我们搞不好就再也出不去啦!

"我们……哈娜还有卓拉夫人……我们都是本地人,名字一直都是登记在册的,怎么也跑不了,封就封着,反正城里什么都有,我们对旅游也不感兴趣。倒是你们……

"这一封城就不知道要封到猴年马月,你们赶紧走吧!

"你们既然是过来买药的,那肯定是急着用药,除非你们打算在西西罗城定居,否则……

"还是现在赶紧离开。

"趁现在,封城令刚刚下达,实施还不算太严!"

奇鲁急促而小声说道。

"啊?!"发出声音的是荣贵和哈娜。

荣贵随即感觉自己的手被小姑娘紧紧握住,两只大眼睛里满是不舍,荣贵听到哈娜小声对他说:"阿贵,你和小梅……要走了吗?"

荣贵眼瞅着小姑娘的大眼睛忽然蒙上了一层水雾。

只是水雾,并没有汇成泪珠掉下来。

"奇鲁说得对,阿贵,你和小梅现在必须走。"代替荣贵回答哈娜的是卓拉夫人。

"封城令……这种事情我只在小时候听说过一回,那座城市执行封城令之后,足足五十年没有对外开放,实在太久,阿贵,你不是打算修复自己和小梅的身体吗?除了强力营养液以外,你们还需要去找外科医生不是吗?

"你们的身体等不了五十年,你们必须走。"

薄薄的嘴唇紧紧向下抿着,卓拉夫人帮他们作出了决定。

"可是……可是……"荣贵看看卓拉夫人,视线最终落在了哈娜脸上。

"不用担心哈娜,还有我在呢!再怎么着,我还能活一段时间,就算我不成了,奇鲁他们不还在吗?"卓拉夫人道。

荣贵的视线紧紧落在哈娜的小脸上,他看着小姑娘也死死盯着自己,然后……

荣贵忽然感觉到手被放开了。

两颗大大的眼泪还是从小姑娘的眼里坠落。

哈娜用手背擦掉眼泪,大声道:"我去帮阿贵和小梅收拾行李!"

"那我上去和同事们说你们现在要立刻出城!"奇鲁也行动起来。

"我也有一些东西给你们。"卓拉夫人微微点点头,竟然也转身离开了。

看着三个人的背影消失在房间里,荣贵求助似的看向小梅,有点茫然,有点慌张,颤声问:"小梅,我们……我们真的要离开了?"

他知道自己早晚要离开,可是他从来没有想过会是在这种情况下离开啊!如此仓皇!如此——

仓皇的荣贵对上了小梅天蓝色的眼眸。

不知道是不是他的错觉,那个瞬间,他总觉得,小梅也是仓皇的。

第五章

解药

他们的东西很快被奇鲁打包成一个个大包，不知道他和那些同事说了什么，那些人居然还帮着把东西拿下来。

最重要的行李——两个人的身体不在这些东西里面。

不知道为什么，小梅没有同意将两人的冷冻舱从大黄上搬下来。

"既然是家里有急事，就让你朋友赶紧出城吧，再晚点就……"为首的那人叹了一声，半响指指门外，"你带他们出去，我们这边还要继续检查，这次的搜查令非常严，我们还要把外面的院子也检查一遍。"

"好，我带你们去。"卓拉夫人嘴角抿了抿，白色的双眸朝小梅和荣贵看了一眼，仿佛是无声的告别。

卓拉夫人朝他们微微点头，随即挺直胸脯，带着安全管理员一行向通往后院的门走去。

荣贵的嘴张了张，然后又闭上了。

"赶紧走。"奇鲁又催促他们，将一个大包塞进荣贵怀里，又往小梅怀里也塞了一个，自己拎起两个大包向门外走去。

瘪了瘪嘴，哈娜也吃力地拎起自己能拎起的最重的一个包，用包轻轻碰了荣贵一下，也向门外走去。

"哎？我知道你们舍不得，可是你们真的要被封在这里吗？你们和我们不一样，我们祖祖辈辈都住在这里，家在这里，不用走，可是你们不一样啊！"荣贵这边还没有动作，奇鲁已经将东西放好回来了，眼瞅着荣贵没有动，就利落地抢过荣贵手上的大包，然后揽着他向门外走去，直到把他推到车上。

小梅默默地跟着他们。

所有行李都被送上来之后，车门关闭。

卓拉夫人还陪着那些人搜查没有回来，门口只有哈娜小小的身影。

黑暗中，荣贵看不到小姑娘的表情。

直到大黄启动。

原本静静站在门口目送他们离开的哈娜忽然跑了起来。

"阿贵，以后你一定要成为大明星啊！这样以后我才知道长大了要去哪里找你！"追着大黄一路小跑,哈娜大声对荣贵说话。

黑暗之中,荣贵看不到她的眼泪,然而听出她的声音沙哑。

这个有点倔强的小姑娘还是哭了。

"别追了,路上不安全,赶快回去,屋里只有卓拉夫人一个人,你快回去陪她!"喝止哈娜的人是奇鲁,他开着自己的公务车走在大黄前面。他必须带路,如果没有他带路,荣贵他们开不到一半就得被送回来。

于是,后视镜中,小姑娘的脚步慢慢停了下来,荣贵看到她停在巷子口,左手手背抹上眼睛,然后……

大黄终于开出了巷子,巷子里的一切他就再也看不到了。

荣贵的脑中一片空白。

他知道他们早晚会离开,甚至,偶尔他还会和小梅计划下一个城市去哪里,想到未来可能会去的城市,荣贵心中总是充满期待。

然而,那是建立在他们自然而然离开这个城市的基础上,就像他们离开梅瑟塔尔,离开四平镇,离开叶德罕……

留下属于自己的纪念品,高高兴兴地离开。

而不是像现在这样,仓皇地,逃离一般离开,连个像样的告别都做不到。

啊……其实,他们还有好多事没做完呢……

他们在那家店订的强力营养液交了大额订金,可是东西到手还要等好久呢!

哈娜接下来怎么办?她爸爸的愿望还没达成,小姑娘连一个配方也没学会,以后怎么生活呢?

靠卓拉太太照顾吗?

可是卓拉太太的心脏病是个隐患,一旦停药随时可能出大事,哈娜能照顾好她吗?

还有——

地豆!

从小梅家乡带来的地豆还都种在地里呢!这些东西奇鲁不知道,哈娜也不太清楚,他们没有把那些东西打包啊!

而且,除了地豆以外,琪琪送他们的花也在那边呢!

荣贵没有注意到,不知不觉间,他把自己想到的事情全部说出来了。

小梅静静听着。

没有看荣贵,她一直盯着车外。

出城的路上排起了长队,而旁边进城的路上却没有一辆车。

到处都是慌乱的人,有着急想要问个清楚的外地人,还有被安全管理员发现家中藏

有不死之人的本地人。

他看到一个又一个不死之人被巡逻员从家中拖出去。

甚至，他看到了那名图书管理员。

"我年纪大了，是独居的。"他想起了那位老人最后一天和他说的话。

和其他不死之人不同，他是安安静静被拖出来的，旁边没有硬拦着不放的家人。

后方那栋绿色的小房子，应该就是他的家。

"没有亲人，也没什么财产，我就剩住的那栋小房子了，生前可以住在里面，死后也能当墓地。

"如果能一直安安静静生活在西西罗城也不错啦！

"其实，这里真是个不错的地方呢！"

他的回忆最终定格在老人的笑脸上。

明明说的是自己的身后事，可是，老人却是愉快的。

小梅的紧紧盯着前方的老年"丧尸"，连荣贵都发现他不对劲。

还以为小梅看到什么不得了的东西，荣贵赶紧顺着他的视线，发现是个老头子，还是一个"丧尸"，荣贵愣住了。

然后，他听到一直沉默不语的小梅忽然开口："忘带了东西就回去拿。"

"啊……可以吗？"荣贵小心翼翼地问。

"为什么不可以？"小梅静静地看着前方。

由于到处都在抓捕不死之人，西西罗城的照明系统完全打开，平时漆黑的地方也被照映得宛若白昼。

"啊……真的可以吗？"声音仍然小心翼翼，然而里面却已经带上了一丝和外界兵荒马乱情景完全不合的欣喜。

小梅毫不意外。

荣贵就是这样的人。

说他迟钝，可是他对他人情绪的变化偏偏敏感得很，虽然有时候不愿意承认，可是不得不承认，能够在自己身边待这么久，久到自己都习惯存在的人，毫无疑问，如果不是非常老练城府深，那就是像荣贵这样，无论什么时候，都能做出让人不讨厌甚至喜欢行为的人。

说他敏锐，荣贵却偏偏能够悠然自得，无论发生了什么事，他始终能把自己调整得很好，仿佛对外界的危险信号完全接收不到，乐观得仿佛很迟钝。比如很久以前的矿洞坍塌事件，前阵子地动被埋，又比如……现在。

很久以前有人对他说过一句话，大概意思就是"像你这样冷漠刻板不近人情的冷血病末期患者,在这个宇宙中,是绝对不会有人适合你的,你就应该像现在这样,一个人独自清醒地走下去"。

那时的他并没有反驳,因为他觉得对方说得十分正确。

现在——

这个世界上,还是有人适合他的。

心里想着,小梅向荣贵的脸上看去,天空一般颜色的眼眸倒映出另一个小机器人的脸庞,他认真道:"我会努力研究不老药的解药,如果这座城市毁灭,我们就从地底逃走,如果城市不毁只是单纯封城,我们就居住在这里,一直到城市重新开放。我会改造现有的冷冻舱,加强循环,让你的身体足以再等待更长时间,直到我们可以出城寻找到合适的医生。"

小梅难得说这么一大段话,而且一说就好吓人。

怎么连"城市毁灭"这种吓人的话都说出来啦?小梅你到底"脑补"了什么哦!

荣贵被他吓了一跳,不过很快,他便被小梅后面的话带得分了心。

没办法,脑容量小嘛!自然非常容易被转移话题。

小梅改造的冷冻舱,他放心!

这样一来,他还有什么顾虑呢?

荣贵当时就伸出爪子,十指紧扣住小梅的小手,下一秒,他甜蜜地笑了:"哎呀!那我们还等什么呢?我们现在就回去!"

说完,他开心地对大黄道:"大黄,前面掉个头,我们回去啦!回卓拉太太的家去!"

大黄是一辆非常听话的小车,也是一辆非常遵守交通规则的小车,接到主人的命令,它没有立即掉头,而是规规矩矩行驶,直到下一个可以掉头的标识出现,立刻技巧精妙地从车队中一歪一拐,特别漂亮的甩尾动作之后,它华丽转身!

"喂!马上就到你们了啊?你们这是要干什么?"发现大黄出队之后,奇鲁立刻摇下车窗朝他们大喊道。

"忘带东西,我们回去拿!出不了城也没关系,我们就住在这里呗!"荣贵用更大的声音喊道。

"谢谢你!奇鲁!谢谢!谢谢!"接下来,就是一连串的感激。

奇鲁还能说什么呢?

奇鲁狠狠砸了一下方向盘,笑了。

然后他也掉头回去。

这个夜晚,注定兵荒马乱。

这个夜晚,注定充满许多离别,以及意想不到的重逢!

伴随着大黄利索的刹车声，荣贵落下车窗对前方静悄悄的"鬼屋"道："哈娜！卓拉太太！我和小梅回来啦！"

"啊？"伴随着门锁打开的声音，荣贵看到了皱着眉头的卓拉太太以及……像一个小炮弹，哈娜重重砸到了荣贵的怀里。

"我要研究不老药的解药。"回到卓拉太太家，小梅立刻宣布。

"加油。"卓拉太太漠然道，比起小梅的宣言，她明显更注意荣贵手上的行李。

"把你们的车……是叫大黄吧？把它开进院子里来吧，这边的门小，隔壁那家的门大，嗯，那家的地皮我也买下了，可以随便停。"卓拉太太说着，从左边兜里掏出一大把钥匙。

明明看不见，她居然能够一下子从这么多钥匙里选出一把，潇洒地对荣贵说："这是隔壁的钥匙，去开门吧。"

这个技能也是绝了！

荣贵激动地接过钥匙，立刻去让大黄挪地方。

之前停在这里没什么，可是联想到这几天接二连三出现的不死之人攻击事件，总觉得大黄停在外面也不安全。

大黄是金属材料倒没什么，可是他俩的身体还在大黄上呢！

荣贵立刻跑出去。

就在他走后没多久，卓拉太太又从那一大串钥匙中取下一把："隔壁的隔壁，那栋房子我也买下了，那里之前也是一名药剂师的房子，我记得里面有个挺大的制药工作室来着，你不是要研究不老药的解药吗？就在那房子里研究吧。"

卓拉太太又递给小梅一把钥匙。

小梅默默地接过钥匙，没有多说一句废话，立刻去那边察看环境。

卓拉太太的考虑是对的，按照今天晚上的情况，他们接下来很可能再也不能像平时那样自由外出，之前那样每天去哈娜家做研究显然不太合适，能够在住的地方找到一个合格的工作室最好不过。

好在卓拉太太的家足够大。

把两个男人都打发出去，房间里便再次剩下两位女士。

刚才，在荣贵和小梅离开后，整栋房子里就是这样，硕大的房子里只有两位女士，安安静静，平时没觉得多大的空间瞬间大得可怕，现在荣贵他们回来了，即使他们临时有事离开，房间里再次剩下她们两个，可是刚才那种寂寞的感觉荡然无存。

虽然眼睛看不见，可是卓拉夫人猜到了哈娜现在的动作，敏锐地感觉到小姑娘一定是在好奇地看自己手上的钥匙。

于是——

卓拉夫人轻声咳了咳，又从上面卸下一把钥匙："这样，他们两个一人一把钥匙，我也给你一把。

"这是一楼我卧室对面房间的钥匙，那里曾经是我女儿的房间，房间不大，可能还有点旧，不过衣柜里的衣服都是没有穿过的，如果你愿意，那些衣服就都给你了……"

"愿意！愿意！我愿意啊！"哈娜大声说着，踮起脚尖抱住了卓拉太太的腰，把自己的脸埋在老妇人的胸前。

许久没有被人如此亲近，卓拉夫人不自在地向后退了退……呃，被抱得太紧，退不动，她索性放弃挣扎。

手掌试探性地放在小女孩的背脊上，内心柔软，她嘴里说的话却仍然强硬："小声点，淑女是不会这样大嗓门的，还有——

"你就快是大姑娘了，不能和两个男子睡在一起，该有自己的房间……"

"对对对！卓拉太太您说什么都对！"这个小马屁精，居然又在拍马屁！

窘迫得又咳了咳，哈娜看不见，卓拉太太微微扬起了嘴角。

她笑了。

荣贵对大黄的新停车场非常满意；小梅在隔壁的药剂师工作室意外发现了全套工具，也十分满意；而哈娜小心翼翼开启了一直紧闭着的卓拉太太卧室对面的房间，看到里面梦幻公主风的装饰，惊讶得尖叫起来；而就在她身后，听着女孩开心地跑来跑去的脚步声，又想到那两个跑回来的小机器人，卓拉太太的嘴角轻扬。

于是，明明应该是由于封城而混乱万分的夜晚，在这条黑暗得宛若闹鬼的巷子里，人们却难得心情愉快，各自轻松。第二天，西西罗城正式封城。

街上看不到一个外地人，大街小巷里本该载着客人到处跑的救护车也没了生意，所有药店都因为没有客人而被迫关门。

没有了工作，店员和救护车司机全部被拉去修建城门和城墙，将原本的城门和城墙加高加固，上面还拉了长长的警戒线。从上城拉下来物资，专门针对不死之人，一旦有不死之人试图进城，警戒线会立刻发出声波将它们震下，同时发出尖锐的警报声，通知城内居住的人。而药剂师们呢，都在研究不老药的解药。

老一辈的药剂师想起一些从前听过的传闻：只有发生大规模疫病的城市才会被封，封城时间长短不一，有些城市甚至会被封禁长达百年。

这还是好的。

还有很多城市一旦封闭，竟再也没有开放。

整个世界是一座永恒之塔，而无数的地下城就是塔下巨大的根茎，宛若一串又一串葡萄缀在下面——这是西西罗城的大人给小孩子讲解世界史，最喜欢用的比喻。

直到他们忽然发现这个比喻可能成了现实。

他们世世代代居住的城市成了一个"恶性肿瘤"。

而在荣贵的年代，人们就已经知晓：根治肿瘤的方法只有一个，那就是切除。

密闭空间内谣言扩散得更快，没过多久，整个西西罗城的人便都知道了这个猜测。

一时间，整个城市陷入了末日恐慌。

解药的制作方法可以分为三种：第一种是针对成分，找出有克制效果的成分，将这些成分混合在一起，确保它们之间不会产生其他作用；

第二种是中和，找到药物成分的中和剂，使原本的药性不再起作用；

第三种是"以毒攻毒"，这是伤敌八百自损一千的下下策，属于毁灭式，解毒的同时，人体本身也会受到巨大损伤。

万不得已的情况下，没有人会选择最后一种。

小梅选择的是第一种。

这个选择和哈纳伦斯——也就是哈娜爸爸的选择是一致的。

小梅系统学习过西西罗城的制药理论，对哈纳伦斯的意图了然。他确实是在制作解药。事实上，小梅制造不老药的解药，思路大致上和哈纳伦斯的一样。

哈娜爸爸制作解药的思路是没有错的。

一般来说，药剂师要经过"设计方案""亲手制作""实际合成""试验"等标准流程才能测试出药剂是否有效，对于小梅来说，步骤相对精简许多。

他的大脑远比一般人的大脑复杂得多，可以同时并行的计算也复杂得多。

不死药的成分、炮制方法是已知条件，对于小梅来说，药物制造其实就像证明题一样。

强力营养液的具体成分就是他在分析药品成分后推论出来的。

看上去很简单，做起来却异常艰难。

小梅的大脑运算速度实在太快，很多时候，别人一年的努力成果，他一分钟就能得到。

哈娜爸爸的解药制作思路是他研究了很久才得出的，他生前已经研究很久，死后仍然继续研究，而小梅却只用了三天就推论出了和他一样的思路。

然后，和哈纳伦斯一样，小梅也陷入了迷区。

实际上，硕大的西西罗城能人辈出，和他们有同样思路的药剂师还有四个。

小梅静静站起来，将厚厚一摞书放回原处，然后静静看了书架片刻。

第五章
解药

他已经将图书馆里所有的书籍看完了。

现在图书馆完全开放，城内不死之人全部被清理出去，城门封锁。笼罩在末日即将来临的恐惧中，相当多药剂师选择来到图书馆，他们并非为了看书，实际上，在这里他们可以见到城内目前最顶尖的几名药剂师。

这个时候没有必要将自己的研究成果藏着掖着了，那四名药剂师也不例外，他们主动走出工作室，跑到图书馆和同伴相聚，集思广益，分析到底是哪个环节有问题，为什么无法破解不老药。

图书馆再不复平时的安静，到处都是激烈讨论的药剂师，大家各抒己见，吵吵闹闹，除了小梅。

他是过来看书的，不喜欢半途而废，将剩下的书看完。

那四名药剂师聚在一张桌子旁，周围都是制药仪器和资料，他们讨论得异常激烈，其他药剂师都听不懂，也不敢接近他们。

然而小梅能听懂。

如果哈纳伦斯在这里，如果他还能听声音，他应该也听得懂。

不过他们两个注定没法参与这场讨论。

哈纳伦斯已经成为不死之人，还是事件的"罪魁祸首"，而小梅只是个外地的机器人，谁会相信他们呢？

不过小梅也没打算加入他们。

倒是荣贵觉得这样的小梅有点可怜。

就像看到自家孩子在幼儿园融不进其他小朋友的圈子，只能默默自己玩一样，荣贵没有办法强迫其他的"小朋友"陪小梅"玩"，就赶紧往前踏了一步，紧紧握住小梅的手，暗示自己的支持。

都这个时候了还来图书馆看书，荣贵真心佩服小梅的同时也十分不放心，哪怕讨厌图书馆，他还是陪小梅一起来。

小梅坐在角落看那些艰涩书籍的时候，荣贵也不好意思坐在旁边看热闹，他也听不懂，于是就到处找，终于找到了一本字最少、图最多的书——俗称漫画，他居然还看下去了！

自己也是可以泡图书馆的人了哩——头一回在图书馆坐了几个小时，荣贵觉得自己的气质得到了提升。

他看到小梅望向那四名药剂师。

啊！小梅一定很想参加那四个人的学术讨论——荣贵立刻心想。

可惜人家明显不想带别人玩。他看到桌旁只有四把椅子，一人一把椅子，加不进去第

五个人。

"小梅，不用羡慕他们，家里有哈娜爸爸呢，他的水平可比那四个人高多了，那四个人还没有一个配方列在药典上呢！他们之前一直偷偷研究解药，搞不好就是想通过解药登上药典！"荣贵立刻小声对小梅道，他用自己的方式安慰小梅。

小梅："……"

小梅没有羡慕那几个人，他们讨论的问题经过严密推论，证明行不通。

小梅轻轻瞥了荣贵一眼。

荣贵"秒懂"。

当然，具体含义荣贵自然猜不到，毕竟他不是住在小梅脑子里的，而且，就算是住在小梅脑子里，涉及到学术问题，他也不懂啊！搞不好还因为天天思考这些东西，死得快！

不过他看懂小梅不在意这件事了。

于是，荣贵牵着小梅的手大步向门外走去，对小梅炫耀自己今天读的书。

"我今天也读了书，读了一本哩！"

同样时间内将11本书读完的小梅一脸黑线。

不过，小梅看到荣贵看着自己，知道他在等自己追问。

荣贵现在有了新的聊天技巧，很多时候，他不再一个人自问自答撑起整个聊天场了，他会稍微停顿一下，如果小梅不理他，他就继续眼巴巴盯着他。

几次三番之后，小梅也搞明白了这个"规则"，很多时候，为了不让自己被一直盯着，他还会按照荣贵期待的那样，主动提问了。

"你看了什么书？"于是，小梅便面无表情地问荣贵。

"一本漫画书啊！名字叫《药剂师博尔特的日记》。"

小梅心说：果然。

不过，他都不记得这个图书馆里居然有漫画书，脑中迅速过完整个图书馆的藏书，小梅道："图书馆里没有这本书，你确定看的是图书馆里的书？"

他们已经坐到大黄上了，小梅一边和荣贵说着话，一边严谨地系好安全带。而在他旁边正要系安全带的荣贵愣住了："哎？没有这本书吗"

大黄准备发动，眼瞅着荣贵的动作停顿，一时半会儿也转不过弯来，小梅便倾身拉过他手中的安全带，替他系好。

"你在哪里拿的书？书架上？桌子上？"

"桌、桌子上啊，书架上的书太难了，我看不懂。"荣贵老实巴交地回答。

"那就是了，桌子上的书很有可能是药剂师带过来的，你没注意到吗？很多药剂师是带着孩子过来的。"帮他系好安全带，小梅重新坐直身体。

第五章
解药

"那……那个……也就是说，我看的书……根本不是图书馆的书，而是药剂师……带来的小孩子……看的书？"荣贵结结巴巴。

小梅矜持地微微抬高下巴。

荣贵目瞪口呆。

好吧，他难得去图书馆一次，对书籍完全欣赏不了，找了半天，找了一本药剂师自己带来的书也就罢了，还是"熊孩子"的图画书。

荣贵再次对这个世界绝望了。

"你说，给小孩子看的书怎么还有那么多生僻字哦！而且里面净是看病、配方什么的，小孩子哪里看得懂哦！"荣贵理直气壮地抱怨，随着小梅视线在他脸上停留得越来越久，他的声音也越来越小。

小机器人肩膀耷拉下来，叹了口气。

"那本书讲了什么？"小梅认为自己单纯想要知道那本书的内容才询问的，并非为了安抚那个笨蛋、转移话题什么的。

于是荣贵的脑袋又抬了起来："讲的是药剂师的药剂师的故事。"

"药剂师博尔特是城市里药剂师的药剂师，药剂师生了病，很多时候不自己制药，而是会带过去让他看。我们老家也有类似的说法，叫医者不自医，就是医生是不会给自己看病，很多时候也不会给自己的家属看病，带他们去信赖的医生那里。"提到自己的老家，荣贵又变得高兴了。

他的话重新多了起来："这个故事讲药剂师博尔特给城里的药剂师做药！里面还有好多小配方，可详细了，也不知道是真是假……"

"自然是真的，这本书应该是西西罗城幼儿看的普及读物，即使是童书，上面的配方也不会马虎。"小梅和他说着话，天蓝色的眼睛看向前方。

很快，他们又经过了那条哈娜的爸爸表现不对劲的巷子。

而荣贵还在唠叨那本书："想要当药剂师的药剂师可难了，都是城市里的药剂师协会会长担任……"

巷子尽头的那家店刚好从荣贵那一侧的车窗前经过。

一个念头，电光石火一般闪现在小梅的脑海中。

那是一个很不可思议的念头，看上去和现在他们正在研究的事情风马牛不相及，然而，小梅的大脑完全被那个念头占据了。

"大黄，提速回家，不要担心超速罚单。"小梅平坦的声音再次出现在车厢内。

他的声音和平时没有任何不同，可是莫名其妙地，荣贵从他的话中听到了不一样的东西。

小梅的眼睛里有光，隐隐的蓝色的光。

是想到新的解药方案了吗？还是——

总觉得这一刻的小梅在思考什么重要的事，荣贵坐在旁边乖乖地不说话了。

大黄就这样风驰电掣回到了家。

由于一路超速，他们比预计的时间提前回来，卓拉太太的晚餐还没有做完，哈娜正在门口擦地板。

看到荣贵和小梅进门，小姑娘立刻甜甜地打了个招呼。

"阿贵好啊！小梅……"

她的话没有说完就被小梅打断了："哈娜，你们家如果有人生病，一般是哈纳伦斯给你们开药，还是去其他的药剂师那里？"

"哎？"荣贵愣住了，看看刚爬起来的哈娜：得！小姑娘看样子并不比他好多少！

联想到自己刚刚和小梅说的漫画书里药剂师的药剂师博尔特，小梅这是在求证？

看个漫画都要求证吗？这果然很小梅！

"呃……药剂师一般不给自家人看病开药啊，我们家的人如果生病，就去霍森伯伯家。"说到这儿，大概是回想起了什么，哈娜瘪了瘪嘴，"我不太喜欢霍森伯伯。小时候爸爸每次带我去他家，我都不高兴，后来和爸爸闹了几次，就不用去啦！"说到这儿，小姑娘忽然高兴起来，"不过我家的人身体都很好，轻易不去他那儿！"

寻常无奇的一段话，哈娜、荣贵都没有觉得有什么问题。

然而小梅的表情仍然严肃，他又提了一个问题："你有自己的病历吗？就是过往的就医记录。"

"啊？那个东西……没有啊，哈娜很健康，从不生病。"哈娜说着，拍了拍小胸脯，"这是爸爸说的，哈娜很健康！"

然后，荣贵看到小梅抿了抿嘴唇，眼里闪过一道幽深的蓝光。

小梅对哈娜道："哈娜，可以给我一滴你的血吗？"

哎？！

怎么……忽然问到这了？！

荣贵正要追问，忽然，房间里传出一声巨大的咆哮——

哈娜的爸爸忽然从门口出现，这个一向安静的"丧尸"咆哮着，露出森森白牙，重重扑倒小梅，狠狠地咬住了小梅的脖子！

"看来，我猜得没有错。"小梅静静道。

他的声音听起来和平时没有什么不同，可是荣贵一脸黑线："不要把头扔了坐在旁边说话啊！"

第五章
解药

被哈娜爸爸扑倒的瞬间，小梅试图反抗，然而反抗未果，哈娜爸爸的力气实在太大了。

他是可以出动胸前的自动攻击装置的，然而那个装置弹出的力量实在太大，搞不好会破坏哈娜爸爸的身体，于是他把头和脖子留给哈娜的爸爸继续咬，身子从地下钻出来，然后坐到荣贵旁边的椅子上。

荣贵这边无语得很，哈娜那边也没好多少。

"爸爸，你不要咬了呀！阿贵他们的脖子很硬的，你的牙万一掉了，可没人能给你补牙啦！"

还是屋子里力气最小的哈娜把哈纳伦斯先生拉开的，看着他还想咬什么东西的样子，哈娜把荣贵做的面包塞给他。

这不是荣贵听说卓拉太太做的东西虽然卖相不好然而特别好吃吗！他就想学学，这一学……就做出了硬度媲美石头，啃不动的面包，刚好代替小梅的头给哈纳伦斯先生咬。

看着自己做的面包被派上用场，荣贵的心情很复杂。

不过很快他就没有时间纠结这点小事了。

因为小梅说话了。

将自己的头重新安装在身体上，小梅解释自己为什么想要哈娜的一滴血。

"前几天经过那条巷子的时候，药剂师哈纳伦斯的情况明显与往常不同，你们两个都见到了。"

和荣贵将哈纳伦斯称为"哈娜爸爸"不同，小梅对哈纳伦斯的称呼是"药剂师"，对于他来说，这才是称呼一个人的正确方式，不是出于感情，也并非出于各种联系，而是单单针对对方的身份。

哈娜和荣贵一起点点头。

"那个时候，哈娜说，那家店是药剂师哈纳伦斯经常去买药草的地方。"

哈娜继续点点头。

小梅盯了她片刻，却道，"我并不这么认为，购买药草的话，他不用自己去。"

"能让药剂师哈纳伦斯亲自前往另一家药店的原因，只能是去见另外一名药剂师。"

"所以，他是去见那家药店的主人——城内药剂师协会会长霍森·林德。"

荣贵和哈娜又愣住了。

就算分析出这个，和整件事有什么联系吗？

荣贵和哈娜都不太明白为什么小梅忽然提到这件事。

不过他们并没有将自己的疑问提出来，因为他们知道小梅会继续解释。

"我猜，他去采购药草，四次里至少有一次会带上你，对吗？"小梅的头又转向哈娜，

明明是机器人，可是这一刻，他的眼神却异常犀利，和小梅的目光接触的那一刻，哈娜的身子微微瑟缩了一下。

这一缩，她离荣贵更近了，于是小姑娘不那么害怕。

她嗫嚅道："那是我很小的时候，我记得不太清楚。应该去过，但是次数不多，因为我不喜欢去他那儿……"

小梅将视线移开："就是这句话。"

"你的记忆力确实不好，不过这也是常事，幼儿发育还不完全，很多人都不会记得儿时的事，就算有记忆也是片段，无法构成有逻辑的完整记忆。

"然而，你不记得，并不代表你的身体不记得。

"恰恰相反，你的身体记忆很好，当我问及霍森的时候，你回答道'我不太喜欢霍森伯伯。小时候爸爸每次带我去他家，我都不高兴，后来和爸爸闹了几次，就不用去啦'。"

小梅将哈娜的话完整复述，用小梅的语气，不知道为什么，有点搞笑。

可是荣贵笑不出来，小梅的表情太沉着太正式，他总觉得小梅即将说出什么可怕的事情。

"人类身体的记忆很多时候比大脑的记忆可靠。

"讨厌的理由有很多种，但是不会有没来由的讨厌，即使一个人说他见到某一个人的第一眼就讨厌，那也并非没来由。

"讨厌这种感情，是需要相当的情绪积累才会发生。

"比如有人说他讨厌吃黄瓜，从小就讨厌，成年后仍然讨厌。

"有研究人员针对这个做过调查，发现这个人婴儿时期，对黄瓜有过敏反应。"

小梅说着，指了指自己的嘴唇："非常轻微的反应，只是嘴唇发麻而已，由于没有其他不良反应，所以他的家人没有发现，还是让他进食黄瓜，他每次用大哭来推拒。

"他的身体记住了吃黄瓜会嘴唇发麻这件不愉快的事，对黄瓜有了厌恶感，所以成年后，他的体质已经强健到进食黄瓜没有任何不良反应了，却仍然讨厌黄瓜，他自己也不明白原因，直到科学家帮他找到了原因。

"而霍森·林德，就是哈娜的'黄瓜'。"

"哎？"荣贵被这个比喻吓了一跳。

哈娜的嘴巴张开，似乎即将想到可怕的回忆，身子又开始微微颤抖。

"今天我去图书馆的时候，荣贵也看了一本书，书名叫《药剂师博尔特的日记》，这本书应该是西西罗城幼童的启蒙读物，讲的是一位药剂师的故事。

"虽然是童书，然而里面的配方非常考究，没有错误，给学龄前儿童灌输常识，是这本书的本意。

"如果这本书与现实情况相符，那么，霍森·林德就是西西罗城的'药剂师博尔特'，是城内为药剂师开药的药剂师。

　　"那么，药剂师哈纳伦斯去找他的理由又多了一个，他可能是去找霍森·林德求药的。

　　"药剂师哈纳伦斯家中一共有三口人，他可能为这三个人中的任何一个去求药。

　　"哈娜，你提到你很讨厌药剂师霍森。

　　"已知条件又多了一项。"

　　小梅幽蓝色的双眸再次对准了哈娜的脸。

　　"关于人类的厌恶感，刚刚不是提到过一个例子吗？

　　"一个人说自己在见到另一个人的第一眼时就很讨厌对方，然而他发誓没有见过对方。

　　"后来研究者查看他的全部档案，发现他说的不是真话。

　　"他是见过那个人的，在他还是婴儿的时候。

　　"那个人是他的主治医生。

　　"小孩子都很讨厌给自己看病的医生，因为医生会给他们扎针、吃苦药。

　　"所以，哈娜，你仔细想想，在你很小很小的时候，你是不是被药剂师哈纳伦斯带去药剂师霍森那里看过病呢？"

　　小梅微微扬起了下巴。

　　他的目光牢牢锁住哈娜的小脸。

　　而哈娜的眼中一片迷茫，直到她忽然想起了什么，小身子一抖，小脸苍白。

　　"好、好像是的，霍森先生给我打过针！

　　"我……我记不太清楚了，可是我刚刚忽然想起来一个片段，爸爸抓着我的胳膊，让霍森伯伯给我打针！"

　　就是这个——

　　小梅的嘴唇紧紧抿着，没有说话，表情异常沉静，然而荣贵在他的眼中看到了火！

　　幽蓝色的火！

　　"好像……好像打过的不只一次针……啊……我的身体明明很好，爸爸说，全家就我的身体最好了，都不用吃药看病……怎么……"

　　怎么自己脑中却忽然浮现出了那么多吃药打针输液的片段？

　　小手紧紧捏成两个拳头，哈娜想得太用力，不知不觉间，汗水浸透了她的额头，小姑娘一头一身的汗。

　　直到小梅再次开口——

"你的身体确实不错,那是因为你的病好了。

"治好你病不是霍森·林德,而是药剂师哈纳伦斯。"

"如果我没有猜错——

"不老药,根本不像药典上说的,是为了让哈纳伦斯太太青春不老而制作的。

"这种药诞生的真正原因应该是你。

"药剂师哈纳伦斯是为了自己的女儿才创造出这种药!"

最后一句话出口之后,房间里什么声音都没有了。

就连哈娜爸爸啃面包的声音都没有了。

不知什么时候,他已经放下手中的面包,愣怔地看着哈娜,僵青的脸看上去无比木然。

"最早让我注意到不对的是药名。

"不老药和不死药,这两个药名在读法方面几乎没有不同,只有一个字母不同而已,人们经常把它们混淆。

"由于出现了不死之人,所以大部分人都根据药效念成了不死药。

"除了哈娜,还有你家的几名前店员。

"除此之外,药典上的记录也是不老药,而不是不死药。

"药剂师哈纳伦斯是实用派,对任何对人类生活没有改进功能的药毫无兴趣,他的研究重点在对人类有益的药剂制作商。

"没有研究过美容药,这样的药剂师会为妻子研究出维持青春不老的药物,本身就是奇怪的事。

"但是,如果这种药的真正功效是治病救人就说得通了。

"所以,我猜测你在很小的时候,得过很严重的疾病,类似细胞分裂得比正常人快许多、衰老的速度是普通人的数倍。

"你的父亲先是到霍森·林德那里求助,对方也没有办法,他就自己研究,终于研究出了针对你这种病的药。

"阻止体内细胞急速衰退,不让你迅速衰老。

"这种药的名字叫不老药,不是十分合情合理的事情吗?"

哈娜愣怔地看着小梅。

同时愣住的还有荣贵以及旁边的卓拉夫人。

哈娜盯着小梅看了很久,才把视线慢慢转向爸爸。

已经成为"丧尸"的哈纳伦斯先生呆愣愣,麻木地目视前方,眼中仿佛一片虚无。

哈娜站起来,走过去,白嫩嫩的小手轻轻搭在哈纳伦斯先生的黑色的双手之上,小女孩仰起头，轻声问："爸爸，是这样吗？"

"你是为了救我，才发明不老药的吗？"

颠覆整个城市的禁药，原来，最初的目的竟是这样简单，他只是想要挽救自己的女儿人吗？

哈娜仰着头，清澈的眼睛认真看向自己的爸爸。

她以为爸爸再也不会给自己回应，忽然——

两行混浊带血的泪忽然从黑色"丧尸"干涸的眼眶中滚出。

哈娜看到自己死去很久的爸爸忽然张开了嘴："哈……哈娜……"

他只说了一个词。

然后哈娜哭了。

扑到爸爸的怀里，就像爸爸仍然在世时那样，小姑娘大声哭泣。

然而，这一次，爸爸的手没有像平时那样轻轻搂住她的肩膀，温柔地哄她不要哭泣。

僵硬而麻木地被女儿抱着，哈纳伦斯看起来就像一尊塑像。

哈娜擦干眼泪，从哈纳伦斯先生怀里爬出来。

"我不哭了，小梅，到底是怎么回事？你告诉我吧。"

用手背抹完眼睛，眼泪还没干，小姑娘就用爸爸的衣角把眼泪擦干。

除了通红的鼻头和双眼以外，看不出她刚刚痛哭一场。

经过泪水的洗涤，她的眼睛看起来亮极了。

小梅的视线在她脸上掠过，然后继续用平静的口吻道：药剂师哈纳伦斯为了你发明了不老药，而你在服药过后病情得到了控制，这件事情显然瞒不住霍森·林德，作为城内药剂师协会会长，他立刻意识到了这种药有多珍贵。

"他将这种药上报药剂师协会，直到药剂师哈纳伦斯的名字登上了药典。

"这并非掠夺，他仍然以药剂师哈纳伦斯的名字上报。

"他应该只是太想药典新增一种足以让西西罗城重新大放异彩的药。

"在药剂师哈纳伦斯的不老药之前，上一种药录入药典是在一百年前。

"这么长时间内都没有新的革命性药物问世，一个依靠药剂立世的城市会被遗忘。

"就像他想象的那样，不老药问世之后，西西罗城再次涌入大批客人，城市再次繁荣，直到——

"第一名死者出现。

"不老药原本就不是作为让人永葆青春的药被发明的，它的成分固然可以让细胞分裂保持旺盛，然而这种旺盛在服药人死后仍然继续，这就是噩梦。"

小梅的视线再次落到哈娜的脸上："不老药是药剂师哈纳伦斯为你发明的，同样吃

了这种药,你和其他人的表现完全不同,你还在长大,这证明药在你体内发挥了最完美的作用,打败了你体内急速衰老的细胞,没有让你的时间静止。所以——

"不老药的解药,很明显就在你身上,或者说——

"你本身就是不老药的解药。"

荣贵惊呆了。

他先看看小梅,小梅的表情一如既往地平静,他只是静静看着哈娜。

然后,荣贵顺着小梅的视线看向哈娜。

他原本以为哈娜也会很震惊,担心哈娜在知道这件事之后会有过激反应,谁知——

嘴咧开,脸上露出一个大大的笑容,哈娜居然笑了:"原来是这样!

"也难怪,毕竟——不老药是爸爸为了我发明的呀!"

大大的眼睛温柔地看向自己的爸爸,哈娜的笑容竟是再也消不下去。

按照西西罗城严格的制度,凡是通过正常途径售出的不老药,应当按照药典中记载的正确配方来制作。

服用不老药的人死后都成为了不死之人,而在他们生前,都会维持服药时的身体状态,不会老。

于是,除了哈娜,其他服用"不老药"的人有两个明显特征:不老,然后才不死。

然而哈娜却跳开了这个规律。

她在正常长大。

这也是她和其他服用不老药的人最明显不同的地方。

而造成这种不同的原因是什么呢?

只能是哈娜体内原本的"病"。

当不老药和哈娜的细胞结合,她痊愈了。

所以,想要找到不老药的解药,最直接的方法就是检查哈娜体,找出与众不同的细胞,研究它们的特性,针对性地制作"解药"。

小梅能够想到,药剂师哈纳伦斯必然早就想到了。或许就是因为想到了,他才在药典上更改了不老药的发明理由。

不老药的配方公布于世,或许并非药剂师哈纳伦斯的本意,或许是霍森·林德擅自帮他送去审核,他自己也抱了一丝侥幸,当时发生的事情已经无法知道。

除了霍森·林德,没有其他人知道哈娜得过病,就连店里的伙计也不知道。

哈娜像一个普通的小孩子那样健康长大,而服用过不老药的人也如愿获得了"不老"的效果,西西罗城重现往日的繁荣,所有人都得到了自己想要的,一切看起来很完美……

直到副作用出现。

小梅盯着分析仪中淡红色的血滴，慢慢说话："我能想到的东西，药剂师哈纳伦斯也能想到，为哈娜看过病的霍森·林德自然也能想到。

"他早晚会来找哈娜。

"我猜测，药剂师哈纳伦斯和妻子应该是在临死前吃下不老药的。

"他们现在的样子和照片上的相比，照片上的衰老一些，不像是一开始就吃下不老药的。"

"所以，药剂师哈纳伦斯总是回来的理由很明显。

"首先，他确实在研究不老药的解药，这是从根本上解决问题的方法，只有研究出解药，他的女儿才能真正安全……

"其次，他应该是担心霍森·林德。

"霍森·林德会找上哈娜。

"如果我的猜测都属实……"

灯火通明的工作室内，所有人围住小梅，看着他有条不紊地将各种药剂一样接一样地投入分析仪。

赶在"丧尸"哈纳伦斯暴躁之前，哈娜戳破了自己的手指头，勇敢地把带着大血珠的手指递到了小梅面前。

"你自己知道的，这其实是最快的方法。"出人意料地，小梅对已经成为"丧尸"的哈纳伦斯先生说了一句话。

这位由于看到女儿的鲜血隐约再次有了陷入疯狂征兆的不死之人忽然安静下来。

小梅将血滴放入分析仪，哈纳伦斯先生居然僵硬着，做下一步的准备工作。

他的大脑确实已经不再运转，然而他的身体还本能地记得药物试验的正确步骤，浸淫专业几十年，他是非常专业的。

他成了小梅最好的助手。

丁足，硕大的工作室内，一个小机器人和一个全身青黑的"丧尸"一同诡异地站在工作台前，两个人的动作都有不同程度的机械化，然而步骤却异常流畅，不知道是不是之前就经常一起在一个工作台上忙碌的缘故，他们的合作看起来竟然和谐极了。

一个人把一支试管递过去，另一个人不用说，就知道将试管里的药剂倒入培养皿内。

他们的配合天衣无缝！

西西罗城内，像他们一样为了研究不死药的解药而通力合作彻夜未眠的药剂师有很多，然而——

这个房间里的两个人，搞不好是最接近解药的！

其他人都不敢说话，安静地看着工作台前的两人。

哈娜的手指头被卓拉太太认真包扎，只有一点点刺痛。举着手指头，小姑娘出神地看着工作台后的两个人。

卓拉太太再次打起了毛衣，她正在织一条裙子，仔细看就会发现，裙子的尺寸是哈娜的。

只有荣贵，安安静静看小梅工作了一会儿，有点坐不住了。

哎？窗外怎么这么亮？

忽然注意到这一点，荣贵吧嗒吧嗒走向窗户，掀开厚重的窗帘，先是被外面的光亮程度吓了一跳，他赶紧向窗外看去。

娇小的机器人哆嗦了一下，嘴巴开开合合半晌，抖着声音叫了出来："'丧尸'！天哪！外面全是'丧尸'！"

密密麻麻，院子外大门前全都是行动迟缓、身体青黑色的不死之人，巷子里，还有更多的不死之人朝他们的院子接近！

这是——

荣贵猛地拉开窗户，密封性良好的窗户一旦打开，外面的声音顿时传入屋内。荣贵听到了院子外面"丧尸"脚拖地走路的声音，他们摩挲彼此身体发出的沙沙声，以及——

更加遥远一些的，从城市的其他角落传来的人们的尖叫声！

凭借良好的听觉系统，荣贵从来自遥远地方的尖叫声中收集到了一条爆炸性的消息：半吊子泥瓦工——城内药剂师们加固的城墙在无数"丧尸"的围攻下倒塌，城外的"丧尸"大批涌入城市，这回"丧尸"不再安静乖巧，他们有了攻击性，成群结队地涌入西西罗城的大街小巷。

"丧尸"围城！

"小梅，你不用管这些，你和哈娜爸爸继续搞研究。"这种情况下，荣贵居然硬生生忍下了内心的恐惧，先对小梅说了一句，随即拉下窗户。哈娜跑到窗户这边看，卓拉太太看不到，荣贵就把自己看到的讲给她听。

"打开广播，这种时候，城里的安全管理员应该会说点什么。"和荣贵硬装出来的镇定不同，卓拉太太是真的镇定，听完荣贵的叙述之后，她立刻说道。

"这个屋子的收音机在左边柜子的上方第三个格子内。"她有条不紊地吩咐荣贵去取东西。

荣贵赶紧把收音机取来，抱去三个人原本待着的角落里，拧开了收音机。

"一级警报！由于不明原因，城外的不死之人已大批涌入城内！这些不死之人是有攻击性的！请市民不要接近他们！如果有在家中藏匿不死之人的，请尽快将其送出！

解药

"情况十分严重,不死之人十分危险,请大家关紧门窗,我们已经开启城内照明系统,请大家把自家的照明物品也全部打开,部分不死之人对光照有反应,有本能的避光性,请大家利用光照保护自己!"

不再全是没营养的广告,广播里播放警报!

有些不死之人确实有避光性,可是也有很多不死之人没有避光性啊!比如哈娜的爸爸。心里想着,荣贵朝哈娜爸爸望过去,哈娜爸爸正拿着一台发出强光的仪器照试剂呢!

这、这……这可是一点避光的迹象都没有啊!

或许其他的不死之人真的会避光,证据就是:越来越多的不死之人朝卓拉夫人家的巷子涌过来。

原因无他:卓拉夫人家的巷子里照明系统布置得不到位,几乎全黑!

整个城市灯火通明的情况下,只有这边是个暗角。

"这……这……我先去外面把大门关一下。"屋里老的老,小的小,还有两个人在干大事,荣贵咬了咬牙,觉得只有自己上了。

反正他也不怕咬,能挡一会儿是一会儿!

"别急,房顶上有强力日光灯,你把那些灯打开,那些灯可比市政的照明灯亮多了。"卓拉夫人拉住了想要往外冲的小机器人。

说话和小梅一样慢条斯理,她又给荣贵指了一条路。

"哎?卓拉太太,你居然有这种东西?"荣贵一边按照卓拉夫人的提示找开关,一边问道。

"前阵子刚邮购的,这里照明不足,市政的照明设备瓦数也不够,我就买了超大瓦数日光灯,想着平时可以晒晒药草,还能晒晒萝卜干、衣服、被子什么的,我可不想像其他人那样把隐私衣物晒在外面。"即使到了这个时候,卓拉太太的姿态仍然是一如既往优雅淡定的。

她是个讲究人,从平时的生活就可以看出来。

荣贵从来没有哪一刻比现在更感谢卓拉太太的穷讲究!

"啪"的一声,荣贵终于拉对了开关,屋顶的日光灯一下子全开,就像一轮太阳压在屋顶,荣贵的眼前一片花白,焦距重新调整了好半天,他才勉强看到点外面的影子。

这哪里是强力日光灯啊,这分明是人工太阳啊!

卓拉太太,您真的是打算用这灯晒萝卜干吗?萝卜干会被烤化哟!

荣贵正晕乎,卓拉太太忽然伸出手来,猛地将窗帘拉上。难怪之前外面开灯的时候荣贵没有立即发现,这窗帘的遮光性实在太好了!

即使是屋顶上的超强光,它也能遮掉一部分,隔着窗帘看向外面,荣贵只觉得外面是

白天，但不像之前那样耀眼。

强力日光灯果然有用，荣贵眼瞅着外面的"丧尸"慢慢退散。

直到"啪"的一串巨响。

荣贵听到头顶玻璃破裂的声音，几乎是同一时刻，屋内的灯全部熄灭。不过工作台那边的灯只是暗了暗，稍后恢复正常。

很明显，是灯泡瓦数太大，电路承受不住瘫痪了。

工作台那边由于有备用电路，只在切换电路时暗了一下，稍后便恢复正常了。

"这个灯泡……不太耐用啊……网上说能够用十年的……"

一下子从灯火通明回到只有一盏工作灯的幽暗环境，荣贵忙着调试视觉系统的时候，听到卓拉太太再次开口。

"这卖家不实在，回头我得给他打个差评……"卓拉太太喃喃道。

感受到哈娜在微微颤抖，卓拉太太轻轻揽住她的肩膀，然后对荣贵道："别怕，没了光也别怕，我这边还有邮购的防身工具。

"就在一楼放着，我们下去看看。"

打开箱子，荣贵看到里面满满当当的一箱……猎枪。

"网上说，这是最新上市的强力水枪，冲击力媲美真正的猎枪，怎么样？阿贵你接上水龙头试试看？"

荣贵的嘴巴张开又闭上，拿起一杆猎枪，饶是他怎么研究都觉得这不是水枪，何况，箱子底下还整整齐齐码着好几大盒子弹呢！

拿起一盒子弹，荣贵看到压了一张小字条，上面写着：水枪缺货，临时给您调换了新型猎枪，杀伤力比水枪高。请不要给差评！么么哒！

荣贵还能说什么呢？

他只能无语了。

"现在的卖家……真是不实在……"听完荣贵颤声的朗读，卓拉太太叹了口气。

不手上有武器毕竟是好事，荣贵端起猎枪，按照说明书装上了子弹，觉得安全了不少。

当有"丧尸"试图爬上来，荣贵和哈娜就开枪。

荣贵的射击技术是真的差，不过这也是情有可原的，毕竟他之前只是个普通市民，假枪都没摸过几把，更不要提真枪了！

倒是哈娜的射击技术出人意料的好，几乎一打一个准。

"我爸爸送给我过一把小水枪……"明显十分害怕，哈娜委屈地对荣贵说道。

荣贵："……"

解药

卓拉太太的射击技术居然也非常好，她明明看不见啊！

"我的眼睛虽然看不见，但是我的心不是瞎的。"面对荣贵的不解，卓拉太太给出了非常高深的回答。

荣贵只能沉默不语。

面对"丧尸"压境，荣贵的射击技术非但比不上小孩子哈娜，居然连视力几乎为0的卓拉太太也比不上，荣贵再次陷入沮丧。

不过射击技巧不好没关系，他很快找到了自己能做的事，那就是帮同伴填充子弹。

三个人配合得很好，一时之间，门外那些"丧尸"的脚步明显被他们拖住了。

饶是哈娜和卓拉太太的射击技术再好，那些已经死去的家伙很明显是不怕射击的，枪击只能勉强拖延他们的爬墙速度而已，何况子弹是有限的。

子弹用完之后，终于有一个"丧尸"地从墙外爬上来了。

看到他的第一眼，荣贵愣住了。

原因无他，这个人看起来就是个正常人啊！

银色的头发，像个老者，然而面上却没有什么皱纹，仔细看，他的脸上还带着一丝红润。

莫非是逃过来的普通人？

这是荣贵的第一个想法，然后，他思考要不要立刻打开门好让对方进来，毕竟是个活人呢，见死不救不是他做得出来的事。

就在荣贵放下枪，打算过去开门，他的手忽然被旁边的哈娜拉住了。

荣贵听到哈娜用非常小的声音对他说话："霍森……那个人……是霍森伯伯……"

荣贵的眼睛骤然睁大。

他的大脑一片空白，小梅的猜测果然是真的？

霍森·林德果然找过来了！

他果然找上哈娜了！

如果现在使用的是原本的那具人类身体，荣贵一定已经满头大汗，小小的机器人表现出来的状态只是有点焦躁。

霍森·林德越过一大片"丧尸"，好容易翻过墙来，他们是救还是不救？

救了他的话，搞不好他就要对哈娜下手。

可是如果不救……那好歹也是一条人命，而且对方未必是坏人……

荣贵陷入了两难，直到卓拉太太忽然朝前方开出一枪。

"卓拉太太，他……他……"慌忙地站起身，荣贵不知道说什么才好。

"我知道你在顾虑什么，可是，你仔细看看，那个人真的是活人吗？"卓拉太太打断

117

荣贵的话，朝窗外扬了扬下巴。

荣贵愣了愣，拉近镜头，再次将视线移向门外的银发男子，将对方看得更仔细。

外面的男人看起来确实像个活人。

然而只是"看起来"而已。

仔细看的话会发现对方的瞳孔已变大，身上明明被子弹打中，然而却像是完全感觉不到疼痛，继续向前走着，而弹孔处流出的血液也是暗而黏稠的……

原来如此……

霍森·林德确实找过来了，然而并非活着的霍森·林德。

身上还穿着崭新的"身后衣"（给死人穿戴的衣物），体温还没有完全下降，甚至脸颊还是红润的，他就这样找上门来。

第六章

安息日

那是个体面的"丧尸",即使变成了"丧尸",他的脸颊在"丧尸"中仍然算是干净的。他的身材有点微胖,看起来就是个学者。他的攀爬技术非常笨拙,然而他却是成功翻过墙的第一个"丧尸"。

虽然学习能力很差,然而荣贵的观察力很好,能够惟妙惟肖地扮演那么多人,这和他极好的观察力是分不开的,在这个时候他还能用最短的时间将对方打量个遍。

然后,他转头看向哈娜,发现小姑娘的脸色苍白,小手紧紧抓着自己,一副非常紧张的样子。

啊……对了!这个霍森·林德就是过来找哈娜的!

小梅说过,如果霍森·林德出现,就证明之前的推测是真的!

霍森·林德八成是死前醒悟破解不老药的解药线索在哈娜身上,死后不依不饶地过来了!

小梅猜中了好多,唯独没有猜到霍森·林德已死。不知道霍森·林德死了,还以为来的会是活人呢!

如今来的是"丧尸"霍森,真不知道这是好事还是坏事。

好的就是知道哈娜身上有解药线索的人死了,他无法将这件事说出去;

坏的就是这个人死了又"活了",他居然还能不依不饶地找到卓拉夫人这里,这只能说他其实早就在关注哈娜的行踪。

"找东西把门挡住,他想进来。"荣贵还在乱想,卓拉夫人冷冷的声音忽然在旁边响起。

"啊……对!"荣贵从思考中回过神来,慌忙向四周望去,望到了旁边房间里的大鞋柜。

"我、我和你一起搬。"哈娜轻声对荣贵说,和他一起向鞋柜走去。

于是门前只剩下卓拉夫人一人。

大门还算结实吧?

荣贵有点担心地想着,不过卓拉夫人很快朝他摆了摆手,示意"不用担心",他才提心吊胆地去搬鞋柜。

手持长枪当门而立,卓拉夫人的胸膛一如既往地笔挺,看起来可靠极了。

"鞋柜好重,哈娜你那边还好吗?" 荣贵一边推动鞋柜,一边轻声问哈娜。这个鞋柜是实木的,上面还有金属装饰,异常重,不过他们需要的就是这么重的东西,才能挡住门口的"丧尸"。

"嗯,我推得动,哈娜力气很大。"哈娜抬起头,对荣贵点点头,小姑娘的鼻头出了一点点汗，看起来非常可爱。

"哎？"荣贵正打算继续干活，忽然看到哈娜的视线越过自己，直直向大门的方向去。

心里一紧，荣贵赶紧回头，这一看，他的眼珠子差点没有掉出来！

就在他们搬鞋柜的工夫，"丧尸"霍森竟然已经走到门前，隔着玻璃门，荣贵可以清楚地看到对方的身影紧紧贴门板，手在门上抓来抓去。

看起来惊悚极了！

然而这并非让荣贵和哈娜惊愕到嘴巴都张开的原因。

面对和自己仅仅一门之隔的"丧尸"，卓拉夫人居然扣上门的保险栓，然后将门拉开了！

借着那道狭小的门缝，卓拉夫人居然将长枪伸了出去，然后开启"捅捅捅"模式。

那可不是一般的长枪，枪头长而狭窄，比长柄伞的伞尖还要细，简直就是刺针。

光是听着枪尖戳戳的声音就觉得头皮发麻，荣贵脸上的表情顿时有点难以形容。

倒是哈娜先是惊讶，很快，换上了无比敬佩的表情："好厉害呀！"她感叹道。

"愣着干吗？还不赶紧把东西推过来，我这边挡不了多久，其他不死之人也陆续过来了。"卓拉夫人冷冷说着，用力一枪捅出去，然后使劲关上了门。

玻璃门上随即传来一声巴掌用力拍动的声音。

不只一双手，霍森的身后出现了其他黑影，他们拥挤着向大门走过来，胡乱伸着的双手接二连三地拍在门上，发出一声声钝响。

荣贵和哈娜刚将鞋柜推抵到门前，抬头就看到了七八只用力拍在门板上的手，被吓了一跳，同时庆幸这个鞋柜推来得真是及时。

然而大房子的缺点这时暴露无遗。

他们堵上了门，还有窗户。

那些不死之人聪明得很，很快，他们就找到窗户。

仍然是霍森打头，荣贵在一扇窗户前再次看到霍森的脸，再也不会将对方误认作活人了：瞳孔完全涣散，面颊上的红润也完全消失，取而代之的是一种僵硬的黑色，除此之外，他的脸上还沾上了血。看着对方面无表情 脸血试图敲碎玻璃进门的样子，荣贵吓得赶紧又从旁边推了个书架挡住窗户。

然而这个房子不只一扇窗。

爬墙进入院子的不死之人越来越多，将房子层层包围，集结在各扇门、窗前，用手拍、用身体撞门和窗户，并不快，然而声音非常瓷实，况且，这么多不死之人同时……

如果有头皮的话，荣贵觉得自己一定头皮发麻！

"小梅，解药什么时候才能做好啊？'丧尸'已经翻墙进来啦！我们用家具挡住了门还有窗户，可是……可是他们太多了，马上就要挡不住了！"最紧张的时候，荣贵本能地给小梅打电话。

小梅一如往常平静的声音在他脑海中响起："不要在一楼停留，你们上来，将二楼的

家具全部推到楼梯上。"

听到小梅的声音，荣贵忽然觉得没有那么紧张。

用力点点头，他一个巧劲将卓拉太太背了起来，然后一只手拉起哈娜，把小梅刚刚和他说的话迅速和她们说了一遍。

他们飞快爬到二楼，荣贵把卓拉夫人轻轻放在一旁，立刻将房间里的一张单人沙发推下去。

那是一张敦实的布艺沙发，不算太重，然而块头很大。荣贵吃力地将沙发推下去，咕噜咕噜滚落声之后，是一声让人头皮发麻的撞击声。

不是沙发撞地板的那种撞击声，而是撞击到人的那种钝响。

荣贵小心翼翼地透过楼梯往下望，果然看到了滚落的沙发压了一个人。

天哪！那些"丧尸"已经破门而入了！

荣贵猛地跳起来，赶紧跑回屋里，又从里面拖了一张沙发出来。

哈娜和卓拉夫人也没闲着，一起拖东西，然而下面的"丧尸"速度实在太快，被压倒一个，马上又有新的补上，他们甚至能爬过沙发，走上楼梯！

他们将所有的家具都丢了下去，固然将楼梯堵了个严严实实，然而毕竟是大件家具，被丢下去后，家具与家具之间有很多缝隙，居然有"丧尸"顺着那些缝隙顽强地往上爬。

"丧尸"霍森·林德更聪明，他居然还知道伸出僵硬的手拉开那些家具！

院长呀！这也太聪明了！荣贵发誓，如果自己死后变成"丧尸"，一定是连墙都爬不过去的那种，就算侥幸爬进来了，也一定是最早被沙发压住的那种。

霍森·林德不愧是协会会长！

就在荣贵脑中野马奔而过的时候，卓拉夫人把地毯揭起来了。

"愣着干吗？快过来帮忙，把这个盖过去！"

卓拉夫人一声令下，荣贵和哈娜立刻过去一起掀地毯。

一张地毯铺天盖地扔下去，楼梯下方，他们看不见了。

"去工作室吧，能做的我们都做了。"卓拉太太喘了一口气，吃了一粒药，冷静地说道。

是的，能做的都做了，如果这样还是不行，荣贵至少想和小梅死在一起。

这个念头诡异地浮现出来，却没有引起荣贵的注意，他牵着卓拉太太和哈娜的手，再次回到了三楼工作室。

窗帘仍然紧紧闭合，房间里的灯都灭了，只有工作台上方的工作灯亮着，完全没有受到外界"丧尸"包围的影响，小梅和哈纳伦斯先生有条不紊地进行药剂制作。

两个人配合得很好，好到荣贵有点自惭形秽。

啊……小梅果然适合和聪明人待在一起啊，你看，他们两个，什么话都不用说，彼此就都知道递过去的东西需要怎么处理。

比只会帮倒忙的自己强多了。

不知道为什么，大概是在黑暗中待久了的缘故，也可能是因为刚刚面对一大群"丧尸"，总之，看到灯光下慢条斯理做事的小梅，荣贵就不再惊慌。

荣贵嘴巴张了张，站在门口，就那么呆呆地看了很久。

还是小梅先和他说话的。

看着门口脏兮兮的，身上还有血迹的小机器人，小梅歪了歪头："没坏吧？"

虽然知道机器人不会受伤，可是看到荣贵这副傻乎乎的样子，小梅还是觉得有必要问一下。

荣贵慌忙摆摆手："没！我好得很！"

想起下面的事情，他觉得有必要和小梅汇报一下，于是他又道："那个……二楼的家具都扔下去了，可是那个霍森很聪明，知道搬开家具，还是卓拉太太聪明，带着我们把地毯扔下去了，那个应该能挡一段时间吧？"

荣贵仔细回想了一下，真为自己刚才的表现感到有点羞愧：射击比不上哈娜也就算了，连卓拉夫人也比不过；

"丧尸"围起大门的时候，也是卓拉太太在门口抵御；

好容易爬到二楼……掀地毯又是卓拉太太想到的。

虽然很早以前就知道自己没用，可是真的遇到事，发现自己居然没用到这个程度，荣贵很沮丧。

娇小的机器人耷拉肩膀。

然而，小梅却忽然对他说："你干得很好，接下来就在这里，哪里都不要去了。"

"可是……可是主意都不是我想的。"荣贵还是很沮丧。

"没有拖后腿就是最大的帮忙了。"小梅平淡道。

卓拉太太："……"

哈娜："……"

这俩机器人的感情不好吗？

然后她们看到荣贵在被小梅打击后，心情居然愉快了点。

"也是呢！我这次没有拖后腿哩！"

"没有搬错东西把自己压在下面，也没有被'丧尸'抓住腿让别人来救我，更没有在逃跑的过程中不小心摔下去……

"仔细想想，还不错呢！"

摸着下巴回想了一下自己刚才的表现，荣贵忽然高兴起来。

两位女士心想：原来，刚刚小梅那句话不是牢骚，而是表扬。

真搞不懂这两个机器人——这一刻，屋内的两位女士这么想着。

"总之，能做的我们都做了，接下来，我要在小梅身边，即使死，我也想和小梅死在一起。"荣贵话锋一转。小梅仍然很淡定，一边用滴管将液体滴入试管内，一边轻声道："我们不会死的，我们现在的身体是机械制成的。"

卓拉太太、哈娜心说：真是太不浪漫了！

小梅继续说："哈娜的原生细胞已经被破译，从细胞内提取了相关物质，等我手中试

管的试剂融合完毕,如果没有意外,不老药的解药就成功了。"

卓拉太太、哈娜:"什么?!"

这么重要的事不要放在最后说啊!

两位女士震惊了,正常人听到这句话,应该都是这个反应吧?

然而荣贵不是。

荣贵静静地看着小梅手中的试管,半晌后赞叹:"不愧是小梅。"

"我就知道小梅一定会成功。"

"嗯,那就不用担心了。"小梅回复他。

"嗯,不担心了。"

荣贵说着,吧嗒吧嗒朝工作台走去,将自己缩在工作台旁边,小心翼翼地不碰到任何东西,静静地看着小梅工作,不动了。

而小梅也没有再说什么,继续忙碌。

这一刻,两个小机器人之间的气氛非常微妙。

房间里明明有五个人,可是这一刻,他们的世界却只有彼此两个。

非常奇妙的感觉,就像工作台上方的灯光,微小,却明亮,暖融融。

卓拉太太和哈娜忽然再也不紧张。

"走吧,我是看不到了,不过哈娜你可以替我看看传说中不老药的解药诞生的那一刻。"卓拉太太伸出一只手,低头看向哈娜。

被卓拉夫人的声音打断,哈娜这才将视线从工作台的方向移开,牵起卓拉太太的手,她们两个也走到工作台旁。

和荣贵一样,哈娜也在爸爸边上选个不碍事的位置蹲下,对旁边的荣贵嘻嘻一笑,也开始全神贯注地盯着爸爸的背影。

啊……真好啊……

盯着爸爸的背影,哈娜忽然想起了以前爸爸还在的时候。

那时候的她就经常躲在爸爸的工作室里,就待在这个位置,不会打扰到爸爸,可以看到爸爸的背影。

爸爸的背影被灯光染成一片黄色,看起来十分温暖。

哈娜经常看着看着就不小心睡着了。

这一刻,没有露出已经面目全非的面容的爸爸,看起来就和以前一样。

真好。

工作室的密闭性很好,关上门窗之后,外面的声音几乎听不到,只有工作台上窸窸窣窣的声音有规律地响起。

直到大门忽然传来"咚"的一声。

熟悉的拍击声再次响起,那些"丧尸"终究还是爬上来了!

然而此时此刻,房间里的人都像没有听到似的,注意力都集中在小梅和哈纳伦斯手中的试管上,哈纳伦斯先生僵硬地将手中试管中的液体抽取出来,然后,贴着管壁,小心

安息日

翼翼地滴入小梅手中的试管内……

这是最后一步了。

不老药的解药成功与否就看这一步！

五人目光注视下，宝石般炫目的黄色液体滴入绿色液体中。

试管内先是出现一团白雾。

白雾弥漫。

然后，白色液体忽然从一滴滴在白雾内滴落。

直到白雾都凝结成液体，满满装了一试管。

"应该是成功了。"观察了片刻，小梅平静道，"不过，还需要临床试验。试验的对象很好找，从门口……"

他正说着，忽然，旁边一直沉默干活的哈娜爸爸"啊"了一声。

小梅抬起头看向他。

一双僵硬的黑色的手慢慢伸了过来，轻轻摸上了小梅手中的试管。

小梅的手不动，他就执着地继续握试管，直到小梅将试管松开。

于是，那支试管稳稳握在哈娜的爸爸手里。

哈纳伦斯先生麻木地盯着试管看了很久，忽然转过头，看了还缩在那里的女儿一眼。

猝不及防，他将试管中的液体喝了一口。

"啊？！"被爸爸的举动吓了一跳，哈娜猛地站了起来。

然后，她看到爸爸将喝剩下的试管放到试管架上，静静地站在原地。

再然后……

他重重地倒下。

"爸爸！爸爸！"哈娜着急地扑了过去。

然而，这一次，她的爸爸真真正正再也无法回应她了。

长久以来睁着的眼睛终于闭上，哈纳伦斯先生静悄悄地躺在工作室的地板上，宛若一位逝去之人。

静静地从他身上抽了一滴血，化验，小梅最终宣布："尸体内的细胞活性完全消失，他现在是真正的死者。低下头，小梅看向仍然懵懂望着自己的哈娜，薄薄的嘴唇再次张开，平静道，"恭喜你，药剂师哈纳伦斯，不老药的解药，制作成功。"

不知道是不是错觉，荣贵总觉得就在小梅说完这句话之后，地板上哈娜爸爸的嘴角似乎微微上扬了一点。

就像一抹微笑。

终于意识到小梅说的话代表什么意思，哈娜愣怔了许久之后——

工作室内响起了小女孩悲伤的哭泣声。

"好了，我哭够了，小梅、阿贵、卓拉太太，接下来我们要怎么做？"用手背擦干眼泪，

完全没有注意到自己的鼻子下还挂着鼻涕，哈娜红着眼睛问。

这是个坚强的孩子，再次目睹父亲去世的哀伤还没有过去，她已经在思考接下来要如何做了。

"解药够吗？如果不够，我……"挽起袖子，哈娜露出了一段瘦巴巴的小胳膊。

小梅看了看小姑娘坚定的眼神，半晌后摇摇头："够了，那原本就是一种繁殖迅速的细胞，使用特殊药剂加速之后，我们已经有了足够的胚原体。"

"接下来就是大量制作。"

"融合过程需要极端细致的操作，我一个人无法完成。"小梅说出了目前的难点。

他的视线从哈娜脸上移开，落在卓拉太太脸上，定格在荣贵乌黑的眼睛上，最后落在了门外。

门板上传来的拍击声越来越响，也越来越密集，这说明爬上来围在门口的不死之人越来越多。

所有人都沉默了。

除了已经死去的哈纳伦斯先生，居然一个能帮小梅的人都没有，明明已经研究出解药，却无法大量制作……

荣贵忽然说话了："小梅一个人没法制作全城人的解药……可以让全城的人一起做呀！"

"这里不是西西罗城吗，基本上都是药剂师吧？"

所有人都看向荣贵。

荣贵颤巍巍地扶着小梅的胳膊，一副紧张到不行的样子，完全看不出是刚刚出了这样一个主意的人。

回过头看向荣贵，小梅静静看了他一眼，半晌开口道："这个办法，可行。"

"可是，在这个方法可行之前，还有两个问题需要解决。"

"第一，如何将胚原体送到其他药剂师手中。"

"第二，如何将配方发布给全城人。"

"这个……"荣贵一下子傻眼了，焦急中，听到玻璃上忽然发出一声重重的拍打声，顺着声音一看，猛然看到一张熟悉的脸，他吓了一跳！

是霍森·林德！那个家伙是怎么爬到三楼窗户边的！

这些"丧尸"太有毅力，太能找了吧！只要有人，就没有他们到不了的地方……

等等——

于是，众人眼睁睁看着荣贵的表情先是紧张，然后变成惊恐，一片空白之后，竟然变成了"沉思者"。

作为一个机器人，他的表情未免太多变了。

如果表情对应心理活动，他的心理活动也太丰富了！

小梅盯着荣贵，就在他思考荣贵是不是吓傻了——"俗称"程序又出问题的时候，荣贵忽然指了指外面的"丧尸"，面容严肃道："我们可以让这些家伙们送胚原体啊！

安息日

"这些家伙可真能爬,只要有活人的地方,似乎就没有他们到不了的地方,连三楼窗户都能爬上来,那么……城里只要有活人的地儿,他们就能去吧?

"既然是这样,我们是不是能把胚原体放在'丧尸'身上,然后提示大家勇敢一点,从'丧尸'身上拿到制作解药必需的胚原体,这样一来,这个问题不就解决啦?"

荣贵说完,有点紧张地看向大家,他原本就是灵光一闪而已,说到最后自己也有点不自信,毕竟这些"丧尸"这么可怕,让他们送东西……怎么想都有点不靠谱啊……

荣贵抓了抓头。

然而——

"这个方法,也可行。"小梅再次开口。

噢耶!荣贵偷偷握了握小拳头!

"那就剩下最后一个问题。

"如何将配方传出去。"

小梅的话音刚落,卓拉夫人忽然从屋子角落搬出来一个大箱子,从里面拿出了一个……

大喇叭!

"之前网购对讲机,卖家寄过来的却是这个喇叭。

"卖家说这个喇叭的扩音效果非常好,可以替代对讲机,可是——"

卓拉太太打开喇叭的开关,然后轻轻咳嗽了一声。

原本的轻咳便像九重天雷一般滚滚响在荣贵耳边。

天哪!这是什么喇叭啊!声音这么大,估计全城人都能听到吧?

荣贵习惯性地捂耳朵,内心疯狂地大喊。

等等——

全城的人都听得到?

卓拉太太将开关关上了,淡然道:"就是这样,对着这个喇叭说话,全城的人都能听到,根本没法当对讲机用,我就把它扔这里了。"

荣贵目瞪口呆地看着卓拉太太,半晌放下小手,感慨道:"这也太厉害了!话说这个房间才厉害,怎么什么都有!"

"这个房间闲着也是闲着,我就把它用来当网购物品的储存室了。"卓拉太太微微扬起下巴。

荣贵目瞪口呆。

天哪!卓拉太太原来就是传说中的网购狂魔啊!

以及——

那个卖家整天这样乱寄东西,店真的不会被投诉到倒闭吗?

"槽点"太多,荣贵已经不知道如何"吐槽"了。

多亏了卓拉太太的隐藏属性,最后一个问题完美解决。

接下来就是确定让谁去宣布配方。

"我要打包胚原体。"小梅说。

"我去往外面的不死之人身上放胚原体,我、我现在的身体是机器的,不怕咬!而且我能伪装成'丧尸'!"这是荣贵。

别的不说,论起伪装"丧尸"的技巧,荣贵还真是第一名!

别人遇见"丧尸"的反应不会和他一样因为太害怕索性装成对方的一分子,荣贵的"脑回路"有点清奇。

"我提供喇叭。"这句话是卓拉太太说的,老人家斩钉截铁。

于是——

唯一没有认领活计的就只剩下哈娜。

"哈娜,加油!"荣贵给她鼓劲。

"说完配方之后加一句,告诉他们,如果他们的药草不够就来我这里取,免费。"卓拉太太算是大方到底。

小梅已经去打包胚原体了,顺便将配方递给哈娜。

于是,所有人各司其职,哈娜一只手拿着喇叭,一只手拿着配方,僵硬地站在屋子正中央。

她的视线从房间里的每个人脸上滑过,最后落在静静躺在地毯上的爸爸脸上。

原本紧张不知所措的心忽然安定下来,小姑娘抿抿嘴唇,毅然按下了喇叭开关。

下一秒——

以卓拉夫人居住的暗巷为圆心,哈娜的声音回荡在了整个城市的上空!

"大、大家好!我是哈娜,发明不老药的药剂师哥布尼·哈纳伦斯的女儿,爸爸吃下不老药的解药之后已经真正去世了,他用自己的身体亲自证明了不老药的解药制作成功。

"研究解药的不只我爸爸一个人,还有小梅先生,爸爸已经去世,小梅先生无法一个人制作足够的解药,所以,现在需要大家帮忙。

"接下来,我们会将配方念出来。也会将制作解药必需的胚原体绑在外面游荡的不死之人身上,这些之不死之人会本能地找普通人,将胚原体带到城里每一个药剂师面前。

"那是一枚红色的小胶囊,也可能是绿色的,我们这里的器皿不太够,只能装一枚是一枚,请拿到足够胚原体的药剂师尽可能地将多余的分给其他药剂师。

"此外,如果大家库存的药草不够,可以想办法来卓拉夫人的药草园,她愿意无偿将满园的药草全部捐献!

"接下来,我就要念不老药的解药配方——"

从一开始的结结巴巴,到最后异常流畅,哈娜认真念着配方上的每一个字。

小女孩由于哭泣而有些沙哑的声音回荡在整个城市的上空,她念得太认真,脑中除了爸爸的脸以外什么都没有。

荣贵和小梅快被她的声音震翻,小梅关闭了声音接收器,把荣贵的也关闭了。

卓拉太太则是一脸淡定地又从房间里翻出个包裹,找了一对造型夸张的耳塞。

旋涡中心的四个人镇定地各司其职,认真做着自己应该做的事,全然不知外面的世界

安息日

已经被他们折腾出来的动静闹翻天了！

"天哪！解药居然已经发明出来了？！"这是一个埋首于解药研究的"宅男"药剂师。

"哈纳伦斯？这不是发明这种该死的药的药剂师吗？"这是一个正与闯入自己家中的"丧尸"斗争的西西罗人。

"配方是什么？配方呢！快点念啊！我会做！我什么药都能做啊！"这是一个一把胡子的老头。

然而，不管他们一开始是怎么想的，当哈娜宣布即将诵读配方，所有人都停下了正在做的事，找出一张纸，认真地抄录。

荣贵已经和小梅将胚原体打包好。

用的是这里药剂师最常用的小胶囊，黏性很好，可以黏在"丧尸"的衣服上，不容易破裂，物美价廉。

小心翼翼模仿着周围"丧尸"的动作，荣贵蒙混走出了被"丧尸"包围的房子。

看着面无表情，完全没有伪装痕迹，却同样毫发无伤从一群"丧尸"里走出来的小梅，荣贵忍不住"吐槽"："都是机器人的身体，为什么他们见到我那么激动，见到你就没太大反应啊？"

小梅瞥他一眼："因为你太吵了。"

两个小机器人对视一眼。

"干活吧？"这句话是荣贵说的。

"嗯。"小梅点了点头。

然后，两个小机器人行动起来，找到正被一群"丧尸"踩过去仍威武不屈的大黄，发动大黄。

装着两人身体的冷冻舱仍然在暗格内，大黄的外壳被踩得坑坑洼洼，然而他的重心很稳，始终没有翻车，所以藏在底盘暗格的两人的身体好好的，一点事也没有。

"大黄好样的！"

伴随着荣贵的夸奖，大黄飞快地驶出了暗巷。

他们故意找接近城门城墙的位置，那里，还有源源不绝的不死之人正从城外翻进来，混迹在这些新入城的中间，荣贵小心翼翼地将一枚枚小胶囊黏在他们脸上。

放脸上比较容易被看到——荣贵非常贴心。

而小梅比较有效率，他直接把胶囊撒地上。

"胶囊有很好的黏性，可以黏在鞋底，他们的身体可能受损，可是一般人不会袭击脚底，所以更加安全，此外，胶囊非常有弹性，不会被踩裂。"小梅解释。

然后，荣贵看到一个个新入城的"丧尸"踩过地上的胶囊，每个"丧尸"的脚底黏着几枚，就这样进了城。

甭管位置好不好，管用就行。

就这样，大批携带胚原体胶囊的"丧尸"进城了。

然后，反响非凡——

"天哪！哪个家伙想出来的，居然把胶囊藏在不死之人的脚底啊！天知道为了找胶囊，我把不死之人的全身摸遍啦！最后才发现在脚底——"这是一个可怜的，为了找胶囊摸得满手都是泥巴和虫子的药剂师。

"得了吧，放脚底多好！把不死之人放倒就能拿到，我这边的可是黏在脸蛋上！还是嘴唇边！从一个不死之人嘴边拿东西，我差点被咬啊！"这是一个为了制作解药，豁出命去抚摸一个不死之人嘴角的悲催药剂师。

城市里都是药剂师发出的喧嚣声，并非由于绝望，几乎每一家都有人拿到了胚原体，实在拿不到的就去附近拿到胚原体的药剂师家中帮忙，外面的"丧尸"层层逼近，然而西西罗城忽然安静下来。

制作药剂的时候，没有一名药剂师会说话。

这是他们最安静的时刻。

于是，当所有药剂师都在制药，整个西西罗城除了不死之人发出的声响，居然变得无比沉寂。

此时城市安全管理员的车队开往城市角落里卓拉太太的家。

从喇叭中得知发明解药的药剂师就在那里，队长立刻命令所有队员都过来帮忙。

"原来小梅居然是一名制药大师！"奇鲁赞叹地一边开车一边看向小梅，"居然是你和哈纳伦斯先生一起将解药制作出来的，幸好……幸好你没走，又回来了。"

安全管理员的车队急匆匆向卓拉夫人家中赶去的时候，有人发现一群"丧尸"中的两个小机器人。

一开始还以为两个小机器人也是"丧尸"，稍后观察又以为两个人是被"丧尸"围住的普通人，直到把他们强行从一群"丧尸"中"解救"出来，他们才知道：原来这两个机器人是正在往不死之人身上黏胶囊的，甚至，其中一个小机器人还是喇叭广播中的，造出解药的小梅先生！

在西西罗城，什么人最受尊重？

不是一掷千金购买药物的医生，而是制药大师啊！

虽然之前籍籍无名，甚至是外地人，但是——

毫无疑问，在西西罗城的所有药剂师心里，他已经是一位制药大师了。

恭敬地把两个小机器人请到车上，发现奇鲁和两人相熟，还特意把齐鲁派给他们当司机。

虽然有大黄在，两个小机器人其实也不需要什么司机啦！

有一整个车队开路，他们回去就顺利了许多。此外还有很多人帮他们散发胚原体，很多人帮他们运送草药解药制作竟无比顺利起来！

有了解药就有了希望，人们在怀抱希望的情况下往往可以创造奇迹。

紧张的制药过程中，外界的"丧尸"仍然可怕，然而全部心力都投到解药制作上的药剂师们竟然不再害怕。

第六章
安息日

这一天，解药制作的失败率格外低。

紧张的六个小时后，陆陆续续地，药剂师们在自家药店的窗户外挂起了一块红布。

这是安全管理员要求的，只要制作完毕，就挂一块红布出去，毕竟敢从"丧尸"脸上拿胚原体是很多药剂师的极限，让他们往"丧尸"嘴里塞药实在……

好多药剂师家里没有红布，就挂出了红裤衩。

挂红裤衩出来的药剂师竟然还不少！

一时间，满城皆挂红裤衩。

一条红裤衩就代表一份解药，裤衩越多说明解药越多，然而安全管理队长怎么也高兴不起来。

怎么让这些"丧尸"吃下解药，这是个难题。

毕竟不是所有"丧尸"都像药剂师哈纳伦斯那样自愿地喝下解药。

小梅忽然对他说："把所有解药都收集起来，城市灌溉系统有雾化模式吧？把解药灌进去，切换成雾化模式。"

他就完就继续去干自己的事了。

队长大喜过望！

让"丧尸"主动喝下药剂很难，把药剂变成雾气的话就简单了，极细微的雾化颗粒会进入不死之人的嘴里，挂满他们的鼻腔，钻入毛孔……

搞不好这是更好的服药方式！

精神大振，队长立刻下令让手下挨家挨户去收集解药，立刻送到城市中心，城市灌溉系统控制中心。

"接下来整个西西罗城会使用雾化模式投放解药，看到大雾请不要担心，请大家在家中安静等待……"投放解药之前，队长还做了一番讲话。

他用的还是卓拉太太买的大喇叭，没有时间去广播台，再没有什么工具比这个大功率喇叭更好用啦！

说完，他便下令投放解药。

一支又一支解药被投放入雾化舱，一缕又一缕白雾喷出，随着投放的解药越来越多，雾气也越来越浓。

直到白色的水雾笼罩了整个西西罗城，无声地占据了城市的每一个角落，人们的视野顿时变成白茫茫一片，就再也看不到外面的不死之人了。

也不能说完全看不到，不过是一个个黑影而已。朦朦胧胧地看过去，就好像拍门的是个普通人。

随着白雾越来越浓，敲击声渐渐放缓，一声又一声，仿佛敲在门内人的心上。

最后那声音停了。

没有一个人说话，整个城市变得格外安静。

被浓雾笼罩的寂静城市，似乎变成了一座死城。

卓拉太太的房间同样安静。

荣贵、小梅、哈娜都在卓拉太太的房间，在安全管理员的帮助下，他们终于从被"丧尸"包围的房子里出来。

他们待在一楼客厅，紧闭门窗。霍森·林德不知道为什么还是跟过来了，不过小梅修好的门窗非常结实，他只能站在窗前，无论如何也进不来。

浓雾即将涌进来，小梅将一个防毒面具递到哈娜面前，小姑娘还没有反应过来是怎么回事，荣贵已经笨手笨脚地帮她把面具扣在脸上了。

"我记得卓拉太太好像没吃过不老之药，那她需不需要也戴个面具啊？"确认面具已经固定在哈娜脸上，荣贵问小梅。

"不需要，解药的针对性非常强，只针对服用过不老之药的人。"小梅平静道。

而那些人也没有不老不死的必要。

不老不死并非完美的最终存在——这一刻，本名艾什希维·梅瑟塔尔的小梅忽然这样想道。

然而只是想想，并没有说出口。

他再次想起了自己不会老去也不会死亡的日子。

他再次陷入了思维的迷宫。

小梅在思考，表现出来更像是在发呆。

双手搭在膝盖上，小腿悬空，娇小的小梅面容严肃地坐在沙发上，他是背朝着窗户大门坐着的，从荣贵的角度看过去，小梅的背后是一片白茫茫的浓雾。

和紧张得不停朝窗户张望的其他人不同，小梅完全没有回头的意思。

对于事情的结果，他毫不意外。

他知道未来会发生什么。

每当看着这样的小梅，荣贵的心情就会平静下来。

不过小梅孤零零地坐在一张可以坐下七八个小梅的大沙发上，看起来……

卓拉太太家的沙发实在太大了呢！

拍拍哈娜的肩膀，荣贵径直跑到小梅正坐着的沙发边，轻盈跳坐到沙发上，由于沙发实在很软又有弹性，荣贵一个被惯性推到小梅身边。荣贵也不挪地方，嘿嘿笑着，和小梅肩膀挤肩膀、大腿挤大腿一起坐在大沙发上。

沙发仍然很大，可是由于有了两个紧紧挨着坐的小机器人，看起来就一点也不寂寞了。

视线从荣贵和小梅身上滑过，哈娜再次越过两个小机器人的头顶向他们背后的窗户外望去。

外面是一片纯白。

霍森·林德就在那一窗纯白后面。

她知道，因为对方将一只手紧紧贴在玻璃上，想要紧紧抓住什么东西似的，坚定地站在那里。

由于戴上了全封闭的防毒面具，自带氧气瓶的那种，哈娜其实听不见外面的声音。

第六章
安息日

她只能听到自己吸气吐气的声音。

一声接一声，不算绵长，就像隔着听诊器听到的那种。

她愣怔地看着外面，直到肩膀上落下来一双温暖的手掌，她抬头，是卓拉太太。

盯着老妇人坚毅的下巴，哈娜心中的最后一点茫然被驱散，再次看向窗外的时候，她的目光已经和屋子里的其他人一样坚定。

她就这么看着，直到霍森·林德贴在窗户上的手掌忽然消失。

就像一尊小小的雕像，女孩站在那里，脊背挺拔，仔细看，她的姿态居然和身后的老妇人有些相似。

直到浓雾全部散去，整个城市的照明系统再次完全打开。

那个瞬间，浓浓的白雾边缘仿佛缀上了一层金边，竟如拨云见日。

解药投放完毕！

人们再次小心翼翼推开门窗看向外面，地上倒着密密麻麻的尸体。

这一回，他们是真的死去了。

城里的人先是爆发出一阵阵欢呼声，然后，他们开始清理那些曾经是不死之人的尸体，又都沉默了。

这一天最终被命名为"安息日"。

不死之人的尸体被稳妥地安置在城外的墓地，西西罗人最终选择与墓地并存的生活。

密密麻麻的墓碑时刻提醒着他们这里曾经发生过什么，在之后的日子里，制药时，他们更加谨慎。

霍森·林德是荣贵、小梅和哈娜一起安葬的。

荣贵和小梅负责抬尸，好吧，这个活儿他俩已经是熟练工了，哈娜负责挖坑。

哈娜却拒绝了他们的帮助，坚持自己一个人，用一把儿乎和她一样高的大铲子，挖了一个深深的坑，然后将霍森·林德放了进去。

竖好墓碑之后，他的家人过来为他维护墓地。

除了安葬霍森·林德，哈娜还把爸爸也重新安葬了，就安葬在妈妈旁边。

哈娜发现妈妈的墓地没有动过的痕迹，她并没有服用解药，然而没有再动起来的意思。

大个子也是。

荣贵在大个子的坟墓上又插了一朵今天早上绽放的紫色花朵。

不老药到底为什么被发明出来成为差点让整个城市毁灭的禁药，由于两个当事人都已经死亡，所以真相大概永远无法知晓。

荣贵坚信真相就是小梅推测的那样。

然而这种事情不好让其他人知道，人都死了还说别人坏话这种事荣贵也做不出来，于是他就在安全管理队队长过来例行询问的时候，把哈娜爸爸死后仍然每天回来研究解药

这件事说了出来。

荣贵可会讲故事啦!

他把队长都讲哭啦!

接下来的事就不用荣贵操心了!

他们再去城外给哈娜爸爸扫墓的时候,哈娜已经做好看到爸爸的坟墓被砸得一片狼藉的准备,然而出人意料地,那里居然被种上了许多鲜花!

由于西西罗城除了药草基本没有其他植物,所以都是会开花的药草,那也是花呀!

药剂师哈纳伦斯的墓地长满了开花植物。记忆里记载的城市灭亡日终于过去,荣贵敏感地捕捉到小梅终于松了一口气,又开始忙碌。

强力营养液已经制作完毕,他把荣贵的身体泡进去。

并非单纯浸泡,还要一直观察躯体各项指数的变化,必要的时候额外注入需要的营养成分。

小梅很忙。

荣贵也很忙,制药的过程中,卓拉太太药草园里的药草被挖走了一大半!别以为这样就完了,之前从这里拿走药草的药剂师居然陆陆续续过来还药草。

当然,他们就是因为缺乏那种药草才从卓拉太太这里拿的,自然无法还来同样的药草,他们有自家特产的药草。

几乎每个药剂师都会在自家院子里开辟一个小药草园,专门种植自己常用的药草。

荣贵和哈娜这几天忙着把这些药草分门别类地种在被挖空的土地上。

先忙卓拉太太这里,之后还得去哈娜家把铺子重新收拾起来,地板要修,门窗也要换,整个城里几乎所有人家都在忙这件事,维修工人可难请啦!不过他们家不需要。

他们家有小梅!

正在认真观测荣贵身体各项指数的小梅完全不知道,自己又被荣贵惦记上了。

不过惦记小梅的不只荣贵一个人,整个城市的人都惦记上了!

药剂师协会会长已经死了,新会长一时半会儿选不出来,可是所有人都着急将不老药的解药录入药典。

铁打的药典,流水的药剂师协会会长嘛!

对于西西罗城的人来说,其根本就是图书馆的那本药典,城市的重建工作还没有结束,就有人提议马上将新配方录入药典。

在"丧尸"围城时果断将配方公布,这种人人知晓并被验证的配方,正是药典配方的一个特性呀!

一天,药剂师协会剩下的几位老药剂师颤巍巍地过来敲门,他们是来和小梅商量药典上要怎么写的。

药品发明者是哈纳伦斯先生和小梅,作为西西罗城历史上唯一两次登录药典的药剂师,哈纳伦斯这个名字成为了一块里程碑,从此高高地竖立在所有药剂师身前,宛若一座高山,供后人仰望、企图超越。

谈到药物制作理由……

小梅停下笔，写不出来了。

他制作药物的唯一理由就是不想让城市毁灭，他不想和城市一起消亡。

说穿了，这就是他参与解药制作的理由。

可是这个理由说不出来啊！

为什么这么肯定城市会毁灭？理由没法说啊！

于是小梅就把这项工作交给哈娜。

作为关键人物，也是唯一在世的当事人，哈娜虽然小，却是除了小梅以外最有资格书写这部分的人。

哈娜想了想，把自己曾经生病的事情写了上去。

"爸爸是为了给我治病才发明不老药的，我不知道配方是如何通过审核录入药典的。"

趴在桌子上，哈娜认真地写着。

哈娜决定不隐瞒自己的病情，那么制作解药的胚原体提取自哈娜这件事也无法隐瞒。荣贵一开始还担心来着，不过小梅的话让他安心："公布其实是可行的，如果不公布，仍然有人会有侥幸心理，继续服用不老药。

"因为有解药，所以他们并不担心。

"直到他们知道解药的必需材料来自人体，而且是唯一的人体。

"哈娜死后这个世界上很可能再也无法制造不老药的解药。

"意识到这件事后，大部分人应该不会再冒险。"

"可是这样一来……哈娜会不会很不安全呀？"荣贵还是有点疑虑。

"并不会，如果没有不老药，哈娜就是安全的。以后人们应该不会再制作不老药。"小梅的声音平稳，让人听了就觉得可靠、安心。

哈娜写完，荣贵又拉着小梅给小姑娘检查了一下错别字和语法错误。当然，主要是小梅检查，确认无误之后，小梅将哈娜写的转录到药剂师协会给他的专用纸上。

药典会完全按照他们写在这张纸上的文字录入，专用纸只有一张，无法修改。

小梅写上了药剂师哈纳伦斯的名字，之后，签上了自己的名字。

"呀！小梅你签错了呀！"认为这是一件非常荣幸的事，荣贵对这件事可在意了！小梅写完他立刻将纸拿了起来，达像模像样地吹了两下，就在这个时候，他检查出了小梅的书写错误。

小梅也能有书写错误？！

这简直太不可思议了！

哈娜立刻伸着小脑袋朝荣贵手中的纸看过来，卓拉太太虽然看不见，不过也歪了歪头，可见小梅从不犯错有多么深入人心呀！

"写错啦！小梅你把名字签成小梅·荣贵了！"哈娜立刻将自己的观察结果大声报了出来！

"哎？是之前往石头上写纪念的话写顺手了吗？"毕竟是和小梅一路从"乡下"走出来的，荣贵一下子就想到问题产生的原因。

他们不是一路走一路刻墓碑嘛！事实上，每次都是小梅负责刻的，落款几乎都是"小梅·荣贵"，其实就是小梅和荣贵的意思，这样一来……

"糟糕呀！小梅，这样人家就会以为你姓荣贵哩！"荣贵忧心忡忡。

小梅斜眼看他。

看到小梅脸上没有一点在意的样子，荣贵更加着急了："这样一来，以后人家会称呼你荣贵先生呀！"

转过身去，小梅用屁股对着他，继续忙活自己的事。

眼瞅荣贵想要和药剂师协会打电话，试图找对方再磨来一张纸，小梅的声音才从前方幽幽传来。

"反正这个城市里你也要找块石头刻名字不是吗？药典是石头做的，我摸过了。"

荣贵震惊。

反正你也要在这个城市找块石头记录自己曾经来过，不如趁这个机会一起，反正药典就是石头做的。

对于小梅的想法，荣贵"秒懂"。

这样想想……似乎也不错哟！

而且药典那么安全，再也不用担心风吹日晒把他们俩的名字弄花！心里迅速翻转几个念头，脸上的焦急慢慢消失不见，荣贵一脸淡定地继续去药园干活。

哈娜只能目瞪口呆地看着他和小梅的背影，然后更茫然。

"呵呵，不用担心，这是他们俩特有的相处方式，只有他们两个人懂。"卓拉太太坐在摇椅上织毯子，轻声对小姑娘说道。

"你长大后就明白了。"老人的声音明明是清冷的，此刻听起来却异常柔和。

小姑娘偷偷瞅了旁边慢条斯理干活，似乎什么也没听见的小梅一眼，又看看外面蹲在地上吭哧吭哧挖坑埋草药的荣贵，嘴巴微微一弯，笑了。

就这样，荣贵和小梅的名字以光明正大，绝对不会被人挪作他用的方式，留在了西西罗城。

药典刻成的那天，荣贵高高兴兴拎着小梅又去了一次图书馆，虽然配方并不是他发明的，可小梅是发明配方的主力呀！他这叫与有荣焉！

那天他们穿的是卓拉太太专门为他们缝的本地特色服装，一黑一白，挺正式的小礼服款，朴实、大气又时髦。

对于一个眼睛几乎看不见的老人来说，能做成这样简直可以称为奇迹！

不过卓拉太太仍然不满意。

"我是眼睛看不见了，否则还能在上面绣满花，我真正拿手的其实不是做衣服而是绣花。"

第六章
安息日

荣贵赶紧安慰老人，说款式很时尚。

小梅沉默了。

幸好没有绣花。

庆幸——不知不觉，他又多了一种情绪。

两个小机器人穿得十分正式地带同样穿着正式的哈娜去图书馆参观药典。

西西罗城其实不算很讲究的城市，也没个典礼，这样一来，这份荣耀就黯淡了不少，然而排队去图书馆参观药典的人超级多，平常空无一人的图书馆居然要排队进入。

荣贵、小梅和哈娜也不例外，他们也得排队！

不过药剂师协会为小梅颁发了一枚高级药剂师勋章，是用绿宝石做的，像一株小草，枝头还有小粒小粒的红色宝石，看起来漂亮极了！

相关记录也录入他的通行证，从此小梅就是权威认证的高级药剂师啦！

小梅一开始是直接将勋章扔在大黄上的，不过荣贵坚持认为这是荣誉象征，又这么好看，不妨戴着。

总之在荣贵不依不饶的"建议声"中，小梅今天是戴着这枚勋章过来的。

别说，戴对了！

前面的药剂师看到小梅的勋章之后，居然给他们让位。

——不是一两个人，而是排在他们前面的至少二百人！

多亏了小梅的勋章，他们很快看到了药典。

三人都很矮，原来三个人几乎一样高，而哈娜这段时间伙食不错，长高了两厘米，这样一来，小姑娘就成了三人里最高的。

荣贵有点伤心又有点骄傲，把小梅推到两人中间，他拉着小梅的左手，哈娜便拉住了小梅的右手。

"小梅，快看呀！"荣贵催促小梅。

小梅把书翻开（为了方便后面的人，前面每一个膜拜完配方的人都会把药典合上）；然后荣贵看到小梅发明的药的名字。

那一刻，荣贵的表情很难形容。

安眠药——这是小梅最终给药品取的名字。

小梅你是"取名废"啊！

以及——

我果然成了罪人！

荣贵几乎想要掩面——

原因无他：药物的名字小梅一开始没有写，他的本意是不给药物命名。后来药剂师协会打电话过来问，他才临时想名字。对起名完全没有兴趣，小梅就问旁边正在插花的荣贵，这种药取个什么名字比较好。

荣贵对药认识有限，当时心情又很轻松愉快，于是随口说了"安眠药"，他以为小梅只是随口问着玩，岂料……

他错了!

小梅什么时候闹着玩?

这么重要的药最终得了个这样的名字,让真的想买安眠药睡个好觉的人怎么办?

荣贵越想越觉得焦头烂额,就在这个时候——

掌声自他们身后传来。

荣贵转过头看了看,愣住了。

所有排在他们身后的人,从最近的距离他们只有一步之遥的人,到最远的排在图书馆门口他们能看到的人,全都在鼓掌。

不仅鼓掌,他们目光的终点是他们三人,他们眼中或是敬意或是感激。

在这些人中,荣贵还看到了几个熟人:奇鲁、冬春还有雅尼,这三个小伙伴排在一起呢。

原来……

这些人早就知道小梅是解药的主要研制人,这才给他们让位置的吗,而不是因为勋章?

由于大家的反应实在太理所当然了,荣贵直到这个时候才想到这个缘由。

没有人说话,可是荣贵能够感受到他们心中的善意与感激。

感激主要是投注在小梅身上的,而善意则是给……哈娜的?

荣贵细细感受了一下。

然后,他嘴角微微勾起一抹微笑,举起了右手。

别忘了他的右手牵的是小梅的左手呢!

他这么一举其实是把小梅的左手举起来了,于是,小梅"被迫"面无表情地朝鼓掌的人挥手致意。

掌声更热烈啦!

他们在掌声中将药典上的每一个字看完,然后让位置给下一个人,一路上,掌声在他们的周围持续,直到他们离开图书馆回到大黄上。

荣贵觉得自己的机械身躯至今仍然回荡着过于激烈的掌声记录在身体里的轻微震颤。

坐在副驾驶席上,荣贵好久没说话,就在小梅偏过头来看他的时候,他才吐了一口气,然后开口说话:"我终于放心了。"

哈娜没有听懂,然而小梅立刻懂了。

昨天晚上,两个小机器人头并头睡在没有哈娜的大床上时,荣贵把小梅戳醒,一开口就是他的担忧。

他还是担心哈娜将自己的病情公布出去,日后会被人利用,万一有人就是想要维持青春貌美呢?想要维持青春却又不想死后变成不死之人,他们会不会把哈娜抓起来,放她的血?保存她的细胞还是简单的,他们会不会更出格地克隆哈娜啊?!

别小看荣贵,科幻小说他读得少,可是电影他还是看过几部的!

何况他还演过坏蛋呢！就是那种绑架人家小女孩企图贩卖器官的坏蛋！

他当时演得可逼真了。

不过事后，当他和剧中被他诱拐的小女孩混熟之后，小姑娘是这么评价他的："我觉得你比我更容易被诱拐。"

等等等等——

他又跑题了！

好容易把话题强行带回来，荣贵把自己的忧虑朝小梅密密麻麻地发泄出来。

头顶满是荣贵忧虑的小梅仍然是一张淡定脸，在荣贵将话全部说完之后，他才道："我将哈娜体内变异基因的详细信息公布在配方内了，这种变异基因非常复杂，提取出来，超过两天就会形成新的变异。"

荣贵仍然一头问号。

小梅就解释得更加简单一点："即这种细胞无法脱离哈娜体内的环境而存在。"

离了哈娜基本上就活不了——这次荣贵懂了，不过他又担心起另外的情况："那别人克隆哈娜呢？"

"这就更不成问题了，克隆是违法的，不要说克隆完整的人体，就算是克隆器官也是不允许的，属于一级重罪，没有人敢越界。"小梅一句话，荣贵的心又安定一点。

不过他的心还是没有完全放下，小梅知道，直到刚刚那一刻。

"我看到他们看着哈娜的眼神非常友善，那一刻，我才真正松了口气。"荣贵解释。

"奇怪，小梅明明和我说了没什么的，可是我就是……哎呀！"荣贵敲了敲自己的头。

小梅便将头正过来，命令大黄返程。

这并不意外，因为人心才是最大的变数——没有说话，小梅在心里接了一句话。

"放心吧，阿贵，我不会有事的。"因为小梅没有说话，所以哈娜抱住荣贵坐着的椅子，小脑袋凑到荣贵的脑袋边，小声安慰他。

"我已经很坚强了，会洗衣服，会做饭，还会制作杀虫剂，而且力气也大，还会用水枪……他们打坏主意的话，不一定打得过我呀！"小姑娘摆了一个强壮的姿势，然后又严肃道，"何况我爸爸生前给我买了保险，如果有人伤害我，保险公司会赔到倾家荡产的。所以保险公司也会派人保护我，你看爸爸妈妈离开后我一个人也过得很安全。"

荣贵："……"

好吧，这个理由比之前那个靠谱，他忘了这丫头是"土豪"。

哈娜看着荣贵，又想撒娇，凑了过去，用毛茸茸的小脑袋在荣贵脸蛋上蹭了蹭。

机器人冰冷的肌肤其实没有什么好蹭的，可是哈娜坚定地认为荣贵很好蹭！

隔着驾驶席，哈娜从后面搂住了荣贵的脖子，蹭了好半天之后，就在他们再次经过霍森·林德居住的巷子时，她忽然小声道："其实，我昨天晚上做了一个梦。"

小丫头说着，将头埋在荣贵的脖子里，荣贵就知道，这是小丫头害怕了。

于是他摸摸小家伙的头，声音更加柔和低沉，配合哈娜的声音，一副说悄悄话的样

子:"怎么啦?是好梦还是噩梦?看你的样子,是噩梦?"

毛茸茸的小脑袋轻轻点了点。

"我梦到霍森·林德伯伯了。

"梦里没有阿贵,没有小梅,我也不认识卓拉太太。

"没有任何人在我身边,妈妈每天回来做饭,爸爸每天回来搞研究,我爱他们,可是看到那样子的他们,我心里却仍然害怕极了。"

小姑娘的声音带着一丝抖动。

"梦里,我还知道大个子,他袭击了药店的人带走了心脏病药,然而卓拉太太那个时候已经不在了……

"我是不认识卓拉太太的,然而那一次闹得太大了,我也知道了卓拉太太的名字。

"再然后,不死之人变得和以前不一样,非常可怕,袭击人,被袭击的人会变得和他们一样,然后城市被封锁。

"我听到了他们的议论,他们说爸爸是犯罪被处死的,妈妈是为了保护爸爸被砸伤致死,根本不是车祸……"

哈娜害怕得抱紧了荣贵的脖子,也就是荣贵现在是机器人,否则小姑娘的力气非常大,荣贵的脖子不一定耐得住。

荣贵用冰冷的金属手掌用力盖住哈娜的手背,无声地安慰她。

哈娜继续说:"他们不敢当面对我说,就悄悄说,所有人看我的眼神都可怕极了,比不死之人还可怕。不死之人围过来的时候,没有人想起我,我就一个人躲在家里,再后来,我就看到霍森伯伯。

"他还是变成了不死之人,他过来……"

哈娜的肩膀抖动起来。

"他过来吃了我!"

那一定是非常可怕的梦境,仿佛现在还能感受到血肉被啃食的痛苦,哈娜的身子剧烈地颤抖起来。

"然后呢?你醒了吗?"胆小的荣贵其实害怕了,然而他的声音仍然柔和,鼓励哈娜说下去。

不好的事情说出来就不怕了,否则就会留在心里,深深地,变成一道无法抹去的印记。

这是院长说过的话。

哈娜摇了摇头:"没有醒。"

"我被他吃了好多肉,吃着吃着……我也变成不死之人,然后把他吃掉了。

"我把整个城市的人都吃掉了,把爸爸妈妈也吃掉了。

"整个城市最后剩下我一个人。"

漆黑的没有人管理的城市不再有灯光,不再有雨水,只有一只黑色凯特偶尔出现在街道,再然后,那只黑色凯特也不见了。

第六章
安息日

这是哈娜最后的梦境。

"梦里我一直在叫阿贵你呀!还叫了小梅、卓拉太太,然而——

"你们都不在。"

小姑娘的声音带着浓浓的委屈。

"哎呀,真是对不起呢,因为昨天晚上我和小梅在聊天,没有睡着啊!你自然没有办法在梦里找到我们啦!"

荣贵轻言轻语地安慰着小姑娘,在他旁边,小梅的目光幽蓝,顶级蓝宝石制作的眼睛从某个角度看过去,仿佛一道竖瞳。

"真的?真的吗?"哈娜小声道,荣贵的安慰她全都接收到了,今天又亲眼见了这么多人,和荣贵一样,她也感受到了来自他人的善意,噩梦的阴影慢慢散开了,然而仍然留有阴霾。

特别是她查到爸爸妈妈的真正死因可能真的与梦境一致之后……

她原本应该像梦里那样愤怒伤心,然而在和荣贵、小梅还有卓拉太太经历这么多事之后,她忽然没有那样愤怒。

伤心会有,但并不愤怒。

就像爸爸一样,爸爸死后仍然执着于研究不老药的解药,一方面是为了她,而另一方面……

还是为了弥补自己的过错吧?

而妈妈之前会回来,除了担心她以外,另一个原因则是她内心有母亲的义务与责任?

在荣贵的带领下,她看到了一件事的两面。

作为女儿,她应该为父母伤心,不过,同样因为是女儿,因为是整个事件的真正起源,她也要勇敢面对这件事。

将最后一个字对荣贵说出来,哈娜觉得自己内心最后一丝阴暗已经消失。

内心阴暗不堪的想法一旦说出来,就被晾晒到阳光下了,然后不再是阴暗的——这是阿贵说的。

将小脑袋又在阿贵脖子里蹭了蹭,坐回自己的座位上,哈娜干净利落地完成了一整套撒娇动作。

然后,她兴致勃勃地指着路边的街景和荣贵聊起天来。

不死之人围城事件发生的时候,整个西西罗城的照明系统全部打开,这一开就没有关上,如今的西西罗城到处都是光亮的,就像白天。

即使是土生土长的西西罗城人,白天的西西罗城对哈娜来说仍然是新奇的,她好奇地左顾右盼。

荣贵乐得看她活泼的模样,加上他自己也是孩子心性,没多久竟比哈娜还要开心。

不得不说,白天的西西罗城美极了!

别具一格的木质小房子,到处都是绿色,间或点缀着灿烂的鲜花,虽然知道那些其实都是药草,然而花是美的。

别的地方已经够美了，却还不是最美的。

在照明系统修好之后，沐浴在媲美日光的灯光下，卓拉太太居住的暗巷竟成了整个西西罗城最美的地方！

草木繁盛，各式各样的植物被分批栽种，大个子是个好员工，卓拉太太给他的工作他按照吩咐完成，药草种植的位置非常讲究，黑暗中看不出来，然而阳光下就能看出来，卓拉太太竟是按照叶子深浅种植药草的！

一层层，疏密相间，卓拉太太的"鬼屋"竟是一个精心设计的大花园！

由于太漂亮，好多人过来参观，他们简直把这里当作一个景点。还有好多人想要买暗巷里的其他房子，可惜注定实现不了：整条暗巷的房子卓拉太太已经全部买下。

知道这点的雅尼很纠结：他一开始真的是担心老太太没法维生才拼命介绍客人过去租房的，谁知老太太是本城最大的"土财主"啊！

疾驰在洒满金色"阳光"的街道上，荣贵看到草木最茂盛的"前·暗巷"。

整个西西罗城最美的地方到了，卓拉太太的家到了。

他们在西西罗城的家到了。

第七章

星城

黑暗中看起来仿佛一道道黑影的枝条在光下肆意地舒展着，以一种天然而无拘无束的姿态，争先恐后地将最美的花朵绽放。

　　红的花、紫的花、黄的花……花朵或大或小，花瓣或繁或疏，都美极了。

　　由于城内照明系统全开，所以光照亮度非常高，幸好这里有如此繁茂的植物，层层过滤，漏下来的光才温柔极了。

　　于是，荣贵他们开房门进入院子，看到的就是在温柔阳光下织毛衣的卓拉太太，一口透明"棺材"摆在她面前，光将棺材内相依的两人美好的身体照得影影绰绰……

　　呸！什么棺材！那是冷冻舱啦！

　　荣贵赶紧修正了一下自己的想法，然后他又愣住了。

　　等等——"影影绰绰"？

　　明明之前里面全是浓浓的白色营养液，什么也看不见，如今居然能看见点里面的情况，岂不是说明……

　　"我们回来了。"荣贵急吼吼地说完这句话，赶紧扑到了冷冻舱前。

　　"挺快的。"卓拉太太这句话是对荣贵说的。

　　然后她又点了点小圆茶几上面的茶杯："喝水。"这句话是对哈娜说的。

　　"那边还有张椅子。"这句话是对小梅说的。

　　"我刚才来院子里浇水的时候，觉得今天的光应该不错，就把你们俩的身体拖出来晒晒，放心，强力营养液不怕光照，适度的光照还有助于吸收。"眼睛不好可是感觉灵敏，感受到荣贵从身边飞快经过刮起的一道小风，老妇人立刻知道荣贵朝冷冻舱跑过去了，便解释了一下。

　　为了方便推动沉重的冷冻舱，这几天，小梅还在冷冻舱的底板上加了五个小轮子，可以拉出来嵌进去的那种，方便几个人随时把冷冻舱推着换地方。

　　小梅五天前把强力营养液全部灌注进去，一开始他想把自己拖出来，让荣贵一个人泡在里面，不过荣贵很认真地询问过不是"干尸"的身体也能使用强力营养液将身体状况维持得更好以后，强硬地把小梅的身体也塞在里面。

　　在西西罗城的这几个月不太平，他们不敢把身体挖出来的，荣贵的身体反正已经是"干尸"了，没法更干，倒是小梅的身体变化明显，长时间不按摩加上营养液单一，腮帮子都有点扁。

　　强力营养液是白色的，分为两种：一种注入体内；一种则需要灌注在容器内，将躯体浸泡。

　　当浓稠的白色营养液注满冷冻舱之后，荣贵就完全看不到自己和小梅的身体了，任凭

第七章
星城

这几天他怎么抓耳挠腮地扒着冷冻舱瞅，愣是连脚趾都看不到。

小梅说要等到营养液完全被吸收才行。

原本以为还要持续一段时间，没想到他们就出去一上午的工夫，就要吸收好啦？

机械手掌按在冷冻舱的透明顶上，荣贵几乎把脸都贴上去了。

"这是快要吸收完毕的表现。"没有去坐卓拉太太给他搬出来的椅子，小梅慢条斯理走到了荣贵身边，瞥了一眼冷冻舱，断定。

然后哈娜巴巴儿地过来。

荣贵赶紧捂住了小姑娘的眼睛："别看别看，我和小梅没穿裤衩呢！"

小梅："……"

于是卓拉太太就把自己织的毯子拿过来。

"刚好来得及，今天上午没事，我就想着给你俩的冷冻舱织个罩子，反正冷冻舱平时闲着也是闲着，盖个罩子还可以当茶几用。"

土豪的钱也不是大风刮来的，卓拉太太真是个精细人儿！

小梅："……"

荣贵心想：其实您只是手痒想要织东西吧？

心里想着，荣贵利落地抖开了卓拉太太递过来的罩子：这实在是个非常漂亮的罩子！美观大方，可以完美地套在整个冷冻舱上，大小刚好！

可是——

再漂亮也没有办法掩饰这是一个粉红加蕾丝花边的罩子的事实！

仔细看，四个角居然还都系了缎带！蝴蝶结的！

这种似曾相识的画风……

荣贵朝哈娜看过去：粉红色蓬蓬连衣裙，因为没法绣花所以用白色蕾丝点缀在袖口和裙摆，腰间还系了蝴蝶结缎带——和冷冻舱同款的！

"这不是给哈娜做裙子正好剩下来一块布头嘛！本来想给你俩做衣服来着，可是冷冻舱关着，我测不到你俩的尺寸……"卓拉太太慢悠悠说着，荣贵一头黑线。

幸好测不到，否则他和小梅不就要穿粉色的衣裳啦？还有……喂！卓拉太太我俩可光着呢！如果冷冻舱开着，您还打算把我俩从头到尾摸一遍不成？

没办法，谁让自己就是这么秀色可餐！

心里乱七八糟地想着，荣贵把罩子拿下来，折成一条盖住两人的关键部位，然后才招招手，让哈娜过来。

"哇！"哈娜一过来就看到了四条大长腿。

再往上，小姑娘又看到了两片雪白的胸膛，紧紧盯着左边那片瘦弱却精干的胸膛下面的肚子，哈娜小声叫了一声："腹肌！"

看吧，女人就是喜欢腹肌，连哈娜这么小的女孩都懂得欣赏腹肌——荣贵得意地朝小梅瞟了一眼，又有点沮丧：左边那片胸膛……是小梅的。

虽然"胖子的胸、瘦子的腹肌都是不可信的"，可是小梅这副瘦瘦的小身板上，线条

却是一等一的好，天生底子好，很瘦的情况下往往可以看出一个人的筋腱基础，毫无疑问，小梅的身材就是稍微一锻炼就会有一副让人尖叫的好身材的类型！

而荣贵的身材……

荣贵这才强迫自己将视线移到了旁边的身体上：

这一刻，他是胆怯的。

发现冷冻舱重新变得透明的那一刻，他用各种方式转移自己的注意力，去看罩子，去看旁边的小梅，就是不将视线放在自己身上。

这就是人家说的"近乡情怯"？荣贵想起来自己曾经学过的一个成语，虽然不知道用在这里合不合适，可是，那种即将见到熟悉而怀念的事物之前的胆怯……正是他现在的心情。

小梅凑了过来。

认真地从荣贵的大腿打量到脖子，小梅冷冷地说："胖了。"

对自己的身体异常在意，体重管理更是严格，荣贵最听不得别人说自己胖了！他立刻看了冷冻舱里的自个儿一眼，飞快反驳："不是胖，而是泡开了！如果说胖，旁边的小梅才胖呢！"

能说出这句话，说明荣贵终于看到自己了。

反驳的话声音越来越小，他看着冷冻舱里的自己，沉默了。

诚如小梅所说，冷冻舱里的荣贵确实"胖了"，以前是"干尸"，现在却是正常的人体，能不胖吗？

原本暗淡的皮肤被泡发，饱满无比，仿佛有光。

荣贵看到了一双细长的腿，同样细长的胳膊，还有一双几乎可以用纤细来形容的手……

刚从"干尸"状态勉强恢复人样，荣贵不能用"美"字来形容，然而——

很陌生，却更熟悉。

恍如隔世。

这一刻，他仿佛觉得自己灵魂出窍，

他的身体在沉睡，而他的灵魂在旁边居高临下，仿佛只要他俯身就可以回到自己的身体。

伸出机械手，荣贵向自己的身体摸去，然而他的手很快被冷冻舱门挡住。

荣贵觉得身旁所有声音都飘忽、不真实。

他听到小梅似乎在和哈娜说话。

"哪边是小梅，哪边是阿贵呀？"分不清楚谁是谁，小姑娘大大方方提问。

"右边是荣贵。"小梅淡淡回答。

"原来阿贵长这样子啊……"哈娜的声音忽然低了下去，半晌后，小姑娘又冒来一句，"很漂亮！"

"嗯。"这是小梅的回答。

星城

听到这句话，荣贵忽然把小梅抱住。

没有说一句话，他只是死死地抱着小梅，没有任何表情，也不说话，他看起来就和真正的机器人一样。

小梅被这样的荣贵搞得有点发愣，他不习惯这样一言不发也没有任何表情的荣贵，他对他人的情绪不敏感，这样的荣贵让他搞不懂对方在想什么。

"哎？阿贵哭了！阿贵你哭了啊！"哈娜忽然大叫了一声。

被荣贵死死搂着看不到机器人荣贵的表情，小梅下意识地向冷冻舱内看去——

他看到了荣贵眼中滚出的泪珠。

甚至，非常不可思议地，他看到了荣贵的眼睛微微睁开。

那是一双怎样的眼睛啊……

宛若黑暗一般深沉，沉默而冷静。黑色，原本就是最深沉而自制的颜色。

当它被泪水浸润之后却亮得不可思议，那一刻，小梅想到了黑夜中的星。

那是只在纪录片中见过的情景，美得不可思议——

小梅愣住了。

然后他再次听到了荣贵的话："谢谢，谢谢你，小梅。"

"不客气……"小梅笨拙地回应了荣贵的感激，愣了愣，慢慢也将自己的手伸过去，回抱住了荣贵。

洒满"阳光"的美丽花园中，两个一样高的小机器人紧紧相拥，一老一小两位女士微笑地看着他们，这一幕真是美极了。

感动完毕，荣贵又变成原来那个荣贵，松开抱着小梅的胳膊，感觉小梅回抱自己的力量仍然很大，自己跑不开，他微微挣了挣，小梅这才把他放开了。

荣贵微笑地看了小梅一眼，拉着他重新扒到冷冻舱上。

"呀！我哭啦！天哪！眼睛居然还睁开了，这、这这……好像诈尸啊！"荣贵就是有这种能力，能够瞬间让人感动，然后瞬间重新震惊。

"那个……小梅，我的眼睛长期这样睁着，会不会得干眼症啊？"他随即忧心忡忡起来。

"暂时不会，眼睛睁开可能是体内多余的营养液无法吸收的缘故，刚好可以浸润一下眼球，不过如果超过三分钟还没有闭上，就需要人工将眼睛合拢。"小梅也扒在冷冻舱上，盯着冷冻舱内的荣贵，冷静地分析。

荣贵点点头。

他看着自己的身体，一会儿又看看小梅，直到自己的眼睛重新闭拢，身体表面的最后一层水润消失。

"强力营养液已经吸收完毕了。"小梅道。

"哎？"荣贵歪歪头看向他。

"接下来就可以打开舱门，随意移动身体。"小梅说着，还补充了一句，"就是说可以按摩，可以做面膜了。"

147

荣贵立刻欢呼雀跃。

于是，接下来的时间里，示意哈娜转过身子，荣贵和小梅小心翼翼地将他们的身体从冷冻舱内移了出来，旁边就有椅子，两个赤裸的身体很快分别坐在两把椅子上。

赤裸的身体配上繁茂的花园，一时间，荣贵竟然想到了伊甸园。

不过古怪的联想并没有持续很久，很快，荣贵的脑中就被各种各样的复健计划充满了！

肢体不再像以前那样僵硬、动一下都会担心把自己的腿弄折了，白皙的双腿是柔顺地自然垂下的。

看着自己的脚趾触碰柔软的绿色草地，荣贵的嘴角微微弯了弯。

"阿贵，你现在这个样子好奇怪啊！"确定荣贵已经给两人的身体穿上早就准备好的裤衩，哈娜终于转过来，控制不住好奇心凑到两人的身体旁边。

单看身体，两个人很正常，然而看到头——

哈娜被小梅的样子震撼了。只有口鼻处使用了营养液输入管，所以小梅的脸是可以被看到的。

哈娜出生在美人辈出的西西罗城，从小到大见过的最平凡长相的人就是爸爸和自己，她的审美其实可高了！

即便如此，看到小梅露出来的三分之二面孔时，小姑娘还是震撼了！

平衡感极好的五官，即使双目紧闭也挡不住的疏淡气质，这、这……

哈娜张着嘴巴看了好半天才点点头小声说："我心里的小梅就应该是这样的。"

除了长相不太符合以外，小梅的气质是和哈娜想象中一模一样的！

小梅仍然是哈娜熟悉的小梅，哈娜放心了。

放心了的小姑娘转向荣贵，然后，她变成了"惊讶脸"。

和使用简易口鼻器的小梅不同，荣贵脑袋上罩着的可是个大家伙！除了勉强露出眼睛，其他的几乎都在金属罩之下，尤其是后脑，是被包裹得最严实密的。

赤裸着身体，头上戴着金属罩的荣贵看起来……

"好像电视上播过的暴露狂啊。"哈娜点评道。

为了增强女儿的安全意识，哈娜妈妈在世的时候可是经常带着女儿看社会新闻的。

"西西罗城也会有暴露狂？占便宜的岂不是被强迫看的人？"听到哈娜的评语，荣贵第一个反应居然是这个。

看到小梅看着他一脸无语，荣贵才意识到自己的关注点歪了。

他咳了咳，认真解释道："我脑袋有病，哎呀！不是那个脑袋有病，是真的有病……"

不解释还好，一解释，无语的人变成了三个。

荣贵就是有把严肃的事情变搞笑的能力，就连得的病都这么……

不过这么一来，原本卓拉太太还很担心荣贵的病情，被他这么一搅，忽然觉得这病也没什么大不了的，肯定能治。

就着荣贵的"铁头"，大伙儿讨论了一会儿荣贵的病情，针对他们去哪里看病的问题，卓拉太太还给出了不少建议。

"你的后脑应该是被开颅了,这就需要外科医生。星城和帕罗森城都有不错的外科医生,然而去那里需要的积分都非常高。

"不过我想这对你们两个应该不成问题。"

卓拉太太的目光精准地在小梅身上停顿了片刻。

"我在星城和帕罗森各有一栋房子,目前应该都是空着的,反正我也不会回去,所以这两栋房子就给你们吧。"卓拉太太从另一个口袋掏出一大串钥匙,摸索了片刻后,从上面拿下了两把非常精巧的嵌了两颗宝石的钥匙给他们。

"这……这……这怎么可以?"荣贵本能地摆了摆手。

卓拉太太就把他拉过来,在小机器人身上摸了一会儿,顺利摸到口袋的位置,强硬地将钥匙塞进去。

"不过最好的医生还是在天空城。"卓拉太太叹口气,没有说下去。

最好的医生在那里,然而那里不是什么人都可以去的。

天上地下,云泥之别,天空城和地下城在各个方面都是如此。

荣贵摸了摸口袋里的钥匙,接受了卓拉太太的好意。

卓拉太太都把其他城市的钥匙拿出来了,说明她已经意识到:小梅和荣贵该出发了。

强力营养液已经到手,他们到了离开的时候。

"不要担心哈娜,我已经申请成为她的监护人,成年之前,她就一直和我住这里。"所有人都不吭声的情况下,还是卓拉太太打破沉默。

"也不用担心我家的店,我、我以后决定卖杀虫剂!"哈娜低着头盯着自己的脚尖盯了很久,终于鼓起勇气抬起头说。

很明显,她也注意到离别即将到来。

"亚尼他们说不管其他人,会回来帮忙!再说卓拉太太成了我的监护人,他们也不用顾忌什么了!"哈娜怕荣贵还不放心,又大声道。

荣贵仍然没有说话。

"你是不是还担心我这个老东西没法照顾哈娜?"卓拉太太再次开口就是这么犀利的话,荣贵慌张地抬起头来。

他正好撞进老人白色的眼眸。

原本应该让人觉得可怕的双眼此时此刻是温和的,起码在荣贵眼中无比温和。

荣贵愣怔地和老妇人对视。

卓拉太太移开视线望向小梅:"小梅,给我做一双机械眼吧?之前我不想做,是因为我家老头子和女儿用了据说最好的机械配件也没有活下来,这个世界上又没了我想见的人,所以我才坚持不用金属替代物。而现在——"她的视线从小梅、荣贵和哈娜脸上滑过,"我有很多想见的人了。我想看到你们,也想看着哈娜长大,想给她做有漂亮绣花的裙子。"说着自己的计划,老人一向紧抿的嘴唇微微翘起,"机械心脏也拜托了,我想多活几年。"

这一刻，她终于放弃了以前的坚持，打开心房，她把眼前的几个人放进去。

卓拉太太和蔼地看着小梅，直到小梅点了点头。

"好的，我会为你制作眼睛和心脏。"

没有人说感谢，也没有人说其他的事情，花园里的气氛静谧而轻松。

接下来三天，小梅为卓拉太太制作了一双绿色眼睛，以及一颗银白色的心脏。

卓拉太太不差钱，用的全是最好的材料，加上小梅的技巧和荣贵的艺术指导，成品媲美艺术品。

第三天，小梅亲自为卓拉太太换上了眼睛以及心脏。

睁开全新的眼睛，卓拉太太将三个人的长相尽收眼底。

"原来你们长这个样子啊……"老人笑了。

没有人说话，然而，所有人都知道，离别的时间到了。

两个人的行李早已全部转移到大黄上，之前订购强力营养液的那家店也加班加点把他们定的强力营养液送过来，昨天下午亚尼他们还过来玩来着，虽然没有明说，可是也算是见到最后一面了，他们随时可以离开。

荣贵张了张嘴，然后笑了。

"那我们出门啦！"

就像平时去哈娜家的店里上班，他拉起了小梅的手向外走去，然后挥了挥手。

"去吧。"而卓拉太太也像平时那样，温和地朝他挥了挥手。

不过这一次，老人看向他的不再是没有焦距的白色眼眸，而是一双湖水一般的绿色眼睛。

哈娜想要跟着他们出去，却被老妇人拉住了，小姑娘就紧紧靠在老人旁边，一双大眼睛颤抖着看着他们。

手上什么东西也没有，就像只是临时出趟门，两个小机器人即将踏出大门。他们没有送还钥匙给卓拉太太，卓拉太太也没有找他们要。

小梅忽然停住了。

转过头，他看向哈娜："我们留了一块地豆在这里，地豆的提取物可以让三种药物的药性更加出色，具体对应的药物我已经留在我们的房间里了，哈娜你可以去看。"

只要有这三种药性特别出色的药，哈娜的店就可以让她长大后在城里立足。

地豆这种植物除了这里就只有亚尼有，而亚尼又成了哈娜的雇员，所以，这是仅此一份的生意！

小梅从他的角度，给哈娜留下了最后的礼物。

说完这句话，他迅速转过头，踏出大门，像平常一样，他谨慎稳妥地关好了大门。

就这么寻常地，小梅和荣贵离开了。

大黄疾驰在黑夜中。

车内安安静静，荣贵一直没有说话，小梅先是做了一会儿手工，然后发现荣贵安安静静什么也不说，想了想，拧开了小黑的开关。

还记得小黑吗？就是他们从鄂尼城带出来的收音机，伴随他们度过漫长黑暗中的时光。

由于他们还在西西罗城的地界，所以收音机里面播放的还是各种广告。

"丰胸丸！美白丸！减肥药！应有尽有，欢迎您来山姆家的铺子选购！地址……"

"我店主要经营营养液批发业务，现诚征经销商……"

西西罗城的广告一如既往实惠又恶俗，不过正是这种"一如既往"，让人觉得事情真的解决了，大家的生活又回到原本的轨道。

不过……

小梅偷偷向左边瞥了一眼，发现荣贵还是安安静静一声不吭，他停顿了片刻，然后将小黑的声音调高了一点点。

然后熟悉的声音响彻大黄车厢："欢迎光临哈纳伦斯家的药铺！店铺主营哈娜牌杀虫剂，这是一种新型杀虫剂，针对药草田容易自生的黑刺虫、白毛虫……全部有效，挥发快，无残留，还可杀除蚊蝇，有淡淡的香味，必要时可代替香水使用……"

和之前的广告完全不同，声音轻快又有磁性，还带有一丝金属的质感，语气和停顿把握得特别好，就像夏天的微风……一下子把听广告听得不耐烦的人的注意力吸引过去，这是荣贵的声音！

小梅的脸转向荣贵。

然后，看着揉着眼睛一副刚醒来样的荣贵，小梅沉默了。

合着这家伙之前那么深沉，一动不动，其实是在……打瞌睡？

没做眼皮真是不方便——小梅后悔自己之前精简的设计方案了。

在他看来，机器人的眼睛就是为了视物，人类的眼睛之所以有眼皮，是因为人体的成像系统无法长时间暴露在干燥的空气中，需要眼皮来保护，而机器人既然没有这个需要，那么安装眼皮就是一个无用的举动。

现在看来，机器人的眼皮也是有存在必要的。

心里这么想着，他偷偷把头转回去了。

"呀？这个广告已经播出了啊？"明明没有眼皮，可是荣贵每次醒过来的时候都会习惯性揉眼睛，用荣贵的话说，这叫"生活需要仪式感"，用小梅的话说是"你的仪式太多了"。

"什么时候录的？"小梅想了半天都没有想起来。

"嘿嘿嘿！"荣贵一下子把头转向小梅，脸上露出一抹有点邪恶的笑，他暧昧地对小梅道，"就是你偷偷在工作室研究用地豆强化药物的时候呀！"

确实有点"偷偷摸摸"嫌疑的小梅："……"

"就像小梅想要给哈娜留点东西一样，我想，我也不会其他的东西，播个广告还是可以的吧？

"我的声音是不是特别好听？特别想让人一听再听？"

语气庄重正经永远超不过一秒,荣贵很快又得意扬扬地挺起小胸脯,一副随时等待赞美的模样。

小梅默默地低下头,做起手工。

这回他不再是一个人安安静静地在黑暗中做手工了,荣贵的声音充斥着整个车厢,配上小黑播报的各种广告,虽然只有两个人,可是热闹得不得了呢!

夜路上大部分时间只有大黄一辆车,偶尔会有几辆车着急忙慌地从对面驶来,急吼吼地向他们来时的方向奔驰而去。

啊!那是去西西罗城买药的人哩!

封城令解除之后,陆续又有客人从外地过来。

之前下了订单还没拿到药的人也过来领药。

心里想着,荣贵没有回头,直视前方,用体内的空气分析仪检测周围的空气。

等到空气湿度降为原本的一半,小黑终于停止了无休止的广告播报。

他们离开西西罗城区域了。

"我们去哪里呀?"荣贵终于想起这个问题。

他并不着急,因为他知道小梅一定会提前做好准备。

"帕罗森。"小梅头也不抬地回答道。

"帕罗森实行会诊制,整个帕罗森只有一家医院,所有的医生都在一起工作,定期会有天空城的人下来指导。帕罗森的医院管理更加严格,就医也比较简单明了。"

荣贵点点头:"听起来就很靠谱哩!"

"那星城呢?"知道了帕罗森什么样,荣贵想把另外那个城市也了解一下。

小梅的面色有点复杂,他手指灵巧地装好一个零件,才重新开口:"星城,其实是地下黑医集结处。"

"啊?"

"那里原本就是几个犯罪医生的服刑地,经过数年演化,最终变成了现在鱼龙混杂的情况。各种不法组织的人受伤之后无法去其他地方就医,就去星城,渐渐地,星城就成了这些人的首选。"小梅用平淡的语气将星城的事情说了出来。

"啊……"荣贵哆嗦了一下,"听起来……就很危险啊!"

"嗯,那里的医生据说会随身携带武器。"小梅把自己搜索到的另外一点消息也说了出来。

"还是去帕罗森吧!咱们俩都是和气人儿,轻易不和人打架,还是帕罗森这种规范的地方适合咱俩!"荣贵赶紧道。

"那要在下个路口右拐,帕罗森和星城位于两个星层,距离遥远……"小梅在大黄的屏幕上轻点几下把地图调出来,解释给荣贵听。

荣贵虽然看不懂这种立体地图,不过他记住了关键词,那就是"下个路口""右拐"。

谁知人算不如天算,就在他们即将抵达地图上小梅指过的路口时,一路沉默的大黄忽然"开口"了。

"警告。前方路面结冰,路况不好,即将降速缓行。"

几乎就在播放这条警报的同时,大黄的速度降了下来。

大黄的车厢很温暖,如今小梅有钱又有材料,荣贵就让他在大黄上装了空调,就算西西罗城气温保持得不错,可是耐不住很潮湿啊!空调还可以除湿。

小梅照做了,然后大黄上又多出来一套自动空调系统,控制权完全交给大黄,大黄可根据气象参数随时调节温度,加上他们一直关着窗户,这样一来,荣贵居然一直没有发现外面降温了。

荣贵怔怔地打开窗,仍然没有感觉,他伸一根手指出去,手指上很快起了一层冰雾,然后很快凝结成了一层薄薄的冰膜。

荣贵吓了一跳:"天哪!外面怎么这么冷?"

"我们现在行驶的区域名叫西伯利亚,是非常寒冷的区域,常年气温度在零下30°C左右,最冷的时候低至零下50°C,所以我才做了空调。"小梅说着,关上了窗户,看到荣贵结了一层冰的手指,把车内的温度又调高了3°C。

荣贵心想:原来小梅是因为查到气温才制作的空调系统,我说这次怎么这么容易,我一求他就答应了呢!

他先是慌神这么想,然后被小梅刚刚话中的某个词吸引住了。

"等等——西伯利亚?我老家那边也有个地方叫西伯利亚呢!"这里的"老家"特指地球,都到这种地方了,荣贵自然认为自己要有大局观,要看得更远更广。

"不过这里肯定不是那个西伯利亚。"观测到荣贵手上的冰层消失,小梅才又调回原本的温度。

整个过程中,荣贵完全没发现他做了什么。

他还在想着那个词儿,不过——

荣贵耷拉下肩膀,叹了口气:"我想也不是。"

不过,由于这个地名,荣贵对这个地方产生了点兴趣。

他之前从来没去过西伯利亚哩!如今在这个世界他居然来到了一个叫西伯利亚的地方,兴致当时就提起来了,他兴奋地向车窗外望去,想看看能不能找到个雪白的地方和小梅人黄拍个合照。

然而外面逐渐起了一层雾,视野变得朦胧起来。

就在这个时候——

"警告!前方发生连环车祸!前方发生连环车祸!即将停靠路边,停止驾驶!"大黄又"开口"了。

荣贵吃了一惊,大黄非常可靠地找到一个安全的地方,将自己停好了。

然而事情还没有结束,很快,荣贵再次听到了大黄的声音。

"紧急调令!由于前方发生连环车祸,一共有五十二名伤者需要送医,附近所有车辆都被征调用作紧急救护车。接下来,请听到这条调令的车主耐心等候分配任务。"

大黄的声音戛然而止。

啊又来了——嘴巴张得大大的，不过荣贵身子很快动起来。

和小梅一起将后车厢的行李尽可能摆放整齐，能移到车顶的尽量移到车顶，做好了接收伤员的准备。

没多久，他们就等到了分配的伤员：重度骨折的男青年一名。

他的车在车祸中完全毁掉，人虽然没有性命之忧，但是肋骨断了两根，这才被转移到其他车上。

荣贵他们接到的任务是护送这位男青年到指定医院。

虽然地下城最好的医院分别集中在帕罗森和星城，可是其他地方也是有医院的，医疗水平可能比不上帕罗森和星城的，不过治疗骨折这种小毛病绰绰有余。

幸运的是，分到他们头上的就这一个任务；

不幸的是，这名男青年的家在他们去往帕罗森的相反方向……

"可能这是老天爷指点我们去星城哩……"荣贵哭丧着脸小声喊了一声，看看身后昏迷的青年，翻出一床毯子，轻轻盖在了他的身上。

"大黄，再平稳一些，这位伤员看起来不太好哩！"将最大的地方腾给伤号平躺，荣贵缩在他身边，手里拿着一张小手绢，时不时给他擦擦汗。

一开始还好，然而半个小时以后，这位伤员忽然哆嗦起来，同时还开始大量出汗，荣贵不得不找出手绢不停地给他擦汗。

他一边擦汗，一边将男青年的样子深深地记在了眼里：这是一位金发男青年，头发真的好像黄金一样！除此之外，他的五官也十分深邃，眉骨高高的，显得天庭格外饱满，而下方的鼻子又高又挺，配上苍白无比的皮肤……荣贵觉得比起小梅，这位小兄弟更像外国人。

荣贵没有见过多少外国人，有点好奇，给对方擦汗的工夫，还时不时地用手碰碰对方的额头和鼻梁。他做得其实挺隐秘的，直到他终于想起抬头放松一下脖子……部位的螺丝，一抬头，就看到了盯着这边的小梅。

"哈……这个……这不是看到外国人的长相感觉特别好奇嘛！"荣贵心虚地解释。

他以为小梅会让他不要随便摆弄伤病员，没承想——

"对方是陌生人，现在的情况又明显不对，你不要随意碰触他，他体内或许有不明病菌。"小梅果然在担心，不过担心的对象居然不是对方而是自己。

荣贵有点感动，不过他随即道："放心！我现在是机器人呀！什么病也传染不上！"

机器人的身体果然不是什么时候都很好——小梅停顿了片刻，又道："可是你之后总要接触自己的身体，如果潜伏期长，间接传染可能很可怕。"

提到自己的身体，荣贵立刻不敢马虎，赶紧洗了洗手，之后又从两人的行李里翻出两副手套，一副递给小梅，另一副自己戴上。

接下来的时间里，连荣贵都感觉不对头了，对方实在太会流汗了，一张小手绢完全兜不住对方出的汗，而且他哆嗦得太厉害，荣贵不得不又翻出一床被子给他盖上，然而普通的盖法似乎无法改善他的情况。荣贵想了想，把小梅叫过来，两个小机器人一起用绳子将

第七章
星城

被子捆在他身上。

"他在发烧,院长说,发烧就要多出汗,汗出来就好了。"荣贵很有经验地对小梅道。

"不过——"

"他出的汗似乎太多了,小梅你要不要给他做个退烧药啊?"

忧心忡忡,荣贵又向小梅求助。

"在抵达医院之前最好不要乱用药物,可以给他喝一些热水补充水分。"小梅道。

"呃……那烧点姜汤?那个好像有助于发汗退烧啊……"荣贵说着,又在行李里翻找,卓拉太太的药草园里也有类似姜的东西,发现这位"老乡"的时候,他激动了好久,卓拉太太当场就给他挖了好几块。

找到姜的时候,荣贵还发现了几头大蒜,记得小时候发烧院长会用大蒜捣烂给他敷脚心,他立刻找小梅要了捣药的工具砸蒜,蒜被捣成泥,小梅也熬好了姜汤,两个人一起把蒜泥糊到那人的脚心,又给他灌了一整锅热姜汤。立竿见影,男青年头一歪,再也不哆嗦出汗了。

"啊!他睡着了。"荣贵开心地说。

小梅:"……"

"他家在约特镇三街38号,距离我们现在的位置……嗯……还有二十公里……"坐回副驾驶席,荣贵研究起屏幕上的地图。

按理说,并不算太远,然而外面的天气非常恶劣,不但寒冷,还下雪。

如果是平时,看到雪荣贵一定大叫一声,然后开开心心拉着小梅出去玩雪,然而在车上有个伤员待救援的情况下,他一点兴致都没有,只担心这种天气要如何赶路。

在雪积到一定程度的时候,他们不得已停下来。

虽然车内十分温暖,然而看着外面的大雪,荣贵很担心会被大雪困住。

好在这场雪没有下很久,只不过雪落在地上很快结了冰,情况似乎更恶劣。

小梅不慌不忙地在大黄的控制台上按了几下。

大黄忽然震动了一下,像是忽然高了一点,随即又稳稳地向前移动。荣贵好奇地打开车门向下看去,只见大黄原本的轮胎外面多了一层东西,那是……

"防滑链,车辆冰雪天气赶路用的。"小梅淡淡解释。

荣贵顿时松了口气:就说嘛!有小梅,一切都不是问题!

大雪时有时无,不得已,他们只能走走停停,二十公里竟然足足走了两个小时,他们才抵达地图上的目的地。

和之前去的大城市不同,这里看起来像是一个小村庄。

荣贵想起了梅瑟塔尔——小梅的故乡。

寂静的大雪中,一栋栋盖着厚厚雪盖,宛若雪包的小房子。

每栋房子之间都隔了相当大的距离,这种距离让整个村庄看起来更加疏远而寂寞。

村里是有灯光的，不过雪太大，原本就微弱的灯光被簌簌落下的大雪遮住了大部分，整个村落显得格外幽暗。

大黄主动打开了大车灯，小梅出品的车灯质量很好，一下子把前方的路照清楚了。

包括门牌号。

荣贵一开始还担心门牌号被大雪盖住了很难找，然而这种经常下雪的地方怎么可能没有相应的解决办法呢？

果然，大灯开启的那一刻，荣贵在距离他们最近的那栋房子外面看到了一块小金属牌，也不知道是什么材料制成的，周围的墙壁全都被雪盖住的情况下，那块小金属牌上愣是一片雪也没有，清清楚楚地写着"三街38号"。

啊……这是命运的安排吗？最近的房子正是他们要找的那栋。

大概是因为这场大雪，被雪花覆盖的村庄，荣贵那颗浪漫的心忽然充满了宿命感。

他情不自禁地把自己想到的对小梅说了，然后——

"这是由于紧急调令提供给我们的信息里包括目的地约特镇的地图，而大黄是按照导航行进的，你没注意到一开始我们导航的终点就是约特镇三街38号？如今大黄已经停车，还自动落了刹车器，自然说明我们已经抵达目的地。"小梅面无表情地说着，毫不留情地把荣贵心里那点近乎神圣的使命感打发了。

不愧是小梅，任何时候都能找到和非科学完全无关的解释……

摸摸鼻子，荣贵准备开门下车，小梅忽然拉住了他，把什么东西塞给了他。

荣贵低头一看，发现是一盏灯。

似曾相识的外观，正是小梅一路上做的。

小梅做了两盏灯，递给荣贵一盏，另一盏拎在自己手里。"下车吧。"他对荣贵说道。

两个小机器人一起从大黄上跳下去。

脚踩在雪地里的感觉颤巍巍的，他们的脚掌完全被雪没过。荣贵觉得自己的平衡能力可能也不太好，要不然他怎么总觉得自己随时可能栽倒？

好在小梅不知何时走在他前面，踩着小梅的脚印，没提灯的手紧紧抓着小梅背后的斗篷，荣贵深一脚浅一脚地跟在小梅身后艰难地抵达那户人家。

找到门的位置，"咚咚咚"，小梅叩响了房门。

没多久，门对面就响起了沙沙的脚步声。

说来也怪，荣贵不知道为什么忽然紧张起来。

没有说话，他只是把小梅的斗篷抓得更紧，身子也贴得离小梅更近。

等到大门"吱嘎"一声打开，里面同样提着灯，穿着厚重斗篷的女主人看到的就是两个身高只达她腰间的小机器人。

挨得紧紧地，一个小机器人面无表情地拎着灯，另一个则一脸忐忑地抓着前面的小伙伴，只从对方身后探出一个小脑袋。

黑夜中，如果她看到的只是前面那个机器人，八成会吓一跳，加上后面那颗小心翼翼的大头，诡异的气氛一下子就没了。

第七章
星城

女人扯了扯嘴角，问道："借火？住宿？车子除雪？还是加油？"

荣贵的脑袋立刻仿佛冒出来一个问号。

还好小梅的反应比他快得多：在这种位于两个城市之间的小村庄，村民往往会做一些方便路人的小生意，眼前这个女人八成是把他们当作需要帮助的客人了。

小梅摇摇头："我们是来送人的，你的儿子在3408号公路3段遭遇了连环车祸，我们收到紧急调令负责把他送回家。"

小梅言简意赅地将两人的目的说了出来。

对于知道儿子遭遇车祸之后他的家人可能会有的表现，荣贵做了很多准备，他甚至还找小梅要了一粒心脏病药，唯独没有料到眼前的这种情况。

"儿子？我儿子很早之前就死了，你们开什么玩笑？"大部分脸掩盖在厚重的斗篷帽下，荣贵只能看到她皱了皱暴露在外面的眉眼。

"可是……可是那个人的通行证上是这么写的啊。"完全想不到对方会这么说，荣贵忍不住又从小梅身后更探出点身子。

"是星城的那些家伙吧？那里的人拿不到普通人的通行证，就经常盗用其他人的身份信息，我们这种乡下人的信息最好捏造了，前阵子还有人过来抓一个村子里根本没有的人。"女人很老练地说。

听完她的话，荣贵整个人都傻掉了，嘴巴张了又张，他愣怔道："那……那我们把他送到哪里去啊？"

"扔到星城去吧，附近如果遇到这种仿造身份的家伙，十有八九是星城的人。"

"随便扔到路上也行，反正那边的人很多都不是好人。"

女人还给了他们一条建议。

"可是……不把他送回家获得证明人的签字，我们的紧急征调任务就不算完成啊……"荣贵傻眼了。

"那就把他扔到星城。"女人说完便紧紧关闭大门。

门上的雪花簌簌掉下来，盖了小梅和荣贵一脸。

两个小机器人对视一眼，视线同时移向大黄……上的伤员。

他们本来以为接到的是个普通的护送任务，是个最简单的任务来着，没想到伤员是个仿冒身份的家伙。

这种连身份都无法确认的家伙，他们要从哪里给他找个家人签收呢？

刚刚那个女人明显是不会代签的，他们岂不要一直背着这个任务，然后怎么办呢？

一时间，两个小机器人都没说话。

这一刻，小梅和荣贵难得心灵相通，脑子里想到一模一样的事情，那就是：他们遇上麻烦了。

认清了这一点，他们再次敲开女人的家门，面对女人警戒的视线，荣贵硬着头皮要了一桶油，又在她那里将大黄的电充满，顺便给自己和小梅充电。

这里的充电插头不太好用，必须看着，稍微移动就接触不良，电就充不进去了。

荣贵不得不一直蹲守在旁边，负责看充电插头，小梅则负责撑伞，幸亏西西罗城经常下雨，他们在那边做了一把很大的雨伞，走的时候带上了，如今遇到大雪天才不至于被大雪弄得满头满脸都是雪。

两个小机器人挨得紧紧的，互相照顾互相协作的样子实在温馨，看到这一幕，女人眼中的警戒才稍微退下去一点。

不过，她没有完全放松警惕，一直站在房门前裹着大斗篷看着他们，房门上方小灯泡发出的灯光打在她的头顶，她脸上的表情荣贵就看不到了。

倒是房门打开过一次，里面冒出一颗头，同样罩着厚重的斗篷，荣贵看不到对方的样貌。不过从两人的对话荣贵推测对方应该是女性，确切地说是个年纪很小的小姑娘。

"妈妈，需要帮忙吗？"和总是大声说话的哈娜不同，门内女孩的声音细声细气，如果不是现在是机器人，荣贵觉得自己八成听不到对方的声音。

小女孩说完一句话还咳了咳，咳嗽声竟比她说话的声音还大一点。

"不用，你快回屋去，你感冒了，要多喝热水，少出来吹冷风。"女人对他们说话虽然生硬又冷漠，可是面对小女孩，声音却多了一丝温度。

荣贵一边捏着充电插头，一边听着前面的声音。

由于设备老旧又不好用，他们用了三倍于往常的时间才充好电，小梅拿出通行证付钱，女人一声不吭地拿出卡收钱，一切做完之后，两个人谁也不说话了，倒是荣贵大喊一声，要女人等一下。

然后他急吼吼爬回大黄上，把之前给病号烧汤捣药用的姜和大蒜各分出一些，然后递给了女人。

"我刚刚听到你和——那是你女儿吧？那个……我听到你们的对话了，就想着把这个给你，煮水喝会发汗，对风寒感冒挺好用的……"荣贵磕磕巴巴把这段话说完，末了觉得自己有偷听人家说话的嫌疑。

可是没辙啊！

小梅给他装的收音系统忒好用！就算他不想听，声音也愣是往他耳朵里灌啊！

荣贵抓了抓头，把手里的姜和大蒜给女人递了递。

大概是眼前的机器人真的很娇小，看起来就像个孩子一般无害，女人收下了荣贵递过来的东西。

她没有说话，目送两个小机器人上了车，车启动，渐行渐远。

车内再次剩下两个小机器人。

不对，还有一个"麻烦"。

和一开始小梅不说话荣贵就紧张害怕不同，如今他非常习惯小梅闷不吭声安静做事的样子了，只有他一个人说话也没关系，因为他知道小梅会认真听他说话，证据就是他随便在对话中插一个问题，小梅总能回答，事后偶尔遇到点啥，小梅还经常用荣贵自己的话堵他。

记性好的人真是让人羡慕嫉妒恨啊！

所以现在荣贵很享受两人相处的安静时光。

他是个直率的人，而且……确实有点没常识。作为一个没常识的直率人，他一般不会提问，在福利院的时候这么做当然没问题，然而等到他离开故乡之后，听到他问题的人就反应不一了。

"这么简单的事情你都不知道？"

"也太没常识了吧？"

好多人听到他的问题之后不着急回答，反倒要为他的没常识感慨半天，荣贵的性格简单明朗，但他不是傻子，久而久之，他遇到不懂的事就不问了，一副安静的淡定模样，好像什么都知道，其实他心里不懂的东西越来越多。

不过小梅不会这样。

虽然一副高冷的样子，性格也真的非常高冷，不过小梅会认真听他的每个问题，也会给他讲解，还会根据他的理解程度用简单明了的方法。和小梅在一起的时间长了，荣贵觉得自己聪明了不少！

无论何时，任何问题都会得到解答，久而久之荣贵原本单纯直率的一面渐渐回来了，在别人面前当然还是会习惯装模作样一下啦！然而在小梅面前，荣贵几乎变得比以前更直率。

这不，看了一眼车厢内仍然昏睡的乘客，荣贵又提问了："有点奇怪啊！刚刚我看其他好多客人都是送到医院去的，怎么轮到我们，目的地就变成病号的家了？"

"原因有两个。"果然，看似一直专心做手工的小梅在荣贵话音落下后立刻回答。

"遇到这种大规模事故，救护小组一定会向附近所有覆盖范围内的医院打电话，和我们一样，那些医院也是紧急征调令的对象。医院会根据自己的能力提供可接收病人的数量，而救护小组也会以此为依据安排伤员入住。毕竟紧急征调令还是要确保大部分伤员可以得到良好救治，然后安置强制性任务的。"

荣贵点点头，和一般人不同，小梅不只回答他提出的那个问题，为了方便他理解，小梅还会将相关背景顺带解释一下，然后再回答，这样一来，往往荣贵问的只是一个问题，领悟的却不只那个问题。

小梅一段话，胜读十年书啊！

换成他之前生活的年代，小梅就是妥妥的"学霸"，没问题！

而他就是"学渣"……

完全不知道荣贵又在胡乱"脑补"，小梅停顿了片刻，确认荣贵听清楚自己刚刚说的话了，才继续说："所以，我们领到的任务是送他回家而非送他去医院，一来是他的伤相对较轻，可以不送医院；二来则是医院资源紧张，无法接收这种程度的伤员。"

"天哪！这还叫轻伤啊！"荣贵又回头看了看一脸虚汗的"麻烦"先生，咋舌。

"比起车祸中的其他人，他的伤应该算是轻的。"小梅道。

"原来如此，难怪小梅你看起来一点也不担心呢……"荣贵点点头，这才完全

明白。

　　这个时代和自己那个时代完全不同，人都能使用机械方式继续存活，伤势轻重也要重新定义，他要用全新的标准看待这个时代。

　　荣贵表示自己受教了。

　　只不过教归教，想到两个人现在的情况，他还是挺丧气的："我们不能把这个问题反映给紧急征调小组吗？"

　　"你是想把他送回去吗？"小梅问。

　　荣贵愣了愣："把他……送回去？"

　　"嗯，一般遇到这种身份有问题的伤员，他们会让我们将伤员原路送回，然后将我们的任务消掉。如果还有其他任务，会另外派。"小梅的声音仍然非常平静，他还命令大黄停下，一副"只要荣贵决定这么做，他们立刻返程"的样子。

　　"那……他会怎么样？"这个时候，荣贵脑中却忽然浮现这样一个问题。

　　"如果刚刚那位女士所言属实，这个人出身星城的话，应该会被彻底调查案底，然后被关押起来。"小梅淡淡道。

　　"案底？关押！"小梅的话说得轻巧，对于小市民荣贵来说却有点严重。

　　作为一名普普通通的半大青年，他、他可完全没有接触过犯罪！最多打架被学校要求叫家长，叫警察什么的，可是从来没有过呀！

　　如果他没有看错，后面那位"麻烦"先生和他的年纪差不多呢！

　　"我们，把他送回去？"看着一声不吭仿佛受到惊吓的荣贵，小梅猜测了一下他的想法。

　　其实，把这个人送回去是最明智的选择，无法让指定接收人接收的情况下，他们的任务无法消掉，这对于个人信用评级，并不算一件好事……

　　小梅冷静地思考着。

　　事情发生得太快，荣贵只感到一阵风从自己身边刮过，下一秒，他便惊恐地发现小梅被人狠狠地抱住头咬住了脖子。

　　荣贵想也不想，立刻扑过去，咬住了对方的脖子！

　　"啊！"随着这一声长长的惨叫，对方抱着脖子狠狠地再次跌落到后车厢荣贵之前铺好的地铺上。

　　等等——

　　"再次"？

　　张着嘴巴，荣贵露出一嘴媲美鲨鱼牙的小牙齿，歪了歪头。

　　他这才发现地铺空了，而之前袭击小梅又被自己袭击的人……看起来怎么那么眼熟呢？

　　"是我们的任务对象。"小梅淡定地掏出手绢擦擦脖子，适时解释道。

　　"天哪！"荣贵龇着一口利牙，大叫出声。

　　看着在地上一边惨叫一边喷血不止的伤员——代号"麻烦"先生，荣贵这才想起小

第七章
星城

梅对两人牙齿的介绍：门牙部分采用和普通人一样的平面板式设计，其余牙齿则设计成微型锯齿匕首，瞬间咬合力约400公斤，一次充电可以用五次，上下各两枚虎牙，牙管附带抽血储血功能。

简单明了地比喻，那就是"大概一口可以咬掉杰克的头"。

天哪！

他刚刚咬了对方的脖子，这样岂不是他他他他他……杀人啦？！

荣贵大惊失色！

好在对方挣扎得非常带劲，荣贵看着对方在地上滚来滚去，血喷得像个喷壶的样子，心惊胆战之余又有点放心：挣扎得如此生龙活虎……看起来……还是活着啊！

"你在这边坐着。"就在这个时候，小梅又说话了。

小梅命令荣贵原地坐好，走过去处理还在滚动的伤员。

然而小梅似乎高估了自己的力量，低估了伤员的力量，他非但没有将伤号压制住，动作间，伤员反而不依不饶又咬过来。

小梅一脸淡定地任由他咬，瞄准对方啃住自己胳膊不放，不知从什么地方抽出一支注射器，单手将一支药剂吸入注射器，下一秒，快狠准地打入对方的脖子。

看着就很疼——荣贵捂住了自己的脖子。

荣贵捡起空药瓶看了看，看到"镇静剂"，知道小梅给对方打了镇静剂。

然而满满一支镇静剂注射完毕，伤员没有任何反应，反而将小梅咬得更狠了。

"我的牙……好疼……"镇静剂没把对方撂倒，把对方撂倒的乃是小梅坚硬的皮肤。

小梅从荣贵的斗篷里摸出一条新手绢，然后继续淡定地擦擦擦。

不得不说，虽然小梅平时懒，但是有条件的时候还是很讲究的。

看着小梅仔细把自己的胳膊擦干净，荣贵条件反射般递过去一瓶油膏，小梅把油膏接过，然后淡定地给自己的胳膊……上油。

荣贵不知道说什么好。

他只能摸出一根绳子，和小梅一起把"前·伤员"先生，现在的恶徒先生绑起来。

对方的血凝固得很快，当荣贵胆战心惊地捆好对方，准备帮对方包扎伤口时，惊讶地发现对方脖子上的肌肤完好无损，竟一点伤口也没有。

对方绚丽的金发被汗水和鲜血浸泡得湿漉漉，苍白的脸五官分明，灯光在脸上打出极好看的阴影，不说话的样子看起来就像中世纪的欧洲贵族，然而一说话就——

"不许把我送回去，小心我吸光你们的血！"

恶狠狠地，流氓得不得了！

可是……

"我们是机器人哦！没有血……"荣贵提醒他。

对方碧绿色的眼睛陡然睁大。

"我说怎么这么硬！天哪！我光想着装受伤混上一辆车逃出去，怎么混到一辆机器人

开的车啦?

"天哪天哪天——"

对方的尖叫声戛然而止。

原因在于小梅把荣贵之前捣碎的蒜泥全部糊他嘴里了。

对一针强力镇静剂都没有反应的家伙被大蒜搞定了,车内恢复往常的平静。

小梅用手绢擦擦手上的蒜泥,看着惊魂未定的荣贵,淡定道:"是吸血族,怕大蒜。"

"吸……吸血族?是吸血鬼吗?这个世界居然连这个都有吗?"荣贵大吃一惊。

他看了一眼"麻烦君"嘴边的蒜末外加小獠牙,惊恐地想:连大蒜对付吸血鬼很有用都是真的?自从在新世界醒来,荣贵一直以为自己仍然生活在原本世界历史线的延伸轨道上,吸血鬼的出现却敲醒了他。吸血鬼,对于荣贵来说那可是只存在于电影中的生物啊!如今一只活生生的吸血鬼居然出现在他面前,这世界变玄幻了!

小梅奇怪地看了他一眼,完全不明白他脑中的惊涛骇浪,语气如常地解释:"塔内汇集了从各个星球转移过来的幸存者,虽然基因种类相同,然而在各自漫长的繁衍中基因出现了定向变异。

"吸血族,一开始是一种基因变异导致的病变,通用名为吸血性基因异变症候群。

"增强了肉体强度的同时亦有部分基因链缺失,他们体内缺乏菲德玛点素,无法在体内自行制造这种点素,致使他们有吸血欲望。"

小梅说着,看到荣贵下意识摸了摸脖子,以为他又害怕了,便补充了一句:"你可以将吸血的过程看成吃药。

"他们缺乏的点素普遍存在于正常人的体内,定期服食可以让他们像正常人一样生活。"

荣贵歪了歪头:就像糖尿病病人注射胰岛素吗?

人血等于胰岛素,吸血鬼等于糖尿病病人。

这么一想,忽然觉得吸血鬼也不怎么可怕了呢!

"吸血性基因异变症候群患者一般自出生起就患病,虽然孕期筛查可以避免患病婴儿诞生,然而或由于家长的疏忽,或由于地下城医疗系统不如天空城发达,偶尔还是会有此类患者。

"不过——"

小梅话锋一转,没有说下去。

吸血族人口日益增多,他们擅长经营,力量强大,最终形成了一股庞大的势力,甚至越来越多的人希望变成吸血族,获得另外一种形式的"长生"。吸血族的头目最终称王,他们的内部还有各种明确的阶层,明显形成自成体系的权力系统,最终对天空城造成相当大的影响。

他们甚至对天空城开战。

那是塔内无法承受的长期内战。

他们体内的基因有部分与自诩为原生种的天空城居住者完全对立,被他们吸食过血液的天空城居民会双翼萎缩，同时还会产生其他病变，所以，多年后，天空城下达全塔范围的吸血族清除令。

将所有吸血族的人抓捕起来关在专门的星城内，若干年后……

小梅的视线向下滑去，落在荣贵的脚丫旁那只年轻的吸血鬼身上。

清除令是他签署的。

处决"王"的时候他也在行刑台对面观看了整个过程。

之后，净化书还是由他诵读的。

恶的基因需要剔除，曾经他是这么认为的。人类的未来岌岌可危，容不得一丝不稳定因素。

何况——

这恶的因素还非常强大。

"不过什么啊？"半晌没有听到小梅继续说话，荣贵催他。

"不过他们的牙齿无法咬穿我们的皮肤，我们是安全的。"小梅听到催促后立刻用这句话将他脑内的话代替了。

"哦。"荣贵明显松了口气。

听完小梅从科学角度对"吸血鬼"的解释，荣贵忽然不害怕了。

也是哦！这会儿是宇宙时代，大家的老家都没了，全部聚到一个地方过日子，肯定哪儿的人都有啊！

就像他之前住的地球，有白种人、黄种人、黑种人甚至红种人哩！早先交通不便，人们见到从外国来的人还以为是妖怪来着！交通方便后，大家见得多了，就变成"外国友人"了。

这么想，吸血鬼——嗯，不对——吸血族就像外国人，还是外国病人！

荣贵很快就想开了。

给自己和小梅各找了一副厚手套，荣贵走到昏倒的"麻烦"先生面前，继续照顾他。

保险起见，他还是在手里握了一头大蒜。

于是，等到"麻烦"先生醒来，看到的就是荣贵一手大蒜一手手绢的样子。

"我……我这是在哪里？你们到底是什么人？"一醒过来，"麻烦先生"可紧张了，不知道的人看到他这副模样，搞不好真的以为他是个无辜的好人，而对面的荣贵才是坏蛋。

"你问的问题是我们应该问你的好不好？"歪歪头，荣贵对对方道。

大概是对方明显和自己差不多年纪，声音也是，荣贵对待对方的态度不知不觉多了一丝与同龄人交往时才有的轻松。

金发青年被他问得愣了好半天，才想起晕倒前发生了什么似的，长长的睫毛抖动两下，他谨慎地自我介绍："我叫马凡。"

作为中国人，荣贵立刻听懂了这两个音，不过此时他还没注意到这个名字有什么不对，只是心里疯狂地吐槽：真是名副其实，"麻烦先生"居然真的叫马凡，这名字起得也太不走心了吧？还有——

你、你这长相就算不叫马丁至少叫个玛丽啊！

这么明显的外国人长相，怎么偏偏叫个中国名哦！

荣贵撇了撇嘴。

等等！

忽然意识到什么，荣贵的身子赫然一抖。

马凡，对方发的音十分接近中文发音啊！因为太熟悉，所以一开始荣贵才忽略了，仔细想想，对方的发音地道，听起来就是汉语，可是在这种地方怎么可能听到汉语？！

想到这里，荣贵又不太确定。

就在这个时候，马凡继续说道："我这个名字比较少见，我姓马，名字叫凡……"

他一边说，一边在车厢地板上写下自己的名字。

没有笔，他就蘸着血写。

——他自己刚刚喷的那些。

荣贵的嘴巴一下子张大！

"我、我叫荣贵啊！荣是我的姓，我的名字是贵啊！"

完全一致的命名方式，两个人——一个金发碧眼的小吸血鬼，一个没头发的小机器人——眼对眼，脸对脸，嘴巴同时张得大大的，一副难以置信的样子。

"老乡吗？"

"老乡啊！"

于是，在小梅面无表情的注视下，两个人抱在一起。

"老乡见老乡，两眼泪汪汪"说的就是现在这种情况，只不过荣贵没有眼泪哭不出来。

这并不影响他拿着一条手绢，时不时在眼睛下面蹭一蹭，动作表情如此到位，场面也就撑起来了！

驾驶席和副驾驶席如今都空了，荣贵和马凡原本在后面，小梅在驾驶席上稳稳坐着。

就在两位老乡喜相逢之后，小梅也挪到后面了。

小机器人肩并肩和感动中的荣贵坐在一起，天蓝色的大眼睛审视金发吸血族。

荣贵和他叙述过的老家——他脑中一点印象也没有。

大脑的存储量比世界上任何一个图书馆都要大，小梅没有印象的文明……

八成已经淹没在历史的洪流之中了。

没有任何族人留下来，没有任何事迹留下来，文化、文明全部失传，这是真正的消失。

小梅没有明说，不过他猜测荣贵已经意识到这件事。

忽然冒出来一个荣贵的"老乡"，小梅认为十分可疑。

不过荣贵显然不这么觉得，被熟悉的文字激起了思乡之情，他光顾着和马凡聊天，完全没有注意到小梅已经坐到自个儿身边。

第七章
星城

"哎呀！我这不是出去送外卖吗？送完之后就遇到紧急调令了，我是黑户嘛！最怕遇到这种公家机构，我怕他们查我的通行证，你们也知道，我的通行证是假的啊！"马凡大声地介绍自己的经历。

小梅默默观察他：荣贵的老乡几乎和荣贵一样迟钝，荣贵在自己的地盘如此放松就罢了，反正有他，可是这位老乡在陌生的地方也这么大大咧咧——小梅将对方的危险等级下调一级。

对方仍在侃侃而谈："我想了半天，想到了一个好主意。

"他们不是因为车祸需要找人送人才发紧急调令吗？如果只是普通的路人，我一定会被征调查证件，可是，如果我是车祸中的伤员，我晕都晕了，他们还能拿我怎么办？"

马凡兴致勃勃地说着，说到得意的地方，他头顶的小金毛被他呼出的气吹得一晃一晃。

"我想了想，伤不能太重，重伤肯定要被分配到大医院；伤也不能太轻，太轻晕不倒搞不好还得回答问题，而且对方认为我没事让我一起干活怎么办？还是会露馅。

"所以我想着，伤要非常有技巧，必须不轻不重，我开着车撞到路边去了。

"我原本想撞断两根肋骨就行了，谁知路边的桥墩子比想象中硬，我不小心撞断了四根肋骨。

"哎哟！真的有点疼呢！"

马凡虽然是标准的外国友人长相，可是他说话非常和气，时不时冒出一句汉语，比如"桥墩子"，荣贵听着特别亲切熟悉，这样一来，就连"撞断肋骨"什么的他都觉得可以接受。

"撞断这么多根肋骨……很疼呢！"荣贵关切地说。

马凡却轻松地摆了摆手："那个……我是吸血族嘛！这点伤对我来说算不了什么，找个人吸两口血就好了。

"我打算随便被分配到一辆车上，吸几口血治好伤就走，谁知——"

原本眉飞色舞的五官顿时全部归位，马凡深沉地看向了对面的荣贵以及小梅："谁知我被分配到的车上是你们两个机器人啊！"

"噢！"荣贵摇摇头，心说：我能怎么办？变成机器人的我也很无奈啊！

两位老乡沧桑地继续对视。

这样一来，他们真的要去星城。

马凡给出自己的住址正是星城边上的一个小镇，虽然不在城里，可是距离星城非常近，在星城管辖范围内。

马凡虽然能说话，声音还挺大，可是他的脸色苍白，胸口还塌下去一块，靠他自己回家明显不现实，反正帕罗森和星城都有好医生，荣贵决定去星城。

何况马凡透露的信息中有一条吸引了他："我是开菜馆的，养父教授我的传家手艺，阿贵你就算没法吃，闻闻味也好啊！"

"老乡"特别没心眼地大大咧咧道。

然后，荣贵决定一定要过去闻闻味。

对于这个莫名其妙出现的吸血族马凡，小梅持谨慎态度。

何况传说中吸血族最初的聚集地就是星城旁边的某个卫星城。

那是后来被称为"恶之源"的地方。

他只在书上见过。

小梅双手放在膝盖上，端正地坐着，静静想着。

荣贵打断了他的沉思："小梅，接下来我们去马凡家看看好不好？"

大大的黑色眼睛亮晶晶的，荣贵歪着头看向他，嘴角按捺不住地上扬，荣贵的心情明显很好。

"运气好的话，说不定还有我真正老家的菜哩！

"去闻闻我家乡菜的味道，闻闻我故乡的味道，好不好，小梅？"

荣贵开心地朝小梅发出邀请。

小梅愣怔地看着这样的荣贵。

脑中之前的卷宗全部消失不见，眼中只有眼前小机器人恳求的脸。

再也说不出要荣贵谨慎行事的话，小梅情不自禁地点了点头。

"好，我们去。"

"吸血鬼聚集地""恶之源"……卷宗上的备注词在他脑中瞬间全部抹去，换上了荣贵的脸。

各种前往那里的理由都不复存在，从现在开始，他去那里的原因只剩下一个：去闻闻荣贵家乡菜的味道，去看看可能有他家乡痕迹的东西。

仅此而已。

第八章

王大爷一家

有了让人激动的目的，接下来的旅途立刻变得没那么枯燥！

荣贵兴致勃勃地催促对方讲述更多。

小梅仍然坐在荣贵身边，没有回去驾驶席，虽然脸上的表情依旧严肃，不过内心已经恢复平静。由于荣贵表现得太期待了，连他都被带出了一点点好奇心。

毕竟他们即将去的地方可是他之前只在卷宗上看到过的，连图像资料都没有，只有一个破损的标志被仔细地转录。

荣贵偷偷瞥了一眼小梅，然后偷偷乐了：虽然小梅仍然面无表情，可是荣贵是谁啊，荣贵可是演技派的高手啊！擅长观察别人的细微动作，下一次在自己的表演中熟练表现，他一眼就看出了小梅动作的细微变化。

小梅也感兴趣——他立刻懂了。

不过小梅脸皮儿薄，如果这个时候把观测到的大声嚷嚷出来打趣，小梅不会反驳，然而以后他就不会在你面前表露任何异样。

荣贵小心翼翼地收回视线，没有和小梅说话，接着马凡讲述的事情往下说，向他打听更多的事儿。

和小梅相处久了，荣贵对小梅的行为模式已经非常了解。

比起漫画，更喜欢复杂的大部头书；

比起抒发感情的叙述方式，更喜欢描述事实的客观叙述方式；

比起一下子就描述细节，更喜欢从背景介绍开始……

荣贵想了想，向马凡问一些小梅会感兴趣的问题："马凡，你家那边有多大啊？大伙儿都干什么营生啊？"方圆几何，百姓以何为生……荣贵选了这么一个切入点。

说完，他不着痕迹地打量小梅：小梅的脑袋果然又抬起来一点点。

"我家那边说大也大，说小也挺小的。"金发青年抓了抓头，"我们那儿其实是颗小星球啦！比星城还大！可是环境不好，目前开辟出来供人类居住的地方不大，只有星城一个区大而已。

"至于做什么营生……开饭馆的、卖衣服的、剪头发的……就和普通的小镇一样，我们那儿的生活其实很普通……"

对于荣贵来说，自己的老家或许神秘又让人充满向往，可是对于从小生长在那里的马凡来说：自个儿的家就是家啊！挺普通的。

"大概这就是'从小生活在景点里的人不觉得景点有啥好的'？"荣贵为他找了个合适的形容。

第八章
王大爷一家

"呃……我老家算什么景点啊……那地方基本没人去，如果过去的人多，我就不用冒着风险出去送外卖……"马凡嘟嘟囔囔。

"哎？很少人去吗？这是为啥啊？"按照小梅的解释，每颗星的制造都是经过多方评定的，或供人类居住，或孕育矿产，或成为实验基地……每颗星都有它存在的意义。

这个世界经不起任何浪费。

荣贵问，小梅就在旁边默默听。

然后马凡耸耸肩膀："因为环境不好。

"据说我们那颗星原本是被规划为宜居星球的，造星的过程中不知道哪个环节没有把握好，冒出来好多大虫子啊！

"黑壳虫！红壳虫！百足虫！硬硬的甲壳虫，软软的白色大虫……什么虫都有！

"还长得比一般虫大！

"虽然绝大多数虫都不怎么危险，可是耐不住它们长得不太好看，星球造好之后，原本计划入住这里的人提出抗议要求去其他地方居住，没多久，新建好的星球就空啦！

"据说当时造星局发出征调令，说任何想要移居到那里的人都可以免收100年赋税，还送建房材料。

"据说征调令刚发出来的时候，我们的祖上就动心了，我们的族人比较弱嘛，住的地方相当憋屈，早就想搬家了。

"虫子怕啥？我们啥都吃，好多人还专门挖虫子吃呢！新星上的虫子据说都不用挖，到处都是，一抓一大把！

"何况还免收赋税送房子啊！

"大伙儿一商量，就递交申请了。"

马凡说得轻巧，然而荣贵的脸色越来越不好。

和小梅不同，荣贵可是个表情异常丰富的小机器人，他的脸色变化如此明显，以至于马凡这么大大咧咧的人都发现了："那个……阿贵，你该不会……怕虫子吧？"

止住接下来继续介绍自个儿家乡特产虫的欲望，马凡关切地看了看荣贵。

荣贵哆哆嗦嗦抓住了小梅的手，另一只手的食指和拇指微微在空中夹了夹："一点点……一点点啦……"

"呃——可是你的样子不像是就怕'一点点'啊——"看着马上就要晕倒的荣贵，马凡脑中的想法都写到脸上。

"要不然不去了？"早在马凡说到虫子的时候，小梅就看向荣贵。

荣贵有多怕虫子他最清楚了。在西西罗城居住的时候，荣贵还专门求他做一瓶强力驱虫剂随身携带呢！

小梅面无表情地看着荣贵。

他是这么说的，也是这么想的。

如果荣贵害怕他们就不去了，星城不去也没有关系，他们可以现在返程继续前往帕

罗森。

听到小梅的话,马凡的心一下子又提起来。

小梅的语气是认真的!如果荣贵怕虫说不去,他就真的不去!

可是他怎么办?这条路上的车原本就很少,基本上都是前往星城的,去往星城还要经过四颗星,从他老家去星城的车几乎没有啊!

马凡紧张兮兮地看向荣贵,他本能地知道,决定自己接下来命运的关键就在荣贵身上。

荣贵一脸柔弱地靠在小梅肩上,光看模样就知道:这家伙已经怕得不行了。

然而——

"不,我们过去。"

噢耶!阿贵你真是个好人,怕虫子怕成这样还要送我回家——马凡立刻在心中摆了个欢呼的姿势。

小梅不赞同地看向荣贵。

他听到荣贵用虚弱的声音对他道:"我必须去。

"我有一种预感……

"那里的人……搞不好……

"真是我的老乡。"

小梅的脑袋顶上立刻仿佛冒出一个问号。

作为这个时代的土著,小梅对荣贵那个时代并非一无所知,但是,那特指主要星球上发生的足以载入史册的大事,像地球这种偏远的乡下星球上发生的事情,小梅确实完全不清楚。

他不懂中文,不知道在那么一颗小星球上居然有几百个国家与地区,每个国家都有自己的国旗、文化甚至语言。

所以,他自然也不知道在那颗遥远的神秘星球上,曾经有过这样一个神秘的民族:他们创造过地球上最绚烂的文明,发明了优美复杂的文字。他们的历史悠久,他们——

他们什么都吃。

从天上的飞鸟到地上的走兽,从山上生长的植物到海里盛产的海藻……没有他们不吃的东西。

面对一头怪兽,其他国家的人的第一想法可能是:天哪!要怎么消灭?

而他们的想法则是:天哪!这个肉要怎么吃?怎么做才好吃?

相较之下,区区虫子算什么?乡亲们早就发现各种虫子的美味吃法了!

小的时候,荣贵经常胆战心惊地被迫围观荣福他们挖虫子、吃虫子。

从马凡的名字就可以看出一点征兆,听到他这么说,荣贵的某个想法越来越强烈:没有错,这群听到虫子就立刻组团过去吃虫子的家伙,一定是他的老乡!

毕竟,就连他自个儿也在看到丹麦海滩上生蚝泛滥成灾,当地人痛苦不堪的消息时,

第八章
王大爷一家

向往过组团过去吃生蚝顺便帮助外国友人！

荣贵又紧张又兴奋又害怕，小声地把自己的推测对小梅说了。

本体什么都吃，喜欢吃生蚝（一种硬壳海洋生物）——小梅在荣贵的标签栏里又默默地增加了一项。

又是一条长长的直行道。

道路两侧一片漆黑，无风无雨，非常平静。

这样的道路荣贵走过好多次，一开始还会觉得奇怪，不过被紧急调令调去造过一回星之后他总算明白：这种道路其实就是连接星球与星球之间的轨道。

走完这段路，他们就要进入384号星了。

实际上，如果不是车上有马凡带路，他们八成不会走这条路。

一路直行，然后他们走到了一个岔路口，左右各有一条路，不同的是左边那条路是非常正常的路，而右边的路，路口立了一块大大的警告牌，上书："内有虫！"

使用鲜红的颜色，还画了好几个感叹号。这样一来，只要有眼睛、识字的人都能意识到这条路后面有不好的东西，不会往这条路走。

然而马凡开开心心把这条路指给他们："就是右边这条路！"

"能停一下车吗？"

指完路，马凡恳求地看向荣贵。

他精明得很，早就看出求小梅没用，荣贵才是说话管用的那个，所以他一路上以荣贵为主。

荣贵点点头，顺便吩咐大黄停车。

大黄稳稳地停在了路边，确认停稳之后才打开车门，马凡立刻连蹦带跳地下车。

他的动作敏捷极了，完全看不出还有肋骨没有长好！不愧是吸血鬼……啊，不对，是吸血族。

心里默默更正了一下对吸血族的定义，荣贵好奇地看着马凡用力一拔，原本插在路中央的警告牌就被他拔出来了，他把牌子插到路边，然后从随身携带的小包包里掏出一根粗笔，还是红色的。

下一秒，荣贵看到马凡在警告牌上写写画画。

他用和警告牌原本文字一样的字体在"虫"字后面加了一个"肉"字，然后用红笔将感叹号加粗加宽，上面的竖线部分被他描成了一个肥肥可爱的爱心。

于是，原本充满警告意味的"内有虫！"警告牌摇身一变，变成了"内有虫肉（爱心感叹号）"。

做完这些，马凡这才回到大黄上。

将粗笔收好，他叹了一口气："其实我们那边现在没有那么可怕，毕竟大伙儿每天都要吃饭啊，可是道路管理局的脑子不变通，还是放这么个警告牌在这里，这样一来，我们那边的经济怎么可能发展得好呢？"

总觉得听到马凡谈经济怪怪的——心里这么想着，荣贵说出了自己的顾虑："把警告牌改成广告牌确实是个好主意没错，可是……总有人害怕虫子，而且里面不是还有一些比较危险的虫吗？如果有人看到这个广告牌贸然进去……是不是也不太好啊？"

"啊，这个你放心，真正害怕虫子的人就算看到招牌也不想进去的，何况入口这边压根就没有什么危险的虫，我们住在离入口没多远的地方，那一带的虫都被我们吃……清理光了，安全得很！"马凡大咧咧说着，差点不小心把实话说出来。

入口的虫已经被吃光了吗……荣贵有点"黑线"的同时，感到了巨大的安全感。

他们的聚集地如果就在入口附近的话，他岂不是马上就可以看到可能是自己同乡的人吗？

荣贵忽然安静了。

他静静坐在车上，向车外望去。

窗外仍然是一片黑暗。

顺着荣贵的视线往外望过去，那里什么也没有。

然而，仿佛有什么东西就在那黑暗中，荣贵看个没完。

目光直直落在荣贵的脸上，小梅静静观察着荣贵的表情变化。

先是急切，然后多了一点点焦躁，接下来，随着时间的推进，又多了一些紧张……

荣贵的表情是那么多变，情绪是那么清澈透明。

以至于冷感麻木如小梅，在观察荣贵的过程中，居然都被他的情绪带动，多了一丝原本不属于自己的情绪。

和荣贵一样望向窗外，小梅猜测着荣贵族人可能的模样。

荣贵是黑头发黑眼睛，他的族人会不会也是那样的？

不过后面这名吸血族就是金发碧眼，和荣贵的容貌差异很大……

还有，他们这么能吃，如此爱吃，可能体形相对较大？不过吸血族的体形倒是正常的……

小梅静静想着，然后——

他看到前方的黑暗中多了一点点别的颜色。

红色！

零星的红色光点忽然出现在前方的道路两旁，仔细看才发现这些红点分布得有规律极了，远远望过去就像两条光带。

再然后，大黄行驶到这些"光点"之下。

如此近距离地观看，小梅发现这些光点是用红纸糊的圆形球体，里面灯火摇曳，竟是有明火在里面的样子，而红色纸球上方有线，这些红纸球是吊在线上的。

应该是一种照明工具——小梅心想。

就在这个时候，他的手忽然被紧紧抓住了，紧接着，荣贵的声音就在他隔壁响起："灯笼！"念了两个奇怪的音节，荣贵的声音微微颤抖着，里面有压抑不住的激动与兴奋。

侧过头，小梅看向荣贵。

"小梅，这个东西叫灯笼啊！是我老家特有的东西！我小时候还玩过！"迫不及待地摇下车窗，荣贵扒着窗户往外看，不光自己看，他还示意小梅看。

"你看你看！这个灯笼上还有字！

"我们头顶上这个灯笼上写的是'欢迎'。

"与它并排的，你那边的灯笼上应该写'光临'。我们那边的灯笼一般都成双成对出现，两边的字可以连起来读的。

"啊！果然是光林——呃，为什么写的是'林'？

"错别字吗？

"不过灯笼上的大字写得真不错……"

荣贵摸了摸鼻子。

然后，他听到马凡爽朗的笑声："那是克劳德爷爷画的，他是有名的画家，时不时有人找他买画呢！"

"哎？！"好像有什么不对，不过眼前高高挂起的大红灯笼已经吸引了荣贵的全部注意。荣贵激动地看着外面的红灯笼，使劲瞅着，随着大黄不断向前行进，道路中间忽然出现了一座醒目的建筑。

小梅审慎地看着前方出现的建筑：真是奇怪的东西，说是房子吧，明显无法住人，就像一扇门……不对，没有门板，充其量是个门框，就像一个门框凭空出现在道路上，门框上方结构非常复杂，两端高高翘起，非常奇特的造型。

完全看不出用途是什么。

然而，旁边的荣贵更加激动："牌坊！"荣贵一下叫出了眼前建筑的名字。

牌坊上都要挂匾，荣贵怀着激动不已的心情，拉近镜头向牌坊上方看过去，他果然看到了一块大大的门匾，蓝色的底儿，描着金漆的框，一看就知道是他老家才会有的东西！

然后，他看到匾上的三个大字：糖人街。

啊！唐人街！果然是唐人街吗？！

等等

好像哪里不太对，"唐"字旁边怎么多了个"米"字？

就在荣贵又激动又纠结，一脑袋糨糊的时候，牌坊只是一个起点，往后道路两侧忽然多了好些建筑，都不高，每栋建筑上都挂着灯笼，道路两侧还竖着各种各样的店名广告牌。

"大王茶馆""何氏汤包馆"……

是荣贵熟悉的模样，记忆中的味道！

可是，总觉得有什么东西不对……

"大王茶馆"的"王"字下面是不是多了一点，变成了"玉"；而"何氏"的"氏"字下

面也多了一个点，变成了……一个荣贵不认识的字。

总觉得哪里怪怪的。

不过没有时间让他仔细感受，马凡已经在后座大声嚷嚷："到啦到啦！快让大黄停车吧！"

这句话是对荣贵说的，紧接着，他用更大的声音朝窗外喊："老爸！我回来啦！快点给我杀一只鸡啊！我要吃炒鸡血血血血血——"

内心的渴望化作长长的破折号，马凡的声音划破了这条街的宁谧。

很快，荣贵看到一个个脑袋从道路两侧的店内探了出来。

而距离他们最近的门被人一脚从里面踹开，一个男人一手拎刀一手抓鸡，风风火火从门里撞了出来。

荣贵坐在一张大圆桌边，正对着门口的位置，旁边是小梅，然后——

对面一群大汉将两个小机器人包围。

"来啊！尝尝这个溜肉段儿！这可是俺的拿手菜哩！外面来的客人不多，但是只要有人来，十有八九点的是咱这道菜！"一个体形身高都是荣贵两倍的壮硕汉子豪爽地拍着胸膛。

"不过材料有限，没有猪肉，俺就用的毛毛虫肉。毛毛虫你知道不？就是外面有一层硬刺的那种，告诉你，外表越难看的虫子越好吃！因为太好吃了，所以必须长难看才安全啊哈哈哈哈哈哈！"

汉子的笑声震得桌子微微颤抖。

荣贵就跟着一起颤抖。

"他那个溜肉段也就那样，你们看起来个子小就很不能吃的样子，要吃就吃最值得吃的，来试试我这盘西红柿炒蛋，甭看简单，这可是流传千古的名菜啊！是个人都爱吃。"一屁股把前面的汉子挤到后面，另一名大汉成功站到了小梅旁边，然后开始不遗余力地介绍自己手上端的拿手好菜。

番茄红润，蛋金黄，可是，有了前车之鉴，荣贵总觉得这盘菜看起来有点诡异。

果然——

"不过马凡太爱吃鸡，动不动就吃，吃得我们养的鸡都要绝种了。

"他爸手里那只鸡就是最后一只了，我们已经没有鸡蛋了。

"早就知道有这一天，所以我特意提前好几年就开始研究鸡蛋的代替品，看！这盘番茄炒蛋里面的蛋就是白条大虫的虫卵，这虫卵无论是从颜色、味道还是从营养价值上来说，都和鸡蛋几乎一模一样，甚至更好吃一点！

"来呀！快来尝尝呀！"

说完，大汉用筷子夹起了一块金灿灿的……炒虫卵！

隔着小梅，荣贵都觉得自己快要晕过去了，就连终于看到了熟悉的进食工具——筷子,都没能让他感觉好几分。

头顶的世界已经够可怕了,偏偏脚底下还不安静,荣贵一直觉得有什么东西在他脚底下窜来窜去。这里到处都是虫……

自己脚底下的东西……不会……也是……虫……吧?

完全不敢低头去确认,荣贵选择把脚抬起来,和屁股一起放在座位上,虽然这个姿势不太雅观,可是和心中的害怕相比,荣贵顾不了这么多。

何况他的坐姿受过严格训练,即使是如此不雅观的动作,荣贵做出来也不会不雅,反而让人觉得楚楚可怜。

小小机器人缩在巨大椅子上一动不敢动的样子,别说,是个人的保护欲都被激发出来了!

"谢谢,我们不吃。"小梅先是回绝了第一位大汉送过来的"溜肉段儿",紧接着,又接过第二名大汉手上的"番茄炒蛋"放在距离荣贵比较远的位置,然后,他俯下身去,从下面把一直在地上扑腾荣贵脚底心的罪魁祸首——一只鸡拎了上来。

"叶普盖尼叔叔、查理伯伯,你们别这样啊!阿贵他怕虫,何况他们俩是机器人,怎么吃哦!只能闻闻味儿!"趁这个工夫,马凡从外围扒拉进来。

围观的人太多,刚才他被堵在最外头了。

"啊!只能闻闻味儿啊……这……那你们就闻闻味儿吧。"这下所有人终于消停了,他们纷纷将手中的拿手菜放到桌子上,供荣贵和小梅闻味儿。

那场面……

该怎么说呢?

荣贵觉得自己和小梅一下子变成神仙。

被人定期摆几盘菜"供"在面前,闻完味儿再撤下去,"上供"的人继续吃。

于是荣贵非常和气道:"你们一边吃我一边闻也是一样的,现在刚好是吃饭时间,你们也饿了吧?赶快吃吧。"

对面的大汉们眨了眨眼,把饭菜全部撤了下去。

一时之间,他们摆盘的摆盘,倒茶的倒茶,分桌的分桌,没多久大大的酒楼一楼同时摆了二张大桌子。

熟悉的饭菜,熟悉的人圆桌,甚至还有零星冒出的熟悉的语言,可是

怎么感觉眼前的老乡们非常不熟悉呢?

刚才金发碧眼好像一头熊的叶普盖尼叔叔和查理伯伯长相还算熟悉——和马凡一样,看着像外国人而已嘛!

不过再往屋里的其他人身上瞧,荣贵就有点不太确定:那个看起来像头狼的家伙是哪里人?他可不记得有长成这样的老乡啊!

还有,那边那位阿姨是不是有两颗头?不过……她的两颗头倒都是黑发黑眼,看起来有点亲切的样子……

被眼前的情景迷惑，荣贵张大了嘴巴，直到他的视线落在了小梅……手里抓着的那只鸡上。

那是一只颤巍巍的小家伙，小身子毛茸茸的，被小梅倒拎住小爪仍然不放弃挣扎，拼命用那小小嫩嫩的黄色喙向上啄小梅的手指头。

换作别人可能这一招管用，可惜小梅是机器人，完全不会疼，自然也不会为这点小干扰有所动摇。

这还算不上是一只鸡，充其量只是一只半大鸡仔！

视线愣怔落在小梅手里的小鸡仔身上，荣贵轻轻凑过去，摸了摸小家伙的脑袋。

然后他被重重啄了一口。

"哎呀，别啄我呀！我不疼的，反倒是你的小嘴巴会疼。"他还对小东西说话。

小东西还想啄他，这时候小梅行动了，掏出一根长长的丝线，手指如飞，迅速将小鸡的嘴巴绑住。

"这……这……"荣贵简直不知道说什么才好，从小梅手里把彻底没了攻击手段的小鸡抱过来，手指轻轻地从小东西身上的绒毛滑过，荣贵侧脸对小梅道："它，和我小时候养的那只小鸡一模一样。"

孤儿院的院长不知道从哪里弄回了一笼小鸡，每个小孩子都分了一只。

"我太笨了，那只小鸡三个月后不小心被外面的狗咬死了，我哭了好久。"

说这句话的时候，荣贵又是怀念又是伤感，而小机器人轻柔抚摸手里小鸡的样子，不知道为什么，看起来居然和谐极了。

然后——

"不过后来想这可能也是好事，荣福的鸡养得最大最肥，第一个被宰掉吃了。"

小梅："……"

只要在荣贵身边，任何情绪都不会持续三秒，他就知道。

"不过，这个小家伙确定是我老家的！它长得和我小时候常吃的鸡一模一样呢！"荣贵将手中的小鸡举高高，笑了。

"哎呀！这小东西被你们抓住啦？谢谢你们啊！我在厨房找了它半天哪！接血的盆都烫好了，就等它下锅啦！"就在这个时候，门口跑进来一个男人，和马凡一样金发碧眼，不过穿着一件类似中式厨师袍的衣裳，看起来……够不协调的。

他正是马凡的老爸。

他的左手正挥着一把中式大菜刀，刀口锋利，在灯光下反射出犀利的一条线。

荣贵和他手里的小鸡仔同时哆嗦了一下。

他没有说话，不过手上的动作却反映了他的内心：荣贵把手里的小鸡抓得更紧了。

对于小梅来说，这是一个"想要"的标志。

就好像那个"苹果"。

于是，小梅抬起头来，对门口的男人道："你这只鸡卖吗？多少钱？我们买了。"

"哎？可是这是最后一只鸡了，小凡想吃炒鸡血来着……"门口的男人愣住了。

他的话没说完，一根拐杖从他身后重重砸到了他头上。

"谁？谁偷袭我！"男人一只手抱住头，一只手举起菜刀，暴跳如雷地转过身去，看清身后人是谁的时候，他闭嘴了。

"爷爷，您干吗打我哦？"眼角冒出一朵委屈的小泪花，男人小声道。

"你挡住门了。"刚刚砸过男人头顶的拐杖忽然从他肩膀旁戳了出来，男人的身子被拐杖戳到一边去，最大的障碍物没了，门口，拐杖的主人便彻底暴露在荣贵眼前。

那是一个头发胡子都花白的老头，个头不高，满脸皱纹，精神却很好。

这是"真·老乡"。

即使头发、眉毛、胡子都白了，老人的外貌特征也非常明显，那双被厚厚眼皮几乎盖没了的眼珠颜色也非常明显。

黑色的眼珠！

荣贵腾地站了起来！

他知道自己这时候应该说什么的，他应该激动地报出自己的故乡，然后顺便询问对方的故乡在哪里，来个感动的大认亲。

再不然报个名字也好啊，这么有特色的名字，对方一定一听就知道自己是同乡。

真正的同乡在眼前，荣贵心里实在太激动了，怀里还紧紧搂着那只鸡，他就这么站了起来，脑中一片空白什么也想不起来的时候，只能激动地朝对方说："那、那个……抱歉，因为我属鸡，所以……所以……"

老人慢悠悠走过来的脚步一下子顿住了，抬起头看向荣贵，充满睿智的眼睛温和地盯着他，片刻之后，老人笑了："原来是这个原因吗？原来你属鸡？"

是的，紧张说错话也没关系，没了原本的外貌也没有关系，骨子里的东西是不会改变的，比如饮食习惯，比如文字，比如……特有的生肖属相。

荣贵知道，老人一定认出他了。

就在他满怀激动地与老人对视的时候，他听到老人继续温和地对他说话。

老人说："我属猫啊……"

感动不过三秒，荣贵顿时一脸黑线。

"十二生肖里面没有猫，您的属相应该是老虎吧？"荣贵对坐到自己旁边的老人家道。

"老虎？老虎是什么？"老人笑呵呵，问出了让荣贵更无语的问题。

虽然早就猜到了大概是文化传承出了问题，但没想到问题竟然这么多！

从十二属相到底有哪些动物说起，荣贵和老者顺利聊了起来。

虽然从一开始就觉得这个地方的模式看起来怪怪的，既熟悉又陌生，不过聊开以后，知道老者的祖辈居住在唐人街，荣贵觉得自己大概知道问题所在了。

这位大名王汤姆的老人的祖辈是生活在某条唐人街上的厨子。世界进入永光带的时

候，他和家人逃了出来，被接入塔，从此过上了塔内生活。

一起逃出来的有几户人家，和外地的华人都喜欢聚集生活一样，他们一直住在一起，通婚，倒也一代一代繁衍了下来。

到王汤姆大爷这一代，就剩王汤姆大爷自个儿了。

"然后我就捡到家大儿子了。"大爷信手往旁边一指，一个一脸持重的金发老外站了起来，朝荣贵谨慎地鞠躬，自我介绍："你好，我叫王艾伦。"

荣贵："……"

"那边是二儿子，查理。"老爷子又指了指，是个熟人，就是之前倾情为荣贵推荐番茄炒虫蛋的那位。

荣贵："……"

老人又指了几下，十来个人站出来，荣贵看得眼都要花了。

不过他知道了：敢情这些人都不是老人的亲生子女，都是捡的！

"家里的孩子太多了，原本的房子就住不下了，那时候刚好有个紧急调令，只要住过来就免费送盖房子的材料，这不，我就带着一家子过来啦！"

王大爷笑呵呵，接下来他就不说话了，旁边的小辈给他递过来一双筷子，又一名小辈送过来一个装满菜的碗，老人一一接过，然后乐呵呵细嚼慢咽。

他一边吃还一边给荣贵介绍自己吃的是什么菜，幸好都是些家常菜，否则荣贵真的不认识。

就这样，王大爷一边吃饭，一边和荣贵聊得挺高兴。

荣贵注意到，除了摆在大爷那边的以素菜为主以外，其他人面前几乎都有肉，还有红红的像炒血块一样的东西。

饭后，不用大爷吩咐，以马凡为首的第四代主动站起来收拾碗筷刷碗，王大爷则带着荣贵和小梅向后屋走去。

那里居然是个非常精巧的茶室。在之前的时代，荣贵都没见过这么精致的茶室！

他们刚坐下没多久，王艾伦——大爷之前介绍过的大儿子就端着一个茶盘过来，把一杯热茶递到大爷手边的茶几上，另外两杯则摆在荣贵和小梅手边，让他们闻味儿。

艾伦可是大爷的儿子，和他们差不多岁数的马凡可是得管大爷叫曾爷爷的。这么说，这位艾伦大叔……应该也是爷爷辈啦！

艾伦大爷的年纪应该不小，然而风度翩翩，强壮，皮肤细致，无皱纹，说实话，真是个难得一见的超级大帅哥！特有气质的那种！还是贵族气质！

看到他，荣贵总觉得看到老电影里那些经典的欧洲贵族。

这位欧洲大贵族级别的超级大帅哥正在给他们端茶倒水。

确认所有人面前都有茶水和茶点，他又细心地在王大爷手边放了一块考究的手绢，这才离开。

临走前艾伦大爷朝他们微微颔首以示告别，那眉眼一低的风度……荣贵又看傻了眼。

直到小梅轻咳一声，荣贵才回过头来。

"小梅，你的声音系统坏了吗？"他偶尔咳嗽一声，荣贵管这个叫"煲机"的一种方式，可是小梅却没有这个习惯。

小梅瞥了一眼他，没吭声。

"那孩子也是吸血族。"小梅没有说话，接下来，却是王大爷接着荣贵的话往下说。

仿佛知道荣贵接下来会问什么，大爷继续道："这些孩子们基本上都是吸血族，还有一个是狼人。"

荣贵的嘴巴张了张，他并不惊讶。

或者，在见到马凡以及其他人的样子之后，见到他们面前摆放的饭菜时，他就有预感。

他只是有点奇怪，为什么王大爷收养的全是这种孩子。

看着荣贵懵懂的脸，大爷又温和地笑了笑，不慌不忙喝了一口茶，享受地眯了眯眼，这才道："我以前生活在帕罗森，那里和星城一样，是一个以医疗闻名的星球。

"医院嘛……是最多人出生和死亡的地方。

"有很多健康可爱备受期待的孩子出生在那里，自然也会有很多不受期待的孩子诞生。"

"他们就是那些由于与生俱来的基因缺陷，不受期待的孩子。

"这些孩子往往在出生的时候比其他婴儿强壮，父母欣喜，直到他们吸食母乳。

"他们吸食的是母亲的血液。

"可是他们的生命力真顽强啊，即使被抛弃在最肮脏黑暗的地方仍然可以存活很长一段时间。

"那时候，艾伦的哭声可真大啊……"

老人说着，眯了眯本来就细小的眼睛，仿佛陷入了过去的记忆里。

"您就把他们捡回来啦？"寻摸着老人追忆得差不多了，荣贵才小声说话。

"嗯，我想着，吸血鬼和狼人，小时候妈妈给我讲的睡前历史故事里提到过。"

"搞不好是老乡啊！

"这么想着，我就高高兴兴把他们抱回去。"

老人家爽朗地说着，荣贵又无语了。

他能怎么说呢？

王大爷的母亲讲述的根本不是历史，而是童话。

不过看着追忆艾伦他们小时候趣事的王汤姆大爷，他由于笑容而变得更加深邃的褶皱，荣贵什么也不想了。

王大爷已经做得很好了，他让关于地球文明延续下去，并且找到了一大批传承人，他爱那些孩子，那些孩子更爱他，他能在这里吃……不，闻到这么多正宗的家乡菜的味道，

不正是王大爷的功劳吗？

只要文化不断，记忆不断，一个地方的存在就永远不会被抹杀。

想到这里，荣贵又重新高兴起来。

"好了，我已经说了不少关于自己的事情了，孩子，也跟我说说你知道的事情好不好？"王大爷睿智地一笑，向荣贵提问。

天知道荣贵早就等他这个问题了！

一路上发现的错别字再不说就忘光了，好不容易等来这个机会，荣贵赶紧把自己知道的一切都说了出来！

两个人聊得热火朝天，王大爷的水很快就喝光了，王艾伦帅大叔又进来送了一回水，大概是发现他们没有谈什么私密的事情，艾伦大叔倒完水没走，坐在下首，认真聆听着王大爷和荣贵聊得热烈，时不时看向一旁闷不吭声的小梅，露出一抹淡淡却友善的笑容。

他就这么在旁边静静地旁听，一直等到了晚上十一点，才开口打断了两人的对话。

"爸爸，您该睡觉了。"温和地对王大爷说完，他转头看向荣贵和小梅，"两位的房间我已经准备好了，就在马凡他们家，你们是同龄人，又是朋友，相处会更自在些。"

艾伦大叔真的很帅，当他对你说话的时候，即使语气表情都非常温和，可是还是情不自禁地除了点头以外完全想不到别的。

荣贵痴痴地点了点小脑袋，回过神来的时候，他已经走在一条挂满红灯笼的木桥上。

大概是为了防虫，王大爷的糖人街是架空建在木桥上的。

两米高的柱子很好地将街道的木楼架起来，之间以木桥相连，而上方则挂着红色纸灯笼，不得不说真是复古极了！浓浓的古典中式！

走在灯火摇曳的红灯笼下，荣贵一时之间又痴迷了。

好在有小梅，走在前面牵着荣贵的手，小梅的速度并不快，刚好让荣贵在一边欣赏夜景的时候一边可以慢慢走路。

而马凡手持一盏防风灯，站在一扇门前等他们。

马凡笑着和带荣贵小梅过来的艾伦道了晚安，笑嘻嘻地引着他们去了专门准备的房间。

大红缎面的被子，荞麦皮填充的枕头……这房间真是怀旧极了！

"不知道你们需不需要睡觉，不过我爸爸还是准备了被褥。"将防风灯放在入口的柜子上，马凡对他们道。

"需要需要！我和小梅每天晚上都按时睡觉！"荣贵立刻回答，爱不释手地摸着崭新的被子，小声对旁边的小梅说，"我小时候睡过这种被子呢，不过不是红色的，我们那儿只有新婚夫妇大婚的时候才时兴用这么红的被褥。"

"你们喜欢就好，明天一早七点吃饭，就在今天吃晚饭的那屋。"马凡道。

"真是谢谢你们啦！晚安！"朝荣贵和小梅感谢地鞠了一个躬，马凡笑嘻嘻地关门离开了。

留下荣贵愣怔地看了门板半响:"真是个客气人儿。"

感慨完毕,荣贵立刻扑到了软绵绵的被子上。

他可不是穿着衣服躺上去的,相反,荣贵在这方面还是挺讲究的,何况人家给的可是新被子,他是脱光了外衣扑过去的。

当过很长时间的模特,荣贵脱衣服的速度可快啦!

没多久,一台光溜溜的银白色小机器人便"玉体横陈"躺在红扑扑的缎面被子上。

屋里使用烛光照明的缘故,被子上的小机器人的肌肤看起来居然几乎不像是金属了,一层薄薄的光润晕在他的身体上,看起来好像真正的皮肤。

荣贵开开心心地在被子上滚了滚,终于滚够了,他单手撑着脑袋躺在床上,拍了拍被子上另一侧的空地儿,热情招呼小梅:"小梅,新被子可舒服啦!快来呀!"

小梅站在床边望着他,灯光下,小机器人天蓝色的眼睛里仿佛有光。

"快来快来呀!"半天发现小梅没有动弹,荣贵又拍了拍被子。

于是,慢条斯理地脱掉外衣并且叠好,顺便把荣贵脱下来的衣服也叠好放在一旁的小凳子上,小梅也慢慢地躺了下去,躺在了荣贵身边。

被子实在很柔软,就像云朵一样,躺下去之后,他们身下的部分塌陷下去,而旁边的部分仍然维持原有的蓬松度。

小梅感觉自己和旁边的荣贵就像睡在红色的云朵上。

侧头,小梅和隔壁的荣贵对视。

弯起嘴角,荣贵两眼亮晶晶地看向小梅。

"虽然和想象中差别很大,可是骨子里,我觉得他们确实就是我的老乡。"

他和小梅小声地咬起了耳朵。

"真是一群热心人,是吧?"

看着明显很高兴的荣贵,小梅不知不觉点了点头。

接下来,荣贵又絮絮叨叨说了好些自己故乡的事,直到他自动关机的时间到了,头一歪,小机器人以"死不瞑目"的姿势睡过去了。

小梅这才从柔软的被子里爬出去,找到插口的位置,将两个人串联好,充上电,这才爬回荣贵身边,睁着眼睛,同样以"死不瞑目"的姿势,小梅也睡着了。

如果马凡是个早起的勤快人儿,一大早推门而入看到的就是:红色大床上,两个秃头"死不瞑目"地直直看着他。

马凡确实是个早起的勤快人儿,不过也是个体贴人,早早爬起来洗洗干净,走到荣贵他们的门口,咳了咳,然后敲门。

荣贵仍然仰躺着,小梅却被敲醒了。

即使关机清理内存外加充电的时候仍然不放松警惕,小梅给自己安装了"接收到特定声音会自动开机"的程序。

敲门声也是"特定声音"中的一种。

"知道了，我们会起床的。"如果是最初遇到荣贵那会儿，小梅八成不会理会别人的敲门声，更不会回应对方，当然，如果是那时候的小梅，估计也不会有"关机睡觉"这个行为发生。

"好哟！我在门口等你们啊！带你们去食堂吃……闻味！"门口就传来马凡轻快而有朝气的声音。

听到对方的脚步声逐渐远离，小梅从红色的大被窝里直直坐了起来。

他习惯性地看了一下时间：凌晨五点。

小梅心想：起这么早干什么？

小梅没有意识到，他的生活已经在荣贵的影响下变得很规律了。

两个小机器人一般每天六点起床，稍微提前一点开机，在小梅的脑中，就算是"不合理"。

并没有急着起床叫醒荣贵，小梅先是爬起来自己穿衣服，穿好衣服之后又把两个人身上的红被子从床上扯下来。他离开了，荣贵还盖着被子，于是这个举动就相当于把被子从荣贵身上扯下来。

如果是人类的身体，大概有点冷，不过两个人是机器人，盖着棉被也没什么感觉。是荣贵坚持睡觉要有睡觉的样子，两个人才到哪里都带着铺盖。

当然，铺盖是他们在叶德罕城和西西罗城两个城市里陆续置办齐全的，不过，他们并没有从大黄上拿下来。

小梅叠好了被子，才开始穿鞋子。

穿鞋子的时候，他不可避免地蹲下，个子小，视线就比一般人低，当他穿好鞋，反射性地向床下看去的时候，小机器人天空一般的眼睛与一双闪烁不定的小眼睛对上了。

是那只鸡。

它昨天一直被荣贵抓在手里，进屋的时候，荣贵把它随手扔在地上，一眨眼的工夫，小东西就跑得没影了，荣贵说不用管它，让它自己适应一下环境，小梅其实一开始就没打算管它。

这小家伙八成在床底下缩了一晚上，"适应环境"。

小小的眼睛湿漉漉地与小梅对望，小鸡的身子还微微颤抖着，视线向下，小梅在小鸡的身子下面看到了——一小摊鸡屎。

小梅没有说话，面无表情地挥了挥手。

小东西立刻挥着小翅膀从鸡屎上跳开。

小梅戴上随身携带的口罩，钻到床底下，仔细地清理鸡屎。

他先是用软化喷雾（随身携带的）喷在便便上，然后用小铲子（随身携带的）将软化过后的便便铲下来，用一个小刷子和小簸箕（同样是随身携带的）将便便扫到簸箕里，最后，再用抹布（仍是随身携带的）将地板擦干净。

第八章 王大爷一家

做完这一切，小梅四下里巡视，确定床底下再也没有其他鸡屎，才面无表情地从床底下爬出来。

一出来，他就感觉自己脑袋两边垂了两条细细长长的小细腿。

不等他反应过来，下一秒，他感觉自己的脑袋脖子被那两条小细腿紧紧夹住了！

艰难地从对方的桎梏中将头180度向上转，天蓝色眼睛的小机器人面无表情的脸对上了乌黑大眼睛小机器人惊慌失措的小脸。

小梅："……"

荣贵立刻把腿松开，慌忙解释着："刚起床就看到一个大头从我双腿之间爬出来，吓死我了！怎么是你啊！"

"天哪！小梅，你大早上不在床上睡觉，爬去床底下做什么？"

小梅："……"

小梅实在不想说自己是进去清理鸡屎，所以就没说话。

维持着跪坐在荣贵两腿之间的姿势，两个小机器人僵持住了。

就在这个时候——

"小梅、阿贵，你们俩准备得怎么样了啊？我在门口等了你们好长时间——"伴随着马凡的大嗓门从门口传来，"咔嚓"一声，门被从外面推开了。

隔着中间（面无表情）的小梅，荣贵和马凡遥遥相望。

荣贵就眼睁睁地看到马凡的表情先是轻松闲适，很快变成了惊讶，最后大片红色涌上年轻吸血族的脸蛋。

"啊啊啊啊！抱歉！打扰了！"马凡大叫一声，大力关上门，红着一张小脸撒丫子跑了。

他的反应算不上快，一开始根本完全没意识到对方说的话到底是什么意思，直到他本能地想要问小梅，头一低，对上蹲坐在自己双腿之间面无表情的小梅的蓝眼睛……

荣贵在心里呢喊：天哪！被误会了啦！

抱住光头，荣贵想大叫，不过，稍后他的视线又对上小梅的。

小梅仍然面无表情地看着他，仔细看，荣贵觉得自己几乎可以看到小梅脑袋旁边点缀着的小问号呢！

银白色的机械手仍然抓在大光头上，叫声却发不出来了，脸上的表情换了好几个，最后变成有点虚弱的微笑。

"小梅，早上好呀……"一如既往，荣贵向小梅说早安。

"早上好。"小梅也一如既往，面无表情地回复。

回复完，小梅这才从原本的位置上爬起来，刚好看到荣贵的鞋子在手边，顺手把鞋子拿起来，然后递给荣贵。

做完这些，他这才径直走向垃圾桶——倒鸡屎。

荣贵则抖开小梅头天晚上叠好的衣服穿，小梅清理完使用过后的小刷子、簸箕什么

的，看到荣贵已经从床上下来，就直直过来，继续整理床铺。

小梅真是能干呀！

荣贵一边系着扣子，一边赞叹地看向小梅。

荣贵注意到小梅衣服上有几道压痕，立刻从兜里掏出随身携带的喷雾，拉过小梅喷了几下，然后轻轻一扯，小梅的衣服就平平整整。

检查完小梅，荣贵又转了一圈，让小梅看看自己身上是不是还有什么不妥当的地方。

两个人都确认完毕，荣贵才拉着小梅出门。

荣贵带头走出去，小梅负责关门。

关门的时候，小梅忽然听到门缝后面一阵弱弱的"叽叽"声，即将关上的门板立刻被他固定在了原位。

居高临下俯视门缝，没过多久，伴随着一声弱小的"叽叽"声，一个小脑袋从门缝里露了出来。

湿漉漉的小眼睛与小梅相望。

小梅没有动。

毛茸茸的小家伙飞快地从门缝后面钻了出来，然后，挥着小肉翅朝荣贵的背影奔去。

小梅："……"

他慢条斯理地把门关上。

门口的马凡正含羞带怯地和荣贵说话，看到小梅出来，马凡虽然有点不好意思，不过仍然和小梅打了招呼，带着两人顺着木桥往昨天去过的饭店走去。

"是大伯爷爷——也就是艾伦爷爷的店啦！他的店最大，曾爷爷平时跟着他住，我们的一日三餐也都是在那里吃的。"马凡一边走，一边解释。

"不过做饭的人不一样，艾伦爷爷有做一份值日表，每天有不同的人去做饭。

"你们可能不太习惯吧？每天这么多人一起吃饭的样子……呃，也是艾伦爷爷规定的。

"曾爷爷年纪大了，老人家喜欢热闹。"

艾伦的声音不大，虽然看起来金发碧眼标准外国人模样，不过说出来的话……别说，真是老乡啊！

"我们之前也是一大家子人一起吃饭的，人太多，饭菜都要抢的，现在想来，那时候吃饭吃得最香。"

"哎？"马凡愣了愣，看着旁边和自己谈笑风生的小机器人荣贵，本想说你不是机器人吗，机器人不是不用吃饭吗？

不过，他很快反应过来：机器人也是正常人变的，荣贵以前肯定是用自己身体吃饭的。

机械身体都是自己原本身体出了大毛病，不得已为之的选择，毕竟，能呼吸，能吃到好吃的饭菜是多么美好的事情呀！

第八章 王大爷一家

于是他体贴地没有多问。

一路聊天一路前行，时间就会过得很快，没过多久，他们就抵达昨天光顾过的饭店。

"我们来啦！"还没进门，马凡就高高兴兴地嚷了起来，然后他的头被人用饭勺重重敲了一下。

"你这个笨蛋！我让你5点45分之前过来是要你给客人准备早饭！你怎么带着客人过来啦？！"敲他头的人是马凡的老爸，那个同样金发碧眼的男子。

"哎？我还以为您是要我带客人过来吃饭……"委屈地抱住头，马凡小声道。

"没关系啦！如果可以，我还想看看你们怎么做饭呢！"荣贵赶紧过来打圆场，"我好久没有吃过家乡的美食，其实我也不会做，如果能学做两个菜，日后自己做来吃，那是最好不过了……"

马凡的爸爸欣然同意。

荣贵立刻乐颠颠地跟着对方进了后厨，没过多久，他便一脸苍白地从里面跑了出来。

理想是丰满的，现实是骨感的，他怎么就忘了这里的主要食材是虫子呢？

看到那些蠕动的大白虫子的瞬间，荣贵就跑出来了。

小梅没跑，接替荣贵，留下来跟着马凡的爸爸学做饭。

倒是马凡跟着荣贵一起出来了，看到荣贵一副想吐的样子，给荣贵顺了顺背，顺完才意识到：对方是机器人……

和荣贵在一起，真的很容易忽略他机器人的外形。

真是奇怪。

心里这么想着，马凡向荣贵提议道："做饭不只需要虫子，还需要蔬菜，要不然，你和我一起摘菜去？"

荣贵欣然同意。

于是，小梅留在厨房学习做饭，而荣贵则在充满家乡味道的菜园开始了美好的一天。

理想是丰满的，而现实仍然是骨感的。

荣贵以为去菜园了真的就是去摘菜，怎么就忘了菜园了正是盛产虫之地呢？

他的小手摸上第一片菜叶子，一条小虫也含羞带怯地从菜叶子爬上了他的小手……

于是，荣贵又悲剧了。

拯救他的是从他身后跑出来的土黄色小花鸡，当荣贵吓得"嗷嗷"叫的时候，小家伙一个箭步从他身后冲了出来，小嘴巴往荣贵扔掉的菜叶子下一啄，精准地把下面那条瘦巴巴的小虫子叼起来吃掉了。

对于鸡来说，这种菜虫可是非常不错的早餐呢！

"哎呀！没想到荣贵连那么小的小虫子都怕呢！那么小！就那么小啊！"餐桌上，马凡

绘声绘色地讲着荣贵刚才的经历。

"我就是怕虫子啊！何况虫子就是因为小才更可怕啊！你想想，一条小小的东西，可能在你看不到的时候爬进你的耳朵里、眼睛里……多可怕啊！"荣贵这是恐怖漫画看多了。

"哎？"从耳朵里爬进脑子……听起来确实有点可怕啊，马凡想象了一下那个画面，哆嗦了一下，随即，小伙子眼珠一转，心思不知道为什么又跑到另一个方向，"怕小虫子，这么说，阿贵你不怕大虫子啦？"把筷子含在嘴巴里，马凡偏着头看荣贵。

荣贵当时就被他看得哆嗦了两下，认真思考了一下，半晌迟疑道："这个……应该……还好吧？"

然后马凡咬着筷子露出大大的笑容。

献宝似的，他从旁边刚端着托盘过来的一位狼人手上抢下了托盘。

"小凡，你这是干什么……"狼人刚皱了皱眉。

"哎呀！约克夏叔叔，我帮你端呗！不用对我道谢啦！"爽朗地朝对方笑了一下，在狼人无可奈何的目光中，马凡迅速将盘子摆在了荣贵面前。

为了保温，盘子上还盖着一个大盖子。

移开盖子之前，马凡又朝荣贵笑了一下。

"介绍一下，这道菜叫红烧狮子头。"

"哎……红烧狮子头我是知道的……"荣贵不但知道，还挺爱吃的，不过看着马凡的表情，荣贵总有种不妙的预感。

下一秒，果然——

"红烧狮子头，顾名思义，就是将狮子头红烧了，但是，狮子已经绝种了，虽然有相似的，不过都很贵，我们就用虫肉代替，经过数年的研究，达到了类似的口感……"

马凡说着，不等荣贵反应过来，飞快地揭开盖子。

然后，一颗怒张巨口、死不瞑目怒视盘外人的恐怖虫头菜赫然呈现于荣贵眼前！

就在荣贵即将吓晕的时候，小梅忽然在他耳边开口。

"不是虫肉，这是我用蔬菜做的。"

"哎？"荣贵的注意力果然被小梅拉了过来。

下一秒，小梅竟将整盘可怕的菜拉过来！

如此近距离地直视这盘菜实在太可怕了，荣贵瑟缩了一下，伸出手挡住了眼睛。

对于荣贵如此鸵鸟的行为，小梅没有作任何劝阻，只是继续道："甲壳的部分，为了逼真，我是使用糖浆浇灌的，为了让黝黑度更加贴近原本的食材，我在糖浆中加入了黑色浆果汁。"

咦？听起来……很好吃？

荣贵悄悄地把一根指头翘起来。

"眼睛，是用两种本地果实制成，我还在果实的部分点了两点奶油作为高光亮点。"

第八章
王大爷一家

奶油……好像很甜啊……又一根指头翘起来，荣贵的眼神落在了那盘可怕的"红烧狮子头"上，然而——

院长啊！看起来还是好可怕！那双眼珠子逼真得就和要瞪出来似的，"高光亮点"啥的……那叫"目露凶光"啊啊啊啊！

小梅你烧个菜还追求啥逼真程度啊！

细节完美主义真是害人！

荣贵在心里疯狂地"吐槽"，不过，小梅接下来的话他却一句也没有落下：什么"牙齿是一种坚果削成的"，什么"嘴巴里的鲜血是用红色浆果汁浇出来的"……

虽然小梅的叙述非常朴实且没有美感，然而架不住这些原料听起来就很好吃呀！

慢慢地，荣贵的手再次放在膝盖上了，赞叹地一边听小梅介绍一边观赏眼前的菜肴，完全不怕了。

和他一起惊叹连连的还有王大爷全家。

小梅的制作能力实在太强，甚至远远超过了教他做菜的马凡爸爸。

"这个……我原来根本没打算让客人帮忙啊！这不是阿贵说想要学做菜吗？

"结果他怕虫子跑了啊！就剩下小梅接他的活儿和我学做菜了。

"我就没见过这么有厨艺天赋的人！番茄炒蛋、溜肉段什么的一学就会！第一次炒就可以直接端上桌！

"我这不是见才心喜吗？一个没忍住，就想试试看这孩子的极限在哪里，结果这一教，就把看家手艺红烧狮子头教给他。

"这孩子说想要换个方式做，我就看着他用纯素食材料做的，没想到……真是没想到啊……

"他做得比我想象中的还要好。"

马凡的爸爸赞叹连连。

小梅仍然面无表情，仔细看的话，就会发现他的视线是一直落在荣贵脸上的。

看到最后一丝害怕从荣贵的眼里散去，荣贵是真的开始兴致勃勃观察自己做的模型……唔……红烧狮子头，小梅这才将视线移开，重新板着脸坐在座位上。

因为小梅的学习能力实在太强，以至于今天的早饭基本都是他做的。

吃完客人做的早餐，王家一家人都坐立不安。

"原来红烧狮子头还可以这么做，外面确实有客人不吃虫肉的，以后搞不好我们可以这么做，这样一来，喜欢吃甜食的客人也会喜欢我们店的菜肴……"不知道是谁起头，吃完早饭，喝茶的时候，大伙儿开始讨论。

荣贵再也忍不住，终于出声："那个，谁告诉你们红烧狮子头就是红烧狮子的头哦？"

屋里所有人的视线顿时全部集中到了圆桌主位上的王大爷脸上。

"呵呵，红烧狮子头，难道不是红烧狮子的头吗？"捧着热茶，老人笑呵呵地看向荣

贵,"家中只剩下一张残谱,上面只有一个菜名,为了复原这道菜,我可是研究了几十年,好容易把菜名破译,才开始研究做法……"

荣贵心想:推翻这么辛苦的研究结果好像有点残忍,可是,如果不推翻,似乎对中餐有点残忍……

"没事,你就说吧。"看出了荣贵的迟疑,老人鼓励他。

于是,荣贵咬咬牙,说:"红烧狮子头根本不是用狮子做的,这道菜其实是红烧肉圆!"

"哎!"

"哎!"

屋里传来一连串倒抽气声。

硬着头皮,荣贵继续讲:"具体怎么做我也不知道,不过我知道要先拌馅儿,然后余成大丸子……出锅的时候撒上香菜。

"可好吃啦!"

末了,荣贵回味似的舔了舔嘴唇。

"啊?原来竟是大肉丸吗?"茶杯里的水都忘了喝,老人愣住了。

他还想和荣贵深入讨论一下,可惜,荣贵就知道个菜名,问深一点,他大概还能回忆起来菜的味道,其他的,就完全不知道了。

这些又成了老者未来需要攻克的难题。

王大爷是个特别谦逊的人,和他讲话特别舒服,察觉老人对于别人指出他错误的事非但不反感反而很欢迎,荣贵的胆子又肥了点,接下来,慢慢地,他把沿路看到的一些错别字都讲了出来。

老人一边点头,一边记了下来。

"原来那些真的是文字,虽然祖母说过,可是我一直把那些当作图画来着……"想到自己画的"毛笔画儿",王大爷有点汗颜。

"那可不是画,而是字,咱们那儿原来画画好的叫画家,写字儿好的人叫书法家。我看王大爷您的字儿就不错,可以被称为书法家了。"看不得老人失神的样子,荣贵赶紧道。

"呵呵,书法家吗?"老人笑了笑。

"是真的,如果再努努力练习的话,就可以被称为书法大家啦!"荣贵小小拍了一记马屁。

老人笑着摇了摇头:"书法大家还是书法家什么的就算了,我现在啊,就想着把这个唐人街做起来,如果能够重现祖辈居住过的地方的半分神采,也就值得了。

"小时候,我的曾爷爷还活着的时候,和我说过一点关于唐人街的事情。

"那地方可热闹啦!

"虽然是在外国,然而很多来自同样地方的人生活在一起,他们开着各种具有家乡特色的店，就像仍然生活在故乡。

"他们是一群异乡人。

"然而渐渐地，他们居住的街道越来越有名，就有越来越多的外国人过来，他们就这样慢慢融入外国人的世界。

"曾爷爷说，那个时候，不论哪个国家，都有一条唐人街。

"虽然名字各不相同，然而大伙儿做的事都一样。"

大概是回忆起自己小时候的事情，老人微微闭起了双眼，等到他回忆完毕，再次睁开双眼的时候，荣贵被那双眼中的智慧与温和震住了。

"我没有在这条街上生活过，不过，却希望生活在这样一条街上。"

"如今，我的孩子越来越多，我也就越来越希望他们能够生活在这样一条街上，好好地认真地生活，外面的人可能一开始是过来买东西，如果东西好吃，他们会再来，慢慢地，时间久了，这些孩子说不定能再融入这个社会……

"这就是我最大的愿望。"

老人轻声说着，他的声音很小，小到只有坐在他身边的荣贵和小梅听得到。

紧接着，王大爷又望向小梅："请不要责怪马凡。

"那孩子今天早上吓到阿贵了，我替他说声抱歉。"

乍一听到这句话，荣贵没有反应过来，习惯性地看向小梅，小梅仍然是那副面无表情的样子。

不过，看着这张面无表情的脸，荣贵后知后觉，原来小梅早上的时候不高兴吗？

因为马凡吓唬自己不高兴了？

这个……似乎有点小气啊……

可是自己怎么会如此高兴呢？

懵懂着，荣贵强行压下自己想要翘起的嘴角，强迫自己继续聆听老人说话。

"整个家族中，他是年纪最小的一个，周围都是他的长辈，他其实很寂寞，虽然我们已经努力要他不要太在意自己是吸血族，可是他在意得很，看起来开朗，骨子里却多疑警惕。

"这么多年了，阿贵还是第一个让他放下警戒心，甚至能开玩笑的人。

"就算你们没有救他回来，仅凭这一点，我就得向你们道谢。

"这里除了我以外，全部都是在外人看来血统上有缺陷的孩子。

"现在有我在，他们和外面所谓正常人之间就还是有联系的，我真的担心，假如有一天我不在了，他们除了彼此，再没有其他人，他们会不会被这个社会逼疯？

"孩子们孝顺，我闲着的时间多了，经常会这么想。

"直到遇见你们。"

老人睿智的双眼再次温和地看向荣贵，然后是小梅。

"谢谢你们。"

老人诚心诚意地对两个小机器人道谢。

被如此德高望重的老人感谢，荣贵先是不知所措地抓了抓头，然后笑了："不要谢呀，我们……我们是老乡嘛！"

老人也笑了："对，我们是老乡。"

第九章

佩泽

稍后，荣贵还有幸和小梅一起围观了王大爷一家狩猎的场面。

是的，狩猎。

荣贵他们居住的地方只是这个巨大城市的一小片地方，确切地说，王大爷一家人还不够多，只能将这一片清理干净。

木桥上的糖人街就像沙漠中的绿洲一样珍贵，在"绿洲"之外，则是虫子的天堂。荣贵害怕的那种肉乎乎的小虫在这里根本渺小得不算什么。

荣贵见到了长达一米的大虫子！

身上的毛刺都有三四十厘米长，嘴巴里依稀还有嘴巴，第一次见到这种虫子的时候，荣贵简直傻眼了！下一秒，马凡跳过去把这条虫子用夹子夹起来。

长长的虫躯卷曲地试图往夹子的方向盘，就像慢动作，将大虫有无数细小足部的白色腹部完全暴露在荣贵面前。

荣贵的嘴巴越张越大……

"我们管它叫菜青虫，菜地里今天把你吓了一跳的小菜虫就是它的幼虫，这家伙长大了是个大个子，不过肉质饱满，比较好抓，抓到一只就可以解决两个人的晚餐。"王大爷温和的声音缓缓流入荣贵耳中，他也陪着荣贵他们一起来了，坐在一辆底盘很高的越野车上，王大爷的大儿子艾伦负责当驾驶员，他们三个人非常安全。

"我们来到这里之后，最初的食物就是它。"大爷道。

看着前方巨型菜青虫可怕的模样，荣贵不由得对王大爷一家产生了深深的敬意。

"这颗星球上其他虫的主要食物也是它。"

"然后它们差点被吃到灭绝。"

"现在我们不得不把它们养起来，菜园里你看到的虫子就是我们养的，尽量保证它们居住在天然无公害的环境里，每天有充足的运动量和食物，这样菜青虫干净又好吃。"

看着王大爷笑眯眯的脸，荣贵傻眼：您以为是在养猪养鸡吗？用的还是走地鸡的养法……

这才是站在食物链顶端的男人啊！

对于王大爷，荣贵这回可是望而生畏。

不过他很快就知道这种菜青虫只是王大爷食谱中最简单易得的食材，紧接着，他们看到了蝎子，足有拳头大，成群结队盘在石头上的那种！

还有蜈蚣！一条至少一米五！腰比荣贵的还粗！

然后还有铁甲虫！那个长相……简直是辣眼睛啊！荣贵拒绝形容。

在艾伦的带领下，这些虫子全部被撂倒，放进了他们车子后面挂着的敞篷拖车内。

收获满满。

满载而归，他们再次经过了一片片庄稼，仍然是王大爷带着一家子种的，小麦、大麦……什么都种了点，庄稼两侧同样挂着红色灯笼，虽然周围一片黑暗，可是看上去不寂寞冷清。

"早晚有一天，我要让这红灯笼遍布这颗星球。"

"我要把糖人街开到塔内的各个地方！"

老人笑呵呵地，再次立下了宏图大志。

"到时候，阿贵你就能在各个地方吃到家乡的美食了！"

"真的吗？可以打折吗！"大眼睛亮晶晶的，荣贵仰慕地望向老人。

"打什么折？全免费！来来来，我给你签个卡……"

一老一小当时就在车上磨墨写大字，艾伦在前面开车，也不阻止，反而将车子开得慢了一点。

小梅也没作声。

透过后视镜，他的视线和艾伦的视线撞到了一起。

艾伦友善地对他笑了笑。

他微微点了点头，便继续目视前方，看起来一副很呆的模样。

他在想"上辈子"的事情。

实在很难定义之前的记忆，直到有一天荣贵给哈娜讲一个前世今生的故事，觉得这个说法不错，小梅索性将脑子里的数份记忆定义为"上辈子"。

"上辈子"，他也和艾伦见过面。

不过当时艾伦给他的却不是善意的微笑。

断头台周围明明有很多人，人们矜持地压抑着即将目睹一场酷刑的兴奋感，翅膀与羽毛的白色覆盖了整个刑台。

在那个世界里，只有正中央的吸血族之王是黑色的。

那个人一直低着头，直到铡刀即将落下，才抬起头来。

隔着那么多人，那个人的视线精准地对上了他的。

然后——

那个人恶意地笑了。

那个人，是艾伦。

"小……小梅是吧，如果觉得无聊，你可以坐到我旁边的副驾驶席上，我给你讲解一下路边的庄稼品种？"

小梅就又抬头向后视镜望了望，这一回，他没有移开视线，对方也没有。

他和艾伦对视的时间又长了一些。

对方看起来精明而又冷静，远远望去一定是让人感觉难以打交道的对象，不过此时此刻，对方看过来的目光却是友善的，就像看着一个小辈。

从后座位上跳下来，小梅利落地向副驾驶席的方向爬了过去。

于是，接下来的时间里，前面的小组安安静静，间或艾伦介绍一下沿途庄稼的品种，

养护要诀，盛产什么虫，小梅时不时"嗯"一声，偶尔还会提个问题，非常和谐；

而后面的小组则是热热闹闹，荣贵让王大爷给自己描了张VIP卡，还找对方讨了一幅大字，一老一少，两个人聊得热火朝天。

车队载着满满的收获回到了木桥上的王家大院。

各种各样的虫子堆在中心平台上，那场面壮观得简直了！

荣贵这才发现他们到底捕回了多少猎物，虽然他大概不会算账，可是眼前的猎物数量如此多，不用算也知道一时半会儿根本吃不完。

马凡他们在给虫子去壳，试图将虫肉剥出来……

"这个……有点多吧？"荣贵小心翼翼地蹲在马凡身边，问他。

"不多，送货的话，这么多还不太够，下午的时候艾伦爷爷他们会再去菜地里摘一批菜多凑一些。"马凡头也不抬回答。

他动作飞快，迅速肢解手下的虫子。

他的动作看起来轻柔，然而如果亲自试试看，就会发现在他手中轻而易举被折断的虫足有多坚硬，没有远远超过一般人的力量，这些甲壳是无法被折断的。

"那是不是太多啦？我看你们家没有特别能吃的人啊……"

马凡一家都是苗条人儿，饭量并不大，他仔细观察过。

马凡摇摇头，认真剥完手里最后一块虫肉，抬起头对荣贵笑："是为了往星城送货准备的。

"阿贵你和小梅不是要去星城求医吗？星城其实不好进，通过正常渠道进去的话，要交纳好大一笔入城费，你们俩这么年轻，想必也不宽裕吧？艾伦爷爷说借着送货的机会带你们俩混进去。"

"哎？"荣贵愣住了。

看着一副呆傻模样的荣贵，马凡忽然"嘿嘿"笑了："也是你们好人有好报，一般人可是不能轻易进入星城的，只能走地下通道。那个通道过路费可贵了，纯粹宰人的！

"不过我们家不同，艾伦爷爷和城里好几家店都签订了送货协议，每月送货一到两趟，不但不用掏过路费，我们还能从星城赚钱。

"艾伦爷爷打算这个月提前送货，顺便把你们送进去。"

原来如此。

荣贵还能说什么呢？

他什么也说不出来，只能双眼亮晶晶地看着马凡。

他实在太热情太坦诚，马凡原本还打算显摆两句，见他如此，话反而说不出来，不好意思地挠了挠头，继续干活。

等到傍晚，他们终于将需要运输的货物全部准备好。

全部货物都装在大黄上，由于东西太多装不下，小梅临时赶制了一辆小拖车挂在大黄屁股后面。

新鲜的血肉味充斥着整个车厢，艾伦和他们一起坐在车子前排，马凡想要跟着去，然而被艾伦以"地方不够"为由拒绝了。

荣贵和小梅的"护送"任务仍然没有完成，不过马凡说，接下来他会经常去那个女人家，看看对方能不能被他磨到同意。

荣贵觉得有点悬。

就这样，在异世界的"唐人街"上度过短暂的两天之后，荣贵和小梅再次上路。

这一次，他们的目的地直指星城。

王大爷一家好多人都想跟着去，不过艾伦都没同意。

"等你们再大点才可以和我一起去。"他是这么打发其他人的。

看看虽然稳重而年轻又潇洒的艾伦，又看看旁边活泼一点却长相更加成熟的艾伦的二弟、三弟、大侄子、大孙子……

"好了好了，你们大爷爷出门去办正事，再说地方原本就不充裕，有这工夫……老二，给阿贵他们拿两身羽绒服来。"最后还是王大爷出马，打断了艾伦与其他亲属的僵持。

王大爷的二儿子只能转身回屋，没多久就拿了两件厚厚的羽绒服出来，手上还有一件，他递给了艾伦。

"那地方很冷，我们这是货真价实的羽绒服，里面是用真鸡毛填充的。"看着荣贵抱着羽绒服有点不解的样子，王大爷多解释了两句。

荣贵立刻想到之前经过的冰雪带。

"我们家居住的这颗星球算是气候比较宜人的，当时本来就是为了在这片地方发展一颗宜居的星球，可惜出了这么多虫子，这才便宜了我们家。"因为大黄可以自动驾驶，所以车上的人全都无事可做，索性聊天。

在家的时候艾伦并不算多话，不过只有三个人的情况下，他倒是发挥了年长者的风范，主动和荣贵他们说话。

他对可以自动驾驶的大黄有点好奇，得知车子是由小梅设计制作的，他赞赏地看了小梅一眼。

得知车上的装饰大部分是由荣贵设计，仍然由小梅制作，他有点同情地又看了小梅一眼。

"出了星道你们就要把外套穿起来，虽然不知道你们现在的身体耐寒程度如何，可是外面是真的冷，而且会越来越冷。"艾伦说。

"越来越冷？温度会降到零下七十度吗？"荣贵认真把羽绒服穿好，让小梅调整了一下过于宽大的羽绒服，紧接着他又帮小梅调整，一切都做完，荣贵才向艾伦问问题。

临行前艾伦建议两个机器人用他的大车，可是荣贵舍不得大黄，小梅坚称大黄可以在零下七十度的环境中安全行驶，艾伦才放弃了提议。

"零下七十度倒不至于，平均零下五十五度倒是有的。"艾伦道，"就连我，如果没穿羽绒服也很难扛过去。"

艾伦说着，也把羽绒服穿上，对于荣贵和小梅来说过大的羽绒服在艾伦身上刚刚好。他熟练地从羽绒服口袋里摸出一个小瓶子，喝了一口。

看着荣贵小心翼翼看着自己的样子，艾伦笑了笑："是烈酒。"

艾伦穿衣服喝酒的时间刚刚好，他刚说完话，外面就应景地飘起雪来。

亮着红灯笼的糖人街仿佛冰天雪地中一个美好的梦，转眼间，他们就从梦中醒来了。

大黄外面的玻璃上迅速结出了大片冰晶。

小梅在操作台上按了一个按键，大黄车窗玻璃的内部就升起来一块透明挡板，挡板可以发热，升起来没多久，玻璃外面的冰晶就融化了。

"这东西不错。"艾伦立刻赞道。

荣贵"嘿嘿"一笑："你们装货物的时候小梅临时改装的，因为材料有富余，他还顺便给你们家大灰装了一套。

"给王大爷的拐棍里面也加了个发热芯，大爷说你们那儿有时候也挺冷的，他手会冷……"

"那可真是……太感谢了。"深深看了两个小机器人一眼，艾伦这回实打实地道谢。

荣贵认为他真正感谢的是后者。

比起让他雪中送货能够舒服一点的车窗发热板，在王大爷拐棍里装的发热芯才是真正让他感谢的东西。

没办法，艾伦是个孝顺人儿——荣贵早就发现了。

"不过……这里可真冷啊。"双手扒在窗户上往外看，大黄适时打开了大车灯，这让荣贵得以看到外面的茫茫白雪。

只有雪，其他的什么也看不到。

如果不是大黄上的导航面板显示他们仍然在正确的道路上，荣贵非迷路不可。

"当然冷，星城其实就是一颗狱星，功能是关押犯人，他们自然不会让这些犯人好过。

"寒冷和大雪都是困住犯人的手段，预防犯人越狱。"

艾伦道。

"哎？"荣贵愣怔地看向他。

"监狱附近的气温低至零下六十五度，绝大多数越狱的犯人根本连这个低温圈都逃不出去，就冻晕了。"艾伦说着，停顿了片刻，"不过更多的人则是冻死了。只有极少人可以逃得更远，然而路上没有任何补给，等待他们的基本只有体力耗尽被饿死冻死。"

这个话题有点沉重，荣贵的嘴巴张了张，最终没有接话。

小梅则自始至终都没有说话。

大黄就这样稳稳地驾驶着，匀速又向前行驶了两个小时左右，艾伦忽然开口道："能让大黄停一下吗？"

虽然不明白他要做什么，不过荣贵还是让大黄停下。

接着艾伦把帽子拉到头上，用力推开被冻得瓷实的车门，然后下车。

虽然不明白他下车干什么，荣贵坐在车上想了想，也跟着跳了下去，没多久，小梅也抓着一把伞从车上跳了下来。

跳下车后，小梅还将车门仔细关好。

佩泽

就在他们的座位底下,那只土黄色的小黄鸡向外探了一下脑袋,大黄有自发热系统,车底尤其暖和,小家伙一路躲在这里瑟瑟发抖地取暖。

对了,忘了说,荣贵他们上路的时候,这只鸡也跟上来了。

在随时可能会被吃的糖人街和完全不吃虫子、不和它抢食的荣贵之间,它果断选择了荣贵!

窗外——小梅撑起了雨伞,虽然是雨伞,大雪天气用也不错。荣贵和小梅一起站在伞下,看着艾伦踩在厚厚的雪层上,向大黄的左侧吃力地走过去。

雪太大了,一开始荣贵什么也看不到,直到他们又走近一点,荣贵才注意到那里有根孤零零的灯柱。

坏的。

难道……艾伦特地走过来换灯泡吗?

荣贵歪着头,胡思乱想着。

艾伦果然停在了灯柱前方,然后从羽绒服口袋里掏出了一包什么东西。

"这是什么啊?"想到就问,荣贵跟在艾伦身后提问。

"是虫肉,还有一小瓶烈酒。"艾伦没有避讳,回答了他。

"哎?艾伦你把食物放在这里……有什么寓意吗?"冰天雪地的环境里,荣贵实在猜不到艾伦这一举动的含义。

大雪中,艾伦似乎在微笑。

紧接着,荣贵听到了艾伦的声音:"在星城的监狱里有个传说,如果越狱,当你看到红色的灯柱时,就证明你快要离开最寒冷的地带了,也意味着你离开星城的势力范围了。"

荣贵继续歪着头。

艾伦伸出手去,在灯柱上用力擦了擦,直到露出斑驳的柱身——

红色的!

荣贵惊讶地凑近了一点。

"在这只有雪的严寒的地带,人们如果看到灯柱,就会过来,像我这样摩擦灯柱,就为看看柱身的颜色。

"所以,硬要说的话,灯柱下是这里唯一会让人停留的地方,灯柱也是所有人都会努力寻找的东西。

"我在这里放一点食物,如果有人逃到这里,就能靠这点食物多撑一段时间。

"这里太冷了,食物很快会硬到完全无法食用,所以我每次过来都会放一点。"

艾伦这样解释,荣贵总算明白了。

然而——明白了艾伦在这里放食物的原因,另一个问题又从荣贵脑中冒了出来,他张了张嘴,最终没让这个问题出口,那就是:艾伦你为什么会对星城的事情如此熟悉呢?连流传在监狱内部因犯之间的传说都知道……

就在荣贵陷入了沉思的工夫,艾伦扒开雪堆往下面放食物。

扒着扒着,他的动作忽然一顿。

"怎么了？"明显察觉他动作停顿，荣贵赶紧问他。

"之前我放在这里的食物不见了。

"还有——"

艾伦说着，忽然站了起来，他的另一只手上拎着什么。

仔细向艾伦手上的东西望过去，看仔细那是什么的时候，荣贵倒吸了一口气：好家伙！那是一个人！

即使被冻成冰棍，也是一个人形的冰棍，仔细看的话，"冰棍人"的嘴巴里还咬着一大块肉。和艾伦刚刚放进去的差不多的虫肉。

维持着咬虫肉的姿势，这个可怜的家伙就这么被冻住了。

现在问题来了：这个人是吃东西的时候噎到，一时不察被冻住了，还是一点一点被冻住，等到他发现的时候，嘴里的东西已经没法吐出去也没办法咽下去……

等等！现在不是思考这个问题的时候！

能够回答这个问题的人快要"挂了"，荣贵赶紧朝艾伦比画了一下大黄的位置，他本来还想帮忙抬人的，不过虽然艾伦看起来不是很壮然而力气非常大，单手就把那个可怜的家伙拎了起来，车内的地方不够，艾伦就留在了外面，荣贵在里面不停地用毛巾给那人擦着脸和身子，以促进解冻。

随着解冻面积越来越大，那个人真正的样子终于展现在荣贵面前：竟是一个少年。

头大身子小，四肢细细的，看起来一副营养不良的样子。

他的身上到处都是冻疮，不知道在冰天雪地里走了多久。

就在荣贵仔细观察对方的时候，一双黑黝黝的眼眸慢慢睁开，眼中先是迷惘，稍后是惊喜，惊喜转瞬即逝，迅速变成了警惕。

少年的嘴巴蠕动几下，醒过来的第一件事：将卡在嗓子里的虫肉吞了下去。

荣贵眼巴巴地看着他一脸警惕地吃肉，心想嗓子堵着确实没法出声，不过他吃完了，接下来应该说点什么了吧？

少年吃完后，喉头恢复了平静，一声不吭。

下一秒，车门被从外面打开了，寒冷的空气再次吹进车子，少年立刻缩起了身子。

艾伦的身子随即出现在了车门与车身的缝隙间。

"接下来，我们要去星城。"艾伦说着，指了指星城的方向。

少年的眼里立刻露出一丝强烈的抗拒。下一秒，他竟是挣扎着坐了起来，然后跳下了车。

车内的温暖对于他没有一丝吸引力，只听到车子驶往星城的方向，他立刻果断下了车。

荣贵被吓了一跳。

不等他想更多，艾伦已经重新上车了。

关上门，他不再向车窗外看一眼。

"哎？"荣贵看看窗外重新被落雪堆成一个小雪人的少年，又看看艾伦。

"怎么？啊……也对，我忘了系安全带。"艾伦朝一直瞪着自己的荣贵笑笑，翻找安全带。

"我说的不是这个——荣贵有点抓狂了，拼命指指窗外的少年，荣贵问："他呢？就不管了？"

艾伦又朝他笑了笑："你和爸爸真的有点像，都是很好心的人，难怪他和你谈得来。"

相处多了，就觉得"艾伦爷爷"什么的都是假象，艾伦是个明知道人家问什么偏偏顾左右而言他的促狭鬼！

"应该是从星城里逃出来的人。"还是小梅把问题拉了回来，他直接说出了自己的猜测，也是荣贵最想知道的。

果然还是小梅最好了——荣贵的眼睛亮晶晶的，视线一下子又移到小梅脸上。

"不是应该，是肯定。"静静看了隔壁沉稳的小机器人一眼，艾伦终于不再转移话题。

"他是从监狱里直接跑出来的，身上没有手铐脚镣，他应该是出生在监狱里，并且在那里长大的，虽然不是罪犯，然而是出生就要开始服刑的人。"艾伦说着，又调整了一下身上的安全带。

他一开始是完全不系安全带的狂野派，还是荣贵看他不系，变着法地建议他系，他才哭笑不得地入乡随俗，系上了大黄上还有蕾丝边的安全带。

"出生在监狱里……"荣贵愣怔。

"嗯，虽然不是犯人，可是他们从出生就要做犯人应该做的事情，星城很乱，他们如果有一技之长还好，如果没有，就会永远过最底层的生活，运气不好，还会被人贩卖掉。"

艾伦顿了顿："星城很乱，不但可以交易器官，还可以交易完整的肉体。

"这些出生了也没有人知道，连通行证都没法领取的孩子就是最好的商品。"

"天空城没有人管这种事情吗？"小梅忽然开口。

艾伦露出一抹讽刺的笑容："天空城？这些器官和肉体最有钱的买主基本上都来自天空城。"

小梅抿紧嘴巴。

他们说的这些话荣贵没法完全理解，他人虽然在车上，然而注意力却被车外的少年吸引，眼瞅着大黄已经重新预热好发动机，准备再次上路了，他焦急着，准备随时下车。

见他这样子，艾伦又对他道："这孩子是越狱的，他肯定不会上我们这种要去星城的车。

"何况在星城长大的孩子，是好是坏我们一无所知，也不能贸然把他带上。

"之前就有很多救了从星城逃出来的人，反而被抢劫一空的新闻。

"被抢劫还好，还有被杀的例子。"

艾伦慢条斯理地说着，荣贵的嘴巴张了又张，没有说出话来。

"有食物就够了。他能在没有食物的情况下跑到这里，之后气温会高一些，他又有了

食物,情况会比以前好很多。"艾伦说着,看向荣贵,他是用商量的语气和荣贵说话的,声音温柔,自带一种魅惑人心的力量,听到他说话的人不由得觉得他说的话特别有道理,晕头晕脑,就什么都赞同了……

然而这个人并不包括荣贵。

冷静地思考了一下,他觉得艾伦说得确实对,然而——

机械手放在门把手上,荣贵推了车门,他的动作太快了,小梅都没反应过来,他已经下车了。当过模特,荣贵脱衣服特别快,他很快就把外面的羽绒外套脱下,不只羽绒外套,他连外套底下的衣服都脱了,就留了一条大裤衩!

将所有衣服塞在雪中少年的怀里,又把羽绒外套盖在他头上,荣贵最后给了对方一个坚毅的眼神,这才踩着大雪花返回车上。

"大黄,开车吧。"

得到主人的命令,早就准备好的大黄稳健地开动。

看着光溜溜的仅着一条大裤衩的小机器人,艾伦不由得愣了愣,过了好半天,他才问道:"外面真的很冷,就算你们是机械身体,如果没有羽绒服,也会被冻住的。"

"没关系。"荣贵义正词严道。

他宁可冻到自己也要救人吗?艾伦不由得肃然起敬。

然后——

下一秒,艾伦就看到刚才还大义凛然的黑眼睛小机器人迅速拉开了小梅的羽绒服。

前胸贴上对方的后背,两条胳膊分别附上对方的两只胳膊,和对方的胳膊塞到同样的袖管里……没过多久,艾伦发现自己隔壁的小机器人大变样。

两个小机器人贴得太紧密几乎变成了一个,空荡荡的袖管被塞得满满的,他旁边的机器人乍一看是变胖了,仔细看的话会被吓一跳——对方看起来成了一个拥有两个头的怪物!

荣贵一边一脸幸福地将下巴搭在小梅的肩膀上,一边说:"艾伦你家的羽绒服太大了,我们俩穿都大,之前我就觉得其实我俩穿一件就够了,现在这么一做,发现果然是个正确的想法。

"我们两个塞在一件羽绒服里刚刚好呢!是不是看起来也壮一点?"

荣贵说着,还朝艾伦忽闪了一下大眼睛。

而小梅……被"附身"也没有让他有一丝惊讶,蓝眼睛的小机器人仍然面无表情,他板着脸,伸出手,将两人胸前的羽绒服拉链拉上。

视线在两个小机器人的脸上来回滑,艾伦最后没忍住,扑哧一声,笑了。

"你们俩还真是绝配……"

真诚的笑容最容易带动人。

被艾伦的笑带动,荣贵也跟着傻笑了一会儿,不过很快,他的脸色一正:"糟糕!我光顾着送衣服了,忘了送出去的衣服不光有我们的,还有你们借给我们的……"

巴巴儿地抬起头来,荣贵可怜兮兮地看向艾伦:"抱歉,我把你们的羽绒服送出去了,这个……那个……我回头让小梅给你们重做一件。"

第九章
佩泽

艾伦就摆摆手："不用了，本来就是多出来的羽绒服，家里的孩子都爱吃鸡，鸡毛多得给每人做了一件羽绒服还有剩，不用担心。"

荣贵歪歪头，座位底下的小鸡一动也不敢动！

艾伦真是个特别好的向导。

他不但知道在红色灯柱下放食物，还知道绿色的灯柱下有损坏的电线，只要使用工具简单地连起来，就可以从里面弄到电——完全免费的那种。

一路走来，由于天气寒冷，不只大黄，就连两个小机器人都比平常耗电得厉害，小梅是预先准备好两块大容量储电板的，不过这么早就要动用到储电板，有点超出小梅的预计。

这个时候，艾伦跳出来阻止他们：带着他们绕了一段小路找到了一根绿色的灯柱，摆弄了一会儿，往上安了一个插座，紧接着把插头递了小梅。

小梅和荣贵就有免费的电了。

虽然有点纠结现在的行为算不算"偷电"，不过……放空大脑，感受着荣贵压在自己身上沉甸甸的重量，小梅继续安静地充能。

应荣贵的要求，艾伦还给他们拍了一张照片留作纪念。

天色太黑，荣贵还要艾伦打着手电筒照在他和小梅身上。

照片上最终呈现的效果就是：幽暗的天地中，一个小人，细脚伶仃，乍一看似乎没什么问题，可是仔细看的话，那个小人有两个头！

双头怪！

有点可怕，如果观察得再仔细点，就会发现上面那个人是骑在下面那人的背上的，露出来的脸上还挂着可怕的笑容，而被骑的人面无表情地看向屏幕……

妈呀！

真是非常有恐怖效果！

艾伦哭笑不得地将照片递给了荣贵。

嘴角翘着美美的笑容，荣贵将照片给小梅看了一眼，然后视若珍宝收起来。

给全部工具都充好了电——荣贵甚至给自己的照相机都充了电，他们再次上路。

艾伦知道的比他们想象中的还要多。不但知道红色灯柱是路标，绿色灯柱可以充电，他还知道一片看似雪地，实则冰面可以敲开的湖。

原本这里应该是他的秘密，不过如今他却把这个秘密和荣贵小梅分享。

他告诉他们这片结冰的湖面哪里是薄弱点可以破冰，还演示了一下，也不用工具，就伸出手来，原本整洁的指甲瞬间变长成为凶器，他就这么用指甲迅速从下面扎出一串鱼。

"这是只有这里才有的鱼，我管它叫星鱼，很好吃，而且很好看，也不娇气，冻住之后立刻陷入假死状态，把它扔进水里就又活了。"

"家里的孩子们，尤其是马凡，特别喜欢这种鱼。"艾伦说着，笑了，当他提及"孩子们"，尤其是马凡的时候，荣贵才意识到眼前这位看起来像年轻人的吸血族其实已经是爷爷辈了。

"也给你们一人一条玩吧。"他还递了两条鱼给小梅。

愣怔地,小梅接过鱼:那真的是一种非常漂亮的鱼,透明的身体,身体里散落着一粒粒星光一般的光点,只有巴掌大小的小鱼的身体里,宛若装着宇宙。

"好看吧?"低下头,艾伦看向好奇地看鱼的荣贵和小梅。

"哇……太好看了。"荣贵仔细看了好半晌才赞叹出声,抬起头来,看到慈爱地看着他们的艾伦,不知道怎么的,他下一句话说,"谢谢艾伦爷爷。"

艾伦脸上的笑容更深了:"喜欢就好。"

仿佛又越过了一道关卡,接下来三个人的旅程更融洽。

在冰冻湖中捉到了星鱼,又在厚厚的雪地里抓到了两只冻鸟,稍后暴风雪来袭,艾伦还带着他们找到一个巨大的雪洞躲藏,艾伦还给他们讲了更多关于这片雪地的传说。

听得荣贵一愣一愣。

可以说,如果没有艾伦的话,他们应该也能顺利抵达星城,只不过肯定不如现在这样有趣。有艾伦在,小梅也轻松不少,不用时时刻刻盯着导航。

也正是因为有了空闲的时间,小梅甚至也跟着听艾伦讲故事。

虽然表面一副认真目视前方的样子,不过荣贵一看就知道,小梅肯定偷偷在听!

有了艾伦熟门熟路的指引,又有大黄老成持重的驾驶,在一片雪地中走走停停三天后,他们的前方忽然远远出现了一堵高高的墙。

那是一堵漆黑的墙,与夜色完全融为一体,如果不是艾伦的笑声戛然而止,忽然说了一声"到了",荣贵完全看不出那里有墙。

仿佛印证艾伦的话,大黄也忽然停下了,导航上原本开阔的前方逐渐生出障碍物,随着大黄发出的探索信号逐渐反馈回系统,那障碍物越来越长,直至呈现一条死路。

"提示,前方出现障碍物,请筛查后再操作。"

"提示,前方出现障碍物,请筛查后再操作。"

大黄提示了两遍。

和之前的旅途不一样,他们是没有星城地图的。

毕竟要去其他城市,要么是在入口处凭积分,要么是在网上递交申请,同样有积分要求。而星城,明面上来说是狱星,只有被分配到此地囚禁的犯人才会有这个城市的详细地图。

大黄上的导航还是启用小梅制造的自动探路系统后自主生成的。

"真是辆不错的车。"艾伦称赞大黄。

"那是,大黄可是小梅亲手造的。"条件反射般回答道,然而荣贵完全被前方的墙吸引了。

那是一堵长得望不到两边的墙,墙后应该就是星城的主体,可惜墙太高,隔着墙,荣贵完全看不到里面。

他甚至连入口在哪里也不知道。

不过很快有人给他解答这个问题了:远远地,荣贵看到有一辆车向某个方向驶去,对方开着大灯，在一片黑夜的环境中相当醒目。

没过多久，又有一辆车，也是向那个方向去的。

"有人！"指了指车子的方向，荣贵向旁边的艾伦道。

"嗯，跟着他们的方向走就是了，那边是入口的位置。"艾伦点点头。

"哇！他们也是过来卖东西的人吗？你们可真厉害，几乎什么路标也没有的路也能记得这么清楚。"荣贵赞叹道。

艾伦暧昧地笑了笑。

"他们应该是过来服刑的犯人。别忘了，我告诉过你的，原则上只有犯人才能收到星城的详细坐标。"

"哎？"荣贵愣了愣，之前艾伦是这么说过，不过他没有想太多。

"确切地说，自从被通知服刑的那一刻起，他们通行证的全部功能都被冻结，通行证内的地图只剩下一张，就是前往服刑地的。

"他们固然可以选择在当时所在的地方隐匿不出，不过那样一来其实和在监狱服刑也差不了多少，而且长时间不前往服刑地，会有更严重的刑罚等着他们，所以一般人接到服刑通知，都会第一时间前往服刑地。"

荣贵叹为观止：收到通知自己去监狱服刑的犯人，这和他以前知道的完全不一样，他生活的那个年代，犯人似乎都是要被警察抓起来押去服刑的，背景乐是警笛声，声势浩大得不得了。

作为"良民"，荣贵只能想到这么多。

不用他吩咐，小梅早已给大黄下了新的命令：跟随前方车向前行驶。

没多久，入口前汇成了一小股车流。

荣贵好奇地打量着前后车，前面的车还好，中规中矩，和他们紧挨着的那辆车实在很破，车屁股都歪了，一看就经历过惨烈的事故，荣贵猜测他搞不好是交通肇事被要求服刑的；而他们后面的那辆车……

和大黄一样，前面车的玻璃全部都是不可向内视的，荣贵完全看不到里面人的样子，那辆车很低调地就开了两盏小前灯，在一众开了大灯的车辆中，发出的光很不起眼，然而荣贵是谁？荣贵可是喜欢看杂志的时尚人儿哩！

各种时尚杂志他都看，包括车的。

虽然时代不同，然而对于奢华的定义大同小异，当一件物品精美到让人觉得是艺术品的时候，即使它看起来再低调，你也能猜到它是好东西。

跟在他们后头的就是这样一辆车。

虽然颜色、大小看起来都低调，然而荣贵眼尖地一眼认出了那是一辆好车。

还是他之前从未见过的车型。

"那辆车的车主也是来服刑的吗？"指了指后面那辆车，荣贵忽然问道。

惊讶于他的敏锐，艾伦看了他一眼，露出一抹讽刺的笑容，轻声道："当然不是。

"虽然使用了陆地模式，可是那辆车不是地下城会有的型号。

"那是天空城的车。

"而天空城的人……自然不可能在这里服刑,他们……呵呵,应该是过来买东西的。"

艾伦的声音变得冰冷。

"当然,还有可能是来看病的。

"不要小看星城,你们过来这里是正确的,星城的平均医疗水平可能比不上帕罗森,然而顶级医生的水平,星城远超帕罗森。"

荣贵又歪了歪头:"我们来星城看病是抱着找寻最好的医生的念头,可是天空城的人为什么过来呢?

"按理说,天空城的医生不是会更好吗?"

艾伦又笑了:"大体上确实是那样没错,不过只要在天空城就医就会留下记录,总有些人不希望自己的病症在档案里留下痕迹。

"何况有些手术天空城只有限定资格的人才可以做,而且昂贵,然而星城有医生就能做,需要付出的代价则小得多。"

说完这句话,艾伦就没有再说有关天空城的事情。

看得出他对天空城没有好感,加上眼瞅着就轮到他们入城了,荣贵遂乖乖闭上了嘴巴。

"哟!是艾伦啊!我记得你一个星期前……刚过来送过一趟货,下次送货不应该是三天后吗?怎么提前过来了?"说话的是一名全副武装的门卫,脸上戴着防毒面具一样的东西,手上还拿着一把说不出名字的武器,配上身上雪白色的羽绒服,看起来就像一头怪异的北极熊。

一开始他熟稔地和艾伦打招呼,荣贵松了口气,不过对方提到送货日期提前,他不由得又吊了一口气:"三天后有其他活儿,所以提前送。"

艾伦似笑非笑着,将胳膊放在车窗上与对方说话。

"换车子了?"对方又问。

"还好。"艾伦回答得很暧昧。

对方还想说什么,艾伦忽然从车内拿出一大包东西,那人迅速拿了过去,放到厚重羽绒外套下藏好,又问了艾伦几个无足轻重的问题,很快放他们通行。

"吓死我了,我以为他们会上来盘查哩!"荣贵一边说着,一边坐直身子。

艾伦摇下玻璃的时候,他瞬间趴倒。

不只自己趴下去,他还压着小梅一起,生怕被人发现车上多了两个人,被盘问更多问题。

"他们很少会上车盘查,之前有过很多次狱卒上车严查结果被潜伏的人杀死,后来这些狱卒就基本上不上车。"

"哎?这样也行?"荣贵有点诧异。

"有什么不行呢?何况我送货的店是他们的顶头上司开的,他们盘问我无非是想捞点好处,给他们就是。"艾伦道。

第九章
佩泽

荣贵立刻想到了艾伦之前递出去的包："要……很贵的东西吗？"

"就一包菜青虫的肉，外加一壶酒，自家做的，不值钱。星城的生活条件不好，这些狱卒也不容易，毕竟，他们顶头上司开的店……卖的东西也都是很贵的。"艾伦说着，耸耸肩。

从外面看，这堵墙只是异常高、异常长而已，然而当他们实际开进来之后，才发现这堵墙还异常厚！

从结束门口的例行盘查到艾伦说完刚才那句话，他们一直行走在墙身内，又细又窄的墙内甬道，给人一种非常压抑的感觉。

荣贵这才有了"这里真的是监狱"的感觉。

他们又在这种地方走了大约一分钟。

在这期间，荣贵浮想联翩，想象着离开甬道后，等待他们的会是一个怎样的城市。

他想象过很多城市的样子，然而最终出现在他面前的是一座他无论如何也想不到的城市。

终于从幽深的甬道内行驶出来，荣贵眼前忽然光明，让他猜测许久的星城便赫然现于他眼前。

看着眼前的景象，荣贵忍不住张大了嘴巴：竟是一座高楼！

"整个星城就是一座监狱，分为地上的99层以及地下的999层，顶层是工作人员的办公室，而其他都是关押犯人的牢房。"碧绿色的眼睛直视前方黑塔一般的巨型建筑，艾伦用平稳的语气说道。

像是说给荣贵听的，又像是重复客观事实。

"九十九加九百九十九……天哪！"荣贵倒吸了一口气。

他试着算了算，不过……也就大概三秒钟：这明显不是他能一下子算出来的！

"这……这……怎么会有这么大的监狱哦……"他只能叹为观止，"每一层有多少房间啊？每间牢房都有犯人的话，这得有多少犯人啊……"

"不会住满，根据目前全塔的犯罪率，星城不应该有这么多犯人。"回答他的是小梅。

有人的地方就有违法者，为了惩罚，或者为了"改造"这些违法者，势必要有监狱。

塔内原本有很多监狱，本着就近原则送监。

直到混沌历203年、约莫一百年前，有部门针对塔内监狱进行了一次全方位的评估，认为很多监狱处于闲置状态，这是对资源的巨大浪费，且之前被关押的犯人相对容易越狱，监狱安全性不高，对监狱周围的居民来说，这也是相当大的安全隐患……

洋洋洒洒半人高的论证材料交了上去，又经历了将近十年的小规模试点，终于，在混沌历213年，塔内全面关闭改建了原本的小型与中型监狱，只留下大型监狱，紧接着，新建造了九颗行星，这就是后来的九大星狱。

原本的大型监狱分别归九大星狱的星狱长管理，而管理九大星狱长的则被称为典

狱长。

典狱长本身就是九大星狱的至高法典。

然而——

现在应该还没有典狱长这个职务。

统一九大星狱，旨意高居其他星狱长之上的那个男人还没有出现。

他现在还只是一个小孩子。

小梅想到了黑暗中的那个孩子。

他现在应该还在天空城，按照天空城的儿童保护法，应该已经进入公立学校开始学习，每天忙于学习与各种考试，连最低阶的权力机构都摸不到边……

现在的九大星狱仍然掌握在九大星狱长手中，而星城的星狱长……

恰好是未来九大星狱长之一的某人。

小梅从记忆中调出了一张照片。

洁白而笔挺的星狱长制服，同样洁白的羽翼收拢起来，银白色的头发整齐地梳于脑后，鼻梁上还有一副精致的圆框眼镜，面容瘦削，颧骨高耸，原本刻薄的长相却因为薄薄嘴唇上时刻勾起的微笑和气许多。

佩泽——这个男人的名字，天空城中，有"蓝色天空"的意思，是很受欢迎的名字，有一段时间，十个新生儿里有三个会起这个名字，所以是十分大众化的名字。

大众化的名字，长相也很大众化，在校的成绩同样不会十分引人注意，硬要说他有哪些特别的话，大概是他对法典掌握得相当好，从小就喜欢阅读法学类书籍，求学期间更是将所有法典倒背如流，这也是他在毕业后顺利进入相关部门的原因。

没有想到他最后会留在星狱部门，一步一步，在不算突出、也不算很老的时候成了九大星狱长之一。

当然，佩泽管理的星狱不是九大星狱中最大的一座，但也不是最小的。

中庸而不起眼。

基本上，每个结局，他都顺利在星狱长的位置上做到了退休，提拔了几名有为青年，退休后从事法典研究工作，还出了几本园艺相关的书籍。

九名星狱长加一名典狱长，六个都是单身，对比一身煞气"注孤生"的同事，佩泽很早就结婚了，他的配偶是导师的孩子，两人婚后生了一个女儿，独生女结婚的那天，很多人都收到了佩泽发出的请柬。

当然，小梅没有收到请柬，佩泽还是很有自知之明的，不过一名秘书却收到了请柬，后来还将婚礼的温馨场面向同事们大肆宣扬了一番。

普通却美满的一生——这是他给对方作的备注。

一个人的一生在小梅的脑海中迅速过了一遍，上面的叙述看似长，然而在他脑内的停留时间不过一秒而已，很快，小梅又将注意力集中到了眼前，他说完没多久，艾伦又说话了："当然，犯人是没有那么多的。

"地下的监狱有999层，听起来很可怕，不过并非每一层都有很多牢房，有好几层只有一间牢房，里面关押着传闻中最穷凶极恶的罪犯。"

第九章
佩泽

听到这句话,荣贵又愣了愣:地底下,整整一层,只有一间牢房、一名犯人?

不过艾伦很快再次发话,打断了他往下想的念头。

"这里的犯人其实并没有那么多,不过有很多犯人在监狱内结婚,他们的孩子也就生在了监狱内,也有来星城就医,结果生下不健康的孩子扔在这里的……"

"久而久之,星城就变成了现在这样。

"各种人鱼龙混杂生活在这个城市里,快住满了。

"虽然从外面看是一栋大楼,不过里面非常大,设施齐全,完全是一个大型城市。"

艾伦说完,又摇下车窗朝外面说了一句话。

荣贵这才发现他们快要进入大楼。

和一般的大楼不同,这栋大楼入口异常宽阔,人们进来的时候居然都不用下车!

艾伦又递出去两包虫肉,狱卒便顺利放他们通行。

荣贵注意到,对方在接过虫肉的同时,递了一枚圆形的卡片给艾伦。

注意到荣贵好奇的眼神,艾伦就把圆卡递给了荣贵:"这是电梯卡,每天每个小时,信息都会更改,每次过来我必须在这里领取当天的卡,并且在规定时间内回来,否则就出不去。"

荣贵一边听艾伦说话,一边好奇地看着手上圆形纽扣一样的电梯卡,还让小梅一起看。

好吧,这是因为他现在紧紧贴在小梅背后,两人共穿一件羽绒服嘛!事实上,当他看的时候,小梅也不得不看。

艾伦微笑着看着两个小机器人。

从旁观者的角度看,这俩人的姿势古怪异常,可是作为当事人,小梅和荣贵都和没事人一样。

荣贵小心翼翼地打量着手中的电梯卡,这枚卡是真的很旧了,外壳原本的颜色全部磨掉了,上面还有很多划痕,荣贵有点担心:这么旧,万一坏了可怎么办哦?

还有,不知道为什么,他总觉得这枚卡有点眼熟。

他不知不觉将心里想的都告诉小梅。

"坏不了,电梯内应该有报警求助,眼熟……"小梅停顿了片刻,忽然拉着荣贵的手向胸前一摸,下一秒,他利索地拉开了羽绒服前面的拉链,连解四层扣子系带(荣贵给他穿得太多了),终于摸到了自己的胸脯,轻轻按压一下,储存舱立刻弹了出来,他从里面拣了一把钥匙。

他合拢储存舱,重新将扣子扣好,把系带绑好,将拉链拉到了下巴处。小梅中规中矩地做完这一切,才重新拿起钥匙,然后将其递给荣贵。

"是卓拉太太给的钥匙。"荣贵一眼就认出了钥匙。

他们俩目前一共有四把钥匙,一把是梅瑟塔尔——属于小梅的那栋小屋的钥匙。这把生锈的钥匙被荣贵称作"小梅祖屋的钥匙",另外三把则都是卓拉太太给他们的。

虽然拥有非常多钥匙,然而卓拉太太显然没有疏于对钥匙的保养,每把钥匙都擦得

亮晶晶不说,有的钥匙上还有钥匙扣,比如小梅刚刚递给他的这把。

和钥匙一样,钥匙扣上也镶着黄宝石,就像纽扣,切面圆润,看起来低调却美丽。

等等!

荣贵一下子把钥匙扣举到了两人眼前,仔细看了半晌,又把它和圆圆的电梯卡比了比,惊讶道:"这不是钥匙扣!这是电梯卡呀!"

小梅点了点头。

艾伦一直在旁边看着两个小机器人的有爱互动,看到他们拿出一套钥匙之后,有点诧异道:"你们居然有这里的电梯卡和钥匙?"

小梅将头转向他,又点了点头。

荣贵赶紧解释:"我们俩一开始根本不知道这是电梯卡,我们以为这是把钥匙,下面那个是装饰用的钥匙扣。

"这是卓拉太太给我们的,知道我们要出门看大夫,她刚好在帕罗森和星城都有房子,就把房子的钥匙借我俩。"

艾伦点点头,微微笑了:"这可真是厉害。

"如果不是服刑进来的,想要在这里弄一套房子,不是特别有权,就是特别有钱。帕罗森我没有去过,不过那个城市需要的积分很高,去那里买房子需要的钱应该更多。"

荣贵"嘿嘿"笑了两声:艾伦说得没错,卓拉太太确实特别有钱,她老人家可是"真·土豪"!

嫌弃星城原本的电梯卡太破旧老土,用一块黄宝石贴上去做钥匙扣,卓拉太太可真是位有品位的财主啊!

想到卓拉太太,荣贵的心里又涌起一阵暖意。

"你们如果在这里有落脚点就好办了,我本来想让你们俩去我认识的犯人的牢房里挤一挤,毕竟,如果没有休息的地方,这边还是很危险的。"艾伦又点了点头。

"如果是私人房产,电梯卡应该永远管用,所以你们不用着急过去,稍后送完货我会送你们过去,不过在此之前——"艾伦说着,指向前方,"你们先陪我去送货吧?"

顺着他的手指,荣贵看到了一面金属墙,仔细看才看到墙壁上有一道缝隙,随着他们的接近,缝隙逐渐扩大,他这才意识到这里竟是一扇硕大的电梯门。

大黄慢慢开入电梯内,艾伦刷了电梯卡后,电梯门慢慢关上。

电梯下降得非常平稳,荣贵一点感觉也没有,和其他电梯不同,这里的电梯是完全不显示楼层的,密闭的空间,完全陌生的监狱城,荣贵越来越紧张。

紧紧盯着前方的电梯门,他意识到,等到这扇门再次打开的时候,他就会真正地看到星城的模样。

荣贵紧张兮兮地盯着门,随着门慢慢打开,荣贵的头越来越往前,最后完全架在小梅的脖子左边,和小梅的头齐平。

小梅没有说他,蓝色的大眼睛也盯在前方破破烂烂的电梯门上,他也在等待门开。

头碰头,两个小机器人看得认真极了。

看着这样的荣贵与小梅,艾伦的嘴角又溢出一抹笑,左手捏拳挡在嘴边隐晦地笑了笑，电梯门开启的时候，他爽朗地对两位小机器人道："欢迎光临地狱第99层。"

"哎？地狱？"荣贵刚想说什么，话说到一半，他就什么也顾不上了，黑色大眼睛里倒映出门外闪烁的各色霓虹，嘴巴张开，他愣住了：和他想象过的星狱内部完全不同，眼前竟是一条非常热闹的街！

道路两旁都是小摊，大部分是普通的地摊，不过也有推着小车的高级摊位，大家用各种颜色装点自己的摊位，为了让摊位看起来更加醒目，他们还用各种颜色的小灯泡拼凑出一个个奇形怪状的图案，那些夸张的图案虽然好多荣贵都不认识，不过荣贵认为它们有创意极了！简直充满了艺术感！

再看看摆摊的小贩……

天哪！更酷——

距离电梯门最近的摊子有两名小贩，都是瘦高个儿，扎了一头小细麻花辫儿，还编入了彩色丝线。两个人的脸都很瘦，五官很深，眼窝还化了浓重的烟熏妆，鼻环、唇环一样不少，其中一个赤膊穿着黑色皮质马甲露出胸前精致的大幅文身，一个则穿凸显腹肌的紧身黑色工字背心，配上质感厚重的裤子，外加大头皮靴……

哇塞！简直是暗黑朋克风！好看到随时可以去街拍的那种！

"帅呆了——"之前的问题已经完全抛到脑后了，荣贵紧紧盯着两名摊贩，两只眼睛里几乎要冒出小心心来！

小梅瞥了荣贵紧紧盯着的小贩……摊位上的商品一眼，慢吞吞道："你要买菜吗？"

一开始完全没有反应过来小梅为什么要问这个，不过等他顺着小梅的视线低头一看，看到两名"狂霸酷炫拽"的朋克族摊位上摆着的东西——

长条瓜瓜三根，类似蘑菇一样的菜一小把，旁边还摆了几个像小番茄的东西……

原来这两位是卖菜的。

真是和他们的穿着打扮太不搭了！

这样一来，如此多"时尚人士"一同出现给荣贵造成的视觉冲击力无形中小了许多。

暗黑朋克风似乎是这里的主流，大家基本上都是一身黑，衣服上熟练运用各种铆钉元素，身上还都穿了很多环，每个人都很有腔调的样子。

然后，他们用很有腔调的样子……卖菜。

仔细看，荣贵才发现隐藏在五光十色的霓虹灯下，被闪烁的灯光几乎盖住的，是摊位上的正经商品——各种各样的菜。

品种不算很多，基本上都有点发育不良的样子，好些还是黑色的，虽然也很朋克很摇滚没错，可是看颜色，总让人怀疑到底能不能吃……

"这里的人……这么爱吃菜啊……"坐在大黄上，看过几个摊位之后，荣贵不由得喃喃道。

艾伦又笑了："不是爱吃菜，是只有菜吃，在这里，大家可以靠土地和灯种出菜来，却没有办法养殖产肉的牲畜，所以只能卖菜。"

"哎？那……"艾伦你带过来的货物岂不是很受欢迎？

荣贵想着，看着艾伦将他自己那侧的车窗摇了下来。

外面顿时小规模沸腾了起来。

"艾伦！这是你的新车？你是过来送货的吗？"当时就有一个正在和客人讨价还价的大胡子朋克族冲过来了，站在艾伦那侧的车窗前，大声问道。

"嗯，是啊。"艾伦微微一笑，对他道。

"哦哦哦！太棒了！快来快来买我的菜，全部八折处理啦！老子今天晚上要去吃肉！"大胡子立刻跳了起来。

当他跳起来的时候，身上骷髅头图案的金属链便清脆地响起来，身上的文身就像活了似的。

荣贵看得目瞪口呆。

艾伦显然和这附近的小贩很熟。

之前他们坐在车里隔着车窗观察外面的时候，荣贵只觉得摊贩高冷极了，他们一边做着自己的事，一边不着痕迹地打量他们，虽然荣贵知道隔着窗帘和贴膜玻璃他们什么也看不到，可还是会被看得有点心惊胆战。

然而艾伦一露面，一切都不一样了。

艾伦又朝外面挥了挥手，然后再次摇上了车窗。

而热闹了一小段时间的街道也再次恢复了平静，摊贩们继续做生意，而他们则继续前行。

"外面的人提到这里，一般用星狱统一称呼。不过，对于实际生活在这里的人，星狱指的是地面上的部分，而地下的部分……"艾伦笑了笑，"被称为地狱。"

荣贵的黑色眼睛里闪过一道外面的灯光，先是一道红色的，然后是一道蓝色的。

他轻轻抿了抿嘴唇，半晌道："刚刚那些人……看起来过得……总之，和我想象中不一样。"

艾伦点了点头："嗯，他们是很能自得其乐的一群人，不过你还是要小心，能在那边摆摊的人，其实都不简单。"

看到荣贵点头，他才继续道："我家的虫肉一般供应四家店铺，全部都在地狱，最低的一家在地下123层，最高的一家在地下32层，不过今天来的这家是在地下99层的。

"是一家酒吧。"

艾伦一边说一边指路，荣贵光是听他说话都来不及了，一时之间也没顾得上往外看，倒是小梅——

他的视线一直落在外面，"街道"两侧。

乍一看，这里和其他城市的商业街是一样的，没有什么不同。

不过稍微看仔细一点，就会发现这里是有"顶"的，并非处于开阔的空间内，而是一个有房顶的大房间内。

观察得再仔细一点就能发现，所有的摊位后面都有密密麻麻的铁栅栏，差不多一样的位置还有号码。

那里应该是牢房。

第九章
佩泽

而被荣贵认为"很酷"的朋克风打扮之下,小梅看到了文身下方代表犯人的编号,以及再有个性,仍然隐藏不了那其实是一条手铐事实的"朋克风手链"。

那是无线手铐。

而各种各样的黑色打扮……其实也只是因为犯人的囚服按规定必须是黑色的。

这些细节都被五光十色的装饰物掩盖。

随着他们行驶得更深入,沿途的摊贩少了,然而两侧的牢房更不醒目:人们在上面用各种颜色的油漆涂鸦,夸张的图案将牢房更好地修饰。

这些表象骗得过荣贵,然而无法唬住小梅。

脑中已经将这些装饰全部去掉,小梅的眼前浮现出大黄行驶在一栋全金属制成的监狱走廊的画面。

是的,这地方不是什么"街道",而是监狱的走廊。

小梅静静想着。

然后艾伦中断了和荣贵的聊天,指了指右侧一扇红色的大门,说:"到了。"

荣贵匆忙命令大黄停车,车子停稳后,艾伦解开安全带,打开车门,敏捷地从车上跳了下去。

他敲开了门,似乎是和里面的人说了几句话,等他走回来,手上多了一把钥匙。

艾伦并没有上车,而是指了指前方和红门同侧的一个地方,示意荣贵开过去,他自己则提前向那个方向走过去,荣贵看着他用手上的钥匙在那里开了一扇门。

看到里面已经停了三辆车,荣贵这才意识到:哦哦哦!这里居然是个停车场!

大黄稳稳地泊在了停车场。

艾伦示意小梅打开大黄的后车厢,开始卸货。

荣贵赶紧拉着小梅给他帮忙。

王大爷一家原本就将货物整理得非常整齐,非常好搬,没多久,三个人就把所有的货卸了下来。

这时刚好有个人从红色大门内走来,朝艾伦打了个招呼之后,看了荣贵和小梅一眼。

小梅还穿着那件异常大的羽绒服,一看就和艾伦身上那件是同款,两个人一高一低,竟然还有点亲子装的样子,而荣贵则穿着原本的民族风斗篷。

这里的温度不算很低,荣贵就把自己从小梅背上"卸货"。

"你儿子?"荣贵和小梅的机器人外观非常明显,这个人还这么问显然有点开玩笑的意思。

不过艾伦没有反驳,脸上露出一抹笑,道:"不是儿子,是孙子——重孙。"

原本开玩笑的人就一副被吓到的样子。

"真的假的?"那人手上的笔都吓掉了。

艾伦不回答,只是暧昧地笑。

荣贵注意到他笑容的微妙变化:和在他们、在家人面前的爽朗笑容不同,艾伦在外人面前的笑容明显多了一丝……有点难以形容的意味。

在车库里的时候他还没法找到合适的形容词,等到他们进入酒吧之后,荣贵就立刻

明白艾伦笑容中多出来的东西是什么。

"老样子,我在这里等人搬货,你去前面找经理结账吧,顺便可以喝一杯,记在经理的账上。"清点完货物,那个人对艾伦道。

点点头,艾伦遂带着荣贵和小梅从侧门进去,穿过一条堆着乱七八糟货物的走廊,他们几乎被震耳欲聋的音乐声吞没。

一片黑暗,屋顶上各种镭射灯闪烁着,无数男男女女扭动着身体,或者跳舞,或者喝酒,一幅群魔乱舞的场面。

身高不及屋里众人的腰高,荣贵和小梅迅速淹没在人群中。

就在荣贵有点惶恐地想要抓住小梅的时候,身上一轻,下一秒,他发现自己被艾伦抱起来。

荣贵被抱着坐到了吧台前的高脚椅上,没多久,小梅也被抱起来坐在了他身边。

小梅是在面无表情中被抱起来的,看着小梅的样子,荣贵觉得有点好笑,没有刚才那样局促。

然后艾伦就坐到了他的另一侧。

"给我一杯白酒,给这两位……"艾伦想了想,"给他们一人一个插座,他们需要充电。"

酒保笑嘻嘻,立刻把艾伦要的酒和插座一起送了过来,将插座递给荣贵,艾伦喝了一口酒。

显然,艾伦在这里也是很多人知道的人物,没过多久就有好些人凑过来和他打招呼。

被男男女女簇拥,艾伦脸上再次出现了荣贵之前无法形容的那种笑。

不过配上此时此刻的场景,他终于知道如何形容现在的艾伦了:好一个风流浪子!

原来你是这样的艾伦爷爷!

仿佛有种忽然撞破严肃家长另外一面的感觉,荣贵的嘴巴都张圆了。

不过艾伦就是艾伦,即使这么多人争先恐后过来和他搭讪,他仍然没有忘记一旁的荣贵和小梅。

他一边小心翼翼挡着周围的人不要挤坏两位不起眼的小机器人,一边给他们插好插头。

接下来的时间,荣贵就围观了艾伦是如何应付周围众人的。他和围过来的人一一聊过,将对方满脸微笑地打发走,还和一位风姿绰约的"黑寡妇"型大美女谈妥了刚才那批货的价格。

荣贵这才意识到这位"黑寡妇"应该就是这家酒吧的经理。

"这是我的重孙。"对她,艾伦仍然是这样介绍荣贵和小梅的。

艾伦很快还和对方谈妥了下一批货物的送货日期,在大美女依依不舍的目光中,艾伦饮尽最后一口酒,挥挥手,又带着荣贵和小梅从后门出去。

"被吓到了?"坐回大黄上,看着黑眼睛的小机器人忽闪着大眼睛不停偷偷看自己的样子,艾伦又笑了。

这一回，挂在他脸上的不再是浪子般的笑，又是家长式的温和的笑。

"大人的世界比较复杂，等你们长大就知道了。"摸了摸小机器人光滑的秃脑袋，艾伦迅速系好安全带，"快一点吧，趁电梯卡的有效期还没结束，我赶紧把你俩送到住处。"

已经完整记住了之前走过的所有路，大黄很快返回他们来时的电梯。

"把电梯卡在这里刷一下，对，就是这里。"进入电梯后，艾伦就指点荣贵如何刷电梯卡，"这里的电梯是不显示楼层的，电梯卡上也不会出现楼层，想要知道自己到底去了哪一层，大概只有出了电梯门才知道，一般情况下电梯门旁边都会有标注。

"刚刚我们出去的那一层也有标注，不过被那一层的人涂鸦，看起来不太明显。"

"来，让我们看看那位大方的夫人提供给你们的住宅是哪一层的吧。"艾伦看着荣贵刷完卡，嘴角带着一丝笑容，道，"那位太太看起来有经济实力，搞不好是星狱的牢房。"

星狱——特指星城地面以上的监狱，在艾伦解释后，荣贵已经知道这点。

"我还没有去过星狱呢！"艾伦道。

听着艾伦的话，荣贵心中也有点期待。

毕竟事关自己未来的住处，他也很好奇自己和小梅会住在哪里。

虽然都是住在监狱里，可是地面上的监狱怎么也会好一点吧？至少还有窗户哩！

满怀期待地，荣贵紧紧盯着电梯门。

电梯的性能十分好，在电梯轿厢内的时候，是完全感觉不到电梯上下移动的，又没有楼层数字提示，所以，荣贵不知道自己是在上天还是在入地。

他只知道时间过去了好久好久，电梯门终于裂开了一道小缝。

荣贵这才意识到电梯停了，他们终于到达了卓拉太太房子所在的楼层。

和之前停下来的地下99层完全不同，申梯外一片黑暗。

荣贵又想起之前第一次见到卓拉太太时，被黑暗鬼屋深深震慑的恐惧。

卓拉太太天生就爱这一口吗？

颤巍巍地，荣贵抓住了小梅的胳膊。

而小梅，则从手腕下方露出了手电筒。

"啪"的一声，小梅将手申筒打开。

将手电筒的光对准艾伦之前说过的，会标注楼层的位置。

"-999。"

让人看了就头皮发麻的数字赫然出现于三人眼前。

天哪！卓拉太太的大宅不在星狱内，居然在地狱最底层吗？

荣贵的嘴巴一下子张大。

第十章

呢喃草

这里的电梯门开合有着严格的时间限制,很快关闭,周围瞬间除了小梅手里手电筒的光再没有其他光源。

他们在电梯附近,手电筒照到的东西全是金属的。

金属天花板,金属墙壁,还有金属地板。

再往前,就照不太清楚了,对面似乎是一条很长的走廊。

"我虽然没有去过星狱,不过也没有来过如此低的楼层……呢。"艾伦站在两个小机器人身旁,低沉而富磁性的声音在黑暗中响起,"有点意外。"

"这个……我……我也被吓了一跳呀……"紧紧扒在小梅身上,荣贵还没忘记接艾伦的话,"卓拉太太的房子楼层居然这么低……不过,仔细想想也不算意外,卓拉太太似乎就是比较喜欢隐蔽的房子,虽然因为黑得看起来有点……有点可怕,然而打开灯后你会发现房间其实非常漂亮。"

虽然因为楼层,荣贵稍稍被震了一下,不过一想到这里是卓拉太太家,他的胆子又回来了。非但如此,他还情不自禁地为卓拉太太辩白。

"卓拉太太可是一位非常优雅,非常有品位的女士,她在家居布置和园林设计方面非常有自己的风格……"

荣贵说完这句话之后忽然愣住了,他想起这里是监狱,就算是卓拉太太,应该也不能把监狱布置得多有情调吧?

糟糕!似乎不小心把话说大了。

"找到能源控制台了。"就在荣贵有点心虚的时候,小梅的声音在他前方响起,荣贵这才发现自己不知何时被小梅拖到了靠墙的位置,踮起脚尖,小梅正在努力去够控制台。

荣贵赶紧把小梅拦腰抱了起来,小梅顺利够到控制台之后,只听"啪啪"几声,原本黑暗一片的空间忽然灯火通明。

正如他们之前用手电筒光照到的那样,这里确实是一条四面金属的走廊,在走廊的尽头是一扇黑色的雕花门。

门……钥匙?

荣贵立刻想到自己手上的钥匙,拉着小梅朝黑色雕花门走去,艾伦跟在他们身后,不着痕迹地打量周围。

他刚刚说的是实话,地下999层,即使对于他来说也是传说中的楼层,他并没有来过,如果不是这次送荣贵他们过来,他不认为自己可以过来。

越凶残的囚徒被关押的楼层越低,因为这样越狱的难度会越来越高,想到星狱和地狱内流传已久的,关于最下面几层监狱的传说,他也是非常好奇的。

呢喃草

虽然跟在两个小机器人身后,速度不慢,不过由于他身高腿长,稳稳跟着荣贵他们的同时,他还有足够的时间观察周围。

四周是他熟悉的金属墙壁,确切地说,"地狱"内所有楼层的四壁都是金属制成,这是一种特殊的金属,异常坚固,轻易无法被破坏,强度不同,颜色也有所不同,他以前见过红色、白色、蓝色、紫色……而这种,是他从未见过的铂金色。

注意到墙壁两侧缝隙处黑乎乎的东西,艾伦眯了眯眼。

同样注意到这样东西的不只有他,还有小梅。

小梅的视线刚刚落到墙壁两侧,荣贵已经松开小梅的手,走过去。

他蹲在地上,用手指拨弄那些东西。

那些东西很脆弱,力气稍微大点,好多就变成了碎末,荣贵勉强从里面挑出一个比较完整的,那看起来像是藤蔓的东西……

"是雪球花!"荣贵大声对小梅道。

"嗯?"完全没有听说过的名字,不过看两个小机器人似乎知道点什么的样子,艾伦也跟着弯下腰。

他一过来,荣贵就献宝似的将手里那一小段藤蔓塞到他手中。

没有拒绝,艾伦用两根指头捏着那节黑色的枯枝,仔细看了看。

这是一种他从未见过的植物——他作出了判断。

"你们认识?"侧过头,他看向两个小机器人。

荣贵很高兴地点了点头:"这是一种叫雪球花的植物,还有一个名字叫呢喃草,据说很久很久以前有一对相爱却不能相恋的恋人,彼此相邻却是世仇,长辈的压力迫使他们不能在一起,这就算了,长辈居然还不允许他们说话、见面,这可真是太不人道了!

"似乎感受到了女孩的哀愁,她精心照料的一株植物忽然越长越高,那原本是一株很矮的植物,就是桌上的观赏花而已,不知从何时开始,在女孩不知道的时候,它的根向相反的方向长,穿过女孩的梳妆台,穿过窗户,穿过两家戒备森严的墙壁,居然长到男孩的练剑室里去了,当天晚上,当女孩又在梳妆台上哭泣思念自己的爱人时,男孩忽然听到了女孩的声音,他试图说话,女孩居然也听到了他的声音!

"他们一开始还以为是神灵显灵,后来才发现功劳来自女孩种的雪球花!它长出了长长的藤蔓,根上长出了叶子,那些叶子居然能够很好地传递声音!

"后来这种植物生长在地上开花的部分仍然被叫作雪球花,而原本是根,却能长得很长,还有传声效果的部分就叫作呢喃草。"

难得有自己能够解答的问题,荣贵详细地将自己知道的传说详细说了一遍。

"地上……地下……这种植物同时生活在星狱和地狱吗?"艾伦听进去了,不过关注点完全不在荣贵着力描述的爱情故事上,而是很偏地放在了这种植物本身的形态上。

不过他说得也很有道理——心里这么想着,荣贵点了点头。

于是，原本想要松开的手又收了回去，艾伦没有将手中的枯藤扔掉，又看了那枯藤一眼，看向荣贵："可以给我吗？"

荣贵愣了片刻才反应过来：艾伦所说的东西，是他放到对方手中的呢喃草的枯藤。

"呃……当然可以，不过，这个只是枯藤而已……"连做肥料都没什么价值，怎么看都没有收藏价值啊……这段话荣贵还没来得及说完，艾伦已经将修长的手指合拢起来。

"没关系，谢谢。"微微一笑，他将枯藤放入口袋，然后站了起来。

荣贵和小梅也站了起来。

"看来，这里确实是卓拉太太家。卓拉太太特喜欢在栅栏上种呢喃草，她说这种草长得快而且不费心，叶子还紧密，有很好的隔离效果。"时不时就去药草园帮忙，荣贵对卓拉太太家的各种植物不说如数家珍，起码像呢喃草这样有一个传奇故事的，他是绝对清楚的。

小梅点了点头，和荣贵不同，同样在药草园帮忙，小梅对卓拉太太园子里的各种植物是"真·如数家珍"，被荣贵拉去帮忙的小梅不但清楚每种植物的名称，还知道它们的全部养护常识生活习性，不过对于植物背后的八卦小传闻，他倒不如荣贵清楚。

不过荣贵知道的事情，他早晚也会知道，因为荣贵忍不住说。

两个小机器人走在最前面，艾伦就在他们身后一步的位置，而大黄则在最后面，没有人开它，它就自己开自己，主人前进的方向也是它要去的地方。

墙缝隙留下的枯藤从侧面印证了卓拉太太曾经在这里生活，意识到了这一点，荣贵的心中大定，走到黑色雕花门前的时候，他戳戳小梅，将钥匙递给小梅，示意小梅开门。

似乎一直是由小梅负责开门关门的，只是一个生活小细节而已，次数多了就成了习惯。

小梅接过钥匙，然后将它轻轻插入钥匙孔。

"咔嚓"一声响，微微带了一点生锈的声音响过之后，门开了。

里面一片黑暗。

没有立刻进门，小梅收好钥匙，先是将门慢慢推开，然后走进去，踮起脚尖，在左侧的位置轻轻摸索了一下，那是卓拉太太家习惯安装电灯开关的位置——经常帮卓拉太太修东西，小梅对于卓拉太太的生活小细节了然于胸。

果然，在那个位置，他摸到了开关，开关的形状还有点熟悉。

小梅在开关上轻轻拍了一下，短暂的停顿之后，屋内的灯一盏一盏地亮了起来。

全部是柔和的橙色灯光，那是卓拉太太家中常用的灯光色。

橙色的灯光照亮了三个人面前的全部景象——

"哇！"先开口的是荣贵。

大叫之后，他立刻向屋内奔去，"吧唧"一声，跳到了大沙发上。

呢喃草

　　肉眼可见的灰尘从毯子上飘了出来，如果是人类的身体，荣贵这个时候大概要喷嚏连连，好在他现在是机器人，所以他只是幸福地在沙发上抱着抱枕打了几个滚。

　　熟悉的毯子，熟悉的小圆茶几，熟悉的摇椅，熟悉的柔软沙发上滚着一个熟悉得不能再熟悉的黑眼睛小机器人。

　　小梅没有忍住，抬起脚，也往沙发走去，不过他没有像荣贵那样直接滚上沙发，而是坐在了沙发旁边的圆凳上。

　　这是他在卓拉太太家最常坐的位置。

　　好吧，现在大家应该已经猜到，荣贵他们看到的房间，和西西罗城卓拉太太家的客厅风格几乎一模一样。

　　这种一模一样并非指家具的样式、大小完全相同，而是风格一致。

　　荣贵他们眼中的房间带着强烈的卓拉太太的气质。

　　而正是这种气质，让两个小机器人一下子放松下来。

　　荣贵很自然地将放松通过动作表现出来，而小梅比较含蓄。虽然不像荣贵那样敏感，可是仔细看，就会知道他也放松很多。

　　在西西罗城与卓拉太太、哈娜共同生活在两个小机器人身上都烙下了深刻的印记。

　　不知不觉间，卓拉太太家，在他们心中成了"家"的基本模样。

　　"没错！这里就是卓拉太太的房子。"荣贵又蹭了蹭毯子，然后非常热情地招呼艾伦，"艾伦爷爷也别站着，快点坐下来吧！"

　　虽然感觉有点不自在，不过荣贵亲热地称呼"艾伦爷爷"让艾伦感到亲切，他信步走过来，在两个小机器人对面找了一张空沙发，知道上面有很多灰尘，他坐下的动作便十分小心。

　　身体一下子陷进柔软的沙发，艾伦从来没有坐过这么柔软的东西，不太适应地挪动了一下，终于调整到比较舒服的姿势，这才好奇但不失稳重地观察四周。

　　这是一个他从来没有见过的风格的房间。

　　客厅非常大，柔软的布艺沙发散落在中心，上面还铺着看上去质感很好的手工毯子，除此之外，沙发旁边还有高矮不同的灯，每盏灯的外形都不同，看起来都很别致。

　　不远处的那把可以摇来摇去的椅子看起来很奇怪，不过很舒服的样子，这让他有点想给爸爸弄一把。

　　而在沙发的对面，越过两个小机器人，他看到了一张长方形的餐桌，上面盖着格子桌布，就连椅子上也套着同样颜色的布套，再往后看，后面是幽深却不黑暗的走廊，隐隐约约，他看到那边有扇门……

　　当然，艾伦只是在心里想，并没有将自己的感受说出来，如果他将自己的详细感受讲给荣贵听，荣贵会为他的感受找一个确切的原因：女主人的味道。

　　卓拉太太的房间带有强烈的女性柔软特质，这是有女主人的家庭才有的特殊感觉。

　　被王大爷捡回家之后，艾伦就生活在一群大老爷们中间，家里就几个女孩，还是被一

群男人带大的，长期生活在这种环境中，艾伦对于这种特质是不熟悉的。

不过，这不妨碍他此刻坐在柔软的沙发上，微微放松了心情。

或许，比起房子，这种柔软心情才是卓拉太太自遥远的西西罗城给他们的珍贵馈赠。

艾伦并没有在沙发上久坐。

即使这个房间和他想象中坐落于"地狱"最底层的房间完全不同，他仍然清醒地记得这里是监狱。

艾伦扬了扬手里的电梯卡，道："时间不早了，我也该离开了。"

荣贵赶紧一骨碌站起来，和小梅一起将艾伦送到电梯口，荣贵原本还想将艾伦送上去的，不过艾伦拒绝了。

"这里是星城，我比你们熟悉得多，你们还是在这里整顿一下。"艾伦顿了顿，"我下次送货是在七天后，仍然是今天这个时间，同样是在地下99层的那个酒吧，如果你们有其他事情需要打听，也可以找酒吧经理。"

"是那个穿着黑色裙子，身材很好，很漂亮的女士吗？"荣贵跟他确认。

艾伦停顿了片刻，半晌笑了："没错，就是她，她的名字叫吉吉。"

荣贵点点头，认真记住了这个名字，然后依依不舍地目送艾伦走进电梯，刷电梯卡，电梯门迅速闭拢之后，留下的就是由铂金色金属铸成的牢笼里的两名小机器人。

"光秃秃的哩！"荣贵四下张望，评论道。

小梅轻轻点了点头。

两个人一路走过来，居住的地方从来没有这么光秃秃过，一开始再破旧，在荣贵的指挥下，后来一定也会摆满东西，温馨得不得了。

"我们回去收拾收拾东西吧？"荣贵提议道。

小梅点头，两个人便肩并肩重新向黑色雕花门的方向走去，在那里，他们看到了可怜兮兮堵在门前的大黄。

个头相对于大门来说还是大了点，大黄进不去。

荣贵拍了拍大黄的屁股："大黄，你个子太大啦！卓拉太太家的门没那么大，只能委屈你在外面了。

"不过也不会委屈很久，我和小梅立刻开始收拾，收拾过后，外面就会很漂亮啦！"

末尾还带着可疑的小颤音，小梅斜眼看了他一眼，拍开大黄屁股后面的后车厢，没有说话，开始从里面搬行李。

他没有问艾伦在没有车的情况下要怎么离开星城，因为他知道艾伦一定有办法，正如艾伦也只说了下次过来的日期与联络方式，而没有告诉他们要如何去地下99层一样，因为艾伦相信他们自己会找到方法。

说起来也是有点奇怪，明明是认识不久的人，彼此之间却有了信任，这也是有些新奇的体验。

小梅一边将种着地豆和紫色花的花盆搬下来，一边想着。

他正在为自己心中居然和一位陌生人有了陌生的笃定感而有些新奇，视线移向同样在搬花盆的荣贵，他想，荣贵似乎从一开始就有这种笃定感。

和他不同，荣贵对其他人的信任是天生的，心中没有任何顾虑，对于身在"地狱"最底层这件事不恐慌，一味专注于手中的事。

担忧、恐惧是没有任何意义的，与其将珍贵的时间浪费在这等无用情绪上，不如做好眼前的事——小梅忽然想到了这样一句话，可以很好地描述荣贵。

"哎呀！小梅，艾伦先生要怎么回去啊？我才想到他是坐着我们家大黄来的，大黄如今在这里，他要怎么出去啊？"搬着开满紫色花朵的大花盆，荣贵忽然一脸担忧。

小梅："……"

不是心有灵犀而笃信，而是根本没来得及想到吗？

也是，这样的荣贵才是荣贵。

"不用担心他，他能从这里出去一次，就一定能出去第二次。"将手中的花盆放在左侧金属墙壁的下方，金属手在花朵间拨弄一下，让原本由于拥挤而缠绕在一起的花朵枝叶重新舒展开，小梅背着身子对荣贵道。

"咦？两次？艾伦爷爷之前是从这里逃出去的吗？"荣贵手里的花盆差点掉了，好险他是站在小梅身边的，回头的时候刚好看到花盆即将跌落的一幕，小梅赶紧把花盆接过来，放到自己刚刚摆放的那盆花的对面。

这两盆都是紫色花，要对称摆放——久而久之，在荣贵的影响下，小梅也有了自己的摆放美学了，那就是一定要对称。

"红色灯柱下的逃犯，固定时间放在那里的食物，隐约的复杂情绪，对沿途路径的熟悉感，对星狱毫无陌生感，然而隐约有抵触情绪——有百分之八十九的可能，他是从星狱逃出去的，而且，有百分之九十二的可能，他在逃亡的过程中被王汤姆先生搭救。"

面无表情地说着，小梅左右端详着走廊两侧对称摆放的两盆紫色花，这两盆花原本被他修剪成完全对称，这段时间一直被他们放在后车厢，来不及天天调整的缘故，只是生长环境有了些许不同，它们又变得不一样了，小梅拿出随身携带的小剪刀，"咔嚓"一声，剪短了右边那盆花一根过长的花枝。

荣贵若有所思。

"但是，这样一来，时间对不上，按照艾伦先生在家中的排序，他应该最早和王汤姆先生相遇的，他便不应该在星狱外围被王汤姆先生搭救，中间应该还有其他事情发生，条件不足，没有办法推测。"微微调整完两盆花，"龟毛"地确认完两盆花再次看起来左右对称，小梅终于去摆放其他花盆。

虽然对于小梅现在的审美情绪有点无语，不过这毕竟是个人爱好，而且，对于小梅来说，能有点偏好也是好事，所以荣贵并没有阻止他，相反，荣贵还会在旁边指指点点哪里不够对称。

只不过，在小梅为了追求平衡，将花枝修剪过分的情况下，他还是会跳出来阻止。

听完小梅的话，荣贵点点头："我就说艾伦爷爷当时感觉怪怪的，原来是这么回事啊……"

"王大爷真是好人。"他又感慨道。

"不过排序这种事没啥，王大爷完全可以先捡到其他儿子，最后捡到艾伦爷爷啊！"荣贵耸耸肩。

小梅斜他一眼："怎么会？这样不合逻辑。"

"没啥不合逻辑的啊！都是捡来的孩子，大家都不知道自己的出生日期，要么按照被捡到的时间排序，要么打一架，我们那边都是这么干的！"

荣贵拿自己成长过的孤儿院举例："就像我是老二，其实我是那一批孩子里第四个被扔到门口的。

"不过我不喜欢当小弟，我喜欢当老大，所以等我们长大后，就决定用打架的方式排序。然后……我就从老四打成了老二。

"我打不过荣福。"

荣贵哭丧着一张脸。

"好伤心，还不如当老四，老四比老二和小三都好听啊……

"对了，你知道老二和小三在我们那个时代是什么意思吗？"

絮絮叨叨地，荣贵又在强行"科普"自己那个时代的常识给小梅。

小梅："……"

小梅无话可说，只能低头干活。

将车里的东西一一搬出来，花盆摆在走廊两侧，石桌木椅摆在角落，荣贵还在地面铺满了地毯！有他自己织的，狗啃一般的地毯，有玛丽等女矮人织的图案复杂的手工地毯，有小梅织的宛如机器制造的地毯，还有卓拉太太织的极具乡村风情的温暖地毯……

各种风格的地毯铺满了光秃秃的地面，原本冰冷的铂金色金属空间立刻变得温暖了起来。

停靠在这片花花地毯的尽头，大黄看起来也没那么寂寞。

将一路以来积攒的家当全部拿出来，摆得下的就摆在外面，摆不下的就挪进屋内，最后再将两人的身体抬进去，两个小机器人忙得不可开交！

荣贵并没有多去思考艾伦的往事，因为他觉得自己只需要认识现在的他就可以。

他也没有去想如何去地下99层和艾伦碰面的事情，因为他知道只要和小梅在一起，两个人一定可以想到方法。

把家当收拾出来，他又拉着小梅打扫房间。

房间里积累了大量灰尘，虽然机器人并不怕灰，可是家里就应该干干净净——老院长一直这么说。

出生于孤儿院，荣贵比任何人都在意"家"代表的感觉。

呢喃草

即使只能暂时居住一段时间，他仍然希望居住的地方就是自己的"家"。

荣贵用吸尘器（小梅制作）将屋里的尘土清理干净，并没将吸尘槽内的尘土倒掉。

他仔细观察了一下这些尘土：带着铂金色的金属光泽，非常漂亮。

荣贵小心翼翼地将这些尘土倾倒在一个空花盆内，想着或许以后可以用来种花。

做完这些，他就去浴室。

小梅负责擦洗浴室。

虽然两个机器人并不会用到浴室，可是荣贵还是希望"家"里每个角落都干净。

他都干完活了，小梅按理说早就该出来了，他觉得不对头。

荣贵吧嗒吧嗒地跑进了浴室，然后，和浴室里的小梅一样，荣贵目瞪口呆。

和他想象中卓拉太太的豪华浴室完全不同，眼前的浴室完全看不出是个浴室。

被密密麻麻的绿色藤蔓覆盖，整个浴室简直变成了热带雨林！

仔细看，那些藤蔓上长的叶子异常眼熟……

啊！这不是呢喃草吗？

荣贵的嘴巴一下子张大。

荣贵和小梅又多了新任务：不知道为什么，卓拉太太浴室里的呢喃草疯狂爆盆了，虽然不太清楚这是怎么回事，可是放任它们这么生长，总觉得卓拉太太的地下豪宅早晚要被呢喃草覆盖。

就这样，两个小机器人立刻开始了呢喃草的清理工作。

就在他们忙着呢喃草的分盆工作时，艾伦已经顺利回到了地上。

他手中的电梯卡在指定时间内可以用两次，第一次可以前往指定楼层，第二次则可以返回地上1层，超过时间的话，他就会被困在原地，哪里也没法去。

将电梯卡交还给门口的狱卒，他飞快地离开。

没有人问他车在哪里，这里的人经常用一种样子进来，用完全不同的样子离开，各种情况见多了，狱卒早就习惯什么也不问。

外面又开始下雪。

裹紧了身上的白色羽绒服，跳进大雪之中，艾伦迅速与雪花融为一体。

和荣贵平时见到的完全不同，艾伦的动作是那样快。

作为吸血族，他们的速度远远超过正常人。

前提是他们成年。

年少时很久也走不完的路程，如今他很快就走完了。

他并不觉得寒冷，身上的羽绒服很保暖。

将手插在羽绒服的口袋内，艾伦行走在风雪之中，很快经过了带着荣贵抓捕星鱼的湖，经过了其他几根灯柱，然后回到了红色灯柱之下。

在红色灯柱之下,他停顿了片刻,发现已经没有那个孩子的身影。他笑了笑,继续快速前行。

又这么行走了一段时间,他忽然停住。

前方,一个穿着羽绒服的矮小身影正在雪中艰难前行。

雪那么大,他的身体那样单薄,看起来随时都会被吹走。

即使这样,他还是坚定地向前走着。

静静地看了少年一眼,艾伦放慢了脚步。

远远地,保持不会被察觉的距离,他跟在了少年身后。

这个少年真的不算幸运。

这片星域最冷的几天,刚好被他赶上了,偏偏还在下雪,送荣贵他们来的时候,艾伦就察觉未来几天可能会有暴雪,果然,正如他预测的那样,返程的时候,暴雪如期而至。

往常有里面的人逃出来,狱卒们可能还会追一追,从雪堆里捡个冻成冰砣的犯人什么的,这种天气的话,则完全不会有人出来找,而且前往星城的车辆也会很少,不会有人营救,目睹他越狱的人更少……

与少年保持一定距离,艾伦若有所思。

或许不是不幸选择了这个少年,而是少年主动选择了这种"不幸"……

认真收集天气信息,专门选择在这样的天气内出逃,这个少年就是为了不让人发现。

如果是这样,前方的少年就是一个意志坚定,非常有心计,做事有计划的人。

他也就更危险。

家里的孩子性格都比较简单,不适合和性格复杂的人生活在一起。

眯了眯眼,艾伦将自己的气息收敛得更加弱。

他已经决定径直离开。

然而,恶劣的环境限制了他的行动。

雪更大了,在接触到身体表面的瞬间迅速凝结成冰,知道前方更加危险,艾伦决定按兵不动,原地停留直到天气好转。

然而那个少年做出了不理智的行为:他顶着无边无际的大雪,向前走去。

少年是个非常理性的人,他将艾伦之前给他的食物均匀地分成了很多份,每隔一段时间进食一点点,绝对不多吃一口;他定时测量自己的体温和脉搏,用来准确把握自己的身体状况;观察得更加仔细一点,就会发现他的前进速度都是耗能最少的……

这样一个极端理智的人,居然会如此不要命地往外走,这可真是——

艾伦闭上了眼睛,感受到大雪慢慢将自身包围,血液温度逐渐降低。他静静地潜伏在雪下,陷入了短暂的休眠。

这种休眠其实只是体征活动的休眠,他的意识仍然清醒,他凭感觉计算着时间,甚

呢喃草

至还计划回去之后要做的事情：南部山谷的稻子需要收割一批，西部平原圈养的绿甲虫需要杀一些……

计划得差不多，雪小了一些，等达到安全行路（相对艾伦来说）的标准，他便抖掉身上的冰，从雪里站了起来。

继续以极快的速度赶路，艾伦心无旁骛。

即将走出雪域的时候，他又看到了那个少年。

站在即将走出雪域的地方，他变成了一座冰雕。

艾伦站在"冰雕"的面前，伸手掸掉"冰雕"面部堆积的雪，第一次看清了对方的脸。

那是一张平平无奇的脸，还不如家里长相最普通的马凡，脸颊消瘦得很，骨架也小，实在没什么看头。

然而整个身体凝固，少年的表情也凝固在他陷入灾难的最后一刻。

意识到自己即将死亡的瞬间，少年的脸上没有惊恐，没有害怕，只是一脸悲伤。

眼睛焦急地凝望着雪域尽头的小路，泪珠都被冻结的眼中满是绝望、悲怆。

"你这个年纪的孩子，心里不应该藏太多事。"喃喃地，艾伦说出了一句话。

这是父亲曾经对他说过的话，此时此刻，他心里不自觉地浮现出这句话，那时候见到父亲的心情同时浮上他的心头。

将已经冻成冰雕的少年单手拖着，他重新朝出口的方向迅速移动。

营养不良的呢喃草被荣贵指挥小梅种进了浴缸里。

反正他们也不用浴缸洗澡啊！而且浴缸下面有排水口，正如一个大花盆。

"其他地方的呢喃草都死了，就浴缸里的这棵活了下来，搞不好呢喃喜欢这种生长环境呀！"竖起一根食指，荣贵有理有据地对小梅说道。

小梅没有反对。

不过这么一个大浴缸用来种一棵呢喃草太浪费了，荣贵想到地下99层那些卖菜的，记得自己和小梅沿途收集了不少菜种，索性要小梅在浴缸里种了一些蔬菜。

"将来可以去地下99层卖菜。"他是这么对小梅说的。

小梅没吭声，只是默默地松土、施肥，然后挑了一些合适的种子撒进浴缸。

他们还把苹果苗和紫色花也种在了浴缸里，间或点缀几棵地豆，荣贵和小梅新家的"小花园"便成形了。

浴缸上面有花洒，媲美喷壶，洒水又细又均匀，最适合日常用了，想要浇透也没问题，还有水龙头，天气特别冷的时候，天花板上还有类似浴霸的发热灯……

这么看来，将浴缸当花盆用竟是无比英明的决定。

持着花洒美美地浇了一顿花，等他浇完花，小梅连他指定的梯形花架都做好了。

"以后我们每天就把花抱到这里浇。"荣贵对小梅说，他将花洒放好，这才带着小梅

出去。

　　这里一共有六个房间，一间大卧室，"打通了三间牢房改造而成"——这是小梅说的，高雅而沉稳的摆设，还有绣架，一看就是卓拉太太的主卧。

　　荣贵将这间卧室轻轻锁上。

　　主卧对面是次卧，那是一个粉红色的房间，墙纸是粉蓝色的，少女风的床上到处都是蕾丝花边和蝴蝶结，和哈娜在卓拉太太家住的房间风格统一，考虑到哈娜住的是卓拉太太女儿的房间，荣贵也就猜到了这个房间的主人是谁。

　　这是卓拉太太女儿的房间。

　　荣贵也把这间卧室锁上。

　　除此之外还有一间书房，虽然书架是空的，想起卓拉太太似乎对书籍并没有什么兴趣，荣贵觉得这点并不难猜。

　　不过卓拉太太不喜欢书没关系，小梅喜欢啊！

　　小梅这个闷骚的人，不喜欢什么不说，喜欢什么同样也不说，每次逛市场，小梅买的基本上都是必需品，倒是荣贵偶尔会买点不实用，纯粹喜好的小玩意。

　　不过耐不住荣贵喜欢逛街啊！

　　每次光是自己买东西总觉得不太好意思，他就强迫小梅也买一样，和必需品无关。

　　小梅几乎每次买的都是书。

　　这么一来，小梅的喜好就很明显了。

　　荣贵的行李里多出一堆乱七八糟的小玩意，小梅的行李里也多了一堆旧书。

　　自己买的，加上荣贵给他买的，小梅有了将近五十本书。

　　如今有了书架，荣贵就赶紧打开小梅的行李箱，高高兴兴地把那些书摆上去。

　　荣贵擦了擦书架，擦了擦桌子，最后把椅子擦了擦。

　　"这个房间给小梅平时用！"荣贵大声宣布。

　　小梅没有说话，不过，敏感如荣贵，明显感觉小梅心情似乎不错。

　　抿着嘴没让自己笑出声来，荣贵随即拉着小梅向下一个房间走去。

　　打开下一个房间，荣贵的嘴巴一下子张大了：竟然是一个豪华换衣间！

　　不同长度的衣物对应不同高度的收纳柜，两面墙壁全都是顶天立地的大型衣物收纳柜，一面墙壁则全部是鞋子，至于剩下来的那一面墙——

　　包括荣贵正推着的门板，那是整整一面墙的试衣镜呢！

　　"这可太阔气了！"荣贵喃喃道。

　　"我的梦想就是住在一个有超大换衣间的房子里哩！要有大镜子，里面还有好多衣服！"这才是大明星的标配啊！

　　扭过头，荣贵一脸兴奋地对小梅说出了自己的第一百零一个梦想。

　　小梅："……"

如今，他们眼前的豪华换衣间内确实满满的都是衣服，可惜都是裙子。

这些显然是卓拉太太的衣服。

"以后我要经常过来研究服装搭配！"将手里放着两人衣物的大包袱放在地毯上，荣贵开心地宣布，"还要研究仪态——站姿坐姿！"

这里不但有衣柜镜子，还有沙发椅子，最适合钻研仪态啦——荣贵高兴地发现。

然后，他和小梅走到了走廊尽头的房间：一左一右，那里有两个房间。

荣贵先推开了左边的房间：一间卧室。

推开右边的房门：另一间卧室。

两个房间的格局几乎一模一样，都是一张居中的单人床，靠墙的书桌椅子，还有一面墙的柜子，只是壁纸的颜色不同。

贴着绿色墙纸的房间里，有一面大镜子。

"天哪！小梅，我们有自己的卧室了！"荣贵左右端详两个房间，转过头看向小梅，一脸惊喜道，"这两个房间几乎一模一样，又是对门，真是再适合咱俩不过了！小梅小梅！你想要哪个房间？左边的还是右边的？那个……我喜欢照镜子，可不可以要右边有镜子的房间？"

荣贵说着，双脚已经激动不已地带着他奔入了右边的绿色小房间，他转着圈地在房间里晃悠着，到小床旁边的时候，他一个弹跳，呈"大"字形栽进了柔软的小床上。

"啊！这个床真软啊！"好像水床。

荡漾在柔软的床垫中，荣贵享受地滚来滚去。

即使是单人床，对于身高只有一米一的小机器人来说，还是很大的，荣贵觉得惬意极了。

拎着自己的小行李箱站在门口，小梅沉默。

"小梅，你也赶紧去自己的房间看看，记得躺在床上试试看，老舒服了！"身子完全陷入柔软的床垫中，小梅看不到荣贵的脸，只能看到他的手抬起来，朝自己挥了挥。

小梅："……"

他又在门口站了一会儿，看看荣贵继续在床上滚来滚去一副很享受的样子，他退了出去，还顺手关上了门。

这样一来，他就连荣贵的脚丫子都看不到了。

盯着门板又看了一会儿，小梅拎着行李向对面的房间走去。

将行李放在地毯上，他坐在床上，试图感受一下这张床究竟有多舒服。

可惜，床垫晃来晃去，一点也没有舒适的感觉。

一定是荣贵那边的床垫和这边不同——他心想。

小小的机器人就这样面无表情地在床上坐了一会儿。

过了一会儿，他还像荣贵那样躺下，可惜，床垫一晃一晃，还是没有舒适的感觉。

老实说，机器人应该也是没什么感觉的。

没感觉才是正常的吧？

小梅静静想着。

这个房间太大了，摆一些东西会好一些——小梅从床上坐了起来，跳下去，开始整理行李。

他的东西其实并不多，平时又摆放有序，以至于拿出来后房间里仍然空空的。

小小的机器人站在房间里，明明不大的房间，他却莫名觉得太大了……

他在房间里站了很久，久到他觉得自己应该找插座充电的时候，荣贵风风火火地从对面冲了过来。

门都没敲，荣贵直接撞开门，一脸惊恐地冲到他面前。

名叫"静止"的魔法，瞬间解除。

"小梅啊！"荣贵紧张地抓着小梅的双臂，小梅用力扳住他，因为如果不这样，他就完全扒在小梅身上，那种宛如被捕猎器罩住的感觉……虽然不至于难受，但是没法看到荣贵的表情，更没法好好说话。

小机器人黑色的大眼睛乌溜溜的，充满紧张感地直直盯着他，看起来可怜极了。

"怎么了？"小梅问他。

然后他看到荣贵的脸色更"苍白"了。

其实按理说有颜色变化的，可是荣贵的表情硬生生的，让人情不自禁地产生这种错觉。

"小梅！房间里有人！"荣贵急促道。

小梅偏了偏头，没有直接判断，蓝色的眼睛直直落在荣贵的黑色眼睛上，他淡淡问："你刚才在干什么？"

"我刚才在……在照镜子啊……"荣贵颤巍巍回答。

他是大半夜照镜子被自己吓到了吗？

在荣贵身上，似乎任何不可能的事情都有可能发生，之前他明明给小梅绘声绘色讲过好多关于晚上不能照镜子，否则会如何如何的恐怖故事，然而，经常照镜子的人却是他自己。

实际上，他习惯照任何可以映出图像的东西，镜子、玻璃窗甚至积水的水面，他都会照一照。

之前的"镜面"小，他能照个整脸都不容易，如今……

小梅回忆了一下：那间绿色的房间里，镜子是挺大的。

"不是被我自己吓到的，而是……"仿佛猜到了小梅刚刚在想什么，荣贵继续颤抖道，"我本来是在照镜子的，不过照着照着……就觉得镜子不太干净，我就想着……想着得把镜子擦擦……"

然后你就大半夜去擦镜子了吗——被荣贵紧紧抓住，小梅面无表情地想。

呢喃草

"然后……然后镜子就差点掉下来,我好不容易接住了镜子,然后——然后就看到了——"话音戛然而止,荣贵用黑色的大眼睛惊恐地继续瞪小梅。

小梅决定去看看。

就这样维持着身上牢牢吊着荣贵的姿势,小梅艰难地从蓝色房间移到绿色房间。

和蓝色房间空荡荡而整洁的样子截然不同,荣贵刚刚似乎在收拾行李,他不是把东西一样一样从行李箱里拿出来,而是一股脑全部倒出来。

往常都是小梅整理,小梅的速度快,往往荣贵这边的"垃圾"刚刚倾倒出来,小梅那边就火速寻地方"掩埋"了,完全没机会凌乱。

而如今,绿色房间里有个"垃圾堆"。

明明两个人的行李差不多,荣贵携带了更多不必要的东西而已,不过条件所限也没多到哪里去,可事实就是——荣贵用如此稀少的东西完美地制造了垃圾成山的景象。

从地上捡起来一条……裤衩,小梅将它折好,顺手放在了一边,然后习惯性地开始收拾其他东西。

"小梅!都什么时候了!你快点过来看啊!"荣贵忍不住在他身后戳他。

拿着第三条裤衩正准备对折,小梅僵了一下:习惯真可怕!

见到乱七八糟的行李就想收拾,这……这、这!

小梅僵硬地被荣贵推到了之前放镜子的地方,应该是一颗螺丝松掉了,此时此刻,那面镜子仅凭左上角的螺丝挂在墙壁上,静止着,镜面完美地倒映着外面的情景,首先映入眼帘的就是最前面的两个小机器人。

前面的小机器人淡定平静,而后面的小机器人则惊恐地缩在自己的同伴身后。

小梅静静地照了一会儿镜子,他没有注意到,自己的嘴角已经微微往上翘了起来。

看起来很正常,不过能把荣贵吓成这个样子,一定有什么原因。

毕竟荣贵是个不会说谎的人,而且很胆小。

一定要找到他刚刚看到的东西,给他合理的解释,否则他就会一直有心理阴影。

心里滑过这个念头,小梅没有继续询问,而是微微侧头,对紧紧扒在自己身上的荣贵道:"我过去看看,你在这边站着。"

这可不是嫌他碍事,而是体贴荣贵胆小。

"不要!"荣贵却厉声拒绝了,紧紧抱住小梅的胳膊,"我、我不会碍事的,小梅你就带上我、带上我嘛!"

"而且我怕小梅你看到后也会害怕啊!"荣贵还找了个理由。

虽然很胆小,却一点也不讨人厌,撒娇的方式也让人觉得体贴而温暖,真是……真是……

小梅就不管他。

身后拖着荣贵，小梅径直走到了镜子前，踮起脚尖，双手扶住镜框（他扶镜框的时候，荣贵就把手放下去，牢牢抱住他的腰），然后把整面镜子移了下来。

　　这样一来，镜子后面的东西也就清晰地呈现于两名小机器人眼前。

　　那里，赫然有好几个手印！

　　几乎可以看到完整的手掌形状，带着强烈的冲击感，在墙壁上凸起，那动作太立体，仿佛手掌随时会从墙的另一面伸出来。

　　"啊！"荣贵更加紧地将自己的整个身子贴在了小梅的背上，"就是这个，刚刚镜子掉下来，我忽然看到好几只手从墙那边伸过来了！"

　　不过刚刚他是在镜子掉下来的瞬间看到这些手印的，可不是就像对面有人伸出手要抓他似的？

　　太害怕，荣贵当时就惊慌失措地跑去对面找小梅了，根本没来得及分辨这些根本不是对面伸出来的手，而是一些手印。

　　现在意识到这些只是手印而已，加上小梅就在身边，荣贵的胆子也就慢慢肥了回来。

　　他把头从小梅身后探了出来，小心翼翼地观察着墙上的手印，甚至还试图踮起脚尖，去够那些手印。

　　"看起来……也不是那么可怕。"将手掌轻轻放在其中一个手印之上，看着那个比自己的小手大出一圈的大手，荣贵回过头对小梅道。

　　小梅："……"

　　感受到自己刚才还沉甸甸的后腰变得轻松，小梅没有说话，只是找地方先把镜子放好。

　　然后，他仔细观察起四周来。

　　"这些手印到底是怎么弄上来的啊？好像真的一样。"荣贵嘀咕，他看到小梅蹲在墙根，从下面挑起一块墙纸，"唰"的一声，把墙纸揭了好大一片下来。

　　"天哪！小梅！"荣贵目瞪口呆。

　　"没关系，我揭得很完整，可以将墙纸原封不动地贴回去。"保持揭墙纸的姿势，小梅面无表情地说。

　　他又将墙纸揭开了一点，然后对荣贵道："过来看。"

　　荣贵立刻颠颠儿地过来看。

　　"院长啊！"伴随着一声惨叫，荣贵"吧唧"一声，宛若一块磁石，整个人跳到了小梅背上。

　　荣贵双腿缠住小梅的腰，一动也不动。

　　好沉——沉甸甸的感觉回来了，明明会影响行动，可是小梅却感觉好像有什么东西落定。

　　小梅微微抿了抿嘴唇，不着痕迹地将荣贵因为太紧张而没盘好的腿挪动了一下，在自己腰上卡了一个不会掉下来的位置，这才去把墙纸卷到一边，方便两人继续查看。

墙纸下是和外面一样的铂金色金属墙壁，然而，和外面平整的墙壁不同，这里的墙壁上面有很多可怕的痕迹：宛若被利器狠狠刮过、被鞭子抽过，还有戳痕……各种一看就非常疼痛的痕迹。

由于身材矮小，两个小机器人还在墙壁比较靠下的位置发现了一种更规律的奇怪痕迹：就像一个个"1"，长短差不多，规律地排列在墙根，就像……

"应该是计数用的。"小梅淡淡道。

环顾了一下四周，小梅忽然道："这里，果然曾经是牢房。"

装饰用的墙纸被揭掉，这个原本是牢房的房间终于在荣贵和小梅面前展现它的本来面貌。

墙上到处都是行刑留下的痕迹，还有人痛苦挣扎时留下的印记，以及犯人被关在这里的时候，为了记录时间，留在墙根处的计数痕迹。

柜子的后面还有一些奇形怪状的环状凸起，小梅说，那应该是原本固定锁链的位置；床铺推开一段距离之后就推不动了，两个小机器人尝试将床整个抬起来，发现下面是一个浇铸在地面，和地面牢不可分的金属笼子，里面的锁链都是现成的，仔细看有暗红色的血迹。

房间里所有的摆设都是用来掩饰各种痕迹的。

再没有什么比忽然发现自己住在关押重刑犯的大牢里更让人震撼的了，每发现一个新痕迹，荣贵就受惊吓一次，最后，他整个机器人都僵硬了。

不过小梅真是个靠谱的细致人儿，他仔细将所有痕迹都找了出来，确定毫无遗漏之后，居然把一切还原了。

他还顺手将荣贵的行李整理好了，松了一颗螺丝的镜子也被他补上一颗螺丝挂了回去。

他把绿色的墙纸重新粘好，把床铺摆好，把床单拍打松软，整个小房间恢复之前他们进来时看到的那样干净整洁而温馨。

"好了，可以休息了。"小梅宣布，转过头，对僵硬在自己背上的荣贵道，"你可以在这里继续睡觉。"

荣贵僵硬地低下头，黑色的眼眸对上小梅蓝色的大眼睛。

然后，荣贵将头摇得和个拨浪鼓一样："不要不要！小梅我不要在这个房间睡觉！"

"那……"小梅低下头去，若无其事地问，"要去隔壁的房间吗？"

"要要要！"荣贵飞快地点着头，

于是小梅顺手将整理好的荣贵的行李放入一旁的行李箱里，非常非常自然地拖到隔壁自己的房间里。

——连同荣贵一起。

绿色房间的大门就此重重关上，之后很长一段时间，荣贵都没敢自己一个人

进去。

　　僵硬地躺在小梅身旁，荣贵战战兢兢地关了机。

　　原本就不算大的单人床上睡一个小机器人还好，睡两个就稍微有点小。

　　可是小梅却觉得这样刚刚好。

　　伸出手去，小梅帮荣贵往上拉了拉被子，躺在荣贵旁边充了一会儿电，这里的电质量很好，很快，小梅的电就充满了。

　　小梅看看旁边仍然瞪着眼睛睡觉的荣贵，将自己的充电插头拔了下来，把电线卷好塞回储线槽，坐直身体，然后下了床。

　　小梅拿起放在一旁的荣贵的行李箱，将里面的东西一样一样拿出来摆好。

　　经常和荣贵一起整理，他非常清楚荣贵的物品使用习惯，每一件东西都按照荣贵的习惯摆好，原本空空的桌面瞬间满了。

　　荣贵的东西比他多很多。

　　倒不是衣服什么的，那些东西他们两个人向来一人一份，荣贵自己有的，就一定会给小梅也弄一份，甚至多弄一份。

　　荣贵多的是一些不值钱的东西，大多是沿途他们收集的各种纪念品：矿石做的小玩意，做失败的手工，小梅画的画……诸如此类，小梅觉得无用而不愿意携带的东西统统放在荣贵这里，走到哪里都背着，久而久之，荣贵的行李就有小梅的两倍。

　　也正是因为有这些东西，原本空荡荡的房间立刻被塞满了，目光所及都是荣贵一路收集的各种小玩意，根本无暇顾及被这些东西遮挡得严严实实的墙纸。

　　由于房间太小，东西太多，老实说，他们俩现在简直像住在仓库里，不过，奇迹般地，小梅的心瞬间安定下来。

　　大概这就是人们极力追求占有各种财富的原因，数量庞大的物品某种程度上确实会让人安心——看着被各种各样物品堆得满满的小房间，小梅心中忽然升起这样一个念头。

　　他的目光最后落在荣贵脸上。

　　移开目光，小梅轻轻推开了门，保持着卧室门敞开的状态，他向其他房间走去。

　　墙纸被他有技巧地揭开，各种被遮掩的痕迹在他眼中暴露无遗，仔细观察过那些痕迹后，小梅再将墙纸粘回去。

　　揭开靠近走廊那一侧的壁纸时，小梅看到了栏杆。

　　没错，就是你在监狱题材电影里看到过的那种传统笼式栏杆。

　　两侧房间靠近走廊，墙纸下就是这种栏杆。

　　将这部分墙纸也粘回去，小梅紧接着移开墙上的各种装饰物。

　　果不其然——

　　墙上的装饰画和镜子都不是平白挂在那里的，几乎每样装饰物下都有遮不住的凹痕，以及一些腐蚀痕迹，而地毯则是为了遮盖地板上的痕迹，面积实在太大，则摆放了沙发。

剥除房子里的全部装饰物，小梅脑海中的房间变成了它本来的模样：

标准的监牢，走廊两侧全部都是关押犯人用的牢笼，而末端的两个最小的房间则是行刑室。

真是让人看了就不舒适的房间——小梅心想。

将所有装饰物都挂回原本的位置，甚至，他把这些东西修复得比以前更结实，这样荣贵就不会看到这些东西。

然后，他重新向门外走去。

关注冷冻舱内的情况，给冷冻舱充电，检修大黄……自旅途开始的那一天起，这是小梅每天必做的工作，如今又多了一只鸡。

由于太过害怕，荣贵忘记了，小梅却不会忘，拉开大黄的车门，小梅在副驾驶席下面找到了那只看起来已经睡着的小家伙。

一边睡一边时不时发出一两声"叽叽"的叫声，声音细而嫩，仔细看的话，副驾驶席下面的地板上又有了两摊鸡粪。

小梅面无表情地看着在鸡粪中也睡得很好的小家伙，他的视线仿佛是实质的，终于，小鸡被他瞪醒了。

"叽叽！"

"叽叽！"

又是几声细软的尖叫。

"去下面排泄。"单手指了车外的一处地方，小梅对小黄鸡认真道。

黑黄相间的小毛球连滚带跳地从大黄上滚下去了，找到一个花盆躲在后面，小心翼翼地探出头，从后面观察小梅把被弄脏的地毯卸下来，洗刷、烘干，然后铺回去。

"可以吃这盆，其他的不要动。"小梅敏锐地捕捉到小黄鸡现在的位置，在做完上述一堆事之后，又将手指指向小黄鸡躲藏的那个花盆。

绿幽幽的，里面种的是地豆。

说完，不管小东西有没有听懂，小梅继续做其他应该做的事情。

检查冷冻舱，给冷冻舱充电，然后检修大黄。

将冷冻舱放回去的时候，小梅还习惯性地又看了看荣贵……

看不到脸，于是他看了看荣贵的身体。

白皙的皮肤澎润，虽然仍然细瘦，不过由于及时补充了大剂量的强力营养液，看起来没那么羸弱了。

将冷冻舱藏好，小梅准备重新进屋去。

临走前，他将车门留了一道狭窄的缝隙。

他没有说这是做什么的，不过在他离开后，幼小的鸡轻轻啄了一棵地豆，勉强填饱肚子之后，借着小梅留下的车缝，它又钻回了大黄上，在被清理干净的车毯上，再次窝成了

一个小毛球。

关上门,小梅回到室内。

等到荣贵第二天准时"醒来",看到的就是直直坐在自己旁边,一副沉思者样的小梅。

"哎呀!小梅早上好!"习惯性地和小梅打了一声招呼,荣贵推开被子,正要伸个懒腰,忽然……

他僵住了。

显然,他想起来自己昨天睡着之前的经历。

不过现在灯光很亮,几乎亮得和白天一样,加上小梅就在旁边,一副淡定的样子,荣贵也就没有昨天那么害怕了,四下看看,他这才发现小梅把屋子里所有的灯都打开了。

肯定是怕他害怕才把灯全部打开的,小梅真体贴啊——心里感慨着,再次看向小梅的时候,小机器人黑色的大眼睛里就带了一丝无法忽略的感激。

心情一放松,荣贵的智商就慢慢回笼。

"啊!昨天忘记给大黄检修了呢!"这些事情虽然一向是由小梅在做,可是荣贵也会帮忙,两个人的行程高度一致,荣贵立刻想起来自己昨天晚上忘了什么。

"你睡后,我检修好了。"小梅就在一旁淡淡道。

"太好了,有你真好!"感激地看向小梅,荣贵忽然又想起什么,再次轻呼一声,"那个……冷冻舱忘记检查了……"

"你睡后,我检查了。"小梅继续淡淡回答。

"呃……冷冻舱的电……"

"你睡后,我充好了。"

"那个……家里如今多了一只鸡……"

"你睡后,我喂好了。"小梅仍然面无表情。

"你真棒!"实在说不出来其他更好的赞美之词,荣贵转过头,轻轻抱了小梅一下,然后翻身下床。

他下床的时候不小心瞥到了卧室唯一的那张桌子,看到自己的东西满满当当摆了一桌子,就知道小梅不光做了他刚刚问的那些事情,就连他的行李,小梅都给收拾好了。

家有小梅,如有一宝啊!

再次在心里感慨,荣贵觉得自己就算当不成小梅的好助手,起码也不能那么夙啊!

忽然觉得自己昨天晚上被吓成那样实在有点可笑,荣贵抓了抓头,再次环顾四周,竟不那么害怕。

视线移向小梅,荣贵发现小梅仍然是之前的姿势:双腿上搭着被子,蓝眼睛的小机器人瞪着眼睛目视前方……

"小梅你在干什么?"荣贵说着,顺着小梅的视线望过去,这才发现屋里多了一台电视机。

他一开始还以为那是自家的小黑，在他睡后，小梅把小黑也拉进来。

仔细一看发现不是——小黑身上有个蕾丝边的罩子，而这台明显没有。

电视上有画面，然而一点声音也没有，荣贵对小梅道："小梅你不用关掉声音啊，我睡着的时候什么也听不到的，你就算听摇滚乐都没关系。"

荣贵正在心里感慨小梅贴心，却发现小梅摇了摇头。

"不是静音，是本来就没有声音，而且，这也不是电视机。"

他拿起遥控器按了几下，屏幕上原本密密麻麻的文字忽然没了，变成了一个简洁到只有一行文字的窗口。

荣贵条件反射般将上面的文字念了一遍："尊敬的卓拉·克尔巴顿女士，欢迎光临星城，您的客户号为3814，您的成功登录次数为8次，您本次登录的时间为混沌历351年6月17日19点32分，上次登录时间为混沌历344年5月32日6点25分，您使用电梯卡最后一次登录的楼层为地下999层……

"哎？卓拉？这是卓拉太太的全名吗？还有客户号什么的……这……这是什么啊？"

荣贵愣住了。

跳下床，小梅走到"电视机"旁，将"电视机"微微抬起来，露出底盘上插着的钥匙，道："这是房间钥匙的另一个用法。"

第十一章

吉吉的房间

"不仅仅能用来打开房门，这把钥匙也是房间里电脑的开关，上面记载用户资料、使用条款、导航等等信息。"小梅平静的声音在荣贵前方响起。

　　小梅将电脑摆正，然后调出其他页面让荣贵看。

　　下一页的字很多，密密麻麻，荣贵看得有点眼花，小梅便主动将内容概括成一句话告诉他："这是居住在这里的用户守则。

　　"也包括保密条款之类的。"

　　介绍完，小梅又换了一页。

　　这个页面赫然出现了"医生介绍"的字样，点进去一看，上面出现的赫然是一张又一张……犯人照片？！

　　没错，就是你想象中的那种，穿着黑色囚服，脖子上还戴着束缚环，身后是代表身高的刻度，一个个犯人什么表情都有，脸被白色灯光打得很亮。

　　一看就知道这是在犯人入狱登记时拍的身份照。

　　按理说，这种照片最应该出现在监狱的管理系统中，旁边备注犯人的名字、编号、在何年何月犯了何种罪行、服刑年月之类的信息，方便狱卒管理。

　　然而此时此刻，这些照片旁边确实有犯人的编号，只是编号下方并非服刑相关的信息，而是他们的科室。

　　"编号87559，消化内科，擅长细微型的破坏性手术，尤其擅长密集型肿瘤切除……"

　　"编号14775，心脏外科，擅长原心修补术以及心脏内部血管重建手术……"

　　…………

　　每张照片下方都详细地介绍这些"医生"的履历：某年某月出生于某地，毕业于某所著名的医学院，曾经在哪里的大医院服务过，在哪些权威期刊发表过哪几篇权威论文，做过的手术类型、成功率等等，简直详细得不能再详细。

　　甚至，下方还有预约按钮。

　　"哇！简直和大医院里的一样啊！"荣贵叹为观止。

　　小梅没有吭声。

　　虽然没有吭声，不过在他第一眼看到这个页面的时候，想法和荣贵是一模一样的。

　　如果忽略那明显是监狱背景的犯人照片，这几乎是一个完美的医院网页，帕罗森官方网站对医生的介绍也不外乎如此。

　　然而这里是监狱。

显然，如果没有内部工作人员的支持，一般犯人无法建立这样一个网站。

佩泽——小梅几乎立刻想到了这个名字。

他之前认为星城的黑医是民间自发行为，比如哪里有好医生，人们想尽办法也要求医，哪怕医生是服刑的犯人也无所谓，现在看来……这是官方支持的行为。

起码在星城内部，这是一种官方行为。

佩泽似乎并不像他的履历上所述的那般平庸简单——静静地盯着屏幕，小梅心想。

那又有什么关系呢？

他现在不是艾什希维·梅瑟塔尔，而佩泽，现在也只是一名普通的星狱长，距离成为九大星狱长，还相当远。

不过让他接近权力中心的转折点确实应该是这里。

这里算是他仕途的真正起点。

九大星狱各有特色，它们有的建造在全部由海水构成的星球，深海巨大的压力和海兽，使得再凶恶的犯人也无法逃脱；有的则建造在沙漠星球，终年酷暑，监狱里定时定量提供的饮用水是唯一的水源……而佩泽掌管的星狱却是最传统的监狱，星城的气温确实偏低，不过很多星狱都是建造在低温模式星球之上的，这里的星狱并不特殊，使用最规范的管理模式，唯一勉强算是特色的是它的建筑材料。

那是一种自陨石中提取的液态金属固化物，佩泽成为星狱长后建造的第一座监狱最重要的牢房全部由这种金属浇筑而成，在后来的日子里，他更是不断申请购买这种金属。

就这样，他造出了第一所，也是唯一由D金属建筑的星狱。

而D金属最显著的特性就是坚固，整座监狱坚不可摧。

越狱率常年位居所有星狱最低，佩泽就这样慢慢从无数的星狱长中脱颖而出。

小梅又想起了佩泽这个功绩普通的星狱长稍微不那么普通的一点。

即便如此，佩泽仍然很不起眼，每年的述职报告中，他的那份从来都是内容最空洞的，由于每年都没有什么新意，他其实很难写出内容丰富的报告，不过他连写报告方面都奉行中庸原则，即使没有东西可写，他仍然写得很长，这样一来，自然就显得有些空洞。

这也是必然，因为和其他力求革新，运用各种方法加强管理的星狱长相比，佩泽做得最多的一件事就是申请预算，购买更多的D金属，将星狱加固。

佩泽也凭此升成了九大星狱长之一。

传闻中其他八大星狱长对佩泽用这种方式胜任不屑一顾，然而佩泽毫不在意，后来他将陪伴自己一路升职的星狱强行转移，作为九大星狱的一部分。

成为九大星狱长之后的佩泽仍然在星狱管理上毫无创新，一味地寻找合金材料不断加固自己掌管的星狱，久而久之，他还得了个"龟壳狱长"的绰号。

根据时间推算，他们现在所在的这个星狱，应该就是让佩泽获得那个绰号的起源地。

心里想着，小梅再次翻页。

出现在两人面前的是客户权益说明页面。

"这里讲述了电梯卡使用相关事宜。"字太多,显然荣贵想要看完需要花很长时间,小梅索性缩短成最简单的话,转述给荣贵,"电梯卡在第一次使用的时候,会直接抵达电梯卡持有人居住的楼层,代入我们的话,就是直达地下999层,然而除此之外,根据客户等级,电梯卡可以开启不同楼层,客户在拿到电梯卡的时候便可勾选开启楼层,卓拉女士为高级VIP,可以勾选的楼层分别是地下832层、地下537层、地下99层、地下3层、地上1层以及地上13层。"

始终觉得电梯卡的应用范围不应该仅仅如此,如果他们是像艾伦一样过来送货的人,那么电梯卡对应固定楼层,必须在指定时间内进出无可厚非,然而卓拉太太是在这里有房产的,好吧,房产,听起来有点别扭,可事实如此。

毫无疑问,卓拉太太是来求医的,求医的人不可能住在固定楼层,显然那些医生也不会住在同一层,所以这张电梯卡应该有其他使用方法。

想到这里,小梅便在房间里寻找,最终找到了这台看似电视机的电脑。

一般的地方有电视机其实很寻常,然而犯人不应该有娱乐活动——数百年前,喀隆什陛下说过这样的话,在那之后,监狱就取消了各种娱乐活动。

卓拉女士虽然不是犯人,然而这里是监狱,一台电视机出现在这里就有点怪异。

任何怪异都值得研究。

抱着电视机研究了一会儿,小梅发现电视机底座的钥匙孔。

接下来的事情顺理成章。

难怪他们离开的时候,卓拉太太说他们住在主卧室比较好。

"地下99层刚好包含在这张电梯卡可直达的范围内。"发觉荣贵似乎还没发现关键点,小梅提点了一句。

"啊——这不是艾伦爷爷带我们去过的那一层吗?这样说来,我们岂不是想上去就上去,再也不用为出不去发愁了?"荣贵喜出望外。

"不,并没有自由到在这里来去自如,每去一层都必须预约,在每一层逗留的时间也不同,没有相关证明,可逗留时间不会特别长,而且一次只能预约一个楼层,没有特殊情况,不能频繁前往固定的楼层,住所在楼层除外,否则会导致很严重的后果。"

"很严重的后果?"荣贵不解。

"违反了任何一条规则,电梯卡都会被判定为被盗用,使用者会被随机送往刑狱楼层。"小梅道,"页面上也并没有对这一项作出详细解释。"

"听起来就很可怕。"刑狱楼层……听起来就不是什么好地方,荣贵哆嗦了一下,抖了抖并不存在的鸡皮疙瘩。

"不过,这样一来,我们就可以去地下99层和艾伦爷爷见面了!"想到这里,荣贵又轻松起来。

"要先申请。"小梅补充道。

"能去就行,小梅你赶紧申请啊,我去准备点东西。"说完,荣贵摆摆手,轻快地从卧

吉吉的房间

室里跑出去。

对于荣贵雷厉风行的执行力,小梅已经见怪不怪了,反正,按照他的计划,确实是前往地下99层最合适,脑中迅速过了一遍之前浏览过的申请流程,小梅开始前往地下99层的电梯卡权限申请。

顺利将申请递交给系统,小梅决定出门看看荣贵到底在准备什么。

老实说,他不认为有什么需要准备的,不过荣贵和他不同,作为一个异常有仪式感的人,荣贵无论在做什么之前几乎都要准备点东西。

小梅在试衣间找到了荣贵。

宽敞的试衣间里,小小的机器人在角落忙碌着,在他脚下,是他们昨天辛苦挂好的衣服,如今那些衣服全部被拿了下来,上衣摆在一边,裤子摆在另一边,荣贵时不时将其中一件上衣与裤子搭配,感觉不对,摇摇头,重新扔到身后。

"你在准备什么?"走到荣贵身边,小梅问道。

"准备衣服啊!"继续在衣服里挑拣拣,荣贵一副"我忙得焦头烂额"的模样。

小梅:好吧,原来所谓的准备,是准备衣服。

这果然是荣贵会想到的事情。

"别觉得没必要,你想啊,这边人的衣服多有个性啊!我们穿得和人家一看就不一样,不明摆着是外地人吗?我们得从穿着打扮做起,成功混入他们才行。"

"你也不想我们一进去,就因为穿着打扮明显和别人不一样,走到哪儿都被人看吧?"这句话倒是说动了小梅。

小梅并不喜欢引人注意。

于是,他也加入了荣贵的准备工作,对于挑拣衣服没有兴趣,他就把荣贵挑出来不合适的衣服捡起来,重新挂在衣架上。

荣贵最终选出了两套勉强合格的衣服,都是全黑的,还有两条黑色皮带,款式似乎不够朋克,他就让小梅在上面临时穿孔,然后敲了几颗钉子冒充铆钉,除此之外,他还从一件斗篷上卸下毛茸茸的镶边,点缀在两人黑色马甲的胸襟两侧,看起来居然还有点粗犷!

他观察得仔细,注意到好些人手腕上戴皮绳饰品,他没有皮绳,就找了两段看起来很像皮制的绳子拴在两人的手腕上。

"小梅,你很适合黑色哩!"将衣服给小梅穿上,又调整了一下细节,荣贵朝小梅竖起了大拇指。

"如果眼底画点黑色眼影,嘴巴也涂黑一点,效果更好。"荣贵紧接着道。

对于荣贵的话不置可否,小梅静静地看了一眼镜中的自己。

一身黑色的机器人……

一身黑色的自己……

黑色,是他从来没有尝试过的颜色,这两件黑色的衣服应该是卓拉女士做给他们的,

虽然说不上刻意避开，可他一直没有碰过这些衣服。

从最黑暗的地底爬出去之后，他就生活在最光明的地方。

他曾经是厌恶黑色的，然而，他忽然发现自己对黑色没有厌恶感。

小梅的视线从镜中的自己身上移开，落在身后忙忙碌碌还在修改配饰的荣贵身上，落在他和自己风格统一的黑色T恤和短裤上，最终——

落在了小机器人乌黑的眼中。

似乎注意到小梅的目光，荣贵抬起头来，友好地对小梅笑了笑，很快移开目光，将手里正在弄的东西弄好，然后跑到外面继续忙碌。

找出两个人从最早那片漆黑的地底带出来的小背篓，荣贵清点着里面的地豆。

如今他们培育出来的地豆可比刚出来的时候多多了，小梅也编了更大的背篓，不过最初的背篓也没闲着，里面始终满满放着地豆。

"当时出来我就想着卖地豆赚钱，一直没有机会，今天终于可以实现我摆摊卖地豆的愿望了！"将更重一点的小背篓背上，荣贵豪气万丈道，"小梅，我准备好了，我们走吧！"

小梅心想：你准备好了，可是系统还没有通过我们的申请，所以现在哪里也不能去——没有说话，只看小梅的眼神就读懂了他的意思，荣贵尴尬地笑了笑，将小背篓放下来，抓了抓头，索性去看看还有没有其他可准备的东西。

荣贵永远忙忙碌碌。

他似乎总能给自己找到事情做，大概只有每天"睡觉"的时间他会休息一下。他并没有时间思考，如果是以前，他大概会认为这可以被称为"庸庸碌碌"，而现在——

他并不认为这样有什么不好。

思考得少一点，不用想太远的事情，这样反而容易看清自己想要的东西。

看着荣贵的背影匆匆忙忙消失在眼前，小梅停顿了片刻，最终选择爬到大黄上，检测冷冻舱内荣贵身体的情况。他们要在这里找到合适的医生，把荣贵脑袋的病治好。

这就是他目前唯一能想到想要做的事。

就这样，各自找到了想要做的事，两个小机器人忙碌着，然后——

在一天零一小时之后，他们收到了审批通过的通知。

"尊敬的卓拉·克尔巴顿女士，欢迎光临星城，您的电梯卡楼层申请已通过，目标楼层为地下99层，标准逗留时间为从现在开始一整天，请于混沌历351年6月18日22点32分至混沌历351年6月19日0点32分返回您现在所在楼层，否则您持有的电梯卡会被判定为已过期或非本人持有，您将无法顺利返回原本的楼层。"

伴随着"嘀"的一声响，电脑屏幕上出现了一行蓝色字，快速阅读完屏幕上的字，小梅将位于电脑底座的钥匙拔出来。

"我们走。"将钥匙和电梯卡放在贴身口袋里，小梅将早就准备好的东西背了起来。

等待通知的时候，荣贵又陆陆续续准备了好些东西，在小梅的筛选下去掉了很多，最终装了满满一个小背篓。

吉吉的房间

"这么突然啊！"荣贵嘴上虽然这么说，却还是眼明手快地将自己那个背篓背了起来，两个人飞快地向电梯的方向走去，路过大黄的时候，荣贵忽然想起了车上的小鸡，"你们在家好好看家啊，小黄如果饿了，就吃旁边的地豆啊！"

短时间内，他还把小黄鸡的名字起好了。

大黄小黄，听起来真是特别般配。

一个黄色的小脑袋偷偷摸摸从大黄的车门缝里探出来。两个人疾步向电梯走去，就在他们进入电梯之后没多久，原本灯火通明的走廊变暗。

电梯卡的主人刷卡离开后，所有灯光自动关闭，这是系统早就设定好的。

好在荣贵在走廊两旁摆了好多种植地豆的花盆，黑暗之中，一朵朵小蘑菇发着绿幽幽的绿光，虽然能够提供的光亮小得可怜，不过不是一片漆黑。

这个场景荣贵和小梅是看不到了，进入电梯后，虽然两个人都没有任何感觉，不过电梯应该已经上升。

宽敞得可以装进一辆大黄的电梯轿厢内如今就站了两个小机器人，显得有些空旷，荣贵先是习惯性地往轿厢的后面走，不过很快，他发现走到后面似乎显得更加空旷，移了好几个位置，最终紧紧挨着小梅。

站好后，荣贵紧张兮兮地盯着电梯门。

紧紧抓着背篓的肩带，荣贵像是随时准备冲出去，用力看着电梯门。

由于没有显示屏，他并不知道现在他们经过哪一层了，也不知道再过多久才能到，电梯又平稳得宛如完全没动一般，不得不说，站在这种电梯轿厢里，荣贵觉得一点真实感也没有。

时间一分一秒地过去，荣贵认为还要持续一段时间，小梅忽然说话："到了。"

"哎？"荣贵猛地将头转向小梅，满脸的问号。

仿佛知道他在想什么，小梅紧接着道："上次从地卜99层卜到地卜999层，一共用了46分30秒，而刚刚正好是46分。"小梅停顿了片刻，"现在是46分29秒。"

像是为小梅说的话佐证似的，伴随着"叮"的一声响，电梯门开了。

上次见过的场景再次出现在荣贵眼前，开门的瞬间，荣贵清楚地看到距离电梯门最近的小商贩全都将视线移到了自己和小梅的脸上，这种充满警告意味的注视并没有持续多久，很快他们就将视线移开，各做各的事。

就像两滴小水滴，穿着一身黑的荣贵和小梅悄无声息地融入人群之中。

背着小背篓，荣贵的双手紧紧搭在肩带上，两只眼睛好奇地瞟来瞟去，即使身高只及这里绝大多数人的一半，不过这并不妨碍荣贵看得很认真。

"嘿！矮个子，你背的是什么？"就在荣贵正伸着头看向左边一个摊位的时候，他的头顶忽然传来一道轻佻的声音，因为是机器人，所以荣贵的感触系统比较差，顺着声音仰起头，荣贵只来得及看到对方从自己的背篓里拿出了一包东西。

地豆！

每样东西都用布袋分门别类地装好，荣贵一眼就认出了那是装着地豆的布袋。

"哎？我们不是出来摆摊的，也不是……我们的地豆确实可以卖，可是那包不能卖啊……"一时没有反应过来，荣贵还和对方解释。

那包地豆是见面礼来着，他们打算去上次去的酒吧找老板娘打听点消息，按照荣贵的想法，空手去总是不好意思的，得带点见面礼，思来想去，荣贵就把最大最圆的地豆装了一小袋，怕被压，所以放在了最上面。

"笨，你是被抢劫了。"小梅低声说着，将荣贵拉到一边，荣贵没有看到他如何出手，只听到一声惨叫，之前站在他们身后的高大男子就这么弹出去。

"我昨天把右手改造了一下，可以瞬间放出击倒……两个杰克的电流。"看到荣贵似乎没有懂，小梅平淡地对他说了一句，不知道他到底是怎么想的，小梅又把远在叶德罕的杰克拿出来做例子。

紧接着，小梅一把抓住了从天上掉下来的装着地豆的袋子——那个男人摔倒的时候不小心松开了手中的袋子。小梅将袋子系好，塞回荣贵后背的小背篓，然后拉着荣贵继续往前走。

对其他人的情绪变化非常敏感，荣贵顿时感觉周围人的目光和之前不同了。

虽然他们的个子小小的，可是好多大个子稍微避开一点。

"真酷！"小声地赞叹一声，荣贵没有再乱看，而是跟着小梅向酒吧走去。

"我的右手也可以改成小梅你那样吗？"荣贵一边吧嗒吧嗒往前走，一边问小梅。

"电流防身棍不适合你用，稍微有闪失你就会把自己弄短路。"小梅果断摇头，很快，他提供了另外的方案，"不过在你的右手腕下方加一个防身工具还是有必要的。"

"喷雾怎么样？我在西西罗城研制出一种很好的防虫喷雾，用在人类身上效果也很好。"

荣贵："……"

听起来很像防狼喷雾！

就是女人用的那种……

"报警器也可以。"小梅看到荣贵半晌没吭声，以为他不满意，继续提供选项。

"不用了，防狼喷雾……不，防虫喷雾就很好。"荣贵小声说。

"好，回去就做。"

两人并肩走在鱼龙混杂的大街上，荣贵的手紧紧地和小梅的拉在一起。

不过，这回不是他拉着小梅，而是小梅主动拉着他。

似曾相识的情景……朦朦胧胧，荣贵心里想着。

啊……是在鄂尼城。

走过漫漫黑暗之路，第一次真正见到光明的城市。

那个时候，他和小梅也是被人欺负了。

不过那时候跳出来的是他，用近乎惨烈的方式，他把欺负小梅的人打跑。

这一次，换作小梅为他站出来。

用力反握住小梅的手，荣贵的嘴角微微翘了起来。

吉吉的房间

上次大黄载他们过去没花多久的路程，换成走就走了很久，按理说现在接近午夜，然而荣贵惊讶地发现周围的店铺竟越来越多，灯红酒绿，加上周围络绎不绝的人群，这里热闹得几乎不像是监狱，荣贵甚至看到了几名穿着狱卒制服的人，白色的羽绒服挂在臂弯里，狱卒笑嘻嘻地走在一起，每个人手里都拿着一个酒瓶，醉醺醺地聊天。

荣贵的耳朵好使，听到他们正在商量接下来去哪家店喝酒。

这也行？！

荣贵瞠目结舌。

这里看起来是酒吧一条街，以前他没有去过酒吧一条街，不过在电影里经常见，如果不是非常确定自己和小梅正在监狱，光凭眼前的情景，荣贵以为自己身处某个夜生活非常丰富的大城市！

一路避开十来名醉汉，荣贵终于看到了上次艾伦带他们去过的酒吧的大门。

一进入酒吧，荣贵就看到了酒吧经理吉吉的身影，仍然是黑寡妇似的装扮，她坐在吧台后面的椅子上，神态悠闲地和周围的客人们聊天，客人们时不时请她喝酒，她也不拒绝，挥手就要身后的酒保调酒，等到酒端上来，她便豪迈地一饮而尽，她一共喝了多少酒荣贵数也数不清，他只知道，吧台旁边的客人换了一轮又一轮，而吉吉却只优雅地离开了一次。

估计是去卫生间——荣贵对小梅说。

对方正忙着做生意，现在显然不是和她说话的好时机，何况他们的个子太矮了，过去请她喝酒的人又络绎不绝。他们看了两个多小时，荣贵才勉强摸到了吧台的边缘。

不知道应该怎么引起对方的注意，荣贵急中生智，跑到酒保面前，踮起脚尖，巴巴儿地请对方调一杯酒请吉吉喝。

由于不清楚这里的消费水平，荣贵只敢请对方调最便宜的酒。

他有点不太好意思，不过，这招却意外吸引了吉吉的注意，酒保把酒送过去之后，俯身在吉吉耳边说了什么，下一秒，荣贵看到吉吉竖着眉毛朝自己和小梅看过来。

看到荣贵和小梅的瞬间，冷艳的脸上浮起一抹笑容，吉吉说："我说是谁呢……"

"不要收他们的钱，两个小孩子，钱都不一定会赚还想请我喝酒。

"带他们去我的房间休息，对了，给他们找两个插座充电。"

听力很好，吉吉又没有刻意压低声音，她吩咐酒保的话荣贵听得一清二楚。

于是，那名酒保很快过来，在前面带路，绕过弯弯曲曲的酒吧内小路，一直带着他们走到了一间……

牢房？

荣贵目瞪口呆。

按理说他不应该惊讶的，毕竟这里是监狱，奈何进入星城之后，看到的一切根本不像监狱。如今突然冒出一间特别像牢房的房间，他一时没反应过来。

等等——其实这也不是他第一次见到特别像牢房的房间，比如他昨天最初选择的卧室……

245

因为太害怕，荣贵本来已经强迫自己忘掉那些痕迹了，如今看到"真·牢房"，他……

"坐吧，这里没椅子，你们可以坐在吉吉的床上。"酒保说着，指了指贴着墙壁的一张窄小单人床，"床在那儿。"

荣贵顺着他指的方向看去：那真的是一张小床，比他和小梅卧室里的小多了，大概只有昨天看到的掩盖在床铺下的金属床那么大……

搞不好就是同一种制式的床——又想起昨天在墙纸下看到的东西，荣贵哆嗦了一下，赶紧强迫自己转移注意力。

和吉吉一身黑寡妇式的装扮风格十分统一，小床上的床单也是黑的，上面的东西极少，除了一条叠得整整齐齐的黑被子和一个薄薄的枕头以外什么也没有。

不只是床上的东西少，整个房间的东西也特别少，除了一张床，就是床对面的角落里有个一人用洗漱台，放置洗漱用品的柜子都没有，只有一个焊在墙上的小架子，上面密密麻麻摆着好多瓶瓶罐罐，还有唇膏、眉笔什么的……

看到她的私人用品，荣贵忽然觉得有别扭："这个……坐在床上不太好吧？"

毕竟吉吉是位女性啊，他和小梅虽然现在是机器人，可原本也是男人啊！

"没什么不好的，吉吉不在意的，坐吧。"酒保说着，不知从哪里翻出一个插线板，从角落里接出一条线，把插线板递给荣贵，"你们自己坐着，我得去前面调酒。"

"啊！谢谢！谢谢！你去忙，不用管我们，我们就在这里，不会乱动的。"荣贵赶紧接过了插线板，再三朝酒保道谢之后，目送对方离开。他看到对方打开牢房的铁栅栏门，关上，然后上锁。

"咔嚓"一声，荣贵发现自己和小梅被锁起来了。

荣贵扒着铁栏杆的门看了一会儿，轻轻摇晃了一下，纹丝不动——

荣贵便轻轻退后了一步，将背篓卸下来放在床边，然后帮小梅也把背篓卸下来。

"没有别的地方，我们就坐在床上吧？"

荣贵说着，指了指墙壁一侧的小床。

眼瞅着小梅没有过去的意思，他先自己走了过去，轻轻一跳，坐上了床。

一坐上去就觉得好像坐在了什么东西上，左右摇晃了一下，荣贵从屁股底下扯出来了一条……

裤衩？

黑色的，四角……裤衩？

不只这一条，荣贵很快又从床上扯出三条裤衩，一模一样的款式，一模一样的颜色，之前之所以没有注意到，是因为它们的颜色和床单完全一样，不仔细看根本看不出来。

小梅面无表情地看着拿了一手裤衩的荣贵，更没坐过来的意思了。

会动手叠荣贵的裤衩不代表会给不认识的人叠裤衩，小梅一动也不动。

好在荣贵也没有让小梅帮忙的意思，将找到的裤衩放在床上，也不打算继续坐在

第十一章
吉吉的房间

床上。

"搞不好是吉吉男朋友的裤衩呢！"荣贵对小梅道。

他们俩最后选择直挺挺站靠在墙边充电打发时间。

于是，喝了一晚上酒，吉吉醉醺醺返回牢房后，看到的就是两个面无表情、双目圆瞪看着自己的机器人。

"啊！"吉吉当时就吓得酒醒了。

"啊……是你们啊……"不过她很快认出了荣贵两人，眯了眯眼睛，吉吉迅速镇定下来，将牢房的门锁好之后，才慢悠悠朝床走过去。

"坐啊，怎么不坐？虽然机器人可能不会累，不过还是坐着比较好吧？"吉吉说着，坐在了小床上，原本只是一张普通甚至简陋的小床，吉吉这一坐，小床瞬间有了贵妃椅的"特效"，就连上面的黑色棉布床单也仿佛变成了丝绸，瞬间高级起来。

如果仍然在原本的身体里，他应该脸红——荣贵赶紧偏了侧头，不好意思道："那个……床上有一些私人用品，不太好……"

"嗯？私人用品？"挑高眉毛看了荣贵一眼，吉吉优雅地撩了撩头发。

只是一个简单的动作而已，偏偏她做起来仪态万千，风情"爆表"，荣贵看直了眼！

其实只是习惯而已，对于美的事物有着本能的向往，荣贵会下意识记住一切自己觉得"美"的东西：颜色、穿着打扮的方式、发型、表情、仪态……

他的记忆力普通，甚至可以说是不好，他的脑容量也不大，偏偏在这种偏门的地方，他的脑子非常好使，只看过几遍就能完全记住，假如让他模仿，他甚至能模仿个九成！

这个动作真撩人啊！之前在杂志上见过最撩人的女明星，做起类似的动作来也没有吉吉好看呢！吉吉的头发真好看，黑色大波浪，有光泽得很，轻轻一撩，就像黑色绸缎翻动一般，美极了……

脑子里全部都是吉吉刚刚那一撩的风情，荣贵聚精会神看着吉吉，完全没注意到小梅直勾勾地盯着自己，就在下一秒——

古古把头发扯下来了。

没错，就是刚刚被荣贵形容为仿佛翻动的黑色绸缎的美丽头发。

露出来的赫然是一个小半头。

还是金毛的。

荣贵的嘴巴微微张开。

然而，这还没完，吉吉紧接着从床上把那几条小裤衩拎起来："私人用品指的是我的裤衩吗？"

"几条脏裤衩而已，最多一星期没洗，你们怎么连这都感觉得到哦！一看就是从大城市出来的。"

荣贵的嘴巴一下子张大。

荣贵目瞪口呆看着吉吉将脏裤衩扔进洗漱台的池子里，然后，吉吉开始脱衣服。

她脱衣服的速度太快了，以至于让荣贵遮眼睛的时间都没有，她一下子就把自己脱成了"白斩鸡"，白皙精瘦的身子瞬间暴露在两个小机器人眼前，她身上就剩下了一条黑色裤衩。

"吉……吉吉……你是男的？"声音颤抖着，荣贵不由得大叫出声。

吉吉很奇怪地看了他一眼："这有什么奇怪的？这一层是男牢房啊，如果我是女的才奇怪吧？"

说完，吉吉熟练地在洗漱台上方的架子上找到一个小瓶子，挤出卸妆油开始卸妆。

浓厚的彩妆很快被溶解，吉吉拿了几张化妆棉擦了几下，原本隐藏在浓妆下，吉吉真正的模样便展露在荣贵和小梅面前。

那是一张很清秀的少年面孔，五官很立体。

荣贵却觉得自己的下巴一时半会儿有点难收回来。

他很快联想到了更多的事情。

自己不应该将惊讶表现得这么明显，这样不对，吉吉发现会伤心的……

荣贵小心翼翼地，准备把自己所有的惊讶表情收回去。

可惜他收晚了。

脑子里想的事情完全通过表情显露了出来，吉吉表示自己从来没有见过如此好懂的人，好吧，这还是一个机器人。

"你想多了。"用湿毛巾将脸上的残妆抹去，吉吉大刺刺敞开双腿坐在单人床上，一脸黑线地对荣贵说。

"哎？"显然，这个反应再次超出荣贵预料。

"这样比较方便做生意而已。"吉吉爽快地解释道。

于是，这回一脸黑线的人变成荣贵。

"对了，你们过来找我是为什么？应该不是为了请我喝酒吧？"吉吉忽然换了话题。

绿色的眼睛里忽然流转出一种……怎么说呢？那是一种荣贵无法用语言描述的感觉。一瞬间，眼前的吉吉就像变了一个人，看起来有点像卸妆之前一身"黑寡妇"打扮的吉吉，但是更复杂，让人心脏一颤，不想和他的目光对上，仿佛只一眼，隐藏的一切都会被对方看穿。

不过，荣贵没有什么好隐藏的。

所以他有点好奇地和这样的吉吉对视一眼，露出一抹友好的笑容，然后，从门口把自己的小背篓抱了起来。

他直直走到了单人床旁，吉吉的面前，由于小机器人很娇小，坐在床上的吉吉甚至还比荣贵高一点。

吉吉的房间

　　这样一来，吉吉以俯视的角度对上小机器人黑色的大眼睛。

　　"吉吉，这个是礼物。"荣贵说着，把小背篓往上抬了抬。

　　吉吉的眉毛往上抬了抬："礼物？"

　　"嗯，拜访别人的时候，总要带点见面礼嘛……"荣贵说着，又露出不好意思的模样，"也没有特别新奇的礼物，就一些普通的东西。"

　　"哦？"吉吉说着，一把从小背篓里抓起最上面的袋子，有点粗鲁地将袋子扯开，紧接着将手伸进去，抓了一把地豆。

　　"这是什么？"吉吉看向荣贵，问他。

　　"这个叫地豆，是小梅家乡的特产，可以直接吃，营养全面，也能填饱肚子，如果种在地里，可以长出一种小蘑菇，会发光的！"荣贵耐心地把自己知道的有关地豆的信息告诉吉吉，又抬起了头，"弄碎了还可以做面膜，去角质美白，很好用的！"

　　吉吉一脸黑线道："都说了我对女人的东西没兴趣，只是工作需要！工作需要！"

　　"哦！"于是荣贵不说话了，非常乖巧地站在旁边，看着吉吉翻来覆去地看那些地豆。

　　"会发光？"没有看荣贵，吉吉仍然把玩着地豆，这些是荣贵挑出来最大最圆的地豆，然而在吉吉手中，看起来小得连他的手掌心都塞不满，越发袖珍。

　　好在不算很寒酸，荣贵都认真洗过，装地豆的袋子是小梅缝制，热雅设计，看起来还是很别致的。

　　"嗯，不过不太亮就是了，除了蘑菇以外，这些地豆本身其实也能发点光，就是亮度更小，如果不是在全黑的地方完全看不到……"荣贵说道。

　　吉吉将地豆重新装进袋子："听起来有点意思，回头找最小的几个，穿一串手链好了。"

　　荣贵偷偷乐了，心想：还说对女人的东西没兴趣，那这种见到材料就想起穿手链的爱好是什么？职业病？

　　当然，他很体贴地没有将这句话说出来。

　　荣贵示意吉吉将袋子下面的东西拿出来——那是一封信。

　　"这又是什么？"吉吉扬起了手中的信封。

　　"这是一封信啊，也是我们这次过来拜访的主要目的。"荣贵解释道，"艾伦爷爷说他过几天还会来送货，我们很想和他再见一面，不过现在看来不太可能。我们的电梯卡今天预约了一次地下99层，下一次预约就只能在十天后了，刚好和艾伦爷爷错过，这也没有办法，预约前我们也不知道具体会约在哪天以及多少天以后才能再次预约。所以，我们写了一封信，把安顿好的消息告诉艾伦爷爷，因为碰不到面，所以就想拜托吉吉转交。"

　　"哦……"吉吉拖长声音应了一声，半响收下了那封信，"好吧，等到那家伙下次过来，我会把信给他的。"

　　然后他的眉毛又扬了起来："那你们自己呢？这里可不比其他地方，过来一趟不容

易，你们浪费一次预约机会过来找我，不会就为了送礼物和送信吧？"

荣贵呆呆地看他。

"呃……其实我们过来就是为了送礼物和送信，顺便看看这里的风土人情，可以的话摆个小地摊卖点东西，趁机了解更多一点，如果能找到个消息灵通的人打听哪个医生最好就更好了。"

然后吉吉一脸无语地看着他。

后来荣贵才知道，在地下99层，消息最灵通的人就是吉吉。

表面上卖酒，实际上各种各样的消息才是酒吧真正的商品，根据含金量不同，每一条消息价格不同，但是几乎所有消息都价值不菲。

而且吉吉并不一定全部回应对方，一次交易，他最多回答三个问题，请吉吉喝酒就是想要提问的信号，问题难度不同，酒的价位不同，而荣贵当时刚好想不出来别的方法，就请吉吉喝了一杯酒。

所以吉吉以为荣贵是来买消息的，看在是艾伦带过来的人的分上，他准备免费回答他们三个问题，结果他们又是送礼又是转交信件，一个问题没问，还当着自己的面商量去这一层哪里打听消息比较好，谁的消息最灵通……简直、简直……

简直不能忍！

"不用去别的地方打听消息了，有什么问题直接问我就行！"抓了抓小平头，吉吉索性道。

"哎？我们想问的是医生方面的事哦，吉吉你知道吗？"荣贵原本是想在地下99层找个诊所打听的。

出发前他特意和小梅一起看过，地下99层是有个小诊所的。

"问吧，上到星狱98层，下到'地狱'998层，我多少知道一点点，虽然不敢说掌握得一清二楚，不过比这里绝大多数人了解得肯定要多一点。"吉吉很自豪地说。

看到荣贵迟迟不肯说出他的问题，吉吉挑了挑眉："再说，你打算用什么东西支付消息的费用？"

荣贵愣了愣，视线条件反射般移到门口小梅的背篓上。

荣贵还没有"打听消息也要收费"的概念，不过，他倒是想着遇到好心人，就送对方一些特产……

"你还是问我吧，除了我，你这点东西根本买不到一点有用的消息。"荣贵的表情简直把他的打算完全暴露，吉吉索性说道。

然后，荣贵的表情又变了：原来吉吉你收费最便宜啊……

即使没有说出来，荣贵的表情已经很好地把他脑子里正在想的事情说出来了……

"你们想要寻找治疗脑部疾病的医生的话，我推荐三名，分别是：地下2层的阿纳洛，地下666层的塔湖，还有地下763层的普尔达。

"你们既然知道楼层预约这种事，那一定可以连接系统，系统上你们会看到这三名医生的履历，他们擅长什么，做过哪些手术，你们都可以在那里查到，你们可以根据自己的情况选择。

"不过——"

说到这里的时候,吉吉眼中再次闪过一抹微光:"不管你们决定最后找谁,一定要准备大量金钱。"

"钱?你是说……积分吗?"荣贵歪了歪头。

"当然不是。"吉吉立刻摇头。

"你以为外面通用的东西在这里能有用?

"这里的犯人基本上进来了就出不去,外面的积分在这里一文不值,反倒是实物会值钱一些。

"这里有这里的通用货币,只要你住在这里,就要使用这里的货币,想要看病更是如此。"

"毕竟……"吉吉嘴角忽然弯出一抹有点讽刺的笑容,"这里的上帝是不希望外界的积分大量涌入,给他带来麻烦的。"

完全不知道他在讲什么,荣贵一头问号。

不过吉吉并没有顺着这个话题讲下去,而是向上指了指:"地下2层的阿纳洛,找他看病是明码标价的,入狱前他在帕罗森最大的医院里就职,把之前的那套习惯也带到这里来了,只要你约得到他,攒够了钱,就能找他看病。"

吉吉的手指随即向下:"地下666层的塔湖现在很难找,因为惹恼了大人物,他被关起来了,那一层被封锁,他出不来,外面的人也进不去。

"估计只有别的大人物指定要他看病,他才能被放出来。"

说完这句话,吉吉的手指又向下:"所以你们最好的选择是地下763层的普尔达。

"这个家伙既是最贵的医生,也是最便宜的医生。

"他不收钱,只收物品,一切随他当时的心情而定,他很敏锐,不要让他发现你最重要的东西是什么,否则他一定会坏心眼地专门找你索取那样东西。"

荣贵目瞪口呆。

"不过,据说什么都擅长的医生不是他们三个。"忽然,吉吉的话题又一转。

低下头,他深深地望向地下,仿佛透过厚厚的金属地板,不断向下,再向下,扎入了最深的一层……

"传闻中,整个星城最好的医生被关在地下999层。

"没有人去过地下999层,就连我对那里也一无所知。那是整个星城最可怕的地方,处于整个星狱的最底部,承载了上面楼层的重量,一定是最结实也最严密的,密不透风,面积也是最小的,铜墙铁壁一般,只为关押一人……"

吉吉眼神迷离,提到神秘的地下999层,他不由得慎重起来。

然后他看到眼前的小机器人忽然指了指自己。

紧接着,那个小机器人又指了指身后的另一个小机器人。

那个黑眼睛小机器人说:"不是一个人呀!

"地下999层现在住了两个人哦！

"我和小梅前天刚搬进去，没有什么医生，铜墙铁壁的结实牢房可能是有的，不过全部贴了墙纸，只是一个看起来很温馨的房间。"

"啊？"这回，目瞪口呆的人变成吉吉。

"我们现在就住在那里啊！吉吉，以后你就可以对别人说，上到星狱98层，下到'地狱'999层，我多少知道一点。"

黑眼睛的小机器人重复了一遍吉吉之前说过的那句话，只改了一个数字而已，语气、语调甚至停顿竟然都和吉吉一模一样！

"你吓到我了。"吉吉忽然道。

"哈？"荣贵看了他一眼，然后偷偷掩嘴笑了，"吉吉你可真胆小！"

吉吉心想：胆量天下第一的老子被说胆子小？

小梅心想：胆子最小的你别说别人胆子小……

于是，小小的牢房内，只有荣贵一个人笑得很开心，另外两个人都面无表情。

小梅忽然开口："这里应该有提供积分兑换服务的人，可以找他将积分换成这里的通用货币。"

他用的是肯定语气。

闻言，吉吉挑了挑眉。

"你刚刚说过，在这里只能使用这里的货币。"小梅继续用平静的语气说话，"有需求就有服务，既然有人从外面过来看病需要用这里的钱，那么这里肯定会有这种服务。"

吉吉又挑了挑眉，他当真有一对非常灵活的眉毛，细而长，比头发的颜色深一点，是金棕色的。

然后，他耸耸肩，叹了口气："如果来这里的人都是你这种聪明人，我们的生意会很难做。"

仅凭别人话里的蛛丝马迹就能推算，和这种人做生意很亏本啊！

不过这也解释了为什么荣贵这个一看就没心眼没脑子的家伙能平安无事来到这里。

他没脑子没关系，他的同伴天生比别人多带了个脑袋啊！

小梅面无表情地看着前方，荣贵则两眼亮晶晶地看着吉吉，看着眼前一动一静两个小机器人，吉吉抓了抓头："有的。

"虽然不多，不过这里确实有人专门从事货币兑换业务。

"那个……做这一行久了，喜欢吊别人胃口说话，我已经习惯说话只说一半，这样别人才会问下一个问题，刚好可以多占一个问题的位置……

"抱歉！这是职业病！反正待会儿也是会告诉你们的！"

双手在胸前一拍，吉吉做了个特别男子汉的道歉动作。

不过，他做完这个道歉动作之后，心想：怎么回事？明明是大爷我慷慨大方免费解答他们的问题，怎么变成稍微晚点说出来就觉得对不住他们想道歉？

吉吉的房间

好像哪里不对头？！

"没关系的，吉吉，我们不在意的。"荣贵安慰他，"你有靠谱的人推荐吗？"

安慰完，黑色眼睛的小机器人还继续双眼亮晶晶地看着他，充满了期待。

呃……就是这个眼神……

就是这个难以抗拒的眼神！

吉吉的脸色都有点变了，然而嘴上却情不自禁地把后面的话说出来。

"有的，敢在这里从事货币兑换业务的，好多都是狱卒，也只有他们弄到外面的积分才有用，不过他们的兑换比率很坑，并不推荐你们过去。"

吉吉说着，伸出手指往下比画了一下："地下599层有个叫珀玛的家伙，是犯人，算是开杂货店的，什么都卖，不只犯人找他，很多狱卒也喜欢在他那里买东西。

"那家伙是个怪人，不愿意收监狱里的钱，偏偏喜欢收外面的积分。

"虽然爱好古怪，但是他的兑换比率最正常，在这里是最公平的，大笔钱他也弄得来，总之，他是个挺厉害的家伙。"

说完，他又抬眼看了一眼荣贵，然后愣住了。

"真是谢谢你啊！吉吉你真是个大好人！"荣贵热情地握住吉吉的小手，满脸欢喜地笑了。

他的笑容是那样阳光，他的语气是那样真挚，吉吉简直觉得自己刚刚不是提供一条消息，而是做了一件天大的大好事！

这、这、这——不可小觑！

眼前这个呆呆傻傻的小机器人简直有种神奇的力量！刚刚道歉的时候他就觉得哪里不对了，天知道……呃，不，这里的人都知道，他——吉吉，可是个从来不道歉，也从来不感到抱歉的汉子啊！

仔细想想，之前他不是对上了荣贵的眼睛吗？

亮晶晶的眼睛，仿佛无害的小动物，让人觉得晚说了一点都是对不起他。

荣贵一开始没有问他啊，"你还是问我吧"这种上赶着帮人免费回答问题，简直有违职业道德的话也是从他嘴里说出来的啊！

古古脸色变了。

眼前仍然脸挂甜甜笑容的小机器人在他眼中已经成了一名绝代妖姬！让人多看一眼都会迷失心灵的那种！

移开视线，吉吉急忙强迫自己盯住小梅的死鱼眼。

呃……这哥们也不容易啊，天天对着这么个小妖精，如果想要保护自己不被其迷惑，可不就变成扑克脸了吗？

心里这么想着，吉吉看向小梅的目光情不自禁地带上了点同情……还有佩服？

小梅的脑袋上冒出了一个淡淡的问号。

"总之，你们回去之后可以去他那里先把积分兑换一下，再去看医生，建议你们先去看地下2层的阿纳洛，如果阿纳洛可以解决你们的问题，你们就在他那里把病看完，如果

253

不行,你们再去看地下763层的普尔达,尽量不要找普尔达,他的医术好,可是个怪人。"

飞快地将一大串话一口气说完,吉吉"吧嗒"一声躺在了床上,迅速将自己光裸的小身子裹在薄被里,大喊:"我要睡觉!你们自便!"

紧接着,鼾声就响了起来。

荣贵继续目瞪口呆。

"这……也睡得太快了!"看着吉吉露在外面的白瘦脚丫子,荣贵对小梅道。

因为吉吉睡着了,他还刻意压低了声音。

"刚刚他说话那么快,是因为困了吗?"荣贵又问。

"可能吧。"这是小梅的声音。

"刚刚他说话太快了,我都没有听清他说什么,小梅你听清楚了吗?"荣贵小声问。

"嗯。"小梅的声音一如既往的平淡,而且可靠。

荣贵抬头又环视了一圈:白炽灯泡亮着,亮度十足。

灯光照亮了牢笼里的每一个角落,似乎是为了遮住光,吉吉直接把被子拉到了头顶,也正因如此,他的脚丫子乃至小腿全都露了出来。

和他们现在居住的,卓拉太太购买的地下999层的房间不同,这里作为真正的牢房,无论是白天还是夜晚,显然都是不关灯的。

没有人考虑犯人可能更习惯在黑暗的地方睡觉,这里从早到晚都是白昼。

荣贵往外看了看。

吉吉的牢房位于最末端,对面似乎是个储藏室,没有人住,但是他隔壁以及隔壁的对面全是牢房,密密麻麻的牢房。

全部都是由金属栏杆构成的牢房,没有隐私,每个人的生活就这样暴露在附近人的眼中。

荣贵往外看的时候,刚好撞上斜对面牢房里犯人的视线。

那竟是之前带他们过来的酒保。

他没有穿刚才的酒保制服,而是穿了一件普普通通的囚服,一边走动一边刮胡子。

看到荣贵的时候,他还笑了笑:

"吉吉打呼声音很大,你们如果怕吵最好关机,不过他不会说梦话,也不梦游,这点你们倒可以放心。"

荣贵点头表示自己受教了。

酒保很快刮好了胡子,洗了洗裤衩,把裤衩晾好,他也睡觉了。

没多久,外面就传来了各种各样的鼾声。

"小梅,你放心,我睡觉是不打呼的。"荣贵忽然冒出这样一句,小梅就瞟了一眼他。

"那你睡觉打呼吗?"荣贵又问。

小梅:"……"

"不知道。"沉默了片刻之后,小梅还是回答了他的问题。

吉吉的房间

"不知道？怎么会不知道呢？"荣贵歪着头。

"因为从来没有人睡在我旁边。"小梅轻声道。

"噢，这样的话，确实不知道，以后等我们回到自己的身体，我睡在你旁边，然后就可以告诉你打不打呼了。"

小梅："……"

由于之前充了一会儿电，现在他们的电量是满的，这种情况下继续"睡觉"对电池也不太好，想了想，荣贵看到了被吉吉放在床边的背篓。

确切地说，他看到了背篓上面装着地豆的袋子。

除了那些又大又圆的地豆，他们还装了一些比较小的地豆。

想到吉吉之前说的"编手链"，荣贵在身上翻了翻，刚好翻到了皮筋、花绳什么的，于是他对小梅道："闲着也是闲着，我们给吉吉编条手链吧？"

"就用黑绳子编吧？上面配点紫色的，不知道为什么，我觉得吉吉很适合紫色呀！"

屋子里除了吉吉的鼾声以外，就是荣贵低声说话的声音，偶尔小梅会应他一句，然后，更多的就是两个人编手链的声音。

编的人应该是小梅，因为荣贵一直在旁边负责指导，说这么多话的人是没有时间做东西的——吉吉心想。

是的，吉吉没有睡着，这是艾伦介绍来的人，就算刚刚有过对话，他对陌生人仍然不会立刻放心，这种情况下，他其实是装睡。

然而，听着两个小机器人的说话声——仔细听，还能听到金属手指摩挲绳子的声音，睡意就忽然涌上来。

没多久，吉吉便真的睡着了。

鼾声震天！

特爷们！

他这一睡就是六个小时，醒过来的时候，荣贵他们已经把手链编好了。

非常漂亮的手链，不是简单的用绳子一穿连一串的那种，而是更复杂的，绳子不但穿过地豆珠中间的部分，还在两侧连成线，中间还交叉出了几个花样。

饶是吉吉这种对饰品没什么兴趣的人，只看了一眼，也瞬间喜欢上了这串手链。

他立刻把手链戴在手腕上。

"这可真帅！你们的心思很巧嘛！连这种编法都想得到！"吉吉称赞道。

荣贵赶紧摆摆手："不是我们想到的，是一个叫热雅的妹子想到的，她的手可巧了，全城最新鲜的编法，几乎都是她带起来的呢！"

"热雅？全城？"吉吉习惯性挑眉。

"嗯，热雅是矮人妹子，住在叶德罕城，那是工匠之城。"荣贵便简单解释道。

"哦！听起来不错，我最喜欢手巧的妹子了！"绿色的眼睛在手腕上凝视了片刻，吉吉伸了个懒腰，"好了，要准备开店了。"

由于逗留的时间还剩一些，荣贵索性和小梅一起帮吉吉去做开店的准备。

在这个过程中，他们看到了大批犯人从牢房里开门走出来，身上的囚服加点装饰就成了看起来酷炫的朋克装，大家都匆匆忙忙地去做各种开店的准备。

荣贵甚至尝试了调酒，颜色看起来……像毒药，由于他没法喝，所以吉吉就帮他尝了一下。

然后，吉吉说：喝起来也像毒药。

将礼物和给艾伦的信留在吉吉这里，也打听到了重要的消息，荣贵和小梅赶在6月20日22点32分准时刷了电梯卡，返回了地下999层。

他们接下来就要前往地下599层，找珀玛兑换积分。

第十二章

台灯与蜡烛

在黑暗中沉寂了很久的地下999层再次光明大作。

"大黄小黄！大黑小黑！我们回来啦！"电梯门一开，荣贵就扯着嗓子呼唤道。

可惜，他呼唤的这四个，没有一个回应他。

大黄在他靠近的时候主动开了车门，这是小梅后来在改装过程中加装的一个小功能：感应开门。

这么一来，荣贵看到了在大黄副驾驶席下面缩着的小黄。

小黄鸡仍然怕生，看到人只是谨慎地缩着，并没有出来。

荣贵仔细检查了一下大黄上的地毯，然后松了一口气——太好了，地毯上没有粪便。

虽说养宠物就要有做铲屎官的觉悟，不过能够不做更好！

况且做一只鸡的铲屎官……想想总觉得怪怪的。

看完鸡，荣贵又去浇花，他着重浇了一下种在浴缸里的植物，尤其是那株呢喃草，虽然额外施了肥浇了水，不过那株呢喃草看起来还是蔫蔫的。

不过这没什么，只要还活着就好。

忙完这一切，他才回到他和小梅的卧室，看到聚精会神坐在电脑前的小梅，他像模像样地拍了拍手上的土，这才凑了过去。

"小梅，你是要提交去地下599层的申请吗？"

小梅心想：原来，之前表现得那么淡定，甚至哼着歌儿去浇花，其实是因为没记住他们手中的电梯卡能去的楼层有哪些！

仍然是一张面瘫脸，小梅看向荣贵的目光中却仿佛有万语千言。

不过，当对面的小机器人乐呵呵看着自己的脸庞时，小梅脑中的"吐槽"再次全都消失。

一味紧张，紧张到办什么事都坐立不安才是真的不好，反正事情最终都能够解决，能够一直保持淡定的心态才是最好的。

"我们的电梯卡不能勾选地下599层。"小梅对荣贵道。

"哎？"果然，荣贵这个时候才明显愣了一下。

不过他仍然没有露出特别担心的表情。

"那，小梅我们要怎么过去啊？"荣贵继续问道。

黑色的大眼睛里很清澈，只有另一个小机器人的倒影。

仿佛只要有那个小机器人在，他就什么也不用担心。

台灯与蜡烛

如此被人全心全意地信赖，似乎，还真的是第一次。

小梅举起手，他原本想要摸一摸胸口，不过很快分析出这是一个多余的动作，他的手便搭在了电脑屏幕上。

视线一并落在屏幕上，密密麻麻的文字在他指下滑过：

"我们要记住自己的身份，我们并非作为犯人被关押进来，而是访客，犯人只能待在指定楼层，而访客……

"卓拉女士都能把原本是地牢的地方改造成这个样子了，说明访客的自由度是非常高的。"

"所以？"荣贵偏了偏头。

好吧，仅凭小梅的叙述，他是完全无法顺利猜到小梅脑子里最终念头的。

索性他也不去猜，直接问。

"所以——"小梅也不卖关子，"我们要拨打客服电话。"

荣贵："这里也有客服电话吗？"

"网站都有，有客服电话并不奇怪。"小梅一边说着，一边迅速用手指拨动屏幕。无数细小的文字在他眼中逐行而过，他的视线最终落在一个邮箱上。

"找到了。"这个网站内容非常丰富，再次前往地下99层之前，他已经尽可能将网站浏览了一遍，不过还有很多末级菜单没来得及看到。

毕竟，中途他还要重新刷墙纸，陪荣贵整理东西，改造安全装置什么的。

他很忙。

他认为自己的推测不会错。

果然，他找到了。

"哦！这也行？"反而是荣贵，对于用如此正常的方法就能去其他楼层，感到有点诧异。

不过把他们想象成正常住店的客人，似乎……也是很正常的事？

不过这种时候还能把他们理解为正常的顾客，也就小梅能做到。

当别人都用正常的方式理解和解决问题的时候，小梅可以从完全偏离的角度去理解和解决；而当别人都用非正常的角度看待问题的时候，小梅却可以将问题看作最普通最大众的问题，然后依据常理解决。

不得不说，小梅真是个妙人儿！

然后，荣贵就目光灼灼地盯着"妙人儿•小梅"拨打……呃，不，是给客服写邮件。

很普通的邮件，也很短，上面写明了他们的客户号，然后询问想要去地下599层的话需要办理何种手续。

然后，任由屏幕亮着，小梅去做自己的事情。

从西西罗城带出来很多草药，小梅现在可以随手做的"手工"又加多了一项，那就是制作药剂。

小梅按部就班地忙碌着。

等到电脑提示收到新邮件的时候，小梅已经制作好一瓶新的药剂。

查看邮件前，他很顺手地将药剂递给了荣贵。

"给。"

"啊？这是什么？"抱着好大一罐药，荣贵呆呆地问。

"杀虫剂，也就是你说的那个……防狼喷雾。"学习能力一等一，小梅还用上了只从荣贵那儿听到过一次的名词。

"尊敬的卓拉·克尔巴顿女士，您发送的邮件我们已经收到了，您之前已指定六个楼层，名额已全部占满，加开楼层需要付费，且加开的楼层需为开放楼层，您指定的地下599层属开放楼层，所以，您只需要额外支付50万积分便可获得地下599层的指定权，若您同意支付，请点击邮件内的链接，谢谢。"

小梅的邮件很高冷，对方的回复却很客气，挺长的，荣贵刚读完，小梅就点进去。

他的动作快，点击、支付、确认一气呵成，等到荣贵回过神来，屏幕上已经出现"谢谢惠顾"。

"这……这就成了？"看着已经自动关闭的邮件系统，荣贵还是有点蒙。

"嗯，接下来我们申请前往地下599层就好，第一次申请，原则上等待时间会很短。"小梅说着，已经手动申请了，他的动作非常快，一眨眼的工夫他就将申请表填写完毕。

而仿佛为了印证他所说的是真的，就在申请表交上去没多久，电脑又"叮"了一声。

他们的申请通过了。

"为了方便您了解新申请的楼层，您本次逗留时间为6月20日7点起，6月23日7点止，共3天，您可以于3天内任意时间返回地下999层，超过时限，您的卡片将被锁，请知悉。"

和上一次看到的规定有所不同，这似乎是给新楼层的特殊优惠。

距离他们前往地下599层还有一段时间，两个小机器人充电休息了一下，第二天7点，他们准时刷开了电梯。

"我想想啊……我们这次过去要兑换积分，还要……给吉吉买裤衩！"电梯里，荣贵掰着手指算着此行需要办的事。

对的，裤衩……

从地下99层离开的时候，吉吉把他们拉住了，确定他们要去地下599层，塞给了他们一把钱，然后大大方方地说：如果方便的话，帮他带几条裤衩。

"要特大码的。"吉吉补充了一句。

挑着眉，他是得意地指着自己大腿说的。

荣贵："……"

他还是很敬畏地看了一眼吉吉的大腿。

正是因为吉吉给了钱,荣贵才第一次看到了这里的货币。

那是一种铂金色的金属,没有任何花纹,只有大小的区别,吉吉还给他们"科普"了一下如何辨别面值,荣贵当然没记住。

不过小梅记住了。

"零钱就是用这种,大金额的会用芯片卡。"吉吉当时说。

事后,小梅也研究了一下吉吉塞给他们的货币,他说那些钱是用D金属做的,和建造这栋监狱的材料一模一样。

只有用特殊方法才能加工的D金属制作的货币……

基本上无法仿制。

荣贵和小梅再次背上了他们的小背篓,里面装满地豆,小梅手里还攥了一个小钱袋,两个小机器人再次上升。

用时比去吉吉那里短得多,一会儿的工夫,电梯门开了。

和地下99层截然不同,地下599层的电梯门口很整洁。

没有人摆摊,没有五光十色的霓虹灯招牌,有的只是左右对称分布的小……牢房。

荣贵注意到这里的牢房和吉吉那一层的明显不同,吉吉那一层的牢房是栏杆式的,像个笼子,而这一层的牢房没有栏杆,墙壁完全是用金属浇筑的,只有门上有一扇小窗。

这一层的犯人罪一定更重,因为他们被关押的地方更严密——几乎是在看到这种牢房的第一眼,荣贵心中就浮上了这个念头。

这种严密到只有一个小窗口的牢房看起来当真有点像银行柜台呢!

看到附近几个小窗口上方挂着的招牌——"积分兑换",荣贵感觉更像了。

虽然由于某些未知原因无法像地下99层那样折腾出各种热闹的地摊,不过地下599层的犯人显然也都在做生意。

绝大多数是积分兑换生意,他们离开电梯门口之后,又有两个人从电梯出来,一看服装就知道是外地人,头脸盖得结结实实,完全看不出他们的模样。

荣贵看到他们出来没多久就朝附近一家挂着"积分兑换"牌子的铺子去了——呃,姑且叫它铺子吧。

似乎询问了什么,他们很快去了下一家。

大概是初来乍到的缘故,他们只能通过询问的方式比较各家店铺,荣贵看到他们挑选了大概四家店铺,最终选择了第三家。

而荣贵他们则继续向监狱的深处走去。

"珀玛铺子的编号是5033,进去之后你们沿着路一直往里走,尽头倒数第二家,左手那间就是,对了,他的铺子没有挂'积分兑换'的牌子,挂的是'杂货铺'。"关于如何前往,吉吉已经详细指点过他们。

一路前行,他们又看到了不少明显是访客的人,这里的生意明显不如地下99层的好,不过倒也不至于生意惨淡,大概全部都是大宗交易的缘故,大家说话的声音都非

常小。

他们终于抵达了吉吉所说的铺子。

确定了一下铺子的编号确实是5033,也确定了铺子外面挂着的牌子是"杂货铺",荣贵做贼似的偷偷摸摸走到窗口前,然后,用和其他访客一样的低音量,低声对窗口里面的人说话:"喂,有人吗?"

"我……我想买一打特大码的裤衩。"

"特大码?是吉吉吗?"

窗口里,一个很爽朗的男声从传出。

"哎……不是吉吉。"荣贵下意识否认。

"啊……抱歉,看来是第二个能穿特大码裤衩的人出现了。"里面的声音仍然很爽朗。

"呃……并没有出现,裤衩还是帮吉吉买的。"荣贵继续道。

"果然还是他。"那个爽朗的声音似乎笑了一声,然后,荣贵看到一只手抓着一个托盘递出来。

瘦长白皙的一只手,骨节分明,手指上有一些细小的伤痕,还有一层薄茧,然后——

荣贵注意到对方的手腕上戴着的不是装饰成朋克风手链的手铐,而是真正的黑色手铐。

仔细看,还可以看到手铐上连着一段锁链……

荣贵听到了锁链摩擦拖拽的声音。

"你要的裤衩。"那个声音又响起,一边说着,一边将托盘推到了窗口外面的小台子上,荣贵这才发现托盘上盛的是折叠得整整齐齐的一沓黑色裤衩。

荣贵赶紧拿起了裤衩,想了想,把吉吉之前给他的钱放进了托盘。

于是托盘又被拉回去,稍后,窗里传来一声叹息:"又是这里的钱,吉吉这个家伙明明知道我喜欢要外面的积分……"

就是现在!

听到对方这样说,荣贵赶紧对对方道:"其实,我们除了过来帮吉吉买裤衩,更重要的目的是找你,我们想要换这里的钱,吉吉说可以找你换,价格最公道。"

"吉吉这个家伙总算做了件好事!卖给他这么多条裤衩,他还是第一次介绍人给我!"里面的声音瞬间激动起来,锁链的声音一下子变大,紧接着,荣贵听到了座椅挪动的声音,然后是开锁的声音,再然后……

荣贵惊讶地看到门开了。

先是向内拉出一道小缝隙,随即,那缝隙越来越大。

荣贵反射性地向后退了一步。

在他后退的过程中,那扇门完全打开。

之前荣贵认为这里的犯人或许罪更重,看管更严,所以不能打开的大门,就这么轻轻

台灯与蜡烛

巧巧地，被牢房中的人从里面打开。

"请进请进，我们来谈谈兑换积分的事情。"那个声音依然精神爽朗，然而荣贵心中狐疑，一时竟不敢动。

还是小梅先有动作的。

小梅向门内走了几步，像是左右观察了一下，随即停下了脚步，转过身子看向荣贵。

虽然没有说话，不过荣贵知道那是一个"里面没事，进来吧"的表情。

荣贵就"吧嗒吧嗒"地朝小梅走了过去。

里面一片黑暗，只有门外的走廊一片光明。

随即，大门被关上，一声清脆而细微的金属扣合声之后，就只剩下门板上小窗口透出的光。

荣贵依稀看到一个人影用一块门板挡上了那个小窗口，至此，房间里真真正正全黑了。

他体内有两套成像系统，一套是普通的，另一套则是适应完全黑暗环境的，荣贵就想着赶紧切换系统来着，做不到像小梅那样切换自如，他在绝大多数时候更依赖普通的成像系统，这和其他人类的身体视物原理最接近。

没等荣贵手忙脚乱地调试好系统，屋子里忽然亮起来。

一个高瘦的身影从窗口的方向转过身来，他的手里正捧着目前屋里唯一的光源——一支蜡烛。

确切地说，他手里捧的是一个烛台。

一支蜡烛的光实在有限，荣贵只能依稀看到房间里的大概轮廓：似乎有很多杂物堆积在里面，并非像吉吉那间简陋到几乎什么都没有的牢房。

"你们等一下，我多点几支蜡烛。"那个爽朗的声音说，紧接着，荣贵就看到端着烛台的高瘦人影走到好几个地方，依次点亮那里的烛台，屋子就这样一点点变亮。

由于只点了四支蜡烛而已，并不算十分亮，不过荣贵将房间的样子看清是不成问题的。

东西确实很多，到处都是箱子，不过那些箱子堆放得非常整齐，没有任何东西露在外面，所以只是东西多而已，并不显得凌乱。

然后，荣贵看到了手执烛台站在箱子中间的青年。

头发很短，棕色，细软的棕发服帖地贴在头皮上，让人感到那头发一定是干爽柔顺的。

他的额头很高且宽阔，眉毛平直而疏朗，双眼皮非常深刻，脸型有点方，嘴唇不算很薄，形状很好。

穿着一身黑色的囚服，双手戴着手铐，手铐上还有锁链将他和这房间的某个地方连接在一起，他就这样托着烛台站在他们面前。

总体说来，是个外表和声音非常匹配的青年，一样干净而爽朗，虽然长相不算十分出色，不过让人看了感觉舒服。

大概二十来岁，不会超过二十五岁，因为他那双棕色眼睛里流露出来的是不谙世事的纯净的光。

青年将烛台放在其中一个箱子上，移开几个箱子，翻出最下面的一个箱子，拆箱，很快，拆出了两把椅子。

椅子是分体式的，并没有组装，他就蹲下组装起椅子来，他的动作十分快，没多久两把简易的小椅子就在他手下成形。

将椅子摆在地上，青年大大方方做了一个"请"的动作："请坐请坐！"

他的笑容太阳光了，阳光到和这里的气氛完全不搭调，荣贵是颤巍巍坐下的。

荣贵注意到：虽然青年给他们组装了椅子，不过自己却没有椅子坐。

整个房间原本没有一把椅子，甚至，除去这些箱子，整个房间比吉吉的房间还要简陋，吉吉的床上还有枕头，青年的床上连枕头都没有！

奇怪……这里不是"杂货铺"吗？这些箱子里的东西毫无疑问都是商品，里面应该什么都有，既然什么都有，这里怎么还会如此简陋呢？

荣贵好奇地环顾了一下四周。

他的视线在青年刚刚挂在窗口的牌子上，依稀看到牌子的另外一面写了"暂停营业"。

就连这张牌子，都是用最普通的纸做的。

荣贵的表情将他心里的疑惑完全表现出来，青年看懂了他的表情，主动开口道："我这里确实货很全，不过我毕竟是服刑之人，原本是在这里改造的，怎么可以沉溺于享受？"

他说得太义正词严，以至于荣贵几乎被他的满脸正气镇住！

不过他明显没有兴趣继续讨论自己，很快，他便席地一坐，把烛台摆在他与荣贵小梅之间的地板上，抬起头，一脸兴奋地看向荣贵和小梅："你们是来找我兑换这里的货币的吗？是用外面的积分换这里的货币，没错吧？我得确认一下，之前有几个人来找我，结果是找我用这里的货币换外面的积分，我可不经营那种业务哦！那种事你们得找别人。"一连说了好多话，从他的话语里不难发现，他确实非常想要外面的积分，荣贵被他的一脸渴求吓得又往后挪了挪。

不过他一挪，对方也迅速往前挪了挪。

你来我往之后，双方的距离反而更近了。

完全没挪地方的小梅，脚尖几乎碰到对方的膝盖。

"我们没有这里的货币，只有外面的积分，需要将外面的积分兑换成这里的货币。"小梅面无表情地俯视对方道。

青年就更加兴奋。

"可以可以！我最喜欢做这种生意了！"青年说着，用力拍了拍胸脯，"你们想换多少？20万？50万？100万？"

"你可以给出的兑换比率是多少？"不动声色，小梅继续直视对方。

"一般情况下是1:1，不过你们是吉吉介绍过来的，我可以给你们1:1.5的比率，1是你们手里的积分，1.5是这里的货币。"迅速介绍着，青年直到这时看起来才像个生意人。

"如果超过100万呢？可以给到多少？"不慌不忙，小梅继续问。

青年眼中闪过一道惊喜的光："超过200万的话，我直接给你们1:2的比率！整个星城最高的比率，你们再也找不到比我更大方的兑换商了！"

"成交。"小梅当机立断拍了板。

双方立刻开始交易，青年取出一台破旧的终端机，先是将一枚芯片放上去，随即，他要小梅将他们的芯片也放上去，输入数字之后，小梅芯片上的积分迅速消失了230万，他们的积分自然是转移到了青年那张连外壳都没有的芯片上，作为交换，青年也给了他们一张芯片。

看起来和之前那枚差不多，青年找出另外一台终端机，将芯片插上去，然后让小梅查看上面的数字：460万。

"好了，这是你们的。"青年将芯片拔下来，递给小梅。

"虽然你们大概已经知道了，不过我还是自我介绍一下，你们好，我叫珀玛。"

小梅将芯片稳妥地放好，然后才抬起头："你好，我叫小梅。"

"小梅？哈！好可爱的名字，你之前是妹子吗？"珀玛继续爽朗地笑了。

"不，我是男性。"小梅一板一眼地回答。

"啊！这样吗？不过你刚才说'成交'两个字的时候真是帅呆了，那么大的数目，眼睛都不眨。"

"因为我没有眼皮。"

"……"

小梅和珀玛你来我往地对话，两个人的声音都挺正经的，偏偏对话的内容莫名搞笑。

荣贵觉得自己应该笑的，可是——

他的脑中完全被小梅刚才的自我介绍占据。

似乎是第一次吧，小梅说出自己的名字叫"小梅"。

之前几乎都是荣贵帮他说的。

小梅，这是荣贵给小梅起的昵称。

第一次如此明显而坦荡，当这个名字第一次从小梅口中说出的时候，荣贵感觉某个只属于自己的人诞生了。

接下来的时间，荣贵很安静。

他其实什么也没想，只是静静坐在小梅身边，看着小梅和珀玛聊天。

小梅在为人处世方面……老实说，不太擅长，他平时的态度太冷漠了，宛若高岭之花，这种天生的高冷姿态让一般人不会主动找他搭讪，而珀玛这方面明显也很呆，完全不按理出牌，关注点也和常人不同。

　　应该说是负负得正吗？

　　两个都不擅长聊天的人坐在一起，居然一副交谈甚欢的样子？

　　难得看到小梅能和人进行这么长时间对话，荣贵就静静坐着，笑嘻嘻看着两人"聊天"。

　　"那个……你们是从外面来的吗？找我兑换积分，你们这是刚刚进来？"和吉吉不同，珀玛明显不是个说话会绕弯的人，开门见山。

　　偏偏小梅比较吃这种开门见山。

　　"刚进来。"虽然言简意赅，完全看不出交谈热情的样子，其实这正是小梅如实以告的表现。

　　只是外人经常会把这种精简的回答方式误解为小梅不愿意理会他们。

　　显然珀玛没有误解。

　　得到了想要的答案，珀玛立刻用手撑起屁股，然后迅速朝小梅又凑近了一点。

　　"那个！那个……能和我说说外面的事情吗？什么都好！你看，我都给你们那么多优惠了……"将烛台凑到自己脸边，珀玛忽闪着一双棕色的小眼睛，期待地看向小梅。

　　小梅："……"

　　这个动作让他想起了荣贵，不过——

　　小梅看了一眼荣贵，看到荣贵安静坐着看着自己，他又把头转了回去。

　　重新对上珀玛眼睛的时候，他想：不过，这家伙做起来可比荣贵做起来难看多了。

　　然而他还是回答珀玛的问题："我们是从很偏僻的地方来的，沿途只经过了鄂尼城、叶德罕城、西西罗城三个城市，以及一个尚在发展中的城市，那个城市叫糖人街。

　　"鄂尼城是几乎没有准入积分要求的城市，进去之后可以采矿，交给管理人员，他们会根据采到矿石的品相发送积分。"

　　"叶德罕城是工匠的城市，在那里可以购买各种金属原料、金属制品以及考取匠师资格证。

　　"西西罗城是药剂师的城市，那里的药剂师不使用外科手术的方式，只用药剂应对一切问题，空气潮湿，经常下雨，家家户户都种植药草……

　　"而糖人街则是距离星城很近的城市，由于造星时候发生意外，星球上有异常多的虫，不过现在有人入住，未来的发展趋势应该是美食之都。"

　　小梅言简意赅地将自己对几个城市的了解说了出来。

　　虽然确实把每个城市的情况用最少的字叙述，可是他讲得没意思极了。

　　不过这丝毫没有影响珀玛的热情，他甚至又朝小梅凑近了一些，蜡烛也一并凑过来，灯光下，珀玛看起来像用手电筒给自己的脸打灯讲鬼故事的人！

台灯与蜡烛

"然后呢?然后呢?这些城市的人怎么样?热情还是冷漠?当地消费高不高?气候环境如何?"珀玛问得更详细。

小梅歪了歪头,像是回忆了一下:"鄂尼城……大家彼此不相识,不过矿坑的管理人员很公正……叶德罕的矮人们心细而有耐心,可以连续几日不眠不休制作一件物品,通过中央系统的灯光控制,那里日夜分明;而西西罗城则是雨都……"

在珀玛的追问下,小梅又往外"倒"了一点关于城市的印象,这一次,他仔细描述了当地的气候条件,当地人的外貌特征、生活习惯……

小梅的叙述可能并不生动,然而非常详细,不带任何主观意见,更适合珀玛这种对当地一无所知的人聆听。

珀玛听得如痴如醉。

小梅的叙述结束之后,珀玛沉浸在小梅描述的城市场景中许久,末了才感慨出声:"真棒啊,看得出来,你在那几个城市都有很愉快的经历,那些城市在你心里都有很美好的记忆呢!"

珀玛羡慕地说。

小梅却愣住了。

愉快的经历,美好的记忆……吗?

他回顾了一下自己之前叙述的方式:直白,平铺直叙,应该是没有任何感情色彩的。

"你提起那几个城市特别是叶德罕城和西西罗城的时候,表情似乎很愉快。"珀玛就在这个时候又开口。

小梅:"……"

曾几何时,他对于所谓的地下城,是完全不喜欢的。

计划外的居民,各种应该被淘汰的基因,混杂在一起,繁衍出了更多血统复杂无法适应新世纪的人,他们对天空城有着极大的向往,使用各种办法偷渡前往天空城,然后给这个世界最后的一片净土带来飓风过境般的灾害。

而等到地下城的统计人口超过天空城的时候,平衡被破坏,预期之外的内战会发生,天空城无法掌控局面的时候,会发生可怕的事情。

地下城,原本就是不应当存在的。

曾经,这是他对地下城以及地下城居民的看法。

"你嘴里的这几个城市听起来都不错呢!尤其是叶德罕城和西西罗城,我一定要找机会去叶德罕城和西西罗城看看!"珀玛羡慕地说。

"能和我再多说一点吗?更多细节,比如各个城市的各种规章制度,唉!我知道这个问题比较难!来这里的人不是囚犯就是大人物,无论哪一个都是对规章制度不在乎,我、我问到现在,还没有人能在这个问题上多和我说几句的。"珀玛说着,站起来向小窗口跑去,当他手中的蜡烛照亮了那方小角落的时候,荣贵才发现那里竟然有着这个房间里的另一件家具——一张小书桌,上面摆着厚厚一摞书,每一本都被翻得破破烂烂。

珀玛走过去，半晌之后捧了一摞书过来。

"我手里法律方面的书籍只有这套民法典，可惜是二百年前颁布的，到现在修正了不知道多少次了吧？"爱惜地抚摸着包着厚厚书皮的旧书，珀玛又带着一点期待抬头看向小梅，"我知道你们肯定记不住全部条款，只有一条和这上面不一样的也好，你们能说说吗？实在不行，交通法规也行啊，道路大概限速多少，违规会有什么处罚之类的……"

这样的珀玛把荣贵镇住了。眼前厚厚一摞书籍，里面每一本都有被翻了上百遍的样子，这……这……

这家伙是"学霸"啊！

还是法学系的！

然后，他的小脑袋火速转向小梅。

果然，小梅的蓝色眼睛里仿佛有光闪过。

"你的问题，我可以全部解答。"

果然，似乎对于这个答案毫不意外，荣贵看着小梅从珀玛手里拿起一本书，然后从第一条开始，一条一条地，将该条在现行法律中的各种变动说了出来。

而珀玛先是极度震撼，然后极度惊喜，再然后，他什么表情也没有了，赶紧回到小书桌旁，拿出一个本子和一支笔，拼命记笔记。

好吧，一下子变成小课堂。

这一说，便足足说了两天。

说到珀玛饿晕了为止。

没敢贸然碰珀玛的箱子，荣贵从自己的背篓里拿了好些地豆出来，磨成糊给珀玛吃。

"这是……什么味道……"爱学习的珀玛，刚醒过来仍然表现得那么有求知欲。

"这个是地豆，我们从老家带来的特产。"小心地用手帕擦了擦珀玛的嘴角，荣贵对他说道。

他只是一时精神消耗过大晕过去而已，他的身体底子不错，被食物唤醒之后立刻撑着地面爬起来。

"从来没有尝过的味道，不过……很美味。"舔了舔嘴角，珀玛道。

"学习不能不吃饭不睡觉，精神撑不住的，我看你还是好好休息休息吧。"看看旁边珀玛足足记了三个笔记本的笔记，由衷佩服的同时，荣贵又苦口婆心劝对方注意身体。

"是我着急了，主要是……太难得遇到如此博学的人。"珀玛辩解道。

荣贵："我们一时半会儿又不走，你着急什么？"

珀玛笑了："对哦，你们刚进来，肯定短时间内无法离开。"

"如果你们能够多待一段时间就好了。"珀玛由衷道。

台灯与蜡烛

荣贵:"……"

多待一段时间……喂,这里是牢房呀……

荣贵再次感到之前觉得珀玛有点二……不是错觉!

不过珀玛也很快就反应过来自己说的话有些不妥:"呀!看我这张嘴。

"我自己都想着早点出去,怎么能希望你们在这里多待一段时间呢?"

听到这句话,荣贵有点好奇,问:"珀玛,你想要离开这里吗?"

刚问完这个问题,荣贵心里忍不住"吐槽"自己:看他这句话说的,这里是大牢!哪有人在坐牢的时候不想着早点出去?

完全不知道荣贵内心的想法,珀玛只是看宝物一样看着新出炉的三个笔记本:"我想要早点出去,会在这里做生意,会想要学习外面的律法都只是为了这个目的,我想要赚到外面用的积分,然后学习外面的知识,这样,等我出去之后,很快就可以开始新生活。"

珀玛说着,走到箱子的后面,和吉吉的房间一样,那里也有一个简易马桶和一个简易洗漱台,比吉吉那里的更加简洁,洗漱台上除了一块香皂、一个漱口杯以外,再没有其他东西。

用漱口杯接了点水,珀玛喝了一杯水,感觉自己好点了,才走到箱子旁,从其中一个箱子里翻出一包吐司,只拿了两片,就着水把干巴巴的面包片吃了下去。

在他翻动箱子的时候,荣贵看到箱子里明明有各种各样的食物:咖啡、甜饮料、酒、香肠,然而珀玛一样未动。

"为什么不吃那些啊?"荣贵忍不住又问他。

珀玛笑笑:"服刑之人不应该贪图口腹之欲,原本的基本食物就是白水与面包,每个月十五号可以吃一片肉肠,这是犯人守则中的条款。"

荣贵:"……"

可是明显这些条例没有人遵守啊!想想每天晚上喝酒的吉吉,想想在地下99层摆摊的小商贩,荣贵再次肯定这里遵守犯人守则的搞不好只有珀玛而已。

"我要好好服刑,行事遵守犯人守则的话,可以获得减刑。"珀玛却表情淡然,将漱口杯放回原位,重新站在了牢房里,行动间,手铐上的锁链不时发出清脆的响声。

"我已经通过这种方式减刑了98年,如果继续这样下去,我再有28年就可以离开这里,开始新生活。"珀玛平静道。

荣贵的嘴巴张了张,最终什么也没有说。

小梅也什么也没有说。

过了一段时间,他才开口:"如果你想要了解更多的法律知识,我可以将我知道的全部告诉你。"

珀玛露出感激的笑容。

"谢谢!太需要了!"他先是感谢了一番,随后又从某个箱子里翻出一块小牌子,看起来是枚电梯卡,"用你们的电梯卡过来应该是需要申请的,我这里有一枚直接通往地下

599层的电梯卡,虽然7天才能用一次,不过应该可以替你们省去不少麻烦。"

"啊!你居然连这个都有?!"荣贵目瞪口呆。

珀玛得意地笑了笑。

"那你岂不是去过很多其他楼层?"荣贵好奇地问。

珀玛却摇头:"当然没有,我是犯人,服刑期间,我不会轻易离开这间牢房。"

荣贵:"……"

珀玛……可真是个怪人——他心中再次确认。

可是,总觉得珀玛看起来不像是坏人。

心里这么想着,和珀玛约定了下次过来的时间,荣贵将地豆全部留给了珀玛,然后作为回礼,珀玛也拿出一个箱子送给他们。

他们离开后,珀玛的牢房大门再次紧紧关闭。

和这一层其他犯人的牢房不同,其他牢房确实是无法打开的,里面的犯人显然无法自由行动,只有珀玛牢房的门能打开。

然而他心中却有一把锁,将他牢牢锁在了牢房里。

"是个有原则的人。"小梅评价珀玛道。

荣贵点点头。

再次刷开电梯门,他们返程。

站在电梯里,荣贵闲来无事看了看珀玛给他们的箱子,这一看,他竟是越看越眼熟,总觉得这个箱子似乎在哪里见过。

"在卓拉女士家见过,快递箱。"还是小梅点醒了他。

"啊!就是那个!"抱着箱子,荣贵愣住了。

珀玛居然是卖了那么多乱七八糟却很有用的东西给卓拉太太的网店店主?!

这这这……完全没想到啊!

"珀玛不会是因为胡乱发货,被卖家告到进来的吧?"看着怀里抱着的小箱子,荣贵一脸纠结。

"不可能,星城戒备等级属于三级,普通买卖纠纷,罪犯并不会被关押在此。"荣贵只是随口念叨了个问题而已,小梅还是认真回答了。

荣贵像模像样点了点头。

"不过,实在想象不出珀玛那样的人会因为什么重罪被关进来啊……"荣贵呢喃着。

这一次,小梅没有说话。

再次回到地下999层,和大黄小黄打了声招呼后,荣贵赶紧跑去拿喷壶浇了花,小梅则收拾两个人的背篓。

两个小机器人向来分工明确。

浇完每一盆花,又去浴室着重关照了一下那株呢喃草,荣贵发现那株呢喃草虽然没有

台灯与蜡烛

长高多少，却分枝了。

作为一种异常好养活的植物，呢喃草有这种表现其实并不奇怪，不过一株濒死的呢喃草能够这么快就振作起来，荣贵还是很惊喜的。

以后或许可以送给吉吉和珀玛分枝的呢喃草——荣贵心想。

想到珀玛，他就想到珀玛临走前给他的小箱子。

荣贵擦擦手，跑去拆箱。

小梅不在客厅里，荣贵就抱着箱子往屋内跑，果然，他在两人的卧室找到了小梅。

看到小梅又在摆弄那台电脑，荣贵也不打扰他，只是坐在一旁的地上把箱子打开。

里面有一捧假花，乍一看还以为是真的。

虽然是假花，不过也很漂亮，荣贵决定稍后找个地方把花插起来。

假花下面是一小瓶酒，包装得很漂亮，上面还绑了缎带。

鲜花、酒……很明显，这是一套庆祝乔迁之喜的礼物！

没有白学习外面的常识，珀玛在这方面已经很有常识了嘛——荣贵想着，将酒瓶摆在一边，发现箱子里还有一样东西。

看起来是一盏灯——荣贵把最下面的东西拿了起来。

是样子最普通最大众的那种台灯。

实在想不到为什么台灯会出现在这里，荣贵丈二和尚摸不着头脑。

"小梅，这里庆祝乔迁的习俗有送台灯吗？"他习惯性地问小梅。

"并没有。地域不同，人们习惯送的礼物不同，然而这些礼物大致可以分为两类：纯庆祝物品，以及当地生活的必需品。"虽然没有回头，不过小梅立刻回复他，"前者例如鲜花与酒，后者根据居住地点不同而区别很大。"

荣贵点点头，目光从放在地上的酒瓶与假花上滑过，最后落到了手中的台灯上："所以珀玛这是一次按照两种习惯一并送全。

"假花和酒是庆祝礼物，那么……

"台灯就是这里生活的必需品喽？"

看看灯火通明的房间，荣贵实在不明白台灯怎么就成了生活必需品。

不过既然是礼物，荣贵觉得用上才是对送礼人最大的尊重，所以他决定把这盏台灯用上。

这么想着，他一骨碌爬起来，抱起台灯，拿起台灯下面长长的拖线和插头，把插头插到桌子下面的插口。

将台灯摆在小桌上，荣贵按下了台灯上唯一的开关。

房间忽然变得一片黑暗。

荣贵吓了一跳，整个机器人一下子弹跳起来，果断朝小梅跑过去！

他一边跑一边惊慌失措地喊："小梅小梅！这是怎么了？停电了吗？

"哎?"

跑到一半,他停了下来。

惊魂未定地保持着胳膊还举在空中的姿势,荣贵瞪着眼睛看向小梅。

仍然是之前那个灯火通明的房间,小梅仍然以之前那个动作坐在床上,前面是那台电脑。

不过小梅的脑袋是转过来的。

房间里亮堂堂的,完全看不出停过电的样子,荣贵忽然觉得……

是不是自己刚刚忽然断电了,才会觉得忽然停电了……

"小梅,我刚刚忽然看不到了,眼前一片漆黑,你快帮我看看,不会是我现在这具身体的脑袋也坏掉了吧?我听说很多视力障碍都是源于脑袋里的毛病啊……"迅速将举在半空的胳膊收回来,荣贵忧心忡忡地对小梅道。

然后,他看到小梅伸出手指,朝他的身后指了指。

看到身后情景,荣贵大惊失色——

他刚刚离开的地方,原本放置小书桌的地方,此时赫然是一个黑洞!

意识到自己正站在这个"黑洞"前方,荣贵立刻一个弹跳跳到小梅身边。

"天哪!黑洞!"荣贵惊恐道,看到小梅从他旁边站起来,竟是往"黑洞"走过去,荣贵立马拉住了他。

小梅没有说话,只是反手握住了荣贵的手,然后轻轻一拽,感受到荣贵的退缩也不放弃,再用了一点力,就这样,他拉着荣贵走近那个"黑洞",然后走进了"黑洞"!

荣贵的眼前再次一片黑暗。

同样一片黑暗,之前明明让他吓得半死,不过这回有小梅在,感受到小梅手掌用力握着自己的手,荣贵发现自己一点也不紧张。

好吧,并不是一点也不紧张,还有一点点、一点点而已。

小梅终于开口。

"不是停电,是因为你点了那盏灯。"小梅说着,在他的牵引下,荣贵感觉自己又往前走了两步,紧接着,他听到"咔嗒"一声响,黑暗立刻消失,眼前再次一片光明。

荣贵看到小梅的手指落在那盏台灯的开关上。

如果这个时候他有眼皮,他真想眨一眨眼表示自己的诧异!

可惜没有,荣贵只能继续睁着眼睛,看着小梅又"咔嗒"按了一下台灯开关,两人再次陷入黑暗。

"有趣的设计。"荣贵听到小梅用平淡的声音赞美。

荣贵:哪里有趣啦!分明是吓人呀!

不过,心里虽然在疯狂"吐槽",弄明白到底是怎么一回事儿之后,荣贵凑到小梅身边,手指再次按在台灯开关上,"咔嗒、咔嗒"好几次,他玩得不亦乐乎。

而他们置身的这个角落也忽然白天、忽然夜晚,交替了好几次。

台灯与蜡烛

等到他终于玩够了,小梅关掉了台灯,像是研究了一会儿,末了,他居然还在台灯底座发现了一盒蜡烛和一个打火机。

打开台灯,角落里一片黑暗,小梅使用打火机点燃了一支蜡烛,角落立刻变得明亮起来。

"啊!"荣贵小声叫了一声。

"这盏台灯的灯泡使用了特殊的暗元素传导丝,按下开关,会释放暗元素射线,这种射线在很多原始星球都存在,之前倒是没有听说有人这么用。"不过——

那个人的最后一场演唱会,那全场黑暗的特效,应该利用了同类技术——小梅心想。

思维发散了一下下,小梅很快将注意力拉回眼前的台灯上来,他拿起旁边的蜡烛,继续对荣贵道:"这种射线很难驱散,一般的灯光不足以穿透它,倒是这种蜡烛材料特殊,燃烧时发出的射线足以穿透部分暗元素射线。"

"所以……只有这支蜡烛可以在这个台灯制造的黑暗中发光吗?"歪歪头,荣贵好奇地接过了小梅手里亮着的小蜡烛,仔细观察了好久,然后倾斜蜡烛,将一滴烛泪滴在桌子上,再把蜡烛往烛泪中一按,没多久,蜡烛就稳稳地粘在桌子上。

小时候孤儿院停电的时候他们总要点蜡烛,没有烛台,老院长就教他们用这种方法摆蜡烛。

"为什么……要送台灯和蜡烛呢?又是送错东西了吗?"静静地站在桌边,由于身高不高,荣贵的视线刚好和蜡烛齐平,而小梅就站在他旁边,和他一起看着蜡烛。

和荣贵不同,小梅完全没有思考这种问题。

本能会告诉他这个问题对他们接下来要做的事无关紧要,所以他不会思考相关问题。

然而,既然荣贵这样问了,他的思路也就被带动得想一想。

比一般人的思考速度快得多,可以同时思考许多问题,几乎在荣贵的问题刚刚问完,小梅已经同时想到了一系列可能的原因,并且很快地排除筛选,他脑中剩下了最有可能的那个答案。

"因为是必需品。"只有蜡烛微弱火光的黑暗中,小梅忽然开口道,"你去过吉吉的房间,那里无论白天夜晚都是亮着灯的,没有熄灯的时候,所以,这种台灯就是为了熄灯而存在的。"

闻言,荣贵愣住。

他仿佛立刻回到了之前住过一晚的日夜灯火通明的白惨惨的房间。

无论何时都亮着灯的牢房,灯光是白色的,灯泡瓦数极大,他们只待一个晚上还好,里面的犯人要在这种环境下待很久很久。

每天都待在这样的房间里,会精神暴躁的吧?

反正换成他的话,估计连觉都睡不好。

吉吉也是蒙着头睡觉的。

"啊……果然是必需品啊。"再次看向这片黑暗，荣贵终于一点也不害怕。

看着橘黄色的蜡烛光，他甚至在这片黑暗中找到了一种几乎可以被称为"安全感"的东西。

"真是个不错的设计呢！"这一回，荣贵非常赞同小梅之前的观点。

珀玛送来的礼物都被用上了：台灯摆在床头，假花插进花瓶里，酒……没法喝，荣贵就把它摆在了客厅的架子上，酒瓶很漂亮，看起来就像一个装饰品。

就连装这些东西的箱子也没有浪费，荣贵在箱子里铺了一层毯子，然后放到大黄上当鸡窝。

小梅："……"

研究完台灯之后，小梅就回到电脑屏幕前，手指不时在屏幕上轻点，荣贵办完所有事情回来，好奇地往屏幕前一凑，刚好看到小梅确认完付款信息。

"55万。"零有点多，他数了两遍才敢确认！

荣贵倒吸了一口凉气。

"小梅，你这是……又……"他原本想问小梅这是又买什么东西了，很快他想到了两人接下来的行程：去其他楼层找医生。

由于和卓拉太太要看的病不一样，卓拉太太之前勾选的楼层他们几乎都不能用，虽然小梅发现了可以交钱获得其他楼层的准入权，不过这样一来……

荣贵立刻想到了之前他们为了前往地下599层交纳的50万积分。

"这是……去找医生交的钱吗？"他小声问。

"嗯，购买钥匙的钱，以及挂号费，一分钟前，我收到了楼层准入通知，我们的电梯卡上已经增加了地下2层的准入信息，交纳挂号费之后，我们就可以写信找阿纳洛预约看病的时间。"小梅一边说着，一边在屏幕上手指如飞，一行又一行字很快出现在屏幕上，那是一份预约函。

荣贵的嘴巴张了张，许久没有说话。

他默默地坐到了小梅身边，看小梅写预约函。

非常官方的预约函，没有错字，标点的运用也一定非常完美。

这就是小梅。

他连接下来要看的几名医生的名字都没记全，楼层……也不敢保证记得完全正确，没有小梅的话，他估计会困死在地下999层了，要找很久才能找到去其他楼层的方法，就算找到去其他楼层的方法，却发现自己没钱——没有小梅的话，他根本走不到这里，估计最早就"挂了"。

"谢谢你，小梅。"头一歪，荣贵把自己的头枕在小梅的肩上。

小梅就势稍微倾斜了一点，好让他靠得更稳。

没有噼里啪啦的打字声，有的只是屏幕上迅速出现的一行行文字，小梅将荣贵的身体各项参数写在上面，附上如今使用的各种维生机械的名称，创口猜测的大小……好多好多，密密麻麻，荣贵这才发现搞不好小梅比他更了解他。

将已知信息全部列上，小梅提交了预约函。

他们做好了等待一段时间的准备，然而，出乎意料，阿纳洛那边的回复非常快，荣贵刚离开房间，卧室里就传来了"叮"的收信提示音。

"您已成功挂号，预留给您的看诊时间为6月22日14时。"

言简意赅的一句话，读完之后，荣贵赶紧看了一眼电脑屏幕下方的时间。

"等等！留给我们的看诊时间是14点，现在……现在11点半了呀！"荣贵顿时紧张了起来。

并没有在地下599层待到最后一刻，他们是提前回来的，回来后又是研究台灯又是预约，这一折腾就到了6月22日11点多，眼瞅着就到他们的就诊时间了，他……如果他没弄错的话，他们还没有写前往地下2层的预约申请呢！

"不用着急，出示医生发的挂号成功通知函，只需提前半小时预约，就可以得到想要的时间段。"已经将整个网站研究得彻底，小梅并不着急。

只见他不慌不忙地写了一封申请函，随函附上刚才收到的那封邮件，半小时后，他们果然收到了预约成功的消息："您的预约时间已敲定，您本次逗留时间为6月22日12时05分起，6月22日22时05分止，共10小时，您可以于此时间段内返回地下999层，超过时限，您的卡片将被锁，请知悉。"

时间紧迫，两个小机器人迅速行动起来，由于这次要携带冷冻舱，他们选择开车过去。

12点，载着两个主人的大黄准时停靠在了电梯门口。

12点05分，小梅用手中的电梯卡准时刷开了电梯门，大黄缓缓驶入了电梯。

这一回，由于他们要从地下999层直上地下2层，他们在电梯里停留的时间格外长。

而正是在这格外漫长的等待中，荣贵仿佛才意识到自己要见可能根治他所患疾病的医生，忽然紧张起来。

"这个……我的病……这就要能治好了？那个 我就要回到自己的身体里啦？

"小梅小梅，你说我的身体这么久没有用了，会不会只是外表看起来完好，实际上早就僵化到不能用了？

"我是不是需要复健啊？"

一紧张就爱说话，一说话就说个没完，各种问题没头没脑地丢出来，车里只有荣贵一个人，却热闹得像是同时有好几个人聊天。

小梅："只是挂号看诊而已，虽然阿纳洛是脑科权威，不过在他说出确定能诊治之前，不能保证你能被他治好。"

"僵化是肯定的，就算是回到身体内，你想要行动自如，至少需要半年的康复

训练。"

冷淡地回答荣贵的问题，小梅的声音也在车厢内响起。

明明是在泼冷水而已，可是听着小梅用不慌不忙的语气说话，荣贵的心渐渐平静下来。

两个人就这样一问一答，时间过得飞快，两个人还在说话，电梯门忽然开了。

果断收声，两个小机器人同时向电梯外望去。

和之前到过的楼层都不一样，这一次，电梯外面居然是一片纯白！

仿佛带着光晕的白色墙壁，白色地板，甚至，连天花板也是白色的。

一瞬间，荣贵有种"重见天日"的感觉。

他几乎以为自己回到了地面，而眼前是一个普通的，洒满阳光的走廊！

然而很快他发现不是的，走廊虽然明亮，却连一扇窗户也没有，外面的光并非真实世界的光，而是由于墙壁、天花板、地板上贴着的白膜似乎自带光源，这才营造出了类似白昼的效果。

然而，不得不说，对于在黑暗中待了许久的人来说，这种程度的白昼效果足以使他产生本能的向往感。

不知不觉间，大黄已经驶出了电梯，荣贵好奇地拉下车窗，轻柔的音乐随即从外面传了进来。

是他完全没有听过的乐器奏出的陌生曲子，平稳而轻快，普通的旋律，却仿佛有一种奇异的魔力蕴含其中，听久了总觉得自己充满力量……

"《治愈的曲调》，约法特德林《治愈的三乐章》中的第三首。"小梅的声音从旁边平稳地传过来。

荣贵愣了愣。

"我是说这支曲子。"小梅又道。

点点头，荣贵这回懂了。

小梅没再吭声。

这支曲子确实名叫《治愈的曲调》，出自约法特德林《治愈的三乐章》。

不过，有一点小梅没有说：这支曲子广泛流传于天空城，是天空城各大诊所经常使用的背景乐。

而地下城则几乎听不到这支曲子。

其实，早在电梯门打开的瞬间，他就发现外面的格局非常眼熟，照搬天空城医院的场景。

楼梯走廊的布置都差不多，标识使用也基本一样。

"您好，请问您预约的是哪位医生？我们这里不允许开车进入，全部车辆停放在指定停车场。"一个穿着黑衣的男子走到他们车前，脸上带着职业笑容，笑眯眯地对两人道。

小梅的视线落在这名男子的衣服上。

款式和天空城医院的制服差不多，除了颜色不同。

男子身上的制服是黑色的。

小梅注意到男子随身携带着急救包，方便医院工作人员随时抢救可能出现的患者。

没有说话，小梅将挂号成功消息给他看。

"哦，原来是阿纳洛医生的病人，请跟着我往左边走。"确认完毕，荣贵看到他骑在一辆非常别致的小车上带路，小车类似动力平衡车，他们紧紧跟在他后面，没过多久，到了一条停了几辆车的走廊。

上面挂着停车场的标识，这里还真是个停车场！

而在那几辆已经停在那里的车子中，荣贵看到了两辆明显和平时所见不同的车。

是天空城的车吗？荣贵心里想着。

心有灵犀地，他和小梅驱使着大黄停到了角落的位置。

"请问哪位是病人？"直到他们停好车，男子才又驱车过来。

"哎？是我啦。"荣贵反射性指了指自己，不过，很快又想起了什么，他慌忙又摆了摆手，"我确实有病，不过不是现在用的这具身体，而是原本的身体，在车上放着呢！"

"嗯，没关系，只是想要确认一下是否需要我们帮忙运输，毕竟，车必须停在这里。"见多识广，对于荣贵这种情况丝毫不意外，男子仍然笑眯眯。

然后，荣贵看着一个悬浮担架被男子信手一放，就那么飘浮在他身边。

"哇！"终于看到了可以证明自己确实"在未来"的科技产品，荣贵小声叫了一声，随即道，"需要的，我们需要！"

然后，他拉着小梅一起，小心翼翼地将他们之前就放在后车厢的冷冻舱搬出来。

不过，在看到他们搬出来的东西时，态度沉稳，保持笑眯眯表情的男子脸上仿佛有了第一道裂痕。

他确实见过很多使用机械身体来看病的人，也确实帮他们搬运过很多冷冻舱，不过——

这么花哨的冷冻舱，他还是第一次见。

看着被上面绣着各种华丽花纹的白色罩子包裹着的冷冻舱，黑衣男了难得卡壳了下。

花里胡哨的冷冻舱在旁边飘着，已恢复职业笑容的黑衣男子在前面引路，带着他们向走廊的尽头走去。

走廊也是纯白色的。

安安静静，只有轻柔的音乐声。

道路在走廊的尽头一分为二，男子带着他们向左边走去。走了大概三十米，他忽然停下。

"到了。"

说完，他伸出手去在前方的墙壁上摸了一下，原本看起来完整一块的墙壁忽然出现一道缝隙，缝隙越来越大，一扇完整的门从墙壁上缓缓弹了出来，露出了下面金属材质的笼式栏杆。

　　"请把电梯卡贴在那里。"男子说着，伸手指了指围栏上芯片阅读区的位置。

　　小梅便将电梯卡刷了上去，清脆的"咔嗒"一声之后，门开了。

　　"好了，我只能送你们到这里了，接下来，里面的人会接手的。"男子随即退开一步，遥控悬浮的冷冻舱落到地上，微微点了点头，向来时的路走去。

　　就在荣贵思考是否需要他和小梅合力把冷冻舱搬进去的时候，一名大汉忽然出现在他们面前。

　　大汉长相异常凶悍，人高马大，看起来就很不好惹的样子。

　　难不成这就是医生？

　　荣贵吃力地仰着头，看向男子。

　　"您好，这是您的行李吗？需要搬运吗？"声音也很粗，不过听起来还算有礼貌，得到肯定的答复之后，大汉毫不吃力地单手就将两人的冷冻舱抱了起来，在前面引路，穿过两个房间后，荣贵和小梅来到了一个小房间，仍然是个白色的小房间。

　　他们进去的时候里面已经有人了。

　　那是一个金发碧眼的人，见惯了小梅的长相，加上以前在电视里也见过不少这种长相的人，荣贵看到对方时没有太在意。

　　倒是那个人自己似乎非常在意，发现有人来，他立刻拉上了帽子，这么一来，外人便再也无法看到他的样貌。

　　他身旁也放着一个冷冻舱，一看就比荣贵他们现在使用的冷冻舱高级不少，虽然没有像荣贵他们这样用布罩子将冷冻舱罩上，可是也让外人难以看到冷冻舱内的情形。

　　"抱歉嘞，新的客人已经过来了。"大汉推开门，大大咧咧地对屋内人道。

　　点点头，屋内的男子站了起来。

　　大汉先是把荣贵他们的冷冻舱放下去，随即问屋内的男子："要我帮忙把冷冻舱带出去吗？"

　　"不需要。"冷淡地说着，男子弯腰，稍微用力，整个冷冻舱就被他轻而易举地"公主抱"起来。

　　房门被关上，一根白色羽毛突兀地飞了起来。

　　好像是从那名男子的斗篷下飘出来的——盯着空中飞舞的羽毛，荣贵有点出神。

　　直到旁边的大汉眼明手快地抓住了那根羽毛，仿佛那只是一只小飞虫，他将羽毛攥住，然后丢到了角落的垃圾桶内。

　　刚刚那名男子应该是从天空城来的，搞不好之前停车场上那两辆车中的一辆就是他的。荣贵心想。

　　屋里一片静寂。

打破沉寂的还是坐在他们旁边的大汉："算你们运气好，阿纳洛医生的预约排得满满的，很难插进来，不过原本预约的病人临时取消预约，你们的申请刚好在这个时候送来，让你们捡了漏。"

"那个……为什么会临时取消啊？"荣贵条件反射般问了一句。

他的语气太寻常了，仿佛和人拉家常，所以，他的问题一出口，那名大汉随口答道："因为他好不容易配型成功的对象跑了啊。"

这句话一出口，他才意识到自己说了什么，不过对此他没有特别在意，只是暧昧地朝荣贵笑了笑。

荣贵被这个笑吓得往小梅身边缩了缩。

这一次，他们并没有等待太长时间。

还差一分钟14点的时候，里面的门打开，抄起花里胡哨的冷冻舱，大汉领头走在前面，带着他们进了里面的房间。

出现在荣贵他们面前的再次是十分"医院"的场景。

宽大的办公桌，一名穿着白大褂的中年男子就坐在办公桌后。男子的相貌平平，然而他的眼睛让人印象深刻。

那是一双极淡的眼眸，比起人类的眼睛，感觉更像某种纯度极高的矿石。

这个人，应该就是吉吉推荐给他们的"阿纳洛医生"。

"我是阿纳洛。"下一秒，那人开口简单地自我介绍，他果然是阿纳洛。

"请坐。"完全没有留时间让荣贵也自我介绍一下，阿纳洛指了指办公桌前的两把招待椅，示意他们坐下。

荣贵他们便坐下。

椅子是按照正常成人身高制造的，荣贵他们的个子太矮，坐下去之后便几乎看不到对面的医生。

仿佛看不到荣贵尴尬的姿势，阿纳洛从桌上拿起了厚厚一沓电子纸，推了推鼻梁上的眼镜道："你们发过来的资料我已经看了，情况描述得非常具体，不过我还是需要亲眼看一下病人再确定。"

说着，他在桌上按下一个按钮，他背后的百叶窗一下子全部拉起，变成一片巨大而完整的玻璃窗，露出了后面一间设备齐全的手术室。

"这……这是要立刻做手术吗？"荣贵的嘴巴都张圆了。

"不，只是检查一下。"阿纳洛立刻摇了摇头，随即又推了推眼镜，"做手术的开台费起步价50万，没有付款，我是不会做任何手术的。"

荣贵目瞪口呆，喃喃道："那……那我就放心了……"

一眼判定荣贵不是两人中做决定的那个人，阿纳洛随即看向小梅。

"请检查。"点点头，小梅面无表情道。

大汉便再次抄起了两人花里胡哨的冷冻舱，放到办公室左侧的一条传送带上，按

下按钮后，装着荣贵身体的冷冻舱便被传送到对面的密闭房间，精准地传送到了手术台上。

阿纳洛的身影也消失了，小梅点头同意的瞬间，他站起来去了另一个小房间，就在冷冻舱被放到手术台上没多久，他也出现在了那个房间。他穿上了全套无菌操作服，胳膊上还多了机械护甲。

"那是机械辅臂，可以增强医生的耐久度，提高精准度。"有时候，荣贵真怀疑小梅在自己身上装了什么设备，可以让他看到自己正在看的东西，不然，怎么他刚刚好奇地看向阿纳洛的手臂，小梅就知道他在想什么呢？

荣贵点了点头，继续看。

阿纳洛解开了冷冻舱上的罩子，看到里面冷冻舱的时候，他开口："非常古老型号的冷冻舱，我从未见过。"

他的声音是通过办公桌上的设备传入两人耳中的，阿纳洛应该是在身上佩戴了话筒。

"工作原理与现行型号耶法特CZ0982号雷同，不过输入管的颜色与其不同，请注意不要接错。"小梅平淡的声音随即也响起，屋子里大概也是有声音传输设备的，小梅的话音刚落，阿纳洛便在另一个房间内回应。

"收到。"

他说着，打开了冷冻舱。

弥漫的冷雾消散后，他看到了冷冻舱里紧紧抱在一起的两个人。

"病人……是哪个？两个都是？你们只交了一个人的挂号费。"

"穿着红色短裤的是病人，另外一个身体可以忽略。"小梅冷冷道，仿佛另外一个身体不是他自己的一般。

倒是荣贵看不惯他那样子："别听他的，医生啊！如果一定要搬动另外一个身体的话，请务必轻拿轻放啊！小心再小心啊！"

生怕医生真的按照小梅说的做，荣贵瞬间跳了起来大声道，由于不知道这个房间里的话筒到底在哪里，他只能加大音量。

"收到……"另一个房间的阿纳洛摸了摸耳朵，继续动作。

他伸手拧动身体与冷冻舱连接的管子，然后，将荣贵的身体从里面抱了出来。

由于在这段时间里吸收了充足的强力营养液，荣贵的皮肉完全膨润开来，肤色莹白，长手长脚，虽然有些瘦，不过不再是以前的干尸状，被人抱起来的画面甚至还能用美妙来形容。

——如果去掉身上颜色恶俗的红色大裤衩。

阿纳洛像是将荣贵的身体扔入了水中，因为在他松手的瞬间，荣贵听到了扑通的入水声响。

他心里正狐疑，忽然，前方通往另一个房间的玻璃窗变成了屏幕，荣贵看到了自己的

台灯与蜡烛

背影。

按理说，一般人很难认出自己的背影。

正面侧面都好说，毕竟谁不照镜子啊！

认出背影就难了，毕竟就算照镜子，人们也是很难看到自己背影的。

什么只看背影就能认出某某某，这个认出某某某的多半不是某某某本人，而是熟悉他的亲朋好友，毕竟，人眼的局限性决定了人们一般对自己的背影很陌生。

不过荣贵不同。

他是模特嘛！一开始他还是因为背影好看被星探挖掘的哩！

起初，他给好多明星做过"背影替"，出现在电视屏幕上的就是他的背影，那时候，他每次看电视都要拼命找自己的背影，看久了，他对自己的背影可不是一般的熟悉，更何况现在他换到机器人的壳子里了，三天两头给自己的"原装壳子"做保养，对自己原来印象不深的细枝末节也就更加熟悉。

所以他一眼就认出了屏幕上出现的是自己的背影。

被迫每次跟着他一起给身体做按摩，小梅也认出了屏幕中的背影是荣贵。

荣贵正背朝屏幕泡在水中。

荣贵心想：对面房间里看似手术台的可能不光是手术台，搞不好那是个池子啊！要不然怎么解释他正在水里泡着呢？

他正想着，镜头拉近，屏幕上荣贵的裸背不见了，取而代之的是被机械牢牢覆盖住的后脑勺。

"现在我要取下这个保护罩。"阿纳洛冷淡的声音再次响起，看看阿纳洛的手忽然以第一视角出现在屏幕上，荣贵这才意识到他们现在看到的应该是阿纳洛看到的景象。

摄像头正是阿纳洛佩戴的眼镜，阿纳洛正在将自己看到的景象共享给他们。

说完，阿纳洛的手指便开始动作。

阿纳洛先是使用专业工具将保护罩的外层擦拭了一遍，随即拿出工具拆卸荣贵后脑的罩子。

那是小梅没敢碰触的位置——

条件反射般吞了一口并不存在的口水，荣贵紧张兮兮地看到一颗又一颗隐形螺丝钉被阿纳洛拧下来放在一边，每拧掉二颗，阿纳洛便空出双手调试一下罩子的闭合度，钉子太多了，他只有使用这种方法探测大概还有多少颗钉子尚未被拧出。

心里记着数，阿纳洛取出第897颗螺丝钉后，再次伸出手去检查罩子的闭合度，这一回，罩子松了。

使着柔劲儿，阿纳洛轻轻将罩子移开——

第十三章

普尔达

随着金属罩被移开，荣贵的大脑出现在三人眼前。

灰色的大脑，表层甚至微微发黑。

一种破败的颜色。

而这还不是让人最震撼的一幕，最让人震撼的是，出现在屏幕正中心的是一个真正的脑洞。

面积不大，然而在那个破败的大脑上，当真存在着一个黑洞！

荣贵愣住。

比第一次打开冷冻舱，看到干尸一样的自己时还要震撼，荣贵想过移开金属罩后自己的脑袋搞不好是个秃瓢，还有疤痕什么的，然而他万万没想到，居然是裸脑，而裸脑上甚至还被开了个洞！

"S29、C30区域的脑域有被取出的痕迹。"密室内，阿纳洛冷漠的声音再次传入荣贵耳中。

"初步判定为……是系统性、计划性的取出。"阿纳洛继续道。

"是的，被取出的部分被保存在另外的地方。"和阿纳洛的冷漠如出一辙的，是小梅的声音。

荣贵惊讶地看小梅。

蓝色的大眼睛看向荣贵，小梅指了指自己的大脑，几乎是立即，荣贵懂了小梅的暗示。

啊……他的一部分大脑被取出来了吗？那部分脑现在就在这个机械身体的脑中？

小梅没有现在和他解释的意思，也没有这个时间，因为阿纳洛已经使用天花板上落下的机械臂固定金属罩，开始接下来的操作。

荣贵只能按捺住自己的疑惑，继续紧张兮兮地听阿纳洛接下来说什么。

他看到阿纳洛使用一种非常细小的针，从自己灰黑色的大脑上取了一点，放入旁边的试管内，而试管则被迅速推入了一旁的圆形分析仪。

"我现在需要测试一下这个大脑的活性，由于没有诊疗记录，我需要通过活检来确认他之前曾经使用过的药物。"

阿纳洛说着，手上没停，也不知道他做了什么，又有三条机械臂从天花板落下来，就像最好的护士、外科医助手，它们协同辅助阿纳洛工作。

"病灶部位呈灰黑色，这是长期使用冷冻方式保存造成的副作用，可以使用药物刺激以及阿纳洛疗法进行恢复性训练，从而恢复原本的细胞活性。"

"S28区域有手术痕迹。"

普尔达

"手术很粗糙,对该部位脑域有不良影响,不过……

"此部位的脑域并非脑主人惯用脑域,应该不会对原主人造成太大影响。

"令人诧异,这个大脑的开发程度低到可怕。

"原主人平时真的有在使用大脑吗?"

阿纳洛的声音仍然冷漠,听着他的分析,荣贵一开始还提心吊胆,后来……

大脑开发程度低,平时不太用脑子什么的……虽然这是他自个儿也承认的事实,可是怎么被人光明正大说出来……就这么让人不爽呢?

不过,不可否认,这么一来,荣贵由于目睹自己的大脑被打开而产生的恐惧稍微平复了一些。

"找到了。"又通过仪器探测观察了一段时间,这位无意识毒舌的医生难得安静了片刻。

片刻的安静过后,他忽然又开口:"找到病因了。"

镜头始终对着荣贵灰黑色的脑,而阿纳洛则使用一种特殊仪器从脑洞的边缘探了下去,他的动作异常慢,之前他的那番话就是在仪器不断深入的过程中说出来的。

而当他说"找到了"的时候,荣贵看到他手中的微型仪器慢慢从自己的脑内取出来,提出来的过程比探入的过程更加缓慢,荣贵看到了仪器末端……

什么也没有?!

不,并非什么也没有。

很快阿纳洛便找了一个透明的器皿,将仪器末端在器皿中浸泡了片刻。

镜头再次拉近,荣贵在器皿的液体中看到了不断沉浮的一粒……

"是粟米状波阿法特瘤。

"恶性脑瘤中对人体伤害最大的一种,初期表现和其他的脑瘤并没有任何不同。

"患者会头痛、头晕、食欲不振或者食欲过于旺盛,他们的情绪多变,但也有人会因此变得麻木无感。

"然后他们会色盲,无法辨别颜色,这是波阿法特瘤侵入视觉区神经中枢的表现,然后,患者会失明。

"波阿法特瘤会继续侵袭神经中枢的听觉区,患者先是会幻听,听到并不存在的声音,然后会失去听觉。

"侵袭会继续,体觉区、运动区、联合区……

"恶化的速度非常快,在肉体死亡前,患者一般会先行脑死亡。

"不过奇妙的是,这种脑瘤的患者往往会因为部分大脑被侵袭,而在某些特定区域有着近乎天才的表现。

"或是美术,或是音乐,或是某项运动。

"在部分能力极差的同时,他们往往是某些特定领域的超级天才。

"呵呵,大脑就是这么奇妙。"

阿纳洛甚至笑了两声。

然而荣贵却完全笑不出来。

紧张地盯着那粒在浸泡液中沉浮的瘤,他颤抖道:"那……那这颗瘤现在……现在就算是取出来了吗?"

"怎么可能!"阿纳洛冷漠地回答。

"所谓粟米状瘤,就是指像粟米粒一般遍布在病灶区域的瘤。

"这颗瘤只是众多肿瘤的一颗,还是体积较大的一颗,在这个大脑内还有更多的或者比它大,或者比它小的瘤,它们分布在这个大脑的各个位置,到处都是,甚至一层叠一层,与脑膜完全相接。"

荣贵愣住了。

就算是对肿瘤手术一无所知,可是猜也猜得到,长成这样的瘤一定非常难以手术!

也就是这个原因,荣福他们才把他冷冻起来的吧?

阿纳洛说自己的脑部有过手术痕迹,还是很粗糙的手术痕迹,那一定是之前手术留下来的痕迹吧?

以前的外科手术对于现在的外科医生来说,应该只能用粗糙来形容吧?

可是,那是不知道多少年前的手术了,换成现在的医生来做,搞不好……会很简单?

想到这里,荣贵忍不住抱一丝期待问道:"很久以前这是疑难症,现在呢?时代进步了这么多,医学也进步了,手术难度应该没那么大了吧?"

搞不好放在现在就是个小手术呢——荣贵心想。

回答他的却是阿纳洛的摇头。

"不,即使在现在,波阿法特瘤也是脑部手术中难度最大的。浸润范围太广,体积太微小,相关症状太多,一般医生做不了。"

"啊……"荣贵愣住了。

就在这个时候,小梅开口:"不用管其他医生,就问你。"

"你,能做这个手术吗?"

单刀直入,小梅问道。

然后,屏幕上的脑部视图顿时消失不见,密室里的阿纳洛再次出现在荣贵他们眼前。

"能,全塔内最擅长破坏性手术的医生就是我,这种手术,除了我谁也做不成。"

戴着面具的脸上看不出任何表情,阿纳洛用冷漠却自持的声音答道。

"需要多少钱?"声音里的温度比他还要低,荣贵听到小梅继续问。

"500万,手术前一天全款支付。"

"好。你现在可以开始准备手术。"荣贵听到小梅平淡答道。

然后,他们就签署协议准备手术。

荣贵的身体被留在了密室里的培养舱内。

虽然荣贵的身体已经被强力营养液修复得很好了,可是脑部需要专门的修复液,在手术开始前,他们需要将荣贵的大脑恢复到一定程度,至少在手术过程中可以通过刺激反应判断切除位置是否精准才行。

这个准备时间大概需要两周。

而在这两周内,他们需要将手术费用准备好。

"其实,这种手术实在很麻烦,同样的价格你们可以去换一颗头,或者换一个大脑,现在的科技水平下,后两种方法也可以进行意识移植,患者术后也不会产生不适感。

"我同样可以做后面两种手术,在这里也很好找到供脑者,价格比波阿法特瘤全切术要便宜三分之一,恢复期短,副作用小,你们真的不考虑一下吗?"

签订协议前,阿纳洛还特意给了他们一个……嗯……听起来就很可怕的建议。

没等荣贵说话,小梅果断拒绝。

"不,我们就要原本的身体。"

说完,他快速地阅读了一遍协议,确认没有什么问题之后,在上面签了字。

随即阿纳洛也签了字,签字的同时,他还在协议上输入了自己的犯人编码。

"手术前,你们将款打入协议上的账户即可,凭这份协议,你们可以天天来本楼层查看寄存在这里的身体以及了解手术相关事宜,不过仍然需要提前向系统预约。"

阿纳洛说完,将签好的协议递给他们一份。

他递协议的时候,荣贵不小心看到了手铐。

隐藏在白色医生袍的袖口之下的,黑色手铐。

"他看起来真的就是一名普通的医生,如果不是最后看到手铐,真的就是一名普通的医生啊……"两个人一起坐在大黄上的时候,荣贵才将憋了许久的话说出来。

"他之前确实是一名医生,不过不是普通的医生,而是顶级的医生。"小梅道。

"他看起来挺好的,虽然冷漠了一点,可是也不像作奸犯科的人,怎么就被关到这里了?"荣贵仍然不解。

小梅停顿了片刻,将视线移向前方,道:"为了提高自己的手术能力,他一共打开了两千三百人的大脑。"

"啊?"脑外科医生,打开病人的大脑……听起来……似乎没毛病?

荣贵不解地歪了歪头。

"是脑部没有疾病的,健康人的大脑。"小梅将下一句话说了出来。

荣贵不寒而栗。

"除此之外,他还发明了以自己名字命名的三十三种术式,每一种术式都对人类脑科

医学产生了巨大的推动作用，然而很多术式前所未闻，听起来简直匪夷所思。

"他将这些全部写成了论文，现在这些论文的一部分仍然可以在平台上阅读到。

"事后，有人在阅读这些论文的时候，发现了重要的线索，失踪者的亲属在一篇论文内发现极像失踪者的模型，经过十年的调查，警方终于摸到了阿纳洛的马脚，他最终伏法落网。"

他被斩断双翼，关押在了深牢之中。

这句话，小梅没有说。

荣贵张了张嘴巴，最终什么也说不出来。

"曾经，我觉得对于这种人来说，死刑是他唯一的归宿，然而，当他对我说他可以为你做手术，我却觉得……

"他没有被判死刑，而是关押在这里，居然是一件不错的事情。"

小梅的手指轻轻动了一下，他拉上了大黄上的窗帘，前方玻璃的挡风膜也合拢，外界的光完全进不来，车内变得昏暗。

这番话，小梅是在一片黑暗中说的。

"这种想法是不好的，是不对的，可是，我刚才真的是那么想的。"

第一次，小梅将自己纠结的事情说给荣贵听。

也不知道为什么，他忽然很想说。

然后，他感到荣贵的手忽然压在了自己的手掌之上，于一片黑暗中，他听到荣贵轻轻在自己耳边说："谢谢。

"谢谢你，小梅。"

抿了抿嘴唇，小梅反握住了荣贵的手。

随着时代的发展，外科医学分支越来越细，详细介绍的话，一天一夜也说不完。

我们只需要知道，无论时代如何发展，外科手术的主要类型仍然是两种：破坏性手术，以及修复性手术。

后者包括脏器修复、器官移植……将原本残破或者畸形的器官修补、重建，使其可以正常工作，是这类手术的目标；

而前者则更粗暴，通过切除脏器来治疗疾病或减少进一步伤害。

摘除已经失去功能的器官，清除病人体内的肿瘤、恶性细胞体……

荣贵需要做的就是破坏性手术。

将大脑内的粟米状肿瘤全部摘除，清除被浸润的部位，是他们本次的手术目标。

看起来只是简单清除就可以，实际上操作难度极大。

首先，荣贵大脑内恶性肿瘤实在太多了，逐一清除的话工作量庞大，即使同时有十名技术精良的外科医生为他手术，整个过程也将持续相当长一段时间。

何况人脑不可能容纳这么多医生同时操作。

第十三章
普尔达

长时间暴露在开放环境中,荣贵的大脑等不到肿瘤全部清除就会死亡。

其次,他脑内的肿瘤体积异常小,密密麻麻几乎是层层叠叠生长的,稍有不慎就会将肿瘤与正常脑部组织混淆,或者切割错误,或者忽略。

或者造成大脑部分功能丧失,或者肿瘤清除不彻底,肿瘤卷土重来,荣贵很快会再次病发。

即使肿瘤清除彻底,然而在清除过程中,切口渗出液会污染甚至感染正常区域,针对性地使用清洁药剂,就成了手术成功与否的另一个关键因素。

很遗憾,在荣贵的那个年代,以上三个问题,医疗机构都无法解决。

在他昏睡不醒的时候,他其实经历过三次开颅手术。

一次是在他入院后不久,当然,那个时候他就已经意识不太清醒。

那一次的开颅手术时间非常短,几乎是颅骨被打开后立刻合拢。

不过留下了活检记录以及影像资料。

当时的医生无法操作这种级别的手术,询问过家属意见之后,他们采取了冰冻身体的方法。

在这之后,随着医学进步,荣贵又接受过两次开颅手术。

第二次,也就是荣贵接受的最后一次开颅手术,医生在荣贵脑中留下了被阿纳洛评价为"粗糙"的手术痕迹。

天知道,那已经是那个时代最顶尖的脑外科医生留下的痕迹!

随着患这种病的人越来越多,接受手术的例子越来越多,在越来越多的病理标本的辅助下,这种病虽然仍然比较麻烦,不过不再是绝症。

针对性的清洁药剂早已发明,机械臂的运用可以实现长时间马拉松式的切除手术,目前这项手术的最高切割纪录保持者是一位名叫法玛的医生,他在长达三天的时间内切除了病人大脑内一共721颗肿瘤。

这个纪录是在两百年前创下的,至今无人能够打破。

而荣贵脑内现存的肿瘤一共有939颗——使用特定的探测仪,阿纳洛三天后将结果告知了荣贵和小梅。

"只是探测结果,具体数量要在手术过程中才能清点出来。

"不过只会多,不会少。"

荣贵惊呆了。

"难怪我的脑容量这么小,这么多的瘤子……我的脑浆都没地方长。"荣贵哭丧着脸。

小梅却没有接话,只是直视拿着报告仍然在研究的阿纳洛,平静地问道:"手术难度比预想中高,你成功的把握大吗?"

之前是无法确定荣贵到底得的什么病,如今确诊,小梅迅速查找了相关资料。

曾经创下切除纪录的法玛医生85年前就去世了，不过他的弟子还在。

其中最优秀的一名恰好在帕罗森。

"如果你的成功率小于90%，我们就去帕罗森。"小梅非常直白道。

然后荣贵第一次看到一直冷漠的医生阿纳洛脸色变了："帕罗森？你要去找易法沙那个蠢蛋吗？那个家伙虽然是法玛的孙子，可是他从来没有继承祖辈的天分。"

他几乎立刻就明白了小梅的暗示，不屑地笑了："没有天分就算了，他连祖辈的勤奋也没有继承到。

"比起医学研究，他更热衷借助名气与外界的财团打交道，他从七十年前起就不再碰手术刀了，他名下的手术都是其他医生做的，而你能查到的他做过的两次波阿法特瘤切除术，其实是我做的。

"最大的一次手术持续了两天，一共切除了598颗肿瘤。"

说到这里，阿纳洛高傲地扬起了下巴。

"哎？你……明明是你做的手术，却被归到那个法玛的名下了吗？"听到这种类似秘闻的新闻，荣贵愣了愣。

"是的。"阿纳洛矜持地点了点头。

这反应不太对头啊……

看着阿纳洛，荣贵忍不住道："你不生气吗？"

如果是他，明明是自己做的事情，却被归到对方名下，他早就气炸了！

阿纳侧头看了看他："为什么要生气？

"那时候他的名气比我大，只要是难做的手术，病人都找他做，即使我对自己的技术再自信也没用。

"他把做高难度手术的机会给了我，我应该高兴，为什么生气？"

阿纳洛看过来，浅色的眼珠就像两颗透明度极高的琉璃珠。

荣贵愣住了。

"放心，这么多年以来，我一直保持每天都做手术的状态，闲暇时间的身体锻炼也从来没有忽略。

"入狱之后仍然保持，我的身体条件和技术都在巅峰状态，对于你们的手术，我把握极大。

"不，应该说，有百分百把握！"

说到这里，这位一直以冷静自持姿态面对荣贵等人的医生脸上忽然出现了一丝狂热之色，他越来越激动，面孔上泛起了一层薄薄的红润。

这一刻，这个人到中年的男子竟露出了一丝小孩子才有的表情。

"呵呵，我一定会把你脑袋里的瘤子一颗一颗取出来。

"这几天我放弃其他的手术，在做各种方案，放心，我一定会在更短时间内，比法玛效率更高地完成你的手术。

"我会打破纪录——"

这是一个醉心手术的医学疯子——荣贵哆嗦了一下，然后紧紧扒住了旁边的小梅。

"给我看看你的手术方案。"而面对这样疯狂的阿纳洛，小梅却说了这么一句。

然后两个人讨论起手术方案来。

去地下2层看荣贵的身体，和阿纳洛讨论手术细节——成了两名小机器人最近每天的固定功课。

看着头朝下，背朝上浮在黏稠的液体箱中的自己的身体——

真像浮尸，荣贵心想。

不过背脊很漂亮，肩胛骨看起来很像翅膀啊！

好像随时会有两只翅膀从下面挣脱出来。

看了一会儿，荣贵对自己身体的态度便重新转为欣赏。

任何时候、任何姿态下都能发现自己新的美，荣贵心想：我果然长得很不错啊！

即使在和阿纳洛激烈地讨论，仍然注意这边的小梅一脸黑线。

看到荣贵的表情就知道他在想什么，这个家伙也是乐观到家。

阿纳洛足足设计了26种手术方案，切割方式、药剂的投放时间、投放面积、切割每立方厘米的瘤需要的时间、医生中途补充体力的时间……统统包含在内。

前25种方案中总有几项被小梅否定了，阿纳洛也不生气，认真听取小梅的理由，觉得小梅说得有道理，他就重新来过，直到第26种，小梅点头。

"你叫什么名字？等我写这篇论文的时候，一定要把你的名字加上。"将最终方案看了一次又一次，阿纳洛居然这么说。

被关到这里了仍然不忘记写论文，这个阿纳洛也太……

荣贵完全不知道如何形容对方。

总之，他们有了几乎可以用完美来形容的手术方案。

阿纳洛虽然性格奇怪了点，虽然犯过不可饶恕的重罪，不过单纯论技术，他确实是一位接近完美的医生。

几天后，他们使用珀玛送给他们的电梯卡重新去了地下599层，小梅又换了190万本地货币，至此，他们通行证内的积分清空，取而代之的是另一张芯片内多出来的595万本地货币。

手术前一天，他们将500万打入合同上的指定账户。

手术当天。

荣贵的身体终于从液体箱中拉了出来，头朝下被安放在手术台上，赤条条的，身上什么也没有。

后脑的维生金属罩被撬开,他的后脑勺完全暴露在屏幕上,包括后脑上的那个大洞。

"手术范围会很大,这样小的切口不够,所以,手术的一开始,我会对病人施科尔达式切割术。"

他说出一个荣贵完全听不懂的名词,荣贵便眼睁睁地看着天花板上忽然降下来四条机械臂,其中两条降落到指定位置之后立即忙碌起来,有条不紊地翻出手术器具,就像电影上的主刀副手一样协作。

"我从不用助手,机械更可靠。"说完这一句,阿纳洛在很长一段时间内没有再出声。

极细微的电锯的声音,从屏幕对面传来,和四条机械臂一起,阿纳洛使用手术刀大小的微型电锯,切割荣贵的颅骨。

令人头皮发麻的声音,荣贵紧紧握住了小梅的手。

"不用担心,他的选择是正确的,科尔达式切割术最适合目前这种状况,原本会损伤一部分脑组织,不过,你的大脑根本没有长到会被破坏的地方来。"反手握住荣贵的手,小梅安慰他。

可是这安慰……真的不是变相说我脑容量不够吗?

哭丧着脸看向小梅,一时间,荣贵心里的紧张感不知不觉少了一点。

"也不是你一个人少了那部分,随着时代的发展,人类的脑容量本身就增加了。"小梅又解释。

在小梅镇定的声音的伴随下,荣贵看到自己的颅骨从靠近耳下的位置被极快地切割,很快,他看到又有两条更加微型的机械臂从天花板降下来,吸住切割下来的颅骨两侧,然后迅速上升。

哆嗦了一下,荣贵看到自己的脑完全暴露在屏幕上。

这样的自己……看起来真不像个活人。

身体再美也没有用,荣贵眼前只有自己的大脑。

"看,阿纳洛使用的复原方法很有效,你的大脑原本是破败的灰黑色,现在已经变成灰黄色,千叶的部位甚至呈现粉红色。"顿了顿,小梅多加了一句,"很健康很漂亮的粉红色。"

哈……小梅你第一次夸奖我漂亮,夸的却是我的大脑……

荣贵哭丧着脸再次看向小梅。

小梅的视线却牢牢锁定屏幕中阿纳洛的动作,一边看,他一边平静地和荣贵说话:

"这是最好的一种情况。

"术中,大脑最好不要完全被激活,因为大脑被激活的情况下,肿瘤也会被激活。

"阿纳洛会先切除粉红色区域的肿瘤,那部分的大脑刚刚开始复苏,肿瘤也是。

"他接下来会插入导管在C51、A87、D12区域,注入清洁药剂,清洁药剂会在手术过程中不断在你脑中循环,帮助清理创面,彻底灭杀创口残留的不良细胞,在脑中流经一次的液体就无法再使用,所以,你看,阿纳洛准备了大剂量的清洁药剂。"

小梅指着手术台旁一个大药罐对荣贵道。

"好大的罐子,比强力营养液的罐子大多了。"荣贵仔细观察了那个大罐子半晌后道。

"嗯,价格和强力营养液一样,甚至更贵。"小梅道。

"哇……那我们的手术费500万……岂不是一点也不亏?"虽然数学不太好,不过简单的比较荣贵还是做得出来的。

"嗯,我们交的手术费买这些药剂刚够,阿纳洛相当于免费做的手术。"小梅的话说到一半,随即被荣贵捂住嘴,于是后半句就只有两个小机器人听得到。

蓝色的眼睛看着黑色的眼睛,半晌,荣贵终于松开了捂住小梅嘴的手。

"原本我还觉得手术费太贵了,现在看来,搞不好是打着灯笼也遇不到的折扣价啊!"认真地看着屏幕,荣贵小声对小梅道。

"术后还有一段时间的康复期,康复期的各种服务、药剂也都包含在手术费中。"小梅贴着他说,眼睛也是看着屏幕的。

"嗯!"然后荣贵全神贯注地盯着阿纳洛做手术。

对他来说,看着自己的脑壳被撬开是最可怕的事情,这一幕带给他的恐惧被小梅打断了,现在再看手术过程,他没有那么恐慌了。

小梅看了旁边的小机器人一眼,将视线继续移向屏幕。

这几天荣贵担心的事情很多,不只担心手术,他似乎更加担心手术费。

对于"自己的手术费这么贵""几乎绝大多数都要小梅掏",他坐立难安。

如今意识到手术费其实也没有很贵,过了这个村就没有这个店,荣贵似乎不再纠结这一点。

小梅也就安心了。

阿纳洛开始切除肿瘤。

旁边有一个机械托盘,阿纳洛切除每一颗肿瘤,机械托盘都会稳稳接住,与此同时,还会将切下来的肿瘤的相关信息报出来:"第四颗肿瘤切除完毕,横切面0.1毫米×0.02毫米,重量1微克。"

仔细看,肿瘤不是统一扔到大盘子里的,而是按照切除的顺序排列,另一条机械臂在肿瘤被切下来之后迅速挪到指定位置,然后在上面放块写好序号的小金属牌。

"这……幸好我们俩都没有密集恐惧症,阿纳洛也没有。"越来越多的肿瘤,看得荣贵有点头皮发麻,想到这些东西都是从自己脑袋里切除的,他不着痕迹地抓了抓自己的金

属头。

"你现在的脑袋里虽然没有肿瘤，不过使用的微型螺丝比你另一颗头颅内的肿瘤还要多。"小梅立刻发现了荣贵的小动作，瞥了一眼他。

荣贵卡了卡壳，把手放回来。

难怪小梅看到如此密集的肿瘤完全没觉得恶心，原来，制作他现在这个脑袋的时候，他见过更多螺丝吗？

眼中恐怖的肿瘤一下子全部变成了螺丝，这么想着，荣贵的恐惧再次削弱了一层。

接下来的手术就是阿纳洛一颗一颗切除肿瘤。

荣贵先是"脑补"了小梅给自己拆螺丝钉的样子，然后又"脑补"了首饰工匠挑拣钻石的样子。

中途小梅还拿拖线板过来，两个小机器人一起坐着充了半天电。

他们充电的时候，阿纳洛仍然废寝忘食地做着手术，手术计划表上的上厕所被他完全抹去。

"他使用了成人尿袋。"小梅偷偷把阿纳洛不上厕所的秘密告诉了他。

无法想象。

吃饭喝水也不在他的计划表上，让其中一条机械臂在他身上打了一支营养针，阿纳洛继续工作。

看起来文质彬彬的阿纳洛居然是个毛发生长旺盛的人，手术做到第二天晚上的时候，他们眼前的阿纳洛已经变成一个满脸胡须的大汉。

眼中已经有了红血丝，然而他的手却依然很稳。

他丝毫没有想要休息的样子。

还是小梅喝止了他。

没有说任何大道理，小梅直接调出了他身体的各项指标。

阿纳洛沉默地去旁边休息。

不过他仅仅休息了一小时。

他刮掉了脸上的大胡子，洗了把脸，换了身衣服，精神面貌比之前好了很多。

手术继续。

荣贵和小梅又充了两次电。

阿纳洛也再次去休息了一小时。

将最后一颗体积明显比其他大出不少的肿瘤扔入金属盘内，阿纳洛仔细检查了荣贵的脑域，最终宣布："肿瘤已经切除完毕。

"历时3天2小时5分3秒，共切除肿瘤1025颗，肿瘤切除手术完毕。

"接下来是缝合。"

说这句话时阿纳洛神情沉稳，只看了仪器上的时间一眼，随即开始后续处理。

颅骨暂时不能复位，清洁药剂要在荣贵的脑腔循环两天，再经历长达三天的激活液循环，之后才可以将颅骨复位。

做完最后一项检查，阿纳洛走出了手术室。

"手术，成功完成。"

几乎是在这句话说出来的瞬间，他重重倒在了地上。

沉沉的呼吸声随即传来。

他睡着了。

"手术一切顺利！

"再过五天就可以进行颅骨复位手术啦！

"嗯！现在清洁药剂还在我脑袋里循环呢！

"知道为什么要这么做吗？

"让我来给你'科普'一下。切除肿瘤不是有创口吗？有创口就会有液体污染，这是为了彻底清洁体液中可能残留的坏细胞……"

坐在吉吉的床上，荣贵连珠炮似的跟吉吉说话。

他是来给吉吉送裤衩的，自然要说一下自己找人的情况，手术成功做完了这种事他觉得也有必要和吉吉说一下。

他说得特详细，从"打开脑腔看到珍珠一般的肿瘤"到"一共有1025颗呢！最大的一颗有小指甲盖那么大"，荣贵把自己看到的手术过程叙述了一遍。

吉吉听得心里发毛。

"停！停！停——"吉吉妆卸到一半就再也忍不住了，伸出双手捂住了耳朵，"你这手术简直是要逼死密集恐惧症啊！"

荣贵就纯洁地看向他："我说之前问你，你说你没有密集恐惧症，我才说这些的。"

吉吉："……"

"本来没有，听完你说的，便有了。"

吉吉又扯出一张化妆棉，继续卸妆。

原本的"妖艳黑姬"顿时变成了清秀爽朗的少年，他拿起荣贵带来的特大码裤衩，满意地点点头。

吉吉走到床边，看着床上的黑眼睛小机器人扭啊扭给自己让地方的样子，心想：明明才第三次见面，怎么双方就变得如此熟悉了？

互相打趣、"吐槽"，就像好朋友。

吉吉从来没有朋友，遑论好朋友。

"托你的福，我今天搞不好睡不着了。本来这里就这么亮，你又那么详细叙述了半天

珍珠一样的瘤子……"嘟嘟囔囔，吉吉拿起枕头，熟练地把它扣在脸上。

然后，然后他听到了什么？

"啊？那太好了！"荣贵那个家伙居然幸灾乐祸！

没好气地，吉吉一下子把枕头移开，正要找荣贵算账，忽然对上了一脸"献宝"看着自己的荣贵。

荣贵的手里……还端着一盏台灯？

毛毛的感觉再次从后背涌上来，吉吉条件反射般向后退了退，警惕，问道："你又要干啥？"

荣贵朝他露出了大大的微笑："你不是说太亮睡不着吗？"

笑完，荣贵就转过头道："小梅，插头插好了没？"

吉吉这才注意到蹲在角落里的另一个小机器人。

从他们俩聊天开始就一声没吭的蓝眼睛小机器人，此时正手持一根电线，蹲在角落里，旁边有个已经插好一个插头的插线板。

听到荣贵问他，蓝眼睛小机器人就点了点头。

荣贵就将台灯又往他眼前凑了凑。

"咔嗒"一声，荣贵打开了台灯。

然后，天黑了。

吉吉愣住了。

他的反应可比第一次使用台灯的荣贵好太多。

他几乎立刻就察觉天变黑是由于开了台灯，先是愣了愣，随即兴致盎然。

"好黑啊！是那盏台灯的功能？这个功能很赞耶！"

语气里有少年特有的激动，吉吉在黑暗中摸到了荣贵，从他手里将台灯接过来，即使摸到了开关，吉吉也没有将台灯关掉。

他似乎很享受这个灯火通明的房间里珍贵的黑暗。

"你们从哪里搞到这个的？是小梅做的吗？"即使没见几次面，小梅很能干这个印象仍然在吉吉心中牢牢扎根。

"不是哦！是珀玛送给我们的新产品。"荣贵坦诚道。

他随即又叮嘱道："如果是小梅做的，这盏台灯就可以送给你啦！但因为是收到的礼物，所以不能送给你。

"不过可以让你试用一下！"

"咔嗒"一声，吉吉按下开关，台灯关闭，屋子里再次充满白炽灯的光。

吉吉对上了正在认真解释的荣贵。

吉吉撇了撇嘴，道："所以，你是来帮珀玛推销产品的？"

"顺便、顺便啦！"荣贵摆摆手，"这不是得到一个觉得很有趣的东西，所以想要和朋友分享一下嘛！"

荣贵笑嘻嘻。

朋友吗？

吉吉挑着眉毛，又按了两次开关，第三次按下开关后，黑暗再次笼罩了他。

一片黑暗之中，吉吉道："下次去找珀玛的时候，帮我带一盏这个台灯。"

"好哟！"

"我睡了。"

"嗯，晚安。"

"那个……祝你手术成功？这个时候，应该要这么说吧？"黑暗中，吉吉的声音难得带了一丝不确定的味道。

"是的，是这么说。谢谢、谢谢你，吉吉。"

"晚安。"

第一次将枕头垫在头下，睁开眼，满眼都是黑暗。

吉吉静静地看了一会儿，旁边两个小机器人发出微不可闻的声音，他闭上眼睛，睡着了。

除了吉吉，荣贵也向艾伦汇报了手术成功的好消息。

——以信件的方式。

上一封信艾伦已经收到了，艾伦的回复很少，马凡却结结实实写了两页！上面详细描述了他的身体彻底养好了，带着丰盛的礼物，他去那个女人家拜访，他要荣贵放心，他一定会找到方法让女人同意签字。

马凡的自信宛若他的笔迹，非常强烈，看到如此的决心，荣贵反而有不妙的预感。

不过艾伦没有阻止，说明他的行为还没有出格。

说不定艾伦也希望他能和外面的人适度接触。

这就是家里有个明确把握方向的大家长的好处。

新的信里，荣贵特意鼓励马凡，也委婉地提醒他方式要柔软些、再柔软些。

他还一如既往地问候了王大爷。

"如果也能写信寄到叶德罕和西西罗城就好了。"看着小梅写到最后一行字的时候，荣贵忽然道，"我也很想念玛丽她们，还有卓拉太太她们。"

小梅的笔顿了顿，将笔收好，将信纸折好，平静道："会有那么一天的。"

"好期待！"荣贵高高兴兴地把信装进信封，还用红纸剪了一个心形，涂了点胶水，封上信封。

除了把自己手术成功的消息告诉朋友们，荣贵忙着干的事情还包括种地豆。

他们没有多少积分了，为了接下来的旅程做准备，他们得想办法赚钱。

在身体恢复到可以去酒吧驻唱当歌手（这是荣贵想到的赚钱方法）之前，荣贵决定

先现实一点，种地赚钱吧！

不用去其他楼层的日子里，小梅在工作室里制造一些精巧的器械，也制作一些药剂，而荣贵则把大部分时间放在了浴室。

没错！就是浴室！

这里是荣贵的小菜园！

灯泡被小梅改装过，这里的灯光更接近太阳光，除此之外，小梅还改造了这里的喷头，能自动喷水，这种情况下，这里的植物长得都不错，新收割的地豆个头都挺大不说，紫色花也开得更鲜艳。

就是呢喃草几乎没有长高。

这让荣贵有点担心这株呢喃草，不过小梅过来检查后说，虽然地上的草茎没有生长多少，不过根部已经很茁壮，扎根很深，叫荣贵不要担心。

荣贵还是要小梅配了强力化肥给他，定期施肥，一点不肯懈怠。

在这种强烈的期待下，呢喃草地面上的部分终于长高了一厘米。

身体即将痊愈，即使在这里也交到了新朋友，小黄终于肯吃他放在掌心里喂的食儿，呢喃草也长高了。

荣贵觉得一切都进展得好顺利啊！

顺利到让人觉得简直不可思议。

不过其实也没什么不可思议的，有小梅在，事情全部都在计划之中，他和小梅的旅途似乎一直都很顺利。

荣贵更不担心。

"啦啦啦！啦啦！啦！"他高兴地哼起了歌。

这里的墙壁和门都是特殊材料制作的，一旦合拢，外面就完全听不到里面的声音。

所以荣贵并不担心自己的声音会打扰小梅。

搞不好这里的小菜园会长得这么好，比起化肥，自己的歌声贡献更大哩！

听说植物也是有感受力的，听音乐可以让植物长得更好。

荣贵哼得更卖力。

他确实在音乐方面极有天赋，只是随便哼唱而已，连歌词都没有，也好听极了！

小黄都听呆了。

没错，自从在荣贵手里接了一次食之后，它现在也敢跟在荣贵后面鬼鬼祟祟地走了。

只是白天，晚上它还是会固定返回大黄上睡觉。

小机器人的声音空灵，带着金属特有的质感，悠扬地回荡在金属制成的浴室里。

经过层层介质反射，穿透了每一株植物。

地豆都微微颤抖起来。

还有呢喃草细细的叶子……

普尔达

歌声震颤,不只回荡在浴室里,同时也回荡在植物的茎内。

尤其是茎内有大量水分存在的呢喃草。

荣贵歌声带来的震颤穿透草茎,直接贯穿了呢喃草的根。

荣贵不会知道,看起来就长了一厘米的呢喃草,根到底有多长。

这株表面上看起来不起眼的呢喃草,根越长越长,穿透了浴缸,继续向下,那里有一个排水口。

它的根便顺着排水口继续向下,曲折蜿蜒,在狭窄的管道里生长,最终长到了荣贵完全想象不到的地方。

传说确实会有点夸大,然而无风不起浪,呢喃草在导声方面确实比一般的传声筒都好用。

越过重重阻碍,它的根系蔓延,终于,穿过一个小小的孔洞,来到了另一个人面前。

——裹着水,以及荣贵的声音。

"啊……啦……啊!"悠扬的歌声经过层层过滤,传到这个狭窄的空间时,已经严重失真。

"鬼?"黑暗中,一个干裂的声音忽然在幽深的尽头响起。

在浴室里尽情地唱了一会儿歌,又往浴缸里施了点肥,荣贵这才心满意足地离开了浴室。

他进了小梅的书房。

如今这个书房已经被荣贵征用。

他还像模像样地找小梅要了笔和本子。

端正地坐在书桌前,荣贵的表情无比庄重,他思考了很久,才在本子上书写起来,时不时修改一下,伴随着严肃正经的表情,旁人看来他一定是在写什么了不起的大作!

就算不是旷世大作,起码也是篇很有参考价值的论文啊!

坐在书房一角调配药剂的小梅对此完全无感。

那家伙是在写康复计划而已。

如何通过按摩刺激肌肉重新生长,什么时间敷什么保养品,需要进食什么保健品……荣贵想到哪儿写到哪儿,往往还要小梅帮他归类整理才能勉强看出点条理来。

卓拉太太的房子明明挺大,有那么多房间,然而两个小机器人偏偏喜欢扎堆凑在一个房间里。

小黄也不知什么时候跟着荣贵一起跑到这个房间。

房间里太过安静,氛围太过安全。

小黄鸡蹲在桌子下面,过了一会儿,偷偷睡着了。

就这样,每天探望自己的身体,然后种菜、收获,认真地做康复计划……荣贵将自己的生活安排得忙忙碌碌满满当当。

虽然有点丢三落四,不过,在小梅的帮助下,他还是把一切都完成得很好。

就等阿纳洛医生帮他把颅骨复位!

终于到了那一天。

荣贵一大早就和小梅来到地下2层等待。

他们是最早的一批过来的病人,这是阿纳洛特意安排的,显然他很在意这台手术,两次手术前后,他都特意空出来一天没有安排其他预约。

荣贵和小梅再次坐在了阿纳洛的办公室里,对面的屏幕上,阿纳洛已经穿好灭菌衣,严阵以待地站在手术室内。

"颅骨复位手术现在开始,计划手术时间为10小时8分。"阿纳洛冷冰冰的声音从喇叭内传来,屏幕上随即出现了一个倒计时的数字格。

"脑体已经被激活,即使几近完美地模拟脑内环境,也仍然不够完美,激活的大脑暴露在颅外的时间越短,对脑体的损伤越小。

"10小时8分是可以预计的保持脑体新鲜激活状态的最长时间,我会将时间尽可能缩短。"

说完上述一段话,阿纳洛不再开口,戴着特殊材料手套的手指轻轻放在荣贵的大脑上,他开始了今天的手术。

和上一次手术一样,手术台的前方仍然放着一个巨大的罐子,从罐子延伸出来的管子直接插进荣贵脑部,清洁药剂仍然不能停止循环,整个手术过程中,清洁药剂必须浸泡着脆弱的脑体。

和上一次手术不同的地方也有,荣贵注意到自己的大脑旁多了一台仪器,仪器上分出许多透明丝线,那些线密密麻麻将自己的身体几乎全部盖住。

除了脑部以外,荣贵的身体看起来竟像是被某种不明物体吞噬.

手术台前还布置了好多屏幕,黑色的底,上面有一些荣贵看不懂的数据。

眼前的阵势看起来可比上次唬人多了!

难不成这次手术其实比上次还难?

荣贵挺直脊背,坐直。

"放心,这次手术比上一次手术简单许多。"小梅的声音适时地从旁边传来,不用问,精准地回答了荣贵心里的问题。

"不过脑部手术非常复杂,即使是颅骨复原手术,也不是仅仅将颅骨扣合就完成了。"

"哈……这样吗?我……我之前以为只要把脑袋骨放回原处就好了……"荣贵干笑了两声。

普尔达

"当然不是,使用冷冻舱太久,又经过几次手术,尤其是上一次手术,从你脑中取出了那么多瘤,光把颅骨盖回是完全不够的,医生需要检查,确定功能正常之后,才会将颅骨复原。"小梅没有嘲笑荣贵,认真地和他解释。

"我人在这里也能检查吗?"荣贵好奇地问。

"嗯,脑部神经可以通过人工激活的方式检查。"小梅说着,指了指屏幕上的仪器,"阿纳洛会分批激活需要测试的区域,不只是肉眼可见的反应,更多肉眼看不见的反应将以数据的形式呈现在屏幕上。"

小梅说着,又指了指手术台周围的屏幕。

"这种测试方法比病人亲口说出的感觉更加可靠。

"人类很容易在生活中养成习惯,习惯用固定的肌肉,习惯已经开发的脑域……很可能只能注意到自己熟悉领域发生的事情,很多他们从来不使用的脑域对应的反应终其一生也无法被发觉。

"而使用仪器测试比人凭主观意识得出的结果准确得多。"

看着荣贵一副没有听懂的样子,小梅停顿了片刻,又道:"就好比一个人从来没有开过竞技机甲,出生在完全碰触不到竞技机甲的环境中,周围没有一个人从事相关行业,他可能一辈子认识不到自己有这方面的天赋与才能。

"他会在普通行业里做着普通的事情,庸庸碌碌度过平凡的一生,认为自己什么才能也没有。

"然而测试仪器可以测试出他开竞技机甲的反应速度是普通人的五倍,这意味着他很擅长从事竞技机甲方面的工作。

"他是竞技机甲方面的天才。"

"哇!这个好厉害!"这次荣贵听懂了,"那人们岂不是随时可以通过这种仪器知道自己的天赋?"

"某种程度上,可以。"实际上,这项技术在天空城使用非常普遍,人们在小的时候就会进行测试,然后根据天赋选择升学方向。

"不过这种测试仍然有局限性,比如有天赋,然而身体无法跟上。"小梅声音平淡。

荣贵很满足:"这样已经很好了。我生活的那个年代,绝大多数人一辈子可能都无法发现自己的天赋。

"就像我,我从小做什么都很慢,学习能力差,记忆力也不好,幸好我偶然发现了自己的天赋。

"否则会很可悲哩!"

"你在某些方面的记忆力非常好,并非一无是处。"小梅道。

"啊?是吗是吗?哪里的记忆力?你快说说看!"虽然荣贵很喜欢自夸,不过小梅是专家,专家的夸奖一定更有理论依据,荣贵表示一定要仔细聆听!

"细胞是会代谢的,储存在脑中的记忆也是如此。即使被冰冻,很多人的记忆仍然会被代谢,混淆,慢慢一片空白。

"而你的记忆居然完全保存下来。"

更不可思议的是,居然连美容食谱、按摩大法也全都保存下来了!

"嘿嘿……听起来好像……很厉害?"荣贵不好意思地抓了抓头,他觉得这时候需要谦虚一下,于是他又说,"大概是我在之前那个时代生活的时间太短,记忆储存本来就少,脑容量自然就小,就那么点东西,比较难代谢掉?"

小梅没吭声。

小梅这是肯定了他说的话?

天哪!他只是自我谦虚一下,完全没有想要得到小梅的肯定啊!

嘴巴一瘪,荣贵刚想再说点什么,小梅的声音再次响起,开始解说手术室正在进行的各种反应测试。

荣贵的注意力于是又集中到了屏幕上正在进行的手术上。

随着阿纳洛在他身上进行各种反应测试,他看到自己的身体"动"了起来。

这真是非常新奇的体验!

他人站在隔壁的房间,看到自己的身体在动!

"好、好像诈尸!"脑袋完全凑到屏幕上去了,荣贵观察了许久,末了转过头来对小梅道。

"A1脑域测试无问题。

"A2脑域测试无问题。

"A3……

"S128脑域测试无问题。"

随着测试项目的进行,阿纳洛不断将测试结果说出来。

各种测试做得快,他说得也很快,荣贵完全搞不懂各个测试项目到底测试的是什么,不过,听到没问题他就放心了。

屏幕上的阿纳洛忽然停顿。

原本不断报出各项测试结果的嘴巴忽然闭拢。

荣贵听到对面房间中一台仪器忽然传来尖锐的"嘀嘀"声响,而一块屏幕上的曲线忽然变平直,要知道,之前做测试的时候,屏幕上的线可是像波浪一样起伏的!

荣贵本能地觉得似乎有什么不妙的事情发生。

小梅也站了起来。

"S001区域怎么了?"和荣贵不同,小梅显然对这种测试非常了解,他走到屏幕前,视线移向荣贵也觉出不对的屏幕,仔细看屏幕上显示的各项数据,也微微一愣。

"怎么会没有反应?"

普尔达

阿纳洛正在做的是视觉神经中枢测试，可以测出病人自己察觉不到的视力问题，甚至还能加以矫正，然而此时此刻，屏幕上一片空白。

"S001脑域……有问题。"阿纳洛艰难地开口宣布结果。

然而他的手不能停，测试必须一项一项进行下去。

"S002脑域……有问题。"这个区域有问题的表现是无法听到声音。

"S003脑域，仍然有问题。"刺激这部分脑域的话，他手下的这个身体应该会发出声音。

然而，什么也没有发生。

连喉头都没有颤动一下。

已经知道手术出现了问题，阿纳洛仍然有条不紊地将测试做完。

将仪器撤下，他这才重新检查荣贵的大脑。

随着检查不断深入，他的面色越来越惨白。

这个过程足足持续了三个小时。

将微型探头从荣贵的大脑中撤出，阿纳洛呆呆地站了一会儿，才重新将荣贵的身体沉入手术台下方的液体箱。

"有一个非常不幸的消息告诉你们。

"病人的脑部肿瘤切除手术确实成功了，然而——

"他的脑瘤应该一开始就存在。

"也就是说，病人先天残疾。

"看不到，听不到，也无法发出任何声音。

"他原本应该是这样的人。

"然而，他脑内的肿瘤产生了奇妙的变化，在侵犯脑体的同时，它们竟然取代了原本的神经，承担了那些神经应该承担的工作。

"病人之所以可以视物，可以听到声音，甚至可以说话唱歌，完全是由于那些脑瘤存在。

"而之前的手术……

"所有的肿瘤都被切除了。

"病人的病症改变。

"原本是密集型波阿法特瘤，现在则变成了脑神经缺失性损伤。

"他需要一位擅长脑部重建手术的医生。"

抬起头，阿纳洛面容苍白地说了上面一段话。

"怎么会这样？

"你之前是怎么做检查的？

"怎么连这么重要的事情都没有发现？"

碰到这种情况，绝大多数人都会在惊恐和愤怒下这样发出质疑。

不过这种人并不包括小梅。

质疑除了发泄情绪并不能改变什么——这是他从不做出这种愚蠢行为的原因。

压抑不理智的念头，小梅在脑海中迅速排列处理这种突发情况的最佳方案。

"中枢区SS01的脑部反应呢？"比起各种毫无实际帮助的质疑，有更重要的问题需要处理。

"没有反应，中枢区SS01尚在激活过程中。"阿纳洛明显可以跟上小梅，立刻说道。

不过不知道是不是在类似情况下被患者家属质疑多了，小梅这种反应似乎让他一时没有回过神来。

"可以立刻停止激活吗？如果浸入反应已经超过40%，可以使用反作用剂吗？"小梅立刻又道。

"我已经使用反作用剂。"阿纳洛再次迅速跟上了小梅。

为了这场手术，小梅将脑科手术方面的书籍重新调出来阅读了一遍。除了没有亲手操作，在理论上他绝对不是什么也不懂的普通"病人家属"。

房间内，一问一答，阿纳洛紧张却有条不紊地处理着荣贵的身体。

荣贵看到屏幕上被小梅夸过"健康漂亮"的粉红大脑再次褪色成白色，然后是灰色。

由于少了很多瘤，他的大脑看起来还有萎缩的视觉效果。

荣贵愣怔。

转过头，他看到小梅也愣怔。

视线完全集中在屏幕上自己的大脑上，小梅用力看着屏幕，仿佛要把屏幕看出个洞来。

他在想什么呢？

新的处理方案吗？

新的药剂吗？

不。

采取这种情况下的最佳处理措施，小梅的大脑反而一片空白。

作为身体的主人，荣贵应该是最伤心也是最恐慌的。

从一开始荣贵就心心念念说要回到自己的身体里去。

即使看到变成干尸的自己也不气馁，按摩、涂油、敷地豆面膜……他用各种看起来一点用也没有的方法努力让自己变得稍微好一点。

各种方法，作用连一滴稀释一百倍后的强力营养液都比不上。

然而荣贵那么执着。

他坚持不懈。

他还拉着小梅一起做。

小梅一开始只是闲着没有事情做而已,到后来熟练就变成了举手之劳,再然后,就变成了每天的固定功课。

定期按摩、检查这个身体的各项指标,然后为它调配合适的营养液。

甚至——

小梅曾经为这个身体画过将近一千幅肖像画。

他比荣贵还要了解这个身体!

荣贵努力认真给自己的身体实施康复计划,他也参与了每一个步骤。

"等我的脑袋好了,就要重新留起头发,小梅,你说我不会变成秃头吧?"先是很开心的表情,然后很快变得忧心忡忡,荣贵的情绪向来起伏很大。

不会,毛囊没有受到损伤,头发生长情况不会受影响。何况——

就算变成秃头也没什么的,目光落在黑眼睛小机器人光溜溜的脑袋上——他觉得光头也是很清爽的。

"如果能长出头发来,小梅你说我要留什么发型比较好呢?我的脸长得好,就算留光头也挺帅的,不过还是有点头发比较好吧?现在流行什么发型呢?"荣贵摸了摸下巴,开始思考。

悲伤从来不会超过一秒,他永远是往好的方面思考的。

短短的,不用长发,虽然没有见过荣贵的长相,可是他莫名就是觉得对方适合短发。

"莫名"这个词,又是一个极为难得使用在他身上的词。

行为皆符合逻辑,服从理性思考后的最优行为模式,他的字典中本不应该出现"莫名"这种以情绪为依托的词。

嗯……光头其实也不错。

"莫名"地,他的想法又稍微跑偏。

"光头?不要。虽然我光头肯定也很帅,不过有头发更帅啊!"荣贵毅然否决。

"不过——在头发长出来之前,可以让你欣赏一下本人帅呆了的光头形象!"荣贵大方道。

然后他稍微想象了一下。

"想象",对他而言又是一个从不存在于字典中的词。

没有事实基础的,毫无理论依据的行为,他却真的做了。

"发型是个大问题,身材是更大的问题啊……虽然一直有按摩,可肌肉还是需要运动的,得设计一个详细的健身方案。"荣贵的思路很快跑得更远。

于是,他"想象"得更远。

曾几何时,荣贵的期待变成了他的期待,荣贵的目标变成了他的目标,他竟如此期待这个身体康复——

想象力贫乏如他,在荣贵美妙的设想下,竟然拼拼凑凑在脑海中生动地出现了一个半大青年的形象。

四肢修长,纤细又苍白,肩膀很宽,脖颈紧实,喉结凸出得恰到好处……

就差一张脸。

只差一点点,他就可以看到想象中那个青年真正的样子。

然而,今天——手术失败了。

愣怔地坐在原地,小梅的脑中一片空白。

他的表情和平时相比没有任何变化,严肃,木然,看上去就像在思考接下来的计划。

然而荣贵却知道,这时候小梅什么也没有想。

一种强烈的感情忽然袭击了他,荣贵愣了愣,摸摸自己的胸口,看向小梅。

是小梅吗?

这是小梅现在的感情吗?

小梅现在竟然是如此的……

荣贵站了起来,从后面走过去,轻轻抱住了小梅,给了他一个冰冷的拥抱。

"小梅,不要难过啊……"荣贵轻声道。

他的声音不大,只有小梅听得到而已。

小梅的肩膀微微动了一下。

原来……自己刚才的心情……是难过吗?

怀抱过于巨大的希望,骤然被打碎,紧跟而来的心情……是难过吗?

"是难过吗?"喃喃,小梅没有注意到,他将自己的问题问出声来。

没头没尾,换作另一个人八成听不懂他在问什么。

然而荣贵不是"另一个人"。

几乎是立刻,荣贵听懂了小梅的问题。

荣贵点点头,道:"是难过。"

小梅就又在荣贵的怀里愣了愣,似乎过了许久,荣贵感觉小梅的下巴轻轻地落在了自己的肩膀上。

越来越重,小梅将头颅的重量全部压了上去。

"很难过。"荣贵听到小梅轻声说道。

荣贵就把自己的下巴也重重压在小梅身上。

"我也很难过。

"小梅,没事的。只是病变而已,肿瘤已经切除掉了不是吗?

"我只是有了新的病,然后需要找新的医生啦。

"不要紧的,现在已经比之前好多了……

普尔达

"找到擅长修复性手术的医生不就行了吗?"

"吉吉说过的,除了地下2层的阿纳洛医生,我们还可以找地下660层的普尔达医生,或者是地下763层的塔湖医生呀!"

紧紧抱在一起,荣贵轻声安慰着小梅。

背景是屏幕上灰黑色的大脑,两个小机器人紧紧依偎在一起。

直到小梅重新变成平常的小梅。

"是地下666层的塔湖,或者地下763的普尔达。"大脑重新运转,小梅立刻纠正了荣贵刚刚话中的错误。

"地下763层的普尔达刚好非常擅长脑部神经重建手术,我们回去找他。"

两个小机器人于是有了新的共同目标。

带着荣贵的身体去地下763层找普尔达进行新的手术——就是他们的新目标。

虽然身上的钱所剩不多,不过比起金钱,他们更怕没有好的心态。

"我和小梅又可以睡在一起啦!"荣贵很快想到了目前孤零零躺在冷冻舱里的小梅的身体。

"还得赚钱!"与新目标相关的另一个目标也出现了!

"终于可以去卖地豆了!"看!荣贵还在第一时间拟好了赚钱计划!

"还是我做药剂寄存在珀玛那里贩售吧。"小梅比他更具预见性,不只想好了赚钱的方法,连经销商都选好了。

你一言我一语,两个小机器人迅速从手术失败的打击中走了出来。

他们的表现太正常了,和他们相比,由于手术失败大受打击,整理完手术台上荣贵的身体就呆呆地愣在原地的阿纳洛反而更像是病人。

他的脸色如此苍白,神情如此恍惚,仿佛刚刚手术失败的人是他自己。

"怎么会这样……怎么会发生这种情况呢……"

他翻来覆去呢喃着。

还是荣贵和小梅打断了他,迅速将接下来的打算告诉他,紧接着通知对方荣贵即将"转院"。

"地下763层的普尔达……听说他技术非常好,可是——"阿纳洛皱了皱眉,"不是我私下非议他人,他确实算不上医生。请谨慎考虑一下。"

阿纳洛并不擅长议论他人,点到为止。

"我应该退款的,只是……"他顿了顿,"手术费打到狱中的指定账户中,即使是我也没有办法退回。"

"无所谓,手术目标是切除肿瘤,这一点,你已经完美完成了。"小梅完全没有追回手术费的意思。

"可是……对于我来说,这次手术失败了……"阿纳洛又发起呆来。

对于阿纳洛来说，他无法释怀的并非荣贵本身，而是"手术失败"这件事。

就像能够深刻感受到小梅对于手术失败的难过一样，荣贵自然也体会得到阿纳洛惆怅的原因。

虽然手术没有成功，然而，对于对方如此技艺精湛地切除了自己脑内肿瘤这件事，荣贵仍然心怀感激。

再次向阿纳洛表示感谢，荣贵和小梅新抬着自己的身体回去。

"带我去普罗什维塔……"浴室里，荣贵一如既往地唱着歌。

他的声音开得很大，知道浴室的隔音做得很好，不会影响到外面的小梅之后，他就放心大胆地在浴室开个人演唱会。

他哼一首在叶德罕听过的老歌。

确切地说，是在《宝斧奇缘》中听过的老歌，里面的老矮人非常喜欢唱这首歌，不过老矮人并不是主角，也没什么机会将这首歌完整地唱一遍，翻来覆去就几句而已，所以荣贵也就只能翻来覆去唱几句。

"越过长长的绿色的堪丝萝走廊，在那叶达亚盛开的地方，搭上银色的曲，它会载我去有你的地方……"

大家都知道：荣贵的记性差极了，好比一开始他死活也记不住吉吉推荐给他们的三位医生的名字，也记不住他们各自所在的楼层，好容易记住楼层了吧，却把对应的医生名字记混了。

呃……你说你也记不住？

好吧，可能拿这个打比方不太合适，你只需要知道荣贵的记忆力真的不算好。

稍微复杂点的东西他就记不住，数字更是记不住。

然而，老矮人的歌他只听了一次就把调子全部记住了，甚至还把晦涩的歌词记了个七七八八。

对于荣贵来说，他记下的并不是歌词，而是那首歌的旋律，他只是将歌词当作旋律记了下来，说来也怪，明明平时的荣贵记忆力那么不好。

要知道，那首歌使用的可是百八十年前的偏门语言啊！好多词汇晦涩难读，在电视剧里，好多人都以为老矮人唱的根本不是正经歌词，而是导演编剧胡编乱造的！还有人认为这种神秘的歌词根本不是歌词，而是某种失传的部落咒语！毕竟，老矮人唱的歌简直就和念经一样！

然而荣贵却觉得很好听，他不但把曲调全部学会了，还把那些疑似胡编乱造的歌词全部记下来。

那时候他不是喜欢看电视剧吗？不但自己看，他看完还给小梅全部演一遍。

他复制得彻底，连老矮人唱的这首歌都一并复制。

小梅一开始还说这个剧情生拉硬凑非常"狗血"，毫无欣赏价值，直到荣贵唱出这首歌。

这首歌使用的古语，留下来的研究资料并不多，不过小梅似乎"刚好"看过。

荣贵当时问了，所以小梅还把这首歌的歌词翻译给他。

由于这种语言失传太久了，小梅也有很多词不认识，比如"普罗什维塔"他就不知道是什么，小梅能翻译出"走廊"，不过"走廊"前面的"堪丝萝"是什么他就无法翻译了，"叶达亚"也不知道是什么意思，"曲"就更不要提。

其实荣贵对歌词的含义也不是非要追根究底！他会好多外语歌来着，英语歌、法语歌、日语歌……只要他觉得好听的歌，他都能唱，而且据说唱得还十分标准。据听众说，乍一听还以为是国际友人唱的哩！

然而荣贵几乎一句外语也不会说。

这就和他现在能够熟练吟唱这首外星歌的原理一样，这种语言有好几个发音特别难，难到很多人几乎无法发出音来，荣贵却完全没有障碍。

早已遗忘这首歌歌词的大部分含义，他只是想唱而唱。

花洒的声音很大，荣贵一边唱一边浇花。

歌声便随着花洒来回移动，在浴室中每株植物的茎中震荡，顺着它们的根，最终到了荣贵也不知道的地方。

他终于唱够了。

关掉花洒，荣贵还和浴室里的植物说话。

大概是在梅瑟塔尔养成的习惯吧，那时候小梅还不太搭理他，他就对着地豆说话，稍后对着花盆说话，再然后对着紫色花说话，如今有了呢喃草，荣贵的"听众"就又多了一株。

"上次不是和你们说我的肿瘤切除手术进行得很顺利吗？1025颗……不对，加上一开始取出来的那颗，应该是1026颗才对，那么多肿瘤全部被切除了，阿纳洛医生在这方面真的很厉害。"就像面对的是人类一样，荣贵认真地说着。

"当时和你们说，休养几天，我的身体就好了，能用真正的身体给你们唱歌了，那个……需要再等等。

"手术出了点意外，没了那些肿瘤，我的身体即使苏醒过来，也会变成植物人，也不是植物人啦，总之，不能听，不能看，不能唱……和植物人也没什么不同。

"小梅很伤心。

"他已经很难过了，所以我反而没有那么难过。

"接下来我们得找新的医生。

"可是钱花得差不多了，所以接下来需要赚钱。

"我什么也做不了，只能卖你们啦！地豆你们要快点长哦！

"紫色花你们也要多多开花，我不会把你们卖掉，只会卖你们的花。

"至于呢喃草……你能赶紧分枝吗?这样我就能卖你的叶子。"

正常情况下呢喃草非常容易疯狂生长,只要有完整的叶子就可以培育。

唠唠叨叨,荣贵对呢喃草诉说着最近发生的事情以及自己的新计划。

叶子上的水雾不断汇聚,最终变成一滴大大的水珠,沉沉地,顺着叶脉跌落下去,砸向下方的叶子,最终落入土中。

"啊……"荣贵仿佛忽然听到了一声呢喃。

愣怔地停下正在诉说的话,他侧耳又听了听。

"是小梅在叫我吗?

"这里没有别人,应该是小梅在叫我吧?"

完全忘了这里的隔音效果很好,小梅的声音根本不可能透过来,荣贵放下手中正在给地豆松土的小铲子,颠颠儿打开门找小梅。

小梅自然否认了,不过荣贵的注意力很快转移到了小梅正在做的事情上,好奇心一起,他就忘掉了刚刚听到莫名声音的事情。

而浴室里——

类似管道震颤的声音呜呜咽咽,在浴室中持续,乍一听,就像管道偶尔发出来的怪响,然而如果仔细聆听,就能听出完整的一段话。

"多……多浇点……水。

"不够。

"不够……

"我……很渴啊……"

荣贵走得太快,小黄鸡没有跟上,它被关在浴室内了。

于是这段荣贵没有来得及听到的话,唯一的听众就只有这只小黄鸡。

作为从小就生活在人类环境中的家禽来说,它对人类的语言是很敏感的,尤其在遇到荣贵这么个爱唠叨的主人之后,比如,它已经能听懂自己的名字了,也能听懂大黄的名字。

在疑似人类声音响起的时候,它停止了啄门的动作,歪着小脑袋,仔细聆听了一下。

听了半天也没有听到和自己名字有关系的词。

"笃笃笃!"它很快又开始卖力地啄起门来。

来自地下的,那遥远的邻居第一次发出的声音,就这么被忽视掉。

而门外,荣贵紧紧贴着小梅凑在屏幕前,脑容量不大,脑子里没法同时放两件事,他很快忘掉浴室里那道只听到一声的怪响。

在他努力劝植物快点长,好让他拿出去卖钱的时候,小梅迅速又花掉了55万。

50万用来购买去往地下763层的权限,5万是普尔达的挂号费。

这一次他们没有上次的好运气,没有病人临时取消预约让他们插队,他们的就诊日被

普尔达

排在整整一个月之后。

本来时间要更长,这还是珀玛帮了他们一个小忙,使用特殊手段把他们的排队次序稍微往前提了一点。

"普尔达刚来这里的时候找我邮购东西,没钱付账,我就让他用一次插队机会代替。"面对荣贵的感谢,珀玛笑得依旧很爽朗。

"不过抱歉,这是我能使用这项权利插队的最靠前的位置。"珀玛抓了抓头,"更前面的都是一些无法更改预约的大客户,没法插队。"

"这……已经非常感谢了!"没有办法说其他的,荣贵只能再次表示感谢。

多亏荣贵是个喜欢说话的人,过来看病这件事也不是秘密,从一开始,他就把全部过程都和这里认识的人说了,作为他在这里仅仅认识的两个人中的一个,珀玛自然也是聆听了荣贵手术全过程的,知道荣贵手术失败之后,他就想帮点忙,这不,在挂号上帮了很大忙。

如果不是他,荣贵的就医时间大概要在八个月之后。

普尔达的门诊就是这么火爆。

他帮忙的事情并不只有这一件,他还帮荣贵弄了一张通往地下99层的每日权限电梯卡。

这样一来荣贵就可以在吉吉那里打工,为了赚钱,他在吉吉那里当服务生。

而小梅则在外面摆摊。

贩卖的商品自然有自家的地豆,除此之外还有一些驱虫用品、肥料、简单的日用器械、简单的日用药剂……

小梅制作了一些更高级的药剂,不过他并没有在摊位上出售,而是委托珀玛售卖,自己也帮珀玛卖一些日用品。

总之,他在地下99层不起眼的地方摆了一个不起眼的小摊子。

其实他大可以把所有东西都委托给珀玛出售,之所以会过来摆摊……

大概是为了接荣贵下班吧。

每天一起刷电梯卡离开地下999层,等到荣贵下班,两个小机器人再一起回去。

小梅就在荣贵下班的必经之路上摆摊。

这一次,换小梅等荣贵下班。

和往常一样,小梅在摊位上等着荣贵下班。

由于要打扫店铺,所以服务生的工作下班时间要晚一些。

其实荣贵本来是想在吉吉的酒吧里应聘驻唱歌手的,在他看来这是最适合他的工作!

毕竟酒保什么的,他没有技术;而服务生什么的,他、他担心送错酒或者送错人啊!

"在我们这里做驻唱歌手的话,要穿裙子露胸哦。"

戴着大波浪卷发的吉吉公布驻唱歌手的录用条件。

虽然吉吉表示假发他可以作为工装免费提供，并且认为荣贵在这方面很有前途，不过荣贵断然拒绝了这个提议。

于是他现在只是一名普通的服务生，酒保倒好酒，他负责把酒端到指定的客人手中。

干了几天之后，荣贵总算松了口气。

吉吉的店里其实只卖一种酒，客人基本上只坐在吧台，由酒保专门送酒，这样一来，荣贵就算送错酒问题也不太大，最多送错人罢了，这个问题还算好解决。

除了下班晚一点以外，这份工作其实还不错。

为了等候他，小梅收摊的时间也比其他人晚一些。

他的摊位位置并不好，不过卖的东西还不错，珀玛委托他卖的裤袜是最受欢迎的，"夜灯"——就是那个一打开就陷入黑暗的灯，也很受欢迎，不过由于定价偏高，买的人并不多，基本上三五天才能卖出去一盏。

最不受欢迎的产品是地豆。

作为小梅家乡唯一的农作物，早在他们离开梅瑟塔尔的时候，荣贵就梦想靠卖地豆赚取第一桶金，这个梦想一直没能实现，如今好不容易小梅有机会摆摊了，地豆仍然是最不受欢迎的。

每天最后剩下的东西都是地豆，怎么带过来的，基本上就要怎么带回去。

即使是监狱，这里的作物品种仍然要比梅瑟塔尔多得多，和那些作物相比，地豆的口感其实并不好，而且小，说它可以照明吧……这里又不需要照明，这个特性根本吸引不到人。

指望用地豆大赚一笔医药费的荣贵有点失望。

于是小梅发明了一台提纯器和一种添加剂，两者一起使用可以从地豆中提取高浓度天然荧光剂，可以用于调酒。

吉吉跟他签订了地豆进货合约，价格给得也很不错。

不过总有一些被挑剩下的地豆，小梅索性仍然将它们摆在摊子上。客人买东西的时候，他不接受砍价，不过可以送几个地豆，这样一来，砍价失败的客人不那么生气。

这种小市民的生活智慧，自然是荣贵教给他的。

这样一来，剩下的地豆少了很多，偶尔客人多，地豆还可能出现不足的情况。

不过每天小梅都习惯性剩几个地豆。

确定了一下时间，小梅抬起头来。

荣贵就要下班了，他准备收摊。

周围已经一个摊位也没有，露出繁华掩盖下的真相——这里就是一个冰冷的监狱而已。

普尔达

小梅并没有急着收摊，慢吞吞地又多待了一会儿，看到一个黑影从左边的拐角出现。

像往常一样，那个黑影贴着墙根儿往他的方向走，最终停在了他的摊位前。

"三……三个地豆。"一道极小声的声音从黑色斗篷下传出。

小梅准确地从摊位上数了三个地豆给他。

并没有刻意看大小，他随便抓的。

那个做贼一般的身影就鬼鬼祟祟顺着墙根向来时的方向回去。

每天只剩下他一个摊位的时候，总有一个矮个子来找他买地豆——这是小梅最近的新发现。

小梅继续朝那个方向看着，那个身影消失没多久，荣贵出现。

他一眼就看到看向自己的小梅啦！

"小梅小梅！那个人又来啦？"显然荣贵早就知道每天最后一位光顾小梅摊位神秘客人的事，他一路小跑跑向小梅，一脸八卦的表情。

小梅点了点头。

"他来了吗？还是……已经离开了？"荣贵一边说，一边好奇地张望。

小梅看了看他来时的方向，一边将摊位收好，一边平静道："在你出现在那个拐角的前一秒，他从那里离开。"

"哎？可是……可是我刚刚没看到人啊！"荣贵仔细回想了一下。

面面相觑，两个小机器人蓝眼对黑眼看了很久。

小梅先移开目光，迅速将摊位收好，拉着还在发呆的荣贵离开。

那位神秘的客人每天都会在固定时间出现，每次购买三到五个地豆。他很沉默，小梅也不爱说话，虽然已经达成了如此稳固的"商业伙伴"关系，两个人竟除了地豆的数目与价格以外，一句话也没有说过！

后来又有好几次"对方刚消失，荣贵就出现，然而荣贵根本没有看到人"的经历后，荣贵就用"幽灵客人"来称呼那人。

虽然没有过多的对话，可是小梅对对方并不是一无所知的。

对方斗篷下的双手上没有装饰品……没有手铐。

什么也没有。

这是一次小梅在对方撩起斗篷掏钱的时候，无意中发现的。

不过他什么也没说，什么也没问。

对于现在的他来说，没什么比半个月后荣贵的再次就诊更重要的事情。

现在做的一切事情都是为了那天的顺利就诊。

小梅的目标坚定无比。

在地豆丰收了一批又一批，呢喃草也分了四根枝，和艾伦又见了两次面之后，他们预

约的时间终于到了。

虽然荣贵的发薪日还没有到,不过他们的账户并没有很可怜。

小梅在珀玛那里寄售的药剂卖了很好的价钱,除此以外,他制作的一段金属血管也卖出去了,甚至,买家还追加了两米的新订单。

他们并没有囊中羞涩,即使如此,小梅仍然没有掉以轻心。

"普尔达是个怪人。"原因无他,吉吉对他的评价实在太让人不放心了。

"有时候他会漫天要价,有时候却只取病人家属身上一件并不值钱,但是他很感兴趣的东西。

"和阿纳洛不同,他是野路子出身,没有上过一天学——他家是杀猪的。"

知道这个事实的荣贵当时超级震惊!

"不过他的个子非常瘦小,祖传的杀猪刀他根本提不起来,他家的祖业因此断掉。"

这就有点……

"然而他的胆子非常大,也不知道怎么回事,之前他居住的村庄有两个人在山上干活不小心摔下来了,这两人是兄弟,当时都生命垂危,那个村庄非常偏僻,连个医生都没有,村里唯一的急救药还过期了。这种情况下,普尔达出手了。

"他为两人动了外科手术,使用两人身上的组织修补了破损组织,最后伤者中的弟弟死了,哥哥活了下来。"

"这就是有记载以来,普尔达动的第一台手术。"

"环境非常简陋,几乎什么也没有,然而他居然成功了。

"虽然只成功了一半。

"对于村里的人来说,两个人能活一个已经是非常值得感激的事情了,在那之后,他们一旦受伤,首选的医生居然就是普尔达,小毛病找他,大毛病来不及去更远的地方,仍然找他。

"普尔达也是异常胆大,没做过的手术也敢做,一开始失败率极高,然而他在这方面确实很有天分,不断从失败的手术吸取教训,他的手术失败率竟越来越低!

"和要在学院中学习十年理论,然后去医院观摩学习一年,先做助手,过个十来年才能主刀的正统医生不同,普尔达从十三岁起就给人做手术。

"一开始就是血淋淋的实战,他的技术完全是在真实手术中磨练出来的。

"他也完全没有考取医生执照,即使后来技巧精湛,仍然是非法行医。

"对于论文研究完全没兴趣,他只做手术。

"由于很早就开始行医赚钱,还经常收取天价手术费,所以他并不缺钱。这样的他,越到后来越喜欢开一些奇奇怪怪的条件,所以,你们找他还真是……

"不要让普尔达对你们产生兴趣,和他保持最基本的医患关系就好。"

第十三章
普尔达

说这些话时的吉吉一直皱着眉，难得看到他这么严肃的样子，荣贵听得尤其用心，然而越听越紧张，到了后来他听到普尔达的名字就有点害怕。

又害怕，又好奇。

而今天，他们就会看到这位只能用传说来形容的"黑医"。

和普尔达的挂号确认函一起寄过来的还有一份写着各种规定的通知函。

比如前往地下763层的时候不许开车，必须步行前往；

比如持一份挂号确认函只允许少于等于三个人一同前往；

比如……前往看病的那天请随身携带一颗水果，什么水果都行，品种不限。

总之，都是从未在其他地方见过的奇怪规定。

一前一后抬着被蕾丝罩子罩着的冷冻舱，小梅和荣贵再次在指定时间内进入了电梯。

这一次他们需要上升的楼层数并不多，按理说不需要在里面等待太长时间，然而——

到了小梅估算的抵达时间，电梯没有停，而是继续上升。

电梯先是停在了差不多地上3层左右的位置。

一个穿着一身白色衣服的男子带着一群人走了进来。

完全没有掩盖自己自天空城而来的身份，荣贵可以看到男子背后一对洁白的羽翼舒展着露在外面。他的服装材料特殊极了，是荣贵从来没有看到过的，笔挺又柔软，服装款式也很新奇。

充满未来感的特殊墨镜挡住了那人的半张脸，荣贵无法看清那人的全部长相，只能看到墨镜没有遮盖住的饱满额头以及看起来很生硬的下巴。

那人带了一个看起来就很高级的冷冻舱，还带了一个小孩子。

那是个小女孩，卷曲的金发，接近紫色的大眼睛，配上身后忽闪忽闪的小翅膀，看起来可爱得就像天使！

不过她的脾气一点不像天使，更像恶魔！

一进入电梯就声音很大，荣贵被踩了两脚完全不在意就算了，还对荣贵手里抬着的冷冻舱很感兴趣，想要坐在上面，爬不上去就又吵又闹。

男子带的一群同样背后有羽翼的侍从八成是看护这个小女孩的，不过比起保姆他们更像保镖，小女孩非但没有被哄好，反而更娇气。

那名明显是几人中心的男子向荣贵他们看了一眼。

荣贵和小梅全身上下都为斗篷所笼罩，他自然是什么也看不到的，不过——

视线在小梅身上停顿了片刻，他命令侍从将小女孩背起来。

他使用的语言和地下城的语言同源，不过很多音有明显区别，一开始荣贵差点以为是另一种语言。

好在小梅给他安装的语言包比较靠谱，虽然迟钝了一点点，但他好歹听懂男子说的话。

侍从将小女孩抱起来之后，男子还和小女孩说了几句话，大意是要她乖一点，很快就到医生所在的楼层。

果然也是来就医的外地人，搞不好目的地和他们相同呢，都是地下732层！

荣贵看到其中一名侍从手里拎着各式水果。

男子和小女孩应该是父女，这从两人的称呼以及之前的亲密感就可以察觉，除此之外，仔细看，两个人也挺像的。

安抚完小女孩，男子很快又站在电梯后方不说话了，由于小女孩暂时安静了下来，那些侍从也得以站直身子，安静地站在一旁。

他们身后都有翅膀，应该都是天空城的人。

除此之外，他们的气质……

荣贵又观察了一会儿，然后得出了结论：除了有翅膀以外，那些天空城来的人都很高冷啊！即使是侍从，身上的气势也明显与地下城的人不同，他们的嘴唇紧抿，背脊挺直，全都是一张冷漠脸，倒像是……

荣贵忽然转头看向旁边的小梅。

他这才发现小梅给人的感觉和天空城的人很像！

小梅看起来高冷，实际上是个热情人儿啊！乐于助人的那种！

这个人带了这么多人啊，看来不同病人收到的通知函内容可能有差别哩！

高冷男子的女儿有病需要诊治？

嗯，那孩子如此闹腾，估计真的有毛病。

而且——

哪里都有"熊孩子"，未来不例外，天空城也没有例外！

看着又在折腾侍从的"熊丫头"，荣贵往旁边挪了挪。

电梯应该在往下降。

降落到地下2层（小梅估算然后告诉荣贵的），电梯又停了。

这一次上来的只有一个人。

这个人进来的时候，荣贵斗篷下面小脸上的嘴巴都张圆啦！

原因无他，新进来的这个人实在是——太引人注目了！

和荣贵在这里见过的绝大多数人一样，男子穿一身黑，非常瘦，而且非常白。

然而这些并不是他引人注目的原因，真正吸引人注目的是他身上的首饰！

双手手腕上佩戴一层又一层皮质手环，从手腕一直到脖子上。除此之外，他的身上也穿了太多环吧！

耳环密密麻麻，也不知道他究竟戴了多少枚，眉骨上有眉骨环，鼻子上有鼻环，嘴巴

普尔达

上还有唇环!

金属环、皮饰、铆钉、皮靴……整个一暗黑青少年啊!

即使在一群(被迫)喜欢暗黑系穿着的星城人中,眼前人的装扮仍然非常出挑,他带着一股天然的颓废与坏的感觉,和这身打扮配极了!

而且他也不是随便穿穿,荣贵注意到,他身上每一个饰品都非常精致,明显是精心挑选的!

在地下城待久了,荣贵可是第一次见到如此有时尚意识的人!而且是"上辈子"他很想尝试却难有机会尝试的暗黑系装扮,他下意识地赶紧取经去!

荣贵的取经方式就是隔着斗篷直勾勾地看对方。

他的视线如此热烈,前面和他一起抬着冷冻舱的小梅,第一个被他的视线"穿"透。

抿了抿嘴唇,稍后,小梅也向那人看去,矜持地打量对方。

他看到了对方素裸的双手。

和琳琅满目,宛若首饰架子的身体不同,这个人的手白皙修长,虽然涂了黑色的颜料(喂!那是指甲油啊),不过上面一件饰品也没有。

小梅注意到男子其中一只素裸的手中拿着一颗红色的果子。

那颗果子很红很漂亮,荣贵也注意到了。

他应该也是去地下732层看医生的吧?荣贵心想。

同时注意到这颗果子的还有那个小姑娘。

"给我,我要那个果子。"她从抱着自己的侍从身上下来,立刻走到全身穿环的男子身前。

男子低头看了一眼她。

"不行,这是我今天挑了很久才挑到的果子哟。"男子开口。

和整个人的暗黑风格不同,他的声音清澈,很有少年感。

"给我嘛!我很喜欢呀!"小女孩抬起小脑袋,大眼睛一眨一眨地,看起来很可爱。

"我也很喜欢呀!"男子用同样的语气说道。

得不到自己想要的东西,小女孩又哭闹起来。

"把那个果子给她,我这里有很多水果,随便你挑。"女孩的爸爸被孩子的哭喊声搞得烦不胜烦,开口道。

他说话的同时,周围那些人高马大的侍从朝穿环男子围过来,颇有压迫感……

穿环男子被围在中间,荣贵看不到他的样子。

等到那些侍从散开之后,他手里的红果子已经到了金发小女孩手里。

"我就喜欢这个果子,红色的,圆圆的,真好看。"小女孩被一名侍从抱了起来,居高临下,得意扬扬地说。

穿环男子笑着看她,看起来并不生气。

他的这副样子明显让小姑娘没有成就感，接下来的时间，荣贵看到小女孩时不时从上面够他身上的环，有一次还很用力扯了他一下，荣贵看着都觉得疼。

　　于是他戳戳小梅，示意小梅往旁边挪挪，紧接着，他向男子招了招手。

　　对方没有拒绝他的好意，去小梅腾出来的地方站着。

　　电梯继续向下。

　　又过了一会儿，又有人上来了。

　　这一次上来的是一对母子。

　　两人长得太像了，怎么看都是母子啊！

　　母亲看起来并不年轻，儿子的年纪却还小，两个人没有带冷冻舱，母亲手中拎了一串黄色的果子，估计和他们一样，也是去找普尔达看病的。

　　男孩看起来和小女孩的年纪差不多，个子甚至还要矮一点，可是他看起来明显乖巧多了。他紧紧拉着母亲的手，母亲干咳的时候，他踮起脚尖努力帮她捶背，母子俩的声音都压得极低。

　　"臭死了！臭死了！你下去！"小女孩尖锐的声音又在电梯内响了起来。

　　这回，她不满意的对象变成了那对母子。

　　母子两人穿着普通，看着也不脏，作为机器人，荣贵是闻不到他们身上的味道的，可是看着母子俩干净整齐的样子，也不像是会很臭的人啊……

　　不过小女孩不依不饶，仍然大叫着。

　　"对不起，可是我们不能下去，电梯卡很贵的，我们为了预约医生已经把身上的钱花光了。"小男孩认真地对她解释道。

　　小家伙看起来年纪不大，不过说话井井有条，这一点颇为难得。

　　于心不忍，荣贵就又往旁边让了让，然后示意小男孩和母亲也过来躲一躲。

　　小女孩坐在侍从怀里继续大声叫嚷，没多久，穿环男子从身上摸出一副黑色耳机，音量开到最大，听起音乐来。

　　小女孩叫够了不再吵闹的时候，电梯内就只剩下耳机里的音乐声。

　　小女孩不高兴地命令男子将音乐声音关小点，然而男子完全听不到。

　　这可真是——

　　荣贵心里轻轻叹了口气。

　　也不知道这是怎么安排的，他还是第一次在电梯里碰到其他人。

　　让所有病人在同一时间一起过来，这难道是普尔达的恶趣味？

　　小男孩的妈妈到底得了什么病啊……

　　还有，天空城的男子也不管管自己的女儿，就说嘛，每个"熊孩子"后面一定有"熊家长"。

　　普尔达到底能不能把他治愈啊？

普尔达

胡思乱想着，荣贵继续盯着电梯门。

这之后没有人进来了，电梯再次开启，他们抵达目的地。

荣贵一开始没想到要下电梯，毕竟中途电梯开了三次，每次都不是目的地。

直到他看到"-736"清晰地出现在电梯外的墙上。

电梯里的人全都走下去，电梯门再次关闭。

周围再次变得异常昏暗。

不过并没有昏暗太久，很快有人使用了照明设备。

荣贵回头一看，身后有人手中多了一个照明设备，比手电筒小得多，不过亮得多。这个照明设备非常小，不过足以照亮十米见方。

天空城一行人中的其中一名侍从，正在使用这个照明设备。

荣贵就收起了切换视物系统的打算。

借助对方手中的照明设备，荣贵看到他们前方是走廊，而走廊两侧则是牢房，和之前荣贵见过的牢房不太一样，这里的牢房是网格状的，从外面经过的时候可以看到里面犯人的情况，还可以听到里面传出来的声音。

荣贵听到了锁链声、咳嗽声、鞋子摩擦地板的声音，还有说话声。

所有动静都提示牢房里不是空的，就算不是满员也差不多满员。

举着照明设备的侍从照向一侧的牢房，那也是距离他们最近的一间牢房。那里果然有个人，蜷缩着睡在乱糟糟的床上，原本正在打呼噜，被照明设备的强光一打，似乎受到了惊扰，慢吞吞地翻了个身，将一只手伸到额头前，挡住了双眼。

借着这个动作，荣贵看到了他手腕上粗大的金属锁链。

他的手一动，金属锁链便发出悠长的声响。

伴随着锁链滑动的声音，一道沙哑的男声响起："喂——

"灯光别正对着别人照，你们的老师没教过你们要懂礼貌吗？"

"你——"手持照明设备的侍从皱了皱眉，刚想说什么，他手中的照明设备被他身后的同事转了一下，照进那间牢房的光随即减弱。

牢房内再度响起了鼾声。

天空城一行中，明显是主人的男人不着痕迹地皱了皱眉头，他身后的一名侍从立刻递过一样东西，那似乎是支喷雾，男人在周围喷了几下，随即将东西扔还给侍从。

那名侍从随即在同伴背着的小女孩身上喷了几下。

即便如此，那个小女孩还是皱着眉头，不断嘟囔着"好臭、好臭"，然后哭闹着说想要回家。

她真的太吵了，越来越多的锁链声响起，牢房里的犯人纷纷抬起头向外望过来。

"安吉拉，不要吵闹了！"白衣男子终于发出声音喝止了小女孩。

"带你过来是为了让你陪爷爷看病，怎么沿途一直吵闹？"他皱眉的样子非常严肃，

319

小女孩却一点也不怕他，只是骑在侍从的脖子上，居高临下地对男子道："可是我不知道要这么长时间呀！

"我只是想爷爷醒过来给他唱歌听，爷爷最喜欢听我唱歌了，只要我唱歌，爷爷就会醒过来。"

男子的眉头皱得更紧了。

目光从小女孩身上移向两侧牢房中的犯人，他眉间的痕迹更深。

显然，他不想和那些犯人说话，于是他用眼神暗示旁边的侍从。

那名侍从极会察言观色，当即领会了主人的意思，随即大声问左侧的犯人："你们谁是普尔达？普尔达的诊所……牢房在哪里？"

语气中有种天然的威严，显然，他虽然受制于人，不过平时习惯居高临下，发号施令。

这里的犯人明显不吃他这套。

他刚刚问完，低沉的笑声便从四面八方而来。

"普尔达？你说……你们要找普尔达吗？"在他们右手边的一名犯人忽然哧哧笑了，由于头发很长，且室内的光线不足，荣贵他们完全看不到他的表情。

敏感如荣贵，却感觉对方的视线似乎在自己身上停顿了片刻。

"普尔达的房间在最尽头，你们一直走就是了。"那人说着，还朝左侧指了指。

没有道谢，侍从朝主人点了点头，一行人继续前进。

他们打头，那对母子夹在中间，荣贵和小梅则抬着冷冻舱走在最后面。

那名穿环青年则有意无意地走在他们身边。

"哈哈，又是找普尔达的。

"他们说他们要找普尔达啊！

"嘿嘿嘿，普尔达，病人上门啦！快点准备好你的杀猪刀啊！"

犯人们的笑声回荡在他们身后的走廊中，层层震荡之后，变成了一种奇怪的声响。

荣贵回头望了望，又赶紧转过头来。

这一层是实打实的牢房。

戒备森严，牢房内灯光幽暗，没有吉吉那一层明亮的白炽灯，每个房间只有一盏昏黄的内嵌顶灯，卫生条件也不好，到处都是马桶内发出的臭味，还有食物的味道，一路走来，凡是有鼻子的人都苦不堪言，好在荣贵没有鼻子闻不到。

也就电梯口的犯人吵闹一些，后面的路程安静许多，到了后来简直安静到寂静，荣贵一开始还以为后面的牢房空了，探头一看，却能看到里面坐在床上静静做着手工的犯人。

他们对荣贵他们的打量感到麻木，没有任何反应，只是做着自己的事。

而后，他们经过的牢房没有犯人。

他们终于走到尽头。

第十三章
普尔达

尽头处并不是墙壁,而是一扇巨大的门,上面挂着的牌子上用歪七扭八的字体写着"普尔达"。

"普尔达没有上过学,不会写论文,甚至连自己的名字也写不太好。"荣贵立刻想到吉吉关于普尔达的介绍。

打头的人是天空城一行人,他们站在最前排。

只见他们低声商量了一会儿,一名侍从试探性地敲了敲门。

他还拿着电梯卡在周围找了找,然而,他并没有找到可以插卡的地方。

门外倒是有把锁,初级的那种。

"让一让。"就在人们愣住,不知道如何才能把里面的人叫出来的时候,后方忽然传来一道男声。

荣贵抬起头,看到自己旁边的穿环青年扬起一只手,分开众人往门走过去。

刚刚说话的人正是他,而且——

荣贵比较矮,又和对方挨得近,对方刚刚和他擦身而过的时候,他刚好看到了对方手中的钥匙。

难道……

不会吧?!

心里骤然升起不可思议的念头,下一秒,荣贵看到黑衣青年越过众人走到了大门前,用他手中的那把钥匙,"咔嚓"一声,把门打开。

"哎?"荣贵愣住了。

"呵呵,自我介绍一下,我是普尔达。"他将大门拉开,即将侧身进入的时候歪了歪头,"这种时候,我应该说……欢迎光临吗?"

薄薄的嘴唇向上弯起,脸上露出一抹有点狡诈的笑容,他的视线在众人脸上滑过:"欢迎光临,请进吧。"

最先踏入门内的仍然是天空城一行人,荣贵和小梅跟在最后面,踏过门槛的时候,荣贵还问了一句:"要关门吗?"

"啊!关不关都行,既然你提醒我了,我就把门重新锁上吧。"普尔达说着,果然从前面走过来,然后把门锁上。

看了一眼门上犹在晃动的锁,荣贵将视线移向门后,打量起普尔达的"诊疗室"。

这里的构造和外面几乎一模一样,看起来就是外面走廊的延伸而已。

两侧都是牢房,不过大部分是空的,只有少数几间里面有人。

穿着打扮一看就不是犯人,而且每个房间不止一个人。

"这两边是病房哦,如果确认了手术时间,你们也会住进来。"仿佛知道自己身后这些人在想什么,普尔达介绍道。

"不过在确定给你们看病之前,要去这间房间谈一谈。"普尔达说着,又打开了前方

尽头处的大门，拉开门前，他转头向后，"我们需要讨论一下我发给你们的函。

"我认字不多，不过应该没有发错，函上应该有条规定，只允许少于三人同行看病吧？"

普尔达的视线落在天空城一行人身上，嘴角又一弯："其他两组没问题，你们除了冷冻舱以外，只能进来两个人。

"你们看看谁进来。"

"你——"疑似侍从头子的人一下子怒了，站出来，居高临下地俯视着并不高大的普尔达，"你知道病人是什么人吗？可不是一般的病人，而是一位平时进进出出都需要重重保护的重要人物，如果侍从人数减少导致他在就诊过程中出现意外，你，承担得起责任吗？"

他的声音又低又急，没和他直视都能轻而易举感受到那股压迫感。

然而普尔达却像完全没有感受到对方的威胁，轻佻地笑了笑："呵呵，就诊中出现意外的责任我是否承担得起？

"这个我还真不知道。

"我只知道，如果你们坚持继续在门口浪费时间，他很快就不用被诊治。

"就诊之前就挂掉，我自然无须承担责任，你们才要被追责……你们承担得起吗？"

抓着普尔达衣领将其拎起来的侍从头子抿了抿嘴唇，半晌，将普尔达重重放下。

普尔达轻轻理了理自己的衣领，慢条斯理道："你们那套对我没用。

"我不是地上2层那帮家伙，指望靠行医来减免服刑年限。

"我的服刑年限太长，减免也没太大意义。

"而且我挺满意这边的生活，暂时不想出去。

"你们姑且放下之前那套行事方法，和其他病人一样，老老实实看病吧。"

普尔达慢悠悠说完，重新整理仪容，拿出一面镜子确认了一下，这才不慌不忙抬起头来："患者进来，家属最多只允许进来两位，符合条件的先进来。"

"我先进去。"

侍从头子说完，身子一闪，当真先进去了。

（未完待续）